★★★
ISAAC ASIMOV
以撒・艾西莫夫
★★★ 基地前傳之二 ★★★
Forward the Foundation
基地締造者

【各界推薦】

「基地是我的經濟學啓蒙之作。」

——保羅・克魯曼（Paul Robin Krugman，二〇〇八年諾貝爾經濟學獎得主）

「科幻大師的星際預言，歷久不衰的璀璨經典。歷史與銀河交織而成的星圖，映照出人性的勇敢，同時也見證了人心的墮落，眼見時代無情遞嬗，人們該如何傳承寶貴的文明與記憶？且讓我們搭乘艾西莫夫巧手鑄造的太空船，航向不可知的宿命終站。」

——何敬堯（奇幻作家、《妖怪臺灣》作者）

「艾西莫夫的《基地》系列以充滿懸疑的精彩情節，形塑出瑰麗壯闊的銀河史詩！毫無疑問是一部老少咸宜、值得代代相傳的科幻經典！」

——李伍薰（海穹文化總編輯）

「『基地三部曲』與後續系列，一部接著一部翻轉讀者的思維，一步接著一步開展宏大的計劃。科幻界不可多得的巨構，不看到最後絕不能罷手！衷心期盼這部經典著作在台灣再度掀起熱潮。」

——李知昂（梅林．W，科幻作家，第一屆倪匡科幻獎首獎得主）

「……科幻長篇作品之最，令人廢寢忘食的經典之作。」

——李相勳（台大星艦學院前任社長）

「我小時候就是看艾西莫夫長大的。」

——唐鳳

「本書所要描述的，便是全宇宙的精英們如何窮盡一切知識與智慧，來推演出一場橫跨千百年的鬥智決戰。」

——夏佩爾（作家，第二屆倪匡科幻獎首獎得主）

「艾西莫夫的重要科幻小說都能提出令人耳目一新的奇幻因素，成爲後來科幻小說的典範。」

——張系國（知名科幻作家）

「艾西莫夫從年輕就創造了一個宏大的宇宙，萬萬沒有料到，會是他終其一生都說不完的偉大史詩。」

「科幻小說是個極具彈性的文類，不只能夠帶領讀者探索未來，也能包容過去歷史的脈絡。且看艾西莫夫，如何藉著基地這千年的未來史詩，帶領我們穿越帝國衰亡的時代，反思人類文化發展途中的必然與意外。」

——張草（作者兼醫師兼科幻作家）

「基地的偉大，不是莎士比亞那種偉大，而是因為它最初是刊登在一本兩毛錢的科幻雜誌上，讀者平均年齡是十二歲，而十二歲的孩子看到基地裡的人類遍布整個銀河，跨越幾萬年的興衰起落，他們對世界的想像就不一樣了，例如比爾·蓋茲和伊隆·馬斯克。」

——陳心一（交大科幻科學社前任社長）

——陳宗琛（鸚鵡螺文化總編輯）

「在艾西莫夫的《基地》中，歷史並非翻過的書頁，而是滾滾洪流，下一秒出乎讀者預料，卻都在謝頓的掌握中。」

——陳湘婷（交大科幻科學社前任社長與創社社員）

「基地三部曲，以及後續的『基地系列』，不僅是首開銀河史詩的一部經典科幻，還卓然傲立於其他一切太空科幻的創作之上。它的價值、內涵、深度、情節、構思，遠非其他作品所能望其項背。『基地三部曲』不只是一套提供娛樂故事的小說，它還飽藏了科學、人文、社會、歷史和哲學的豐富意涵。它也不只是一部科幻經典，還可列入世界文學經典而當之無愧。」

——陳瑞麟（中正大學哲學系講座教授）

「艾西莫夫以其無限想像展示其快意飛越，引領讀者馳騁銀河星空，穿梭億萬光年宇宙。」

——黃海（知名科幻作家）

「未來的歷史、科幻的極致、城邦的《基地》。」

——葉言都（科幻作家）

「沒有艾西莫夫的《基地》，大概就沒有喬治盧卡斯的《星際大戰》……」

——難攻博士（【中華科幻學會】會長兼常務監事）

「在『基地』系列中，本身便是科學家的艾西莫夫獨創了一個貫通全書的『心理史學』，綜合了『氣體運動論』（物理學）、『群衆心理學』（心理學）、『歷史決定論』與『群體動力論』（歷史學），以一位不世出的心理史學巨擘謝頓爲主要人物，讓他以宏觀的角度預知了書中銀河帝國行將出現的悲慘命運，並試圖力挽狂瀾，改變似乎無可避免的大黑暗時期到來……

——**蘇逸平**（科幻作家）

還有**冬陽**（推理評論人）、**郝廣才**（格林文化發行人）、**臥斧**（文字工作者）、**張元翰**（中央研究院物理研究所研究員）、**陳穎青**（資深出版人）、**廖勇超**（國立台灣大學台灣文學研究所副教授）、**詹宏志**（知名文化人）、**謝哲青**（《青春愛讀書》節目主持人）、**譚光磊**（知名版權人）等人列名推薦。

【譯者序】

生命中最美好的事物

葉李華

在元旦假期剛剛結束，即將恢復單調作息之際，心有不甘的加菲貓想方設法要延續節慶的氣氛，最後找到一個絕佳的藉口，開始大張旗鼓慶祝艾西莫夫的生日……

這是整整三十年前，發表在許多報紙上的一則漫畫。由於只是幽默小品，漫畫家並沒有特別指出，正如十二月廿五日之於耶穌，一月二日也並非艾西莫夫眞正的生日。原因有點難以置信，艾西莫夫的父母居然忘了他是哪天呱呱墜地的，於是他在懂事後，便很有主見地替自己做了決定。至於爲何選這一天，或許可說他希望自己盡量年輕點，因爲有證據顯示，他眞正的生日介於一九一九年十月和次年的年初。

這個看似無關痛癢的決定，後來在他生命中激起了一次蝴蝶效應。一九四五年九月，美國陸軍徵召了一批年齡不滿二十六歲的青年，名單裡赫然有艾西莫夫，據說還是最「年長」的一員。他就這麼陰錯陽差當了九個月的大頭兵，最後以下士官階退伍。幸好這時二次大戰已經結束，否則他爲國捐軀的機率恐怕不小。

假如在另一條歷史線上，艾西莫夫眞的英年早逝，當然是科幻界的一大損失。不過即便如此，我敢說他仍會在二十世紀科幻文壇享有盛名，甚至仍有可能和克拉克及海萊因鼎足而三，正如享年三十七歲的拉斐爾仍能躋身文藝復興三傑之列。

這主要是因爲艾西莫夫成名甚早，二十一歲就以科幻短篇《夜歸》（Nightfall）一炮而紅，而他最重要的兩大科幻系列——基地與機器人——在他從軍前已打下重要基礎，例如《基地三部曲》已經完成三分之二，機器人系列的重要角色也出現了大半。這麼豐盛的成果，已經超越不少奮鬥一生的專業作家，然而事實上，那時的他尚未正式踏出校園。

想必有人不禁要問，這位年紀輕輕的業餘作家怎能如此多產，而且靈感源源不絕？針對這個問題，艾西莫夫晚年寫了一篇短文，爲我們提供了第一手資料。在這篇題爲《速度》的文章中，他把自己的快筆歸納成三個原因：

一、他從未上過任何文學創作課程，也未曾讀過這類的書籍，所以心理上沒有包袱，只知道把自己想到的故事一股腦寫出來，然後不管成果如何，一律盡快交卷。

二、打從九歲起，他放學後還得在自家的雜貨店幫忙，寫作的時間少之又少，逼得他不得不下筆如飛，更正確地說是運鍵如飛，不過當然還不是電腦鍵盤。

三、他勤於筆耕有個非常實際的目的，那就是貼補自己的大學學費。當時的小說稿酬相當微薄，爲了確保收入穩定，他必須成爲多產作家，因爲並非每篇小說都賣得出去。

至於靈感源源不絕這個問題，我在他的第三本自傳《艾西莫夫回憶錄》中，找到了這麼一段話：

「原因之一，我不寫作時其實仍在寫。當我離開打字機的時候，不論是吃飯、打盹或盥洗，我的腦子仍在工作。偶爾，我能從自己的思緒中聽到幾句對白或幾段論述，內容通常都跟我正在寫或準備寫的故事有關。即使沒聽到這些聲音，我也知道自己的潛意識在朝這方面運作。因此之故，我隨時隨地都能寫作。或許可以說，我早已寫好完整的腹稿。只要坐下來，讓大腦開始複述，我便能以每分鐘最多一百字的速度打出來。」

除此之外，艾西莫夫的靈感偶爾也有意想不到的來源。在我搜集的資料中，要數下面三個最有代表性：

一、想當年，一位教父級的科幻主編相當賞識艾西莫夫，要他定期到雜誌社討論自己的寫作計畫，頗為類似指導教授和研究生的互動。話說一九四一年八月一日（這個日子比他的生日更真實），雖然早已約好要面見主編，但由於忙著碩士課程，艾西莫夫的靈感掛零。他只好在前往雜誌社的途中，利用「自由聯想」強行製造一個點子；他隨手翻開一本書，讓思想不斷自由跳躍，如此連三跳之後，銀河帝國就在腦海中誕生了。

二、一九五七年，艾西莫夫已經是著名的教授作家，有一天，他正在校對一本生物化學教科書新版的校樣，突然接到科幻雜誌的邀稿電話。抽不出時間的他不得不忍痛推辭，因為校對雖然是苦功，他卻絕對不敢假手他人。沒想到剛掛了電話，正準備上樓工作的時候，他就在樓梯上想到一個好點子。等到進了書房，他不管三七二十一，把一大疊校樣丟到一旁，開始創作一篇以訴訟為主軸的科幻小說，主角則是協助教授校對文稿的機器人。

當年我翻譯這篇小說，最頭痛的就是題目，因爲艾西莫夫玩了一個巧妙的雙關語遊戲（Galley Slave），直到我將正文翻譯完畢，才終於想到《校工》兩字。

三、一九七五年年初，艾西莫夫接到一個頗具挑戰性的稿約，請他以「兩百歲的人」爲主題寫個短篇，用以慶祝美國開國二百週年。他覺得這是個有趣的構想，不久就完成了自己最滿意的機器人故事《雙百人》，並於一九七七年榮獲雨果獎與星雲獎雙料冠軍。唯一美中不足的是，原定的國慶科幻專集胎死腹中，因爲其他答應撰稿的作家，不是後來跳票了，就是寫得文不對題或品質不佳……

對我而言，艾西莫夫是個永遠談不完的話題（倪匡這位「東方艾西莫夫」也一樣），爲了避免一發不可收拾，今天就聊到這裡吧。最後請容我再引述一句「壽星」的自白，當作本文的結語：「我一生所做的事都是自己最想做的，我絕不惋惜花在寫作上的一分一秒，也從不覺得錯過了生命中任何美好的事物。」

葉李華・二〇二一年一月二日

【推薦序】

科幻大師艾西莫夫的三塊磨刀石

郝廣才

劍要鋒利需要什麼？

磨刀石。人呢？什麼是人的磨刀石？

一九四一年八月一日，紐約一個二十一歲年輕人，在地鐵坐立不安。他要去見科幻雜誌的大編輯坎貝爾（John W. Campbell），談寫書計畫。但腦中一片漆黑，沒有一點燭光。他翻開手邊的書，目光在字裡行間散步。突然看見「哨兵」，聯想到帝國，他讀過兩回《羅馬帝國興亡史》，寫一個「銀河帝國」興亡史如何？

坎貝爾聽了，毛髮都站起來，他要年輕人立刻寫，每集要有開放式結局。年輕人心虛的回家，開始動手，從一九四二年連載八年，寫完《基地系列》。是的，他就是三大科幻小說家艾西莫夫（Isaac Asimov）。

艾西莫夫是猶太人，出生在俄國，一九二三年三歲時，父母帶他移民到紐約，爸爸日夜打工，存錢開了糖果書報店。九歲起，天天清晨五點起床，六點顧店，再去上學。放學後繼續顧店，沒事就拿店裡雜誌來讀，特別愛讀科幻小說，十一歲動手自己寫。

大量閱讀，練就過目不忘的功夫。在功課比記憶力的時代，十五歲讀完高中，申請哥倫比亞大學。校方說他「年齡不足」，叫他讀附屬社區學院。入學後，他發現問題不是年齡，而是種族，當時猶太人等同有色人種受歧視。一九三八年，學院倒閉，哥大只好收了所有學生，他轉入哥大。轉學空檔，創作短篇小說，成功賣出第一篇作品。一九三九年，大學畢業。窮人翻身的捷徑是什麼？當醫生。他申請醫學院，收到五封拒絕信。不是不夠優秀，眞的原因是「猶太人」。不信邪再敲一次門，再吃五回閉門羹。等待中寫了第一則機器人故事，原本想寫令人同情的機器人，越寫越覺得，機器人是工程師設計的產品，內建的邏輯和安全機制，不該引發情緒，也不可能威脅人。這段思考，埋下日後「機器人三大法則」的種子。

被醫學院拒絕，沒有澆熄深造的熱情。他改申請哥大化學研究所，結果呢？被拒絕。他跟校方談先試讀一年，表現不好自動離開。哥大同意，他拼命讀書，用力打工，努力寫短篇小說投稿賺錢。兩年拿到碩士，累積登出三十一篇作品，認識很多編輯，他遇到文學生涯第一個高人《驚奇科幻》雜誌主編坎貝爾。

坎貝爾習慣找作者聊天，丟出問題給作者接招，激發創作潛力。他跟艾西莫夫談愛默生的詩：「如果蒼穹繁星，千年方得一見。面對上帝之城乍現，人類如何敬畏、讚嘆、膜拜、世代流傳這份記憶？」

他好奇如果用這首詩爲題，能寫出什麼故事？艾西莫夫接過挑戰，二十二天寫出《夜幕低垂》Night Fall。坎貝爾投出變化球，艾西莫夫擊出全壘打！這篇作品讓艾西莫夫一炮而紅。

兩人不斷思想交鋒，推動他寫出架構龐大的《基地系列》。而且歸納出「機器人三大法則」，

一、機器人不得傷害人類，或坐視人類受到傷害。

二、在不違反第一法則的前提，機器人必須服從人類的命令。

三、在不違反第一與第二法則的前提，機器人必須保護自己。

他寫出《機器人系列》，被尊稱爲「現代機器人故事之父」。二戰期間，在海軍實驗室從軍三年。戰後再深造，一九四八年拿到化學博士，留在哥大研究瘧疾。隔年到波士頓醫學院擔任生化講師，堂堂學生爆滿。講課太受歡迎，即使沒有研究成果，也升任教授，得到終身俸。

期間寫出三大系列的《銀河帝國》首部曲，這是他第一本長篇小說，書在「雙日出版社」Doubleday出版。編輯布雷伯利（Walter Bradbury）是第二個高人，他是科幻出版的造神手，他捧紅跟他同姓的雷．布雷伯利（Ray Bradbury），《華氏451度》的作者。

長篇小說出版，如同棒球員登上大聯盟。他興奮地寫新書，每一個句子都精雕細琢，反覆修改。布雷伯利客氣地問他，知不知道海明威會怎麼寫「第二天太陽升起」The sun rose the next morning？

他想了想，回答說不知道。布雷伯利說海明威寫的就是「第二天太陽升起」！這個當頭棒喝，敲醒艾西莫夫。從此他保持句子簡潔的風格，不再胡思亂想。同時用筆名「法國保羅」Paul French，寫兒童故事《幸運星》Lucky Star系列。

一九五七年十月四日，蘇聯成功發射衛星史普尼克一號，震驚美國。他看到美國媒體如大夢驚醒，決定來寫科普文章來教育大衆。於是放下教書，專心寫作。一路寫了二十年，等於是最好看的科學百科全書。他一生寫超過五百本書，範圍涵蓋圖書所有分類，給書迷回了十萬封信；爲影集《星艦迷航記》Star Trek做科學顧問，打造科幻劇的經典。美國兒童能對科學深入理解，並產生巨大想像，都是經過艾西莫夫這道門。

他能有巨大產量，歸功三大習慣，

一，大量閱讀。他寫作的房間都堆滿上千本書。

二，專心寫作。他刻意在旅館租個房間來工作，只有一扇窗戶，打開看不見公園、街道，是一面磚牆。吃東西叫房間服務。早上八點寫到晚上十點，從不接受午餐和晚餐應酬。

三，快速切換。他在房間放六台打字機，每台顏色不一樣，上面要寫的東西也不同。一旦靈感卡住，立刻換到另一台打字機。他經常同時寫五個故事，最多是九個。

那人生的磨刀石是什麼？

三大磨刀石是書本、高人、還有挫折。寧靜的海是練不出傑出水手！如果你還沒有碰到什麼困境，那你的夢想就還沒有下床！

【推薦序】

宏大架構，有趣情節，以及重要啓發——關於「基地系列」

臥斧

一九四一年，美國紐約，年輕作家找雜誌編輯討論一個新點子。

雜誌編輯叫坎貝爾，一九一〇年生，二十出頭時以科幻作品邁入文壇成爲作家，一九三七年成爲《驚奇雜誌》的編輯；作家比編輯年輕十歲，十九歲時發表科幻小說，不到二十歲就拿到大學文憑。因爲投稿的因緣，作家和坎貝爾成爲好友，當時幾乎每週見面。一九四一年八月一日那天，作家告訴坎貝爾，他想寫個短篇小說，以眞實世界裡羅馬帝國衰亡的歷史爲底，講一個正在緩慢頹傾的銀河帝國。坎貝爾很喜歡這個點子，兩人聊了很久，最後作家決定寫一系列短篇，描述銀河帝國逐步崩解及緩慢重建的過程，一個月之後，作家交出第一個短篇。

這個故事名爲〈基地〉，這名作家叫艾西莫夫。

坎貝爾買下這個短篇，隔年在雜誌上發表，陸續交稿的三個短篇，分別在一九四二年及一九四四年刊登。艾西莫夫繼續創作系列故事，除了原先的四個短篇，又添四個中篇，《驚奇雜誌》在一九五〇年將八個故事全數發表完畢，一九五一年，原初的四個短篇集結成冊出版，艾西莫夫增寫了另一個短篇，做爲全書的序章；後續四個中篇則兩兩集結，在一九五二、一九五三年出版。

三部作品，合稱爲「基地三部曲」。

艾西莫夫自承創作靈感來自吉朋的歷史鉅作《羅馬帝國衰亡史》，但「基地三部曲」讀來並無任何沉重遲滯。艾西莫夫的筆法平實流暢，尤其是收錄在首部曲《基地》中的五個短篇，幾乎可用「輕巧」形容。艾西莫夫選擇以短篇形式敘述宏觀歷史，將每個短篇發生的時點定在歷史即將發生劇變的關鍵，一方面簡化長時間裡的時局變遷，一方面聚焦短時間裡的勢力拉鋸，藉以創造情節轉折與劇情張力，技法相當巧妙。

故事能夠如此進行的重要因素，來自「心理史學」這個設定。

心理史學是艾西莫夫虛構的科學，揉合歷史學、社會學、社會心理學、統計學及數學等等學科，從設定裡還能發現艾西莫夫也參考了氣體動力學的部分理論。《基地》的故事由心理史學家謝頓的預言開場，按照心理史學的計算，他指出銀河帝國將在三百年內崩潰，人類會因此進入長達三萬年的黑暗時期；謝頓說服高層，在銀河邊陲行星建立「基地」，供各種專業人士居住並編寫百科全書，保存人類知識。此舉無法避免帝國毀滅，但能將黑暗時期縮短爲一千年。

「基地三部曲」以謝頓的預測爲主軸發展。銀河歷史初看一如謝頓所言，轉變的關鍵都以謝頓的預言爲基礎變化；時序拉長之後，謝頓的預言似乎也失去精準，但在必要時刻又會發現謝頓明白心理史學的侷限，準備了不只一套應變措施。

「基地三部曲」出版三十年後，艾西莫夫寫了續集。

續集由兩部長篇構成，合稱爲「基地後傳」。在這兩部長篇裡，艾西莫夫將他其他兩個系列作品——「機器人系列」及「銀河帝國三部曲」——的故事線也整合進來，形成他的完整架空宇宙。因此在「基地後傳」中有時會出現其他系列的角色，不過艾西莫夫會適時增補說明，單獨閱讀並無障礙。

又過幾年，艾西莫夫寫了前傳。

前傳由一部長篇、四個短篇構成，分成兩冊出版，合稱爲「基地前傳」。「基地三部曲」中影響最深遠、但戲份非常少的謝頓，在前傳中成爲主角，故事描述他的生平、發展心理史學的過程、預測銀河帝國未來及構思基地的經過，最後收尾在他完成佈局、接到《基地》故事開始的時分。

不計其他系列，以「基地」爲主的七部作品都相當精采。

艾西莫夫寫作不賣弄花巧，讀來愉快，故事裡的科技想像現今看來自然不很實際——事實上，八〇年代之後與網際網路相關的科技發展，已經大幅顛覆了七〇年代之前大多數科幻作品的描述——但艾西莫夫對於人類社會轉變的觀察，對歷史的看法，對商業、宗教、軍事及政治制度等等交互影響的解讀，以及對人性的刻劃，仍然準確有力。閱讀「基地系列」，不只讀到有趣的科幻情節，也是思考歷史、社會，以及人類的重要啓發。

【導讀】

基地與機器人

葉李華

不朽的未來史

艾西莫夫雖然是公認的世紀級科幻大師（參見本書附錄「艾西莫夫傳奇」），不過他一生的科幻創作，卻集中於早年（1939-1957）與晚年（1981-1992）兩個時期。正如在《基地前奏》「作者的話」中，艾西莫夫所特別強調的「有長達二十五年的斷層」。這是因爲在那四分之一世紀的悠悠歲月裡，他將寫作重心從科幻轉移到科普（即通俗科學），立志以一己之力提振美國國民的科學水準。而他所撰寫的科普文章與書籍，內容從天文、數學、物理、化學、地球科學到生命科學與各種科技，幾乎涵蓋自然科學與應用科學所有的領域。後來，果然有許多功成名就的科學家和工程師，當面感謝艾西莫夫的啓蒙。而在許多英美讀者心目中，艾西莫夫早就是科普的同義詞。

一九八〇年代，在全世界科幻迷千呼萬喚之下，艾西莫夫終於與雙日（Doubleday）出版社簽約，重拾他最有名的兩大科幻系列「機器人」與「基地」。而且在一開始，他就悄悄立下一個心願——利用這個機會，建立一個統一的、龐大的「未來史」架構，以囊括早年所有的重要科幻系列。除了「機器人」與「基地」這兩大支，還要包括相對而言名氣較小的「帝國系列」。（其實三本『帝國系列』也都是一流作品，卻因爲三本書彼此間聯繫太弱，以致一直活在另外兩大系列陰影之下。）

然而，這個雄心壯志執行起來卻困難重重，甚至遭到不少出版界朋友反對。好在艾西莫夫擇善固執，無論如何也要克服所有的艱難險阻。難題之一，艾西莫夫早年寫科幻的時候，刻意不讓這兩大系列彼此間有任何關係。換句話說，「機器人系列」與「基地系列」的故事發生於不同的虛擬宇宙中，是兩套互相獨立的虛擬歷史。難題之二，在「基地系列」裡，科技顯然比「機器人系列」更爲先進，時代則更爲遙遠，卻偏偏看不到機器人的蹤跡（更誇張的是「基地三部曲」幾乎連電腦也沒有）。當然還有難題之三、之四……不過相對而言，其他困難也就不算什麼了。

艾西莫夫如何克服這兩大難題呢？一來，他藉著擴充「機器人系列」，建立起「機器人」與「基地」兩者的關係；讓兩段原本毫不相干的虛擬歷史，逐漸發生千絲萬縷的聯繫。二來，他在不違背「基地三部曲」的設定下，分別在「基地前傳」與「基地後傳」裡，巧妙地延續了機器人的氣數。三來，在那些晚年期作品中，他提出一個無懈可擊的理論，圓滿解釋了機器人爲何在早年的「基地三部曲」缺席。如此，「機器人系列」與「基地系列」終於得以隔著「帝國系列」遙相呼應，而最後的成果，則是三大系列融鑄成一個科幻有機體，化爲一部俯仰兩萬載、縱橫十萬光年的銀河未來史。

基地前傳

艾西莫夫一生總共寫了七大冊的基地故事，其中「基地三部曲」是早年的成名作，由九篇中短篇集結而成。至於兩本「前傳」與兩本「後傳」，則是艾氏暮年以爐火純青功力所創作的四部長篇小說。

值得一提的是，艾西莫夫當初是先完成「後傳」，才回過頭來補寫「前傳」。這是因為「基地三部曲」擁有一個標準的開放式結局，照理說應該還有更精采的續集。根據艾西莫夫自己的說法，幾十年來，有無數的讀者向他抱怨：非常氣憤，故事居然就這麼結束了！因此一旦決心創作第四本基地小說，艾西莫夫自然而然接著三部曲寫下去。於是他以基地紀元四九八年為時代背景，寫成《基地邊緣》以及《基地與地球》兩本後傳。

雖然《基地與地球》也留下許多伏筆，其實更應該有續集，可是出人意料之外，大師竟然也有腸枯思竭的時候。換句話說，艾西莫夫始終想不到該如何鋪陳後續的複雜情節。好在不久之後，由於在電梯中巧遇一位忠實讀者，而讓艾氏有了「前傳」的靈感。

用最簡單的說法，前因後果如下：貫穿「基地三部曲」最重要的人物，當然是哈里．謝頓這位「心理史學宗師」兼「基地之父」。然而在三部曲中，謝頓卻是神龍見首不見尾的神祕客，僅僅讓讀者驚鴻一瞥，隨即成為歷史人物。為了彌補這個遺憾，更為了給廣大讀者一個滿意的交代，艾西莫夫決定再度眷顧這個傳奇角色，用兩本「前傳」詳盡刻劃謝頓的一生，以及心理史學與兩個基地的創建過程。

於是，一九八七年初，艾西莫夫開始撰寫《基地前奏》。當時他健康狀況尚可，因此好整以暇地用整本書的篇幅，描述謝頓三十二歲時的生命轉捩點。然而一兩年之後，艾氏意識到了天不假年，於是在規劃第二本前傳時，簡直就是和死神賽跑——爲了完整回顧謝頓的一生，他有計畫地在《基地締造者》五篇中，分別描述謝頓四十歲、五十歲、六十歲、七十歲與八十歲的一段重要事蹟。遺憾的是，在該書即將大功告成之際，艾西莫夫卻在一九九二年四月六日提前嚥下最後一口氣。後來，雙日出版社根據他的殘稿，於他逝世次年正式出版這本告別作，總算替他完成了這個心願。

最後必須強調的是，雖然根據創作順序，「前傳」應該排在「後傳」之後，但是考慮到基地系列的整體脈絡，以及與機器人系列的呼應關係，對於首次接觸的讀者而言，還是先閱讀前傳較爲合適。正因爲如此，奇幻基地版的基地系列，採取三部曲↓前傳↓後傳這樣的出版順序。

機器人學法則

根據艾西莫夫的自述，十幾歲的他早已是堅定不移的科幻迷。他讀了許多機器人小說，發現它們可歸納爲兩大類：佔絕大多數的是第一類「威脅人類的機器人」，而第二類「引人同情的機器人」則極爲罕見。前者幾乎千篇一律，很快便令他生厭，至於後者，「在這類故事中，機器人是可愛的角色，常常遭到人類的殘酷奴役。它們讓我著迷。」

雖然艾西莫夫對「引人同情的機器人」情有獨衷，但身爲理性主義者，他自己在創作機器人故事的時候，卻隱隱瞥見另一種機器人的影子。他逐漸將機器人想成是工程師所製造的工業產品，它們具有內建的安全機制，不會對主人構成「威脅」；又因爲是用來執行特定工作，所以它們和「同情」更沾不上邊。

經過一段時間的醞釀與摸索，艾西莫夫終於在一九四二年，在〈轉圈圈〉這篇小說裡，逐字逐句寫下「機器人學三大法則」。不久之後，西方科幻作家筆下的機器人紛紛改頭換面；上述兩類窠臼正式走入歷史，服從三大法則的「實用型機器人」成爲新的典範（請注意這是指科幻小說，並不包括科幻電影，尤其是好萊塢的科幻電影）。艾西莫夫因此十分得意，一直大言不慚地承認自己是「現代機器人故事之父」。當然，這也是科幻文壇公認的事實。

寫出「機器人學三大法則」的內容之後，艾西莫夫從未做過版本上的修訂。自始至終，三大法則都是如下的形式：

一、機器人不得傷害人類，或袖手旁觀坐視人類受到傷害。

二、除非違背第一法則，機器人必須服從人類的命令。

三、在不違背第一法則及第二法則的情況下，機器人必須保護自己。

然而在科幻世界裡，沒有任何事是一成不變的。一九八五年，在《機器人與帝國》這本書的後半，艾西莫夫破例將三大法則擴充成如下的四大法則：

零、機器人不得傷害人類整體，或袖手旁觀坐視人類整體受到傷害。

一、除非違背第零法則，機器人不得傷害人類，或袖手旁觀坐視人類受到傷害。

二、除非違背第零或第一法則，機器人必須服從人類的命令。

三、在不違背第零至第二法則的情況下，機器人必須保護自己。

如前所述，無論是在「基地前傳」或「基地後傳」中，都出現了機器人的神祕身影。這些機器人最大的特色，正是一律服從擴充自三大法則的「機器人學四大法則」。

艾西莫夫未來史（依故事序，括號內為出版年份）

◆機器人系列

機器人短篇全集（The Complete Robot, 1982）

鋼穴（The Caves of Steel, 1954）

裸陽（The Naked Sun, 1957）

曙光中的機器人（The Robots of Dawn, 1983）

機器人與帝國（Robots and Empire, 1985）

◆帝國系列

繁星若塵（The Stars, Like Dust--, 1951）

星空暗流（The Currents of Space, 1952）

蒼穹一粟（Pebble In The Sky, 1950）

◆基地系列

前傳

基地前奏（Prelude to Foundation, 1988）

基地締造者（Forward the Foundation, 1993）

三部曲

基地（Foundation, 1951）

基地與帝國（Foundation and Empire, 1952）

第二基地（Second Foundation, 1953）

後傳

基地邊緣（Foundation's Edge, 1982）

基地與地球（Foundation and Earth, 1986）

參考資料：

Asimov, Isaac. *I. Asimov: A Memoir.* Doubleday, 1994.

Asimov, Isaac. *It's Been a Good Life.* Prometheus Books, 2002.

不朽的科幻史詩：http://sf.nctu.edu.tw/yeh/fundation_2.htm

科幻大師的科普緣：http://sf.nctu.edu.tw/yeh/fundation_5.htm

【目錄】

「基地系列」時空背景與故事年表

葉李華整理

科幻設定

1. 故事距今約二萬年，人類後裔早已移民銀河系各角落。然而除了人類，從未發現任何其他智慧生物。（在《永恆的終結 The End of Eternity》這本書中，艾西莫夫對此有詳細解釋。）
2. 銀河系已有二千五百萬顆住人行星，總人口數介於千兆與萬兆之間。
3. 整個銀河系皆在「銀河帝國」統治下，已長達一萬二千年之久。
4. 帝國的首都行星「川陀」位於銀河中心附近，是最接近「銀河中心黑洞」的住人行星。

科學事實

1. 銀河系的形狀：外形類似凸透鏡，但由內而外伸出數條螺旋狀的「旋臂」。
2. 銀河系的大小：直徑約十萬光年，或約三萬秒差距（一秒差距＝三．二六光年）。
3. 銀河系的規模：至少有二千億顆恆星，行星數目不詳。
4. 銀河中心的巨型黑洞：質量超過二百五十萬個太陽。

「基地系列」故事年表（銀紀：銀河紀元，基紀：基地紀元）

葉李華整理

銀紀一二〇二〇年	前傳《基地前奏》全書
銀紀一二〇二八年	前傳《基地締造者》第一篇：伊圖・丹莫刺爾
銀紀一二〇三八年	前傳《基地締造者》第二篇：克里昂一世
銀紀一二〇四八年	前傳《基地締造者》第三篇：鐸絲・凡納比里
銀紀一二〇五八年	前傳《基地締造者》第四篇：婉達・謝頓
銀紀一二〇六七年	三部曲《基地》第一篇：心理史學家
銀紀一二〇六九年（即基紀元年）	前傳《基地締造者》第五篇：尾聲
基紀四九—五〇年	三部曲《基地》第二篇：百科全書編者
基紀七九—八〇年	三部曲《基地》第三篇：市長
基紀一三四年	三部曲《基地》第四篇：行商
基紀一五四—一六〇年	三部曲《基地》第五篇：商業王侯
基紀一九五—一九六年	三部曲《基地與帝國》第一篇：將軍
基紀三一〇—三一一年	三部曲《基地與帝國》第二篇：騾
基紀三一六年	三部曲《第二基地》第一篇：騾的尋找
基紀三七六—三七七年	三部曲《第二基地》第二篇：基地的尋找
基紀四九八年	後傳《基地邊緣》全書
基紀四九八年	後傳《基地與地球》全書

主要參考資料：http://www.asimovonline.com/oldsite/insane_list.html

獻給我的每一位忠實讀者

伊圖．丹莫刺爾：……雖然在克里昂大帝一世在位的大半期間，伊圖．丹莫刺爾無疑是政府中眞正的掌權者，歷史學家對他的統治方式卻眾說紛紜。根據傳統的詮釋，他是銀河帝國分裂前最後一個世紀間，那些一脈相傳的、強勢而無情的壓迫者之一。但如今已經有一些修正主義觀點，堅持他即使是獨裁者，也屬於開明專制派。根據此一觀點，他與哈里．謝頓的關係被人大作文章（不過眞相永遠無法確定），尤其是在拉斯金．久瑞南事件那段非常時期。後者的曇花一現……

——《銀河百科全書》*

*本書所引用的《銀河百科全書》資料，皆取自基地紀元一〇二〇年的第一一六版。發行者爲「端點星銀河百科全書出版公司」，作者承蒙發行者授權引用。

1-1

「我再講一遍，哈里，」雨果．阿馬瑞爾說：「你的朋友丹莫刺爾麻煩大了。」他非常輕微地強調了「朋友」二字，而且帶著如假包換的嫌惡神態。

哈里．謝頓察覺到話裡的酸味，卻未加理會，他從三用電腦前抬起頭來。「我再講一遍，雨果，這毫無意義。」然後，他帶著一點厭煩——一點而已，補充道：「你為什麼要堅持這件事，無端浪費我的時間？」

「因為我認為它很重要。」雨果以挑戰的架式坐下，這種姿態代表他不會輕易動搖。他人在這裡，而且要留在這裡。

八年前，他只是達爾區的一個熱閭工，社會階級低得不能再低。是謝頓將他從那個階級拉拔出來，使他成為一名數學家與知識份子——非但如此，還成為一名心理史學家。

他無時無刻不記得過去與現在的分際，以及這個轉變是拜何人之賜。這就意味著，假如為了謝頓好，他必須對謝頓疾言厲色，那麼即使他對這位老大哥萬分敬愛，即使他顧及自己的前途，也都無法阻止他這樣做。他虧欠謝頓太多太多，這份疾言厲色只是其中之一。

「聽我說，哈里，」他一面說，一面用左手虛劈一記，「由於某種我無法理解的原因，你對這個丹莫刺爾評價頗高，但我可不然。除你之外，那些值得我尊重他們意見的人，對他都沒有什麼好感。我不在乎他這個人發生什麼事，哈里，可是只要我想到你在乎，我就沒有選擇餘地，不得不向你報告這件事。」

謝頓微微一笑，一半是針對此人的熱忱，另一半是認為他的關心毫無用處。他很喜歡雨果．阿馬瑞爾，甚至不只是喜歡。他一生中曾有一段短暫時期，在川陀這顆行星表面四處逃亡，雨果便是他當時結識的四個人之一。另外三人是伊圖．丹莫刺爾、鐸絲．凡納比里以及芮奇。後來，他再也沒有遇到過類似的人物。

在特殊且互異的四個方面，這四個人成爲他生命中不可或缺的角色。就雨果．阿馬瑞爾而言，是因爲他對心理史學原理的敏捷領悟力，以及對新領域充滿想像的洞察力。謝頓感到相當安慰，因爲他知道，倘若在這個領域的數學尚未發展完善之際（它的進展多麼緩慢，過程多麼困難重重），自己就有什麼三長兩短，至少還有一個優秀的頭腦會繼續這項研究。

他說：「很抱歉，雨果，我不是有意對你不耐煩，或是對你急著要我瞭解的事不屑一顧。只是我手頭的工作，身爲系主任……」

這回輪到雨果露出笑容，他趕緊壓下一聲輕笑。「很抱歉，哈里，我不該發笑，但你沒有擔任那個職位的天分。」

「我十分瞭解，但我必須學習。我必須好像是在做些無害的事，而再也沒有──再也沒有──比在斯瓘璘大學數學系當系主任更無害的事。我能讓瑣事佔滿我整天的作息，這樣一來，就沒有人需要知道或問及我們的心理史學研究進展。可是問題在於，我的確讓瑣事佔滿我整天的作息，我沒有足夠的時間……」他環顧一下這間研究室，對儲藏在電腦中的材料瞥了一眼。這些電腦資料只有他與雨果能夠開啓，而且刻意以自家發明的符號記述，即使外人誤打誤撞闖了進去，也無法理解那些符號的意義。

雨果說：「一旦在這個職位上進入狀況，你就能開始授權他人，然後便會有較多的時間。」

「但願如此。」謝頓透著懷疑說：「別管了，告訴我，哪件和伊圖．丹莫刺爾有關的事那麼重要？」

「只不過是伊圖．丹莫刺爾，浩哉吾皇的首相，正忙著製造一場叛變。」

謝頓皺起眉頭。「他爲什麼要那樣做?」

「我不是說他要,但是他正在那樣做——不論他知不知道,而他的一些政敵還幫了很大的忙。你也瞭解,我可無所謂。我甚至認爲,在理想情況下,將他趕出皇宮,逐出川陀……甚至逼他遠離帝國會是件好事。可是你對他評價頗高,正如我剛才所說,所以我才來警告你,因爲我覺得你對最近的政治趨勢不夠關心。」

「還有許多更重要的事要做。」謝頓溫和地說。

「比如說心理史學,我同意。可是如果我們對政治始終無知,心理史學的發展怎麼會有成功的希望?我是指當今的政治。此時,此刻,才是現在轉變成未來的時刻。我們不能光研究過去,因爲我們知道過去發生過什麼。我們能用來檢驗研究成果的,是現在和不久的將來。」

「在我的感覺中,」謝頓說:「我以前好像聽過這番論述。」

「以後你還會聽到。向你解釋這點,似乎對我並沒有什麼好處。」

謝頓嘆了一口氣,將身子靠向椅背,帶著微笑凝視著雨果。這個小老弟也許滿身是刺,可是他對心理史學極其認眞,而這就勝於一切。

雨果仍有當年熱閻工的本色。他擁有寬闊的肩膀,以及慣於重度體力勞動的魁梧體格。他沒有讓身體鬆軟下來,這倒是件好事,因爲它對謝頓是個激勵,幫助他抗拒把每一分鐘都花在書桌前的衝動。謝頓並沒有雨果那般的體力,但他仍舊保有一名角力士的技能——儘管他剛年過四十,絕不可能永遠保有。不過目前,他還能繼續維持如此的狀態。拜每日勤練之賜,他的腰身仍然苗條,雙腿與雙臂也結實依舊。

他說:「你對丹莫刺爾如此關切,不可能純粹由於他是我的朋友,你一定還有別的動機。」

「這點毫無疑問。只要你是丹莫刺爾的朋友,你在這所大學的職位便有保障,你就能繼續從事心理史學的研究。」

「這就對了。所以我的確有與他為友的理由，這絕不是你無法理解的。」

「你有必要去巴結他，這點我能理解。但至於友誼嘛，這，就是我無法理解的。然而，假如丹莫刺爾喪失權力，姑且不論對你的職位可能造成什麼影響，到時候克里昂會親自掌理帝國，這就會加速它的衰落。在我們發展出心理史學所有的枝節，使它成為拯救全體人類的科學之前，無政府狀態便可能來臨。」

「我懂了。但是，你可知道，我實在認為我們無法及時發展出心理史學，藉以阻止帝國的衰亡。」

「即使無法阻止，我們至少能緩衝這個效應，對不對？」

「或許吧。」

「那麼，這就對了。我們在安定中工作的時間愈長，我們能阻止衰亡或至少減輕衝擊的機會就愈大。既然情況如此，那麼倒推回來，拯救丹莫刺爾也許就有必要，不論我們——或至少我自己——喜不喜歡這樣做。」

「但你剛才還說，希望見到他被趕出皇宮，逐出川陀，甚至遠離帝國。」

「沒錯，我是說在理想情況下。但我們並不是處於理想的情況，所以我們需要我們的首相，即使他是個壓迫和專制的工具。」

「我懂了。可是你為什麼認為帝國已接近崩潰的邊緣，失去一位首相就會引爆呢？」

「心理史學。」

「你用它做預測嗎？我們甚至連骨架都沒搭好，你能做些什麼預測？」

「別忘了還有直覺這回事，哈里。」

「直覺自古就有，但我們要的不只是這個，對不對？我們要的是個數學方法，它能夠在各種不同的條件下，告訴我們某些特定發展的機率。假使直覺足以引導我們，我們就根本不需要心理史學。」

「這未必是個無法並存的情況，哈里。我是在說兼容並蓄：二者的結合。這也許比其中之一都好，至少在心理史學完成之前。」

「倘若眞能完成的話。」謝頓說：「別管了，告訴我，丹莫刺爾的危機是打哪兒來的？有可能傷害他或推翻他的是什麼東西？我們是不是在討論丹莫刺爾可能被推翻？」

「是的。」雨果繃起臉來。

「那麼可憐可憐我的無知，告訴我吧。」

雨果面紅耳赤。「你太謙虛了，哈里。不用說，你一定聽說過九九．久瑞南。」

「當然，他是個群衆煽動家——慢著，他是從哪兒來的？尼沙亞，是嗎？一個微不足道的世界，居民以牧羊爲生，生產高品質的乳酪，我這麼想。」

「對了。然而，他不只是群衆煽動家。他統率一個強大的黨派，而且它愈來愈強大。他說，他的目標是爭取社會公平，以及擴大人民的參政權。」

「沒錯，」謝頓說：「這些我還聽說過。他的口號是『政府屬於人民』。」

「不完全對，哈里。他說的是『政府即人民』。」

謝頓點了點頭。「嗯，你可知道，我相當認同這個想法。」

「我也是，我全心全意贊成——假使久瑞南眞是這個意思。但其實不然，他只是拿它當踏腳石。那是手段，而不是目的。他要把丹莫刺爾趕下台，接下來，控制克里昂一世就會很簡單。然後久瑞南自己會坐上皇位，那時他就成了人民。是你自己告訴我的，在帝國歷史上，這種事例比比皆是。而且如今帝國已大不如前，變得衰弱且不穩定。過去僅會造成搖晃的打擊，現在卻可能將它擊得粉碎。帝國將陷於內戰，永遠無法自拔，我們卻沒有心理史學指導我們該怎麼做。」

「對，我明白你的意思了。可是想要除掉丹莫刺爾，也絕不是件容易的事。」

「你不清楚久瑞南的勢力成長得多兇。」

「他成長得多兇並不重要。」謝頓眉宇間似乎掠過一個念頭，「我不懂他父母爲何替他取名九九，這名字聽來有些幼稚。」

「他的父母和這件事無關。他的眞名叫拉斯金，那是尼沙亞上一個很普通的名字。九九是他自己取的，想必是源自他的姓氏第一個字。」

「那他更傻了，你不覺得嗎？」

「不，我可不覺得。他的追隨者總是喊著：『九……九……九……九……』一遍又一遍，頗有催眠作用。」

「好吧，」謝頓再度俯身面對他的三用電腦，開始調整它所產生的多維模擬。「我們靜觀其變。」

「你怎能那麼不當一回事？我是在告訴你危險迫在眉睫。」

「不，不會的。」謝頓答道，他的雙眼如鋼鐵般冷酷，他的聲音突然強硬起來。「你只知其一不知其二。」

「我不知道什麼？」

「我們改天再來討論這個問題，雨果。現在，繼續做你的研究吧，讓我來擔心丹莫刺爾和帝國的局勢。」

雨果緊抿著嘴，不過他服從謝頓的習性相當強。「好的，哈里。」

但也不是強到壓倒一切。他在門口轉過頭來，說道：「你在鑄成一個錯誤，哈里。」

謝頓輕輕一笑。「我可不這麼想，不過我聽到你的警告了，我不會忘記的。話說回來，一切都會平安無事。」

雨果離去後，謝頓的笑容隨即斂去。真的，一切都會平安無事嗎？

1-2

可是，謝頓雖然沒有忘記雨果的警告，卻也未曾特別用心想過。他的四十歲生日倏來倏去，帶著如常的心理打擊。

四十歲！他已不再年輕。生命不再像一片浩瀚的未知領域，地平線不再隱沒在遙遠的盡頭。他來到川陀已有八年，時間過得真快。再過八年，他就將近五十歲，老年歲月即將來臨。

而在心理史學的研究上，他甚至還沒有一個好的開始。雨果．阿馬瑞爾總是興致勃勃地談論一些定律，並且根據直覺提出大膽的假設，再根據假設導出他的方程式。但是怎麼有可能測試那些假設呢？心理史學還不是一個實驗性科學；心理史學的完整研究所需的實驗，將牽涉到許多世界的民眾、數個世紀的時間，還要完全不顧任何道德責任。

這是個不可能解決的難題，而系務工作所花的每一分鐘都令他心痛，所以這天傍晚，他是懷著憂鬱的心情走回家去。

通常只要在校園裡走一趟，總是能令他精神振奮。斯瓘璘大學的穹頂很高，整個校園都讓人有置身露天的感覺，卻不必忍受像他上次（也是唯一一次）造訪皇宮時遇到的那種天氣。這兒有許多樹木、草坪、步道，他彷彿回到了當年母星赫利肯的那個學院。

今日的天氣設定成陰天的幻象，其中陽光（當然沒有太陽，有的只是陽光）以不規則的間隔忽隱忽現。氣溫有點涼，只有一點而已。

在謝頓的感覺中，天涼的日子似乎較過去頻繁了些。是川陀在節約能源嗎？或是愈來愈缺乏效率？還是他年紀漸漸大了，體內的血液逐漸稀薄（想到這裡，他在心中皺了一下眉頭）？他將雙手放進外套口袋裡，並且縮了縮脖子。

通常他都不必依靠意識引導自己前進。從他的研究室到他的電腦房，再從那裡到他的寓所，或是相反的方向，他的身體都十分熟悉這些路程。在一般情況下，他總是一邊走一邊想別的事。但是今天，一個聲音貫穿他的意識，一個沒有意義的聲音。

「啾……啾……啾……啾……」

那個聲音相當輕柔而且遙遠，但是它喚起了一段記憶。沒錯，雨果的警告，那個群眾煽動家。他正在校園內嗎？

謝頓未曾做出有意識的決定，他的雙腿便突然轉向，帶他爬過了小丘，向大學運動場前進。那裡是學生做柔軟體操和各項運動，以及大放厥詞的場所。

在運動場中央，聚集著不多不少的一群學生，正在狂熱地齊聲吶喊。而某個演講台上，站著一個他不認識的人，那人聲音洪亮，並且帶著搖擺的節奏。

然而，他並不是那個久瑞南。謝頓曾在全相電視上看過久瑞南幾次，自從聽到雨果的警告，謝頓便特別留意。久瑞南身材高大，微笑時帶著一種邪惡的革命情感。他有著濃密的沙色頭髮，以及一對淺藍色眼珠。

這個演講者則是小個子——瘦弱、寬嘴、黑頭髮、大嗓門。謝頓並未注意聽那些話，不過還是聽到一句「權力由一人之手轉移至眾人」，接著便有許多人高聲附和。

很好，謝頓心想，可是他打算怎麼做呢？還有，他是認眞的嗎？

現在他來到了群衆的外圍，正在四下尋找熟人。他發現了芬南格羅斯，數學系大學部的一個學生。他是個不錯的年輕人，有著黝黑的皮膚與蓬亂的頭髮。

「芬南格羅斯。」他喊道。

「謝頓教授。」芬南格羅斯望了一會兒才應聲，彷彿認不出手邊沒有鍵盤的謝頓。他快步走過來。「您來聽這傢伙演講嗎？」

「我來這兒只是要找出喧囂的來源，此外沒有任何目的。他是誰？」

「教授，他叫納馬提，他在替九九發表演說。」

「我聽到了。」謝頓答道，此時那些齊聲吶喊再度響起。顯然，每當演講者提出一個強而有力的論點，聽衆就會開始吶喊。「但這個納馬提到底是誰？我沒聽過這個名字。他是哪個系的？」

「他不是這所大學的成員，教授，他是九九的人。」

「如果他不是這所大學的成員，那麼除非有許可證，否則他就無權在此演講。你想他有許可證嗎？」

「教授，我可不知道。」

「好吧，那我們來弄清楚。」

謝頓正要走入人群，芬南格羅斯卻一把拉住他的袖子。「別輕舉妄動，教授，他帶著幾名打手。」

演講者身後站著六個年輕人，彼此間有一段距離。他們雙腿張開，兩臂交抱，臉色陰沉。

「打手？」

「武鬥用的，以防有人想做什麼傻事。」

「那麼他絕不是這所大學的成員，即使他有一張許可證，也不能帶著你所謂的『打手』。芬南格羅斯，給大學安全警衛發訊號。就算沒有人發訊號，他們現在也該來了。」

「我想他們不願惹麻煩。」芬南格羅斯喃喃道。「拜託，教授，別出頭。如果您要我去找安全警衛，我這就去，但請您等他們來了再說。」

「也許警衛還沒來，我就能把他們驅散。」

他開始往裡面擠。這並不太難，在場有些人認識他，其他人也看得到他的教授肩章。他走到演講台前，雙手搭在上面，輕哼一聲，縱身跳上三呎高的台子。他懊惱地暗自尋思，十年前，他用一隻手就能辦到，而且不會發出哼聲。

他在演講台上站直身子。那演講者早已住口，正以機警而冰冷的目光望著他。

謝頓平靜地說：「先生，請出示對學生演講的許可證。」

「你是誰？」那演講者道。他故意說得很大聲，聲音傳遍全場。

「我是這所大學的教員。」謝頓以同樣大的聲音說：「你的許可證？」

「我否認你有權質疑這件事。」演講者身後的年輕人紛紛聚了過來。

「如果你沒有，我勸你馬上離開大學校園。」

「如果我不呢？」

「那麼，後果之一，大學安全警衛已在半途。」他轉身面對群衆，「同學們，」他喊道：「我們在校園內享有集會的自由，也有自由發表言論的權利，但如果我們允許沒有許可證的外人，進行未經批准的……」

一隻大手落在他的肩膀上，令他心頭一凜。他轉過身去，發現那是芬南格羅斯稱爲「打手」的一個人。

那人說：「滾開——快點。」他的口音很重，謝頓一時無法確定他是哪裡人。

「那有什麼用？」謝頓說：「安全警衛隨時會到。」

「那樣的話，」納馬提兇狠地咧嘴一笑，「就會有一場暴動，這嚇不倒我們。」

「當然不會。」謝頓說：「你們希望引起暴動，可是你們不會如願，你們會默默離開這裡。」他再度轉身面對學生，同時甩掉搭在肩上的那隻手。「我們一定要做到，對不對？」

群眾中有人高聲喊道：「那是謝頓教授！他是好人！可別揍他！」

謝頓察覺群眾中出現了矛盾心態。他知道，有些人會樂於見到大學安全警衛引發一場騷動，這種人總是有的。另一方面，一定也有人對他心存好感，還有些人雖然不認識他，卻不希望見到一名教授受到暴力攻擊。

此時響起一名女子的聲音：「小心，教授！」

謝頓嘆了一聲，緊盯著面前那幾個高大的年輕人。他不知道自己是否應付得了、自己的反射動作是否夠快、自己的肌肉是否夠結實——即使他是個角力高手。

一名打手慢慢湊近他，當然是過度自信，動作不怎麼快。這給了謝頓一點寶貴時間，正是他步入中年的身體所需要的。那打手面對著謝頓伸出一隻手臂，這使得拆招更加容易。

謝頓抓住那隻手臂，隨即一個迴旋，彎腰，抬手，再向下一拉（伴隨著一下哼聲，他為什麼一定要哼一聲？），那名打手便飛了出去，部分是藉著他自己的衝力。他重重一聲落在演講台外緣，右肩顯然脫臼了。

面對這個完全意料之外的發展，聽眾發出狂野的喊叫。一股集體驕傲感，立時迸發出來。

「解決他們，教授！」一個聲音喊道，其他人馬上響應。

謝頓將頭髮向後撫平，盡量不大口喘氣。然後，他一腳把那個還在呻吟的打手踢下演講台。

「還有誰要上？」他得意地問道：「或是你們要默默離去？」

他面對著納馬提與他的五名黨羽。當他們躊躇不定地僵在那裡時，謝頓說：「我警告你們，群眾現在站在我這邊。如果你們一起衝過來，他們會把你們撕爛。好了，下個是誰？來吧，一次一個。」

他將最後一句話的音量提高，同時手指做出「放馬過來」的小動作。群眾隨即發出興奮的吶喊。

納馬提硬邦邦站在哪裡。謝頓跳過他，將他的脖子箍在自己的臂彎裡。此時學生紛紛爬上演講台，喊道：「一次一個！一次一個！」並在那些保鑣與謝頓之間築起一道人牆。

謝頓加大壓在納馬提氣管上的力道，同時在他耳旁悄聲說：「有辦法做得到，納馬提，而我知道怎麼做，我練了好多年。只要你動一動，試圖掙脫，我就毀了你的喉嚨，以後你頂多只能發出這麼小的聲音。你若珍惜你的聲音，就照我的話去做。當我鬆手時，叫那夥流氓趕緊離去。要是你說一句別的，那就會是你最後一次用正常聲音說話。倘若你再回到這個校園，不會再有好好先生了，下次我會和你算清這筆帳。」

他暫且鬆開手，納馬提立刻沙啞地說：「你們全都滾開。」那些人迅速撤退，扶著受傷的同志一塊離去。

不久之後，當大學安全警衛抵達時，謝頓說：「抱歉，諸位，虛驚一場。」

他離開運動場，帶著相當懊惱的心情，繼續踏上回家的路途。他顯露了自己不願顯露的一面——他是數學家哈里・謝頓，不是殘酷成性的角力士哈里・謝頓。

此外，他還滿懷沮喪地想，鐸絲會聽說這件事。事實上，他最好自己告訴她，以免她從別處聽來的版本，將這個事件說得比實際情況更糟。

她不會高興的。

1-3

她的確不高興。

鐸絲在他們的寓所門口等他。她擺出一個輕鬆的姿勢，一隻手叉著腰，看來像極了八年前在同一所大學裡，他第一次見到她的模樣：身材苗條，浮凸有致，一頭鬈曲的金紅色頭髮——在他眼裡非常美麗，就任何客觀角度而言則談不上。不過，在他們相識幾天之後，他就再也無法對她做出客觀評價。

鐸絲．凡納比里！當他看到她平靜的面容時，他心裡想的是這個名字。在許多世界上，甚至在川陀的許多行政區中，一般會稱她爲鐸絲．謝頓。可是，他總是認爲，那會在她身上貼上所有權的標籤，而他不願這樣做，儘管早在虛無飄渺的前帝國時代，這個約定俗成的慣例便已受到認可。

鐸絲一面悲傷地搖了搖頭，險些攪亂了她蓬鬆的鬈髮，一面柔聲道：「我聽說了，哈里。我究竟該拿你怎麼辦？」

「親一下不會錯的。」

「好吧，或許，但我們得先探討一下這件事，進來吧。」大門在他們身後關上，「你該知道，親愛的，我有我自己的課程，還有自己的研究。我仍在鑽研那個可怕的川陀王國歷史，你告訴過我，那對你的工作有絕對的必要。我是不是該全部擱下，專門在你身邊晃來晃去，以便保護你？你知道的，那仍然是我的工作。如今你在心理史學上逐漸有些進展，那更成了我責無旁貸的責任。」

「有些進展？我倒希望有。可是你不需要保護我。」

「不需要嗎？我剛才派芮奇出去找你。畢竟你遲到了，而我有些擔心。通常你要遲些回家的時候，都會事先告訴我。假如這令我聽來像是你的守護者，那很抱歉，哈里，但我的確是你的守護者。」

「守護者鐸絲，你有沒有想到過，偶爾我也想要掙脫一下鎖鏈？」

「萬一你發生了什麼事，我怎麼向丹莫刺爾交代？」

「我是不是誤了晚餐？我們點了外賣沒有？」

「沒有，我一直在等你。既然你回來了，就由你來點吧。在飲食這方面，你要比我挑剔得多。可是，不要改變話題。」

「芮奇沒告訴你說我沒事嗎？所以還有什麼好談的呢？」

「當他找到你的時候，你已經控制了局面。於是他先回家來，但不比你早多少，所以我沒聽到任何細節。告訴我，你、在、做、什、麼？」

謝頓聳了聳肩。「校園裡有個非法集會，鐸絲，我把它驅散了。我要是沒那樣做，這所大學可能會惹上好些不必要的麻煩。」

「非得靠你阻止不可？哈里，你不再是角力士，你是個……」

他急忙插進一句：「是個老頭？」

「就角力士而言，是的。別忘了，你四十歲了。你現在有什麼感覺？」

「嗯——有點僵硬。」

「我不難想像。假如你繼續裝成年輕的赫利肯運動家，總有一天會折斷一根肋骨。現在，把經過情形告訴我。」

「好吧，我和你提過雨果如何警告我，說那個九九・久瑞南的群眾運動給丹莫刺爾帶來麻煩。」

「九九。是的，這些我還知道。我不知道的那些呢？今天發生了什麼事？」

「運動場有個群衆大會，九九的一個黨羽，叫作納馬提的，在對群衆發表演說……」

「納馬提就是坎伯爾·丁恩·納馬提，久瑞南的左右手。」

「好，你知道得比我還清楚。不管他是誰，反正他當時對著大批群衆演說，卻沒有申請許可證。我想，他是希望藉此引發某種暴動。他們靠這些騷亂壯大，如果因此讓大學關閉，哪怕只是暫時的，他也能指控丹莫刺爾破壞學術自由。我猜，他們把每件事都怪在他頭上。所以我阻止了他們，在未引發暴動的情況下，把他們趕走了。」

「聽來你引以爲傲。」

「有何不可？對一個四十歲的人來說，不壞啊。」

「這就是你那麼做的原因？測驗你四十歲的身體狀況？」

謝頓若有所思地鍵入晚餐菜單，然後說：「不，我的確擔心這所大學會惹上不必要的麻煩，而且我還爲丹莫刺爾擔心。只怕雨果的一番危機論，在我心中所留下的印象超乎我的想像。那是個蠢念頭，鐸絲，因爲我知道丹莫刺爾能照顧自己。除你之外，我不能對雨果或其他人解釋這一點。」他深深吸了一口氣。「我至少可以和你談，這帶給我難以想像的喜悅。除了你我，以及丹莫刺爾自己，至少據我所知，再也沒有人知道丹莫刺爾是打不倒的。」

鐸絲拍了一下凹陷壁板上的一個開關，起居間的餐廳部分便亮起柔和的桃色光芒。她與謝頓一同走向餐桌，上面已經鋪好亞麻桌布，擺上水晶杯與各式各樣的餐具。他們坐定後，晚餐開始送達——在傍晚這個時刻，晚餐從來不會耽擱太久，謝頓將這點視爲理所當然。他們沒有必要再惠顧教員餐廳，而他早已習慣這樣的社會地位。

謝頓在食物中加些調味品，那是他們滯留麥曲生時學到的品味。麥曲生區是個怪異、男性至上、宗教主宰一切、永遠活在過去的地方，唯有該區的調味品，是他倆唯一不厭惡的麥曲生特產。

鐸絲柔聲道：「你說『打不倒的』是什麼意思？」

「得了吧，親愛的，他能改造別人的情感，你總不會忘記吧。如果久瑞南眞變得危險，他就會被——」他用雙手做了個含糊的動作，「改造；改變他的心意。」

鐸絲顯得心神不寧，晚餐在反常的沉默中進行。直到晚餐結束，剩菜、碗盤、餐具等等全部捲入餐桌中央的廢物處理槽（然後它平穩地自動合攏），她才再度開口。「我不確定要不要和你談這件事，哈里，但我不能讓你被自己的天眞所愚弄。」

「天眞？」他皺起眉頭。

「是的，我們始終沒有討論過這件事，我也從未想到會有這一天。可是丹莫刺爾眞有些短處，他不是打不倒的，他也可能受到傷害，而久瑞南對他的確是個威脅。」

「你這話當眞嗎？」

「我當然當眞。你並不瞭解機器人，至少絕不瞭解像丹莫刺爾那麼複雜的，而我剛好相反。」

1-4

又有一段短暫的沉默，但這只是因爲思想是無聲的。謝頓的內心簡直吵翻了天。

是的，這是事實。他的妻子確實對機器人似乎有驚人的認識。過去許多年來，謝頓常對這點百思不解，最後終於放棄，將它塞進心靈的暗角。若非伊圖．丹莫刺爾——一個機器人——謝頓永遠不會遇見鐸絲。因爲鐸絲是爲丹莫刺爾工作的；八年前，是丹莫刺爾「指派」鐸絲接下這個任務，在謝頓亡命川陀各區的逃亡中，盡力保護他的安全。即使現在，她成了他的妻子、他的配偶、他的

「另一半」，謝頓仍然不時納悶，鐸絲與機器人丹莫刺爾之間，究竟有什麼奇妙的聯繫。在鐸絲的生命中，這是謝頓唯一眞正感到不屬於他，也不歡迎他的一處。而這就引出了那個最殘酷的問題：鐸絲留在謝頓身邊，是出於對丹莫刺爾的服從，還是出於對謝頓的愛？他想要相信是後者，然而……

他與鐸絲．凡納比里在一起的日子很快樂，但那是有代價、有條件的。那個條件並非藉由討論或協議所定，而是彼此未曾言明的一種諒解，因此反倒份外嚴格。

謝頓瞭解，自己心目中理想妻子的各項優點，他在鐸絲身上都找到了。誠然，他沒有兒女，但他一來從未指望，二來，說老實話，也沒有多大的渴求。他擁有芮奇，在感情上，芮奇就是他的兒子，彷彿芮奇繼承了謝頓家族整個的基因組，或許有過之而無不及。

現在鐸絲卻令他想到這個問題，等於打破了這些年來讓他們相安無事的那個協定。他模模糊糊感到一股怨氣，而且這種感覺愈來愈強。

可是他很快將那些想法、那些問題再度拋到腦後。他已經學會接受她是他的保護者，今後也不會有任何改變。畢竟，與她共享一個家、一張餐桌、一張床的是他自己，而不是伊圖．丹莫刺爾。

鐸絲的聲音將他從冥想拉回現實。

「我說──你是不是悶悶不樂，哈里？」

他有點吃驚，因爲她話中有重複的口氣，使他瞭解他剛才不斷深陷自己的思緒，因而與她的距離愈拉愈遠。

「對不起，親愛的，我不是悶悶不樂──不是有意悶悶不樂。我只是在想，我該如何回應你剛才的話。」

「關於機器人嗎？」當她說出這個詞彙時，她似乎相當冷靜。

「你說，我對他們知道得不如你多。我該如何回應這句話呢？」他頓了一下，再以平靜的口吻補充道（他知道是在碰運氣）：「我是說，而不至於冒犯你。」

「我可沒說你不知道機器人。假如你要引用我說的話，那就做得準確點。我說的是，你不瞭解機器人。我確信這方面你知道得很多，也許比我還多，可是『知道』不一定代表『瞭解』。」

「好了，鐸絲，你在故意用矛盾的言語困擾我。矛盾只有一個來源，那就是無意或刻意騙倒人的模稜兩可。我不喜歡在科學中見到這種言論，也不喜歡在日常談話中聽到，除非本意是幽默，而我認爲現在並非如此。」

鐸絲以她特有的方式笑了幾聲，適可而止，彷彿歡樂過於珍貴，不能以太過慷慨的方式與人分享。「這個矛盾對你所造成的困擾，顯然已經使你變得誇張，而你在誇張時總是相當幽默。無論如何，我會解釋的，我並沒有打算令你困擾。」她伸出手來拍拍他的手背，謝頓才驚訝地（還有點不好意思地）發覺自己已經握緊拳頭。

鐸絲說：「你常常就心理史學高談闊論，至少對我如此。你知道嗎？」

謝頓清了清喉嚨。「在這方面，我得求你大發慈悲。這個計畫是祕密的，它的本質使然。除非受到心理史學影響的人都對它一無所知，否則心理史學根本無效，所以我只能找雨果和找你談。對雨果而言，那全是直覺。他很傑出，但他太容易瘋狂地跳進未知的領域，因而我必須扮演的角色是謹慎，是不斷將他拉回來。但我自己也有些瘋狂的想法，能聽到它們大聲說出來對我很有幫助，即使——」他微微一笑，「當時我心裡十分明白，我說的話你一個字也聽不懂。」

「我知道我是你的共鳴板，我不在乎，我眞的不在乎，哈里，所以請勿暗自決定改變你的行爲。自然，我並不瞭解你的數學，我只是個歷史學家，我的本行甚至不是科學史。現在，我的時間都花在經濟變動對政治發展的影響……」

「沒錯，那方面我又是你的共鳴板，難道你沒有注意到嗎？在適當的時候，我的心理史學需要用到它，所以我覺得你對我有不可或缺的助益。」

「很好！既然咱們找到了你和我在一起的原因——我知道，不可能是因爲我天仙般的美麗——就讓我繼續解釋吧。有些時候，當你的討論脫離純粹的數學領域時，我似乎也能體會你的意思。在好些時候，你都解釋過你所謂的極簡主義之必要性。我想我能瞭解這一點，你所謂的極簡主義，是指……」

「我知道我指的是什麼。」

鐸絲顯得有些難過。「拜託，哈里，別太自大。我不是試圖對你解釋，而是想對自己解釋。你說你是我的共鳴板，那就請你言行一致。禮尚往來是公平的，對不對？」

「禮尚往來沒有錯，但如果我說了一點點，你就要給我扣上自大的帽子……」

「夠了！閉嘴！你告訴過我，極簡主義是應用心理史學中最重要的一環；若試圖將不理想的歷史發展修改成理想的，或至少是較理想的，極簡主義是不可或缺的工具。你曾經說過，必需施行的變動要盡可能微小、盡可能簡單……」

「是的，」謝頓熱切地說：「那是因爲……」

「不，哈里，是我在試著解釋，我倆都知道你當然瞭解。你必須謹守極簡主義，因爲每一項變動，任何一項變動，都會帶來無數的副作用，不可能都是我們所能接受的。假如變動的規模太大，而且副作用太多的話，那麼結果必定會和你當初的計畫大相逕庭，變得完全無法預測。」

「沒錯，」謝頓說：「那是混沌效應的本質。問題在於，是否任何變動都能控制得足夠小，使得結果充分可以預測；或是在每一方面，人類歷史都是無法避免且無從改變的混沌現象。最初，就是因爲這個問題，使我認爲心理史學不是……」

「我知道，可是你不讓我表達自己的觀點。問題的癥結不在於是否任何變動都能足夠小，而是任何大於極小的變動都注定帶來混沌。需要的極小值也許是零，但假如不是零，它的值仍然非常小。找出某個足夠小卻大於零的變動，將是主要的難題。好，我想，這就是你所指的極簡主義之必要性。」

「差不多就是這樣。」謝頓說：「當然，和其他理論一樣，用數學語言能做出更簡練、更嚴密的敘述。聽我說……」

「饒了我吧。」鐸絲說：「既然你知道心理史學中的極簡主義，哈里，你就該知道如何用它來解釋丹莫刺爾的處境。你擁有足夠的知識，可是你不瞭解，因為你顯然沒有想到，可將心理史學法則用到機器人學法則上。」

謝頓有氣無力地答道：「這回，我不懂你要說什麼了。」

「他也需要利用極簡法則，對不對，哈里？根據機器人學第一法則，機器人不得傷害人類，那是普通機器人的最高指導原則。可是丹莫刺爾非比尋常，對他而言，還有第零法則的存在，它甚至凌駕第一法則之上。第零法則說機器人不得傷害人類整體，但這點便將丹莫刺爾套牢，正如你被心理史學法則套牢一樣。你懂了嗎？」

「我開始懂了。」

「但願如此。假如丹莫刺爾有能力改變人類的心靈，他在這樣做的時候，必須避免產生他不願見到的副作用。由於他是御前首相，他得擔心的副作用一定多得數不清。」

「如何將這個理論應用到如今的情況呢？」

「想想看吧！你不能告訴任何人丹莫刺爾是機器人，當然我是例外。因為他調整過你，使你根本做不到。可是他需要做多大的調整呢？你想要告訴別人他是機器人嗎？你仰賴他保護你、仰賴他支持你、仰賴他默默發揮影響力來幫助你，你會想毀掉他的優勢嗎？當然不會。因此，當年他需要做的變動非常小，剛好足以防止你在興奮中或不留神時脫口而出。那個變動如此微小，因此並沒有特別的副作用，這正是丹莫刺爾治理帝國所採用的一般模式。」

「對於久瑞南呢？」

「顯然和你的情況完全不同。不論他的動機爲何，他勢必反對丹莫刺爾到底。毫無疑問，丹莫刺爾能改變這點，但那樣做得付出代價，會在久瑞南的組織中引起可觀的震盪，導致的結果將是丹莫刺爾無法預測的。他不願冒險傷害久瑞南，以免產生的副作用會傷及無辜，甚至可能波及全人類，所以他必須暫且放過久瑞南，直到他能找到某種微小變動——某種足夠小的變動，既能挽救局勢，又不會造成傷害。這就是爲什麼雨果說得對，以及丹莫刺爾也有弱點的原因。」

謝頓一直仔細聆聽，卻沒有做出回應，似乎陷入了沉思。過了好幾分鐘，他才重新開口。「如果丹莫刺爾對這件事束手無策，那我必須挺身而出。」

「假如連他都束手無策，你又能做些什麼？」

「這件事不一樣。我並未受到機器人學法則的束縛，我不需要強迫自己遵循極簡主義。首先，我必須去見丹莫刺爾。」

鐸絲顯得有點焦慮不安。「你非去不可嗎？宣傳你們兩人之間的關係，當然不能算明智之舉。」

「事到如今，我們不能再執迷於假裝毫無瓜葛。自然，我不會大張旗鼓去見他，不會在全相電視上大肆宣傳，可是我必須見他一面。」

1-5

謝頓發覺自己對時光的流逝憤怒不已。八年前，剛來到川陀時，他凡事都能採取立即行動。當時他只擁有旅館內的一個房間、一些隨手可丟的行李，能夠隨心所欲來往川陀各行政區。

現在的他，則是每天忙著系務會議，忙著制定決策，忙著許多其他工作。想抽身見丹莫刺爾一面不是簡單的事；即使他做得到，丹莫刺爾自己的時間表也早已排滿。要找一個兩人都有空的時候，可還眞不容易。

而要鐸絲對他搖頭，同樣不是容易的事。「哈里，我不知道你打算做什麼。」

他不耐煩地答道：「我也不知道我打算做什麼，鐸絲，我希望見到丹莫刺爾時，能夠找出答案。」

「你的首要職責是心理史學，他會那樣說。」

「或許吧，我會找出答案的。」

後來，他剛剛和首相約好在八天後見面，就收到一封來信。那封信出現在他的研究室牆壁螢幕上，以稍嫌古老的字體寫成。而配合這個古老字體的，則是頗有古風的文句：敝人乞求謁見哈里．謝頓教授。

謝頓驚訝地瞪著這行字。如今即使上書皇帝陛下，也不會用這種幾世紀前的文體。信末的署名也很特別，不像通常那樣印得清清楚楚，而是一個龍飛鳳舞的簽名，雖然完全可以辨識，卻透出藝術大師即興揮毫的一種韻味。那個簽名是：拉斯金．久瑞南——是九九自己，乞求謁見謝頓。

謝頓不知不覺咯咯笑了幾聲。對方爲何選用那種字句，爲何親筆簽名，意圖實在很明顯。這使得一個簡單的請求，變成了激發好奇心的工具。謝頓並非十分渴望與此人見面，或者說，本來大概完全沒有這個意思。可是究竟有什麼事，值得使用古文體與藝術字？他倒想弄清楚。

他讓祕書安排了會面的時間與地點。當然是在他的研究室，而不是他的寓所。這將是一次公務會談，沒有社交的成分。

時間安排在他會見丹莫刺爾之前。

鐸絲說：「我一點也不驚訝，哈里。你打傷了他手下兩個人，其中之一還是他的首席助理；你破壞了他舉行的小小集會；而且你藉著羞辱他的代表，令他當眾丟人現眼。他想要見見你這個人，我想我最好跟你一道去。」

謝頓搖了搖頭。「我會帶著芮奇。我曉得的門道他都曉得，而且他是個身強體壯、精力充沛的二十歲青年。雖然我確定，沒有特別防範的必要。」

「你怎能如此確定？」

「久瑞南要到校園裡來見我，所以附近會有很多年輕人。在學生心目中，我還不算是個不受歡迎的人物。而且我覺得，久瑞南是那種準備充分的人，他知道我在大本營中將平安無事。我確定他會萬分客氣——絕對友善。」

「嗯。」鐸絲的嘴角稍微扭了一下。

「而且相當可怕。」謝頓補充道。

1-6

哈里．謝頓保持面無表情，僅僅稍微點了點頭，剛好足以表達應有的禮貌。他曾不厭其煩地查過久瑞南的多張全相像，可是，正如通常的情形，眞人總有鬆懈的時候，還會隨著外界狀況不斷做出反應，因此看來絕不會和全相像一模一樣——不論準備得多麼細心。或許，謝頓心想，這種差異正是觀察者對「眞人」的反應所造成的。

久瑞南是個高個子，至少與謝頓一樣高，但其他尺度都更爲巨大。這並非由於他有強壯的體格，因爲他給人一種鬆軟的印象，雖然還談不上肥胖。他有一張圓臉，一對淺藍色眼珠，一頭屬於沙色而不是黃色的濃密頭髮。他穿著一件冷色的連身服，臉上帶著似笑非笑的表情，令人產生友善的錯覺，卻也明擺那只是一種錯覺而已。

「謝頓教授，」他的聲音低沉，且在嚴格控制之下，那是演說家特有的聲音。「我很高興見到你，非常感謝你應允這次會晤。我確信你不會介意我帶了一個同伴，我的左右手，雖然我事先未曾對你言明。他叫坎伯爾·丁恩·納馬提——他的名字有三個部分，你該注意到了。我相信你曾經見過他。」

「是的，我見過，那次事件我記得很清楚。」謝頓帶著點嘲諷的神態望著納馬提。上次相遇時，納馬提正在大學運動場演講。此時，在輕鬆的情況下，謝頓趁機仔細打量他一番。納馬提身高中等，有著瘦削的臉龐、蠟黃的面色、黑色的頭髮，以及一張寬大的嘴巴。他不像久瑞南那樣似笑非笑，也沒有露出任何顯著的表情，只表現出一份謹慎的機警。

「我的朋友納馬提博士——他的學位是古代文學——自己要求與我同來，」久瑞南的笑容加深了一點，「他是來道歉的。」

久瑞南瞥了納馬提一眼。納馬提起初噘著嘴，但隨即以平板的聲音說：「對於在運動場發生的事，教授，我很抱歉。我不太清楚管理校園集會的嚴格規定，又有點被自己的激情迷了心竅。」

「這是可以理解的，」久瑞南說：「他當時也不太清楚你的身分。我想，我們現在大可忘掉這場不愉快。」

「我向你們保證，兩位先生，」謝頓說：「我並沒有多麼希望記住這件事。這是我兒子，芮奇·謝頓，所以你們看，我也有個同伴。」

芮奇已經蓄起兩撇又黑又濃的八字鬍，那是達爾人的男性象徵。八年前，他與謝頓初遇時，臉上連一根毛也沒有；那時他是個野孩子，衣衫襤褸，飢腸轆轆。他個子不高，但身形柔軟，肌肉發達，而且他的表情刻意份外高傲，好在肉體身高上增加幾吋精神高度。

「早安，年輕人。」久瑞南說。

「早安，閣下。」芮奇答道。

「請坐，兩位先生。」謝頓說：「我能招待兩位吃點或喝點什麼嗎？」

久瑞南舉起雙手，做出婉拒的手勢。「不了，教授，這並不是社交性的拜會。」他在謝頓指示的位置坐下來，「不過我希望，將來會有許多次這樣的拜會。」

「如果有公事要談，那就開始吧。」

「那樁蒙你寬宏大量答應忘掉的小意外，謝頓教授，當初我聽到，不禁納悶你為何要冒險那樣做。那是相當危險的事，你必須承認。」

「事實上，我不這麼認為。」

「但我認為如此。所以我冒昧地盡我所能，查出一切有關你的資料，謝頓教授。你是個很有意思的人，我發現你來自赫利肯。」

「是的，我在那裡出生，記錄上寫得很清楚。」

「而你在川陀已經待了八年。」

「那也是一項公開的記錄。」

「而你一開始，就藉著你發表的一篇數學論文而聲名大噪。那是關於——你稱它作什麼？心理史學是嗎？」

謝頓非常輕微地搖了搖頭。對於當初那個輕率的舉動，他不知道多久就要後悔一次。當然，他當時絕不認為那是輕率的。他說：「那只是年少的輕狂，結果一事無成。」

「是嗎？」久瑞南環顧四周，露出驚喜的神態。「但現在的你，是川陀一所著名大學的數學系系主任。而且我相信，你只有四十歲。順便提一下，我今年四十二，所以我絕不認為你有多老。你一定是個非常優秀的數學家，才能勝任這個職位。」

謝頓聳了聳肩。「我對這個問題不願置評。」

「或者，你一定有些有權有勢的朋友。」

「我們都希望結交有權有勢的朋友，久瑞南先生，可是我想你在這裡找不到半個。大學教授幾乎不可能結交有權有勢的朋友，甚至有時我想，任何種類的朋友都交不到。」他微微一笑。

久瑞南也露出微笑。「難道你不將大帝視為一位有權有勢的朋友嗎，謝頓教授？」

「我當然會，可是那和我又有什麼關係？」

「在我的印象中，大帝是你的朋友之一。」

「久瑞南先生，我確定那些記錄會告訴你，八年前我覲見過大帝陛下一次。前後大概頂多一小時，當時我看不出他顯得多麼熱絡。後來我再也沒有和他說過話，甚至沒再見過他，當然不包括在全相電視上。」

「但是，教授，不一定非得和大帝見面或說話，才能結交這位有權有勢的朋友。只要能和伊圖．丹莫刺爾，那位御前首相，見面或說話就夠了。丹莫刺爾是你的保護者，既然他和你有這種關係，我們當然能說大帝和你也有這種關係。」

「你是否在那些記錄的任何地方，找到所謂丹莫刺爾首相保護我的記載？或是那些記錄中有任何記載，能夠讓你推導出這個結論？」

「既然你們兩人的關係衆所周知，我又何必搜尋記錄呢？這件事你知我知，就讓我們將它當成已知數，繼續討論下去吧。還有，拜託，」他舉起雙手，「別花工夫對我做任何由衷的否認，那樣只會浪費時間。」

「實際上，」謝頓說：「我正準備問，你爲什麼認爲他會想保護我？有什麼目的？」

「教授！你是否故意假裝認爲我是老天眞，試圖藉此傷害我？我剛才提到你的心理史學，丹莫刺爾要的就是它。」

「而我告訴過你，那只是年少的輕率之作，結果一事無成。」

「你可以告訴我許多許多事情，教授，但我沒有義務接受你的說法。好了，讓我坦白講吧。在我手下一些數學家的幫助下，我讀了一遍你的原始論文，並試圖瞭解它的內容。他們告訴我，那是個瘋狂的夢想，而且相當不可能……」

「我相當同意他們的說法。」謝頓道。

「可是我有一種感覺，丹莫刺爾在等它發展成功並派上用場。如果他能等，那我也能等。讓我來等它，謝頓教授，對你會比較有用。」

「爲什麼？」

「因爲丹莫刺爾不會在他的位子上再待多久，反對他的輿論正步步高漲。當大帝厭倦這個不受歡迎的首相時，就可能會找人取而代之，以免受他的連累而失去皇位。大帝的寵愛甚至可能降臨不才的在下。而你仍將需要一位保護者，他要能確保你得以在安定中工作，而且擁有充足的經費，來負擔你所需要的設備和助理。」

「而你會是那位保護者嗎？」

「當然，而且和丹莫刺爾的理由一樣。我想要一個成功的心理史學技術，好讓我能更有效率地治理帝國。」

謝頓若有所思地點了點頭，等了一會兒，然後說：「可是這樣的話，久瑞南先生，我爲什麼一定要關心這件事呢？我是個窮學者，過著平靜的生活，埋首於與世無爭的數學和教育工作。你說丹莫刺爾是我現在的保護者，而你將是我未來的保護者。那麼，我大可繼續默默從事自己的工作，而讓你和首相去分個勝負，不論是誰勝利，我仍然有個保護者。或者，至少你是這麼說的。」

久瑞南僵凝的笑容似乎斂去一點。坐在一旁的納馬提，則將陰沉的臉孔轉向久瑞南，彷彿想說些什麼。但久瑞南一隻手稍微動了動，納馬提便輕咳一聲，什麼也沒有說。

久瑞南道：「謝頓博士，你是個愛國者嗎？」

「啊，當然啦。帝國已經爲人類帶來數千年的和平——至少，大多數歲月如此——而且促進了人類穩定的發展。」

「話是沒錯，可是過去一兩個世紀，進步的步調卻減緩了。」

謝頓聳了聳肩。「這方面我沒有研究。」

「你不必有研究。你知道的，在政治上，過去一兩個世紀是動亂的時代。皇帝在位的時間都很短，有時還因爲遇刺而更加縮短……」

「光是提到這種事，」謝頓插嘴道：「就已經接近叛國。我寧可你不……」

「好，來了吧，」久瑞南上半身靠向椅背，「看你多沒安全感。帝國正在衰敗，我願意公開這麼說。那些追隨我的人也這麼說，因爲他們看得太清楚。我們需要換一個人在大帝身邊，他要能夠控制整個帝國、壓制似乎到處浮現的反叛衝動、賦予軍隊應有的領導權、引導經濟……」

謝頓不耐煩地抬起手，做了一個要求暫停的動作。「而你就是做那些事的人，對不對？」

「我打算當那個人。那不會是個簡單的工作，而且我猜不會有許多志願者，理由很明顯。丹莫刺爾當然做不到，在他手中，帝國的衰落正向完全崩潰加速前進。」

「可是你有辦法阻止嗎？」

「是的，謝頓博士。藉著你的幫助，藉著心理史學。」

「藉著心理史學，或許丹莫刺爾也能阻止帝國的崩潰——假使心理史學眞的存在。」

久瑞南心平氣和地說：「它的確存在，我們別再假裝了，但它的存在幫不了丹莫刺爾。心理史學只是工具，還需要一個瞭解它的頭腦，以及一雙懂得使用它的手。」

「而你有這樣的頭腦和雙手，是嗎？」

「是的，我瞭解自己的長處。我要心理史學。」

謝頓搖了搖頭。「你愛要什麼都可以，反正我沒有。」

「你有，你有，我不和你爭論這點。」久瑞南傾身湊近謝頓，彷彿希望將聲音直接灌進他的耳朵，而不是藉著聲波載送過去。「你說你是個愛國者。我必須取代丹莫刺爾，以免帝國遭到毀滅。然而，取代過程的本身，就可能大大削弱帝國的元氣。我不希望有這種結果，而你可以指導我如何順利地、巧妙地達成這個目標，不至於造成傷害或破壞——看在帝國的份上。」

謝頓說：「我辦不到，你指控我擁有我所沒有的知識。我很願意效勞，可是我辦不到。」

久瑞南突然站起來。「好吧，你知道了我的心意，以及我想向你要什麼。好好想一想，此外，我還要請你爲帝國想一想。你或許覺得應該忠於你的朋友，丹莫刺爾，這個全銀河人類的掠奪者。小心點，你所做的有可能動搖帝國的根本。我以銀河中萬兆人類的名義求你幫助我，請想想帝國吧。」

他的聲音壓低了，變成令人毛骨悚然且強而有力的低語，謝頓感到自己幾乎忍不住發抖。「我隨時都會想到帝國。」他說。

久瑞南說：「那麼，我現在要求的就是這些。謝謝你應允會見我。」

當研究室外門無聲無息地滑開，久瑞南與他的同伴大步離去時，謝頓默默望著他們兩人的背影。

他皺起眉頭。有件事困擾著他，而他不確定究竟是什麼事。

1-7

納馬提的黑眼珠緊盯著久瑞南。此時，他們坐在斯璀璘區的辦公室中。這裡不算是個精緻的總部，而是一間刻意遮掩的場所。他們在斯璀璘勢力還弱，但他們一定會逐漸壯大。

這個運動的成長相當驚人。三年前，它從一無所有開始，如今觸鬚已延伸至川陀各個角落。當然，各處的勢力仍有大小之別。外圍世界則大多尚未觸及——丹莫刺爾花了很大力氣讓那些世界滿意，但那正是他的錯誤。發生在川陀上的叛亂才眞正危險；其他地方的叛亂不難控制，而在這裡，丹莫刺爾卻可能因此垮台，奇怪的是他自己竟然不瞭解。但久瑞南始終堅信一個理論，即丹莫刺爾的聲譽被過分誇大了，只要有人敢反對他，便能證明他只是個空殼子，而大帝一旦發覺自身安全難保，就會立刻剷除這個首相。

至少，目前爲止，久瑞南的預測都一一應驗。除了一些小事，例如最近在斯璀璘大學被謝頓這傢伙破壞的那場集會，他從未走錯路。

或許正是由於這個原因，久瑞南堅持要見他一面。即使腳趾頭的一粒小肉刺，也必須處理掉。

久瑞南很喜歡這種絕不犯錯的感覺，而納馬提不得不承認，對未來一連串成功的展望乃是繼續成功的最佳保證。爲了避免失敗的羞辱，人們傾向於加入顯然佔上風的一方，即使那樣做有違自己的心意。

但是，這次與這個謝頓的會晤算是成功嗎？或是原先那粒肉刺旁又長出了第二粒？納馬提不喜歡被一路拉去，只是爲了向對方低聲下氣地道歉，他看不出那樣做有什麼好處。

現在久瑞南坐在那裡，沉默不語，顯然陷入了沉思。他輕咬著拇指的指尖，彷彿試圖從中吸取某種心靈養分。

「九九。」納馬提輕聲喚道。群衆在公開場合拚命吶喊的這個暱稱，只有極少數人能眞正用來稱呼久瑞南，而納馬提便是其中之一。久瑞南用這些方法賺取群衆對他的愛戴，但在私下的場合，除了那些一開始就跟著他的戰友，他要求每個人都對他必恭必敬。

「九九。」他再度喚道。

久瑞南抬起頭來。「啊，坎．丁，什麼事？」他的聲音聽來有點暴躁。

「九九，我們要怎樣對付謝頓這傢伙？」

「對付？現在什麼都別做，他可能會加入我們。」

「爲什麼要等？我們可以對他施壓；我們可以拉動大學裡幾根線，讓他日子不好過。」

「不，不。目前爲止，丹莫刺爾一直放任我們發展，那傻子過度自信。不過，我們絕對不能做的一件事，就是逼他在我們準備好之前採取行動。如果我們以魯莽的手段對付謝頓，就有可能導致那種結果。我覺得丹莫刺爾對謝頓極爲重視。」

「因爲你們兩人談到的那個心理史學？」

「正是。」

「那是什麼東西？我從沒聽說過。」

「很少有人聽說過。那是一種分析人類社會的數學方法，最終的目標是預測未來。」

納馬提皺起眉頭，發覺自己不知不覺移開了久瑞南一點。這是久瑞南的玩笑嗎？是爲了要讓他發笑嗎？納馬提向來不清楚別人何時或爲何指望他發笑，他自己從來沒有那種衝動。

他說：「預測未來？如何預測？」

「啊！假使我知道，我還需要謝頓做什麼？」

「坦白講我不相信，九九。一個人怎能預知未來？那是算命。」

「我知道。但在這個謝頓打散了你的小小集會後，我徹底調查過他。八年前他來到川陀，在一個數學家會議上，發表了一篇有關心理史學的論文，然後整個東西就銷聲匿跡。再也沒有任何人提到，甚至包括謝頓自己。」

「那麼，聽來好像一文不值。」

「喔，不，正好相反。假使它慢慢消失，假使它受到冷嘲熱諷，那我會說它一文不值。但突然間被完全切斷，卻代表整個東西放進了冰窖的最深處。這就是丹莫刺爾也許根本沒有阻止我們的原因。說不定指引他的並不是愚蠢的過度自信，而是心理史學，它一定正在做些預測，丹莫刺爾則計畫於適當時機善加利用。果眞如此，我們就有可能失敗，除非我們自己也能利用心理史學。」

「謝頓聲稱它不存在。」

「假使你是他，你不會這麼做嗎？」

「我還是要說，我們應該對他施壓。」

「沒有用的，坎．丁，你可聽過『文恩的斧頭』這個故事？」

「沒有。」

「假使你是尼沙亞人，就一定會聽過，那是我家鄉一個很有名的民間故事。簡單地說，文恩是個伐木工，他有一把神奇的斧頭，只要輕輕一揮，就能砍倒任何樹木。這把斧頭珍貴無比，他卻從來不必花工夫收藏或保管，而它也始終沒被偷走。因爲除了文恩自己，沒有人能舉起或揮動這把斧頭。

「好，目前這個時候，除了謝頓自己，沒有人處理得了心理史學。假使由於我們強迫他，令他不得不站到我們這邊，我們就永遠無法確定他的忠誠。他難道不會力陳某種看來似乎對我們有利的行動方針，卻會巧妙地偷天換日，以致一段時日後，我們會發現自己一夕之間被摧毀了。不，他必須因爲希望我們獲勝，而自願投入我們的陣營，爲我們效力。」

「可是我們怎能說服他呢？」

「謝頓有個兒子，我記得他叫芮奇。你有沒有注意到他？」

「沒有特別注意。」

「坎．丁，坎．丁，如果你不注意每一件事，你就永遠抓不到重點。那年輕人全神貫注聽我說話，他的眼睛透露出他的心意。他被打動了，我看得出來。若說有哪件事是我看得出來的，那就是我打動他人的程度。當我搖撼了某個心靈，當我驅使某人回心轉意時，我心裡都會有數。」

久瑞南微微一笑，那不是他在公開場合所展現的假惺惺且逢迎的笑容。這次是一個衷心的微笑，有些冰冷而咄咄逼人。

「我們來看看能對芮奇做些什麼，」他說：「還有是否能透過他，讓我們得到謝頓。」

1-8

兩位政治人物走後，芮奇一面望著謝頓，一面摸著自己的八字鬍。撫摸這兩撇鬍子能為他帶來滿足感。在斯璀璘區，雖然也有些男人留八字鬍，但通常都是稀疏的次等貨，而且色澤不明顯；即使色澤深濃，仍然是稀疏的次等貨。大多數男人則根本不留，只好讓他們的上唇裸露在外。例如謝頓就沒有，不過那樣也好，從他的髮色看來，他配上兩撇鬍子會很滑稽。

他凝視著謝頓，等待他從沉思中回過神來，最後發覺自己再也等不下去。

「爸！」他喚道。

謝頓抬起頭來說：「什麼事？」他的聲音帶著些許惱怒，因為他的沉思被打斷了，芮奇如此判斷。

芮奇說：「我認為你根本不該見那兩個傢伙。」

「哦？為什麼？」

「嗯，那個瘦子，不管他叫什麼名字，就是你在運動場找他麻煩的那個傢伙。他不會喜歡那件事的。」

「可是他道歉了。」

「他不是真心的。而另一個傢伙，久瑞南，他可危險得很。萬一他們帶著武器呢？」

「什麼？在這所大學？在我的研究室？當然不會，這裡又不是臍眼。此外，如果他們輕舉妄動，我能同時收拾他們兩個，輕而易舉。」

「我可不敢說，爸，」芮奇透著懷疑的口氣，「你愈來愈……」

「別說出來，你這忘恩負義的小子。」謝頓一面說，一面伸出一根指頭做訓誡狀，「你說的話會和你母親一模一樣，而我已經受夠了她。我沒有愈來愈老，或者，至少還沒那麼老。何況還有你在我身邊，你幾乎是和我一樣老練的角力士。」

芮奇皺了一下鼻子。「角力沒啥好耍。」（沒有用的。芮奇聽到自己那樣說，心裡就很清楚，即使離開達爾那個泥淖已有八年，他的達爾腔仍會脫口而出，明顯標示著他是低下階層的一員。而且他個子很矮，有時他甚至會覺得自己發育不良。但他擁有八字鬍，沒有人會用施捨的目光看他第二眼。）

他說：「你準備怎樣對付久瑞南？」

「目前，什麼也不做。」

「這個嘛，爸，聽我說。我在川陀全視上看過久瑞南幾回，我甚至把他的演講錄到全相影帶上。大家都在談論他，所以我想我該看看他到底說些什麼。你可知道，他的話眞有幾分道理。我不喜歡他，也不相信他，可是他的話確有幾分道理。他希望各區擁有平等的權利，以及平等的機會，而那沒啥不對，不是嗎？」

「當然沒錯，所有的文明人都這麼想。」

「那我們爲什麼沒有那種東西呢？大帝這麼想嗎？丹莫刺爾呢？」

「大帝和首相有整個帝國需要操心，他們無法將全副心力集中在川陀上。久瑞南口頭談談平等當然容易，他肩上沒有責任。假使他處於統治者的地位，便會發覺他的心力被帝國二千五百萬顆行星大大分散。非但如此，他還會發覺川陀各區在每方面都和他作對；每一區都想爲自己爭取很多平等，卻不希望別區獲得太多。告訴我，芮奇，你認爲久瑞南該有執政的機會嗎，只爲了讓他證明他做得到什麼？」

芮奇聳了聳肩。「我不知道，我存疑。但如果他剛才想對你怎麼樣，在他移動兩公分之前，我就會抵住他的喉嚨。」

「那麼，你對我的忠心，超過了你對帝國的關懷。」

「當然，你是我爸。」

謝頓以憐愛的目光望著芮奇，但在這個目光背後，他卻生出一絲不確定感。久瑞南近乎催眠的影響力，能有多麼深遠呢？

1-9

哈里·謝頓在座椅上向後仰，垂直的椅背立刻傾斜，讓他保持斜倚的坐姿。他的雙手墊在腦後，雙眼沒有任何焦點。他的呼吸則非常輕，眞的非常輕。

鐸絲·凡納比里待在房間另一端，她剛關掉閱讀鏡，並將微縮膠片放回原位。剛才她相當專心了好一段時間，在修訂她對早期川陀歷史中「弗羅倫納事件」的意見。她覺得若暫停一下，猜猜謝頓在思考什麼，會是個頗爲適當的休息。

一定是心理史學。他也許要花掉後半生所有的時間，探尋這個「半混沌技術」的各種蹊徑。很可能他一輩子也無法完成，到頭來將這項工作留給別人（應該是留給雨果，只要這個年輕人沒有被這個問題也耗得油盡燈枯），他則會因爲不得不如此而傷透了心。

然而，這給了他一個活下去的理由。始終擁抱著這個問題，會讓他活得更長久，這使她感到欣慰。總有一天她會失去他，她心裡明白，而且發覺這個想法困擾著她。剛開始的時候，她的任務十分單純，只是爲了他所擁有的知識而保護他，當時看來，似乎不會發生這種事。

它在何時轉變成私密的需要呢？又怎麼會有如此私密的需要呢？這個男人究竟有什麼魅力，使她看不到他就心神不寧，即使明知他安然無事，因此根深柢固的命令並不會化爲行動？根據那些命令，她需要關切的只有他的安危。其他的情緒是怎麼闖進來的？

很久以前，當那些情緒明顯浮現之際，她曾對丹莫刺爾提到這件事。當時，他表情嚴肅地望著她，說道：「你的心思很複雜，鐸絲，因此這個問題並沒有簡單的答案。在我的生命中，曾經出現過一些人，他們的存在使我更容易思考，使我做出反應時更加愉快。我曾經試圖衡量，在他們存在時和終於消失後，我的反應所呈現的難易變化，看看總結起來，我究竟是得是失。在這個過程中，我明白了一件事。他們的出現所帶來的快樂，勝過他們逝去所留下的遺憾。所以說，整體而言，體驗你現在所體驗的，總比放棄來得好。」

她心想：哈里總有一天會留下大片空白，而每過一天就更接近那一天，我絕不能想這件事。

爲了拋開這個念頭，她終於決定打斷他的思緒。「你在想什麼，哈里？」

「什麼？」謝頓顯然花了一番力氣，才將目光重新聚焦。

「我想一定是心理史學，我猜你又在探索另一條死胡同。」

「這個嘛，那回事暫時不在我心上。」他突然哈哈大笑，「你想知道我在想什麼嗎？頭髮！」

「頭髮？誰的？」

「此時此刻，是你的。」他柔情地望著她。

「有什麼不對勁嗎？我該染成別的顏色嗎？還是說，過了這麼多年，也許該出現白髮了？」

「得了！誰需要、誰想要你的頭髮變白。只是它使我聯想到其他事情，比如說尼沙亞。」

「尼沙亞？那是什麼？」

「前帝國時代的川陀王國始終沒有涵蓋它，所以你沒聽過並不令我驚訝。它是一個世界，一個小世界；遺世獨立，微不足道，乏人問津。我會對它稍有瞭解，只是因爲我不厭其煩地查過資料。

在二千五百萬個世界當中，只有極少數眞能長久名揚星際，但我懷疑是否還有任何世界像尼沙亞那麼不重要。而這點就相當重要，你懂了吧。」

鐸絲將她的參考資料推到一旁，說道：「你總是告訴我說你厭惡矛盾，這個新嗜好又是怎麼回事？這個不重要的重要性到底是什麼？」

「喔，當我自己製造矛盾時，我倒是不在乎。你可知道，久瑞南來自尼沙亞。」

「啊，原來你關切的是久瑞南。」

「沒錯，在芮奇的堅持下，我看了一些他的演講。內容沒有多大意義，但是整體而言，卻能造成近乎催眠的效應，芮奇就被他深深打動了。」

「我猜任何出身達爾的人都會，哈里。久瑞南對各區平等的堅定訴求，自然會吸引那些受壓迫的熱閭工。你記得我們在達爾的所見所聞嗎？」

「我記得非常清楚，我當然不會怪這孩子。令我困擾的，只是久瑞南來自尼沙亞。」

鐸絲聳了聳肩。「嗯，久瑞南總得從某處來。反之，尼沙亞和其他任何世界一樣，有時總會對外輸出移民，甚至對川陀輸出。」

「沒錯，可是，正如我所說，我不厭其煩地對尼沙亞做了一番調查。我甚至設法和那兒某個低層官員做過一次超空間接觸，花了好大一筆信用點，而我無法心安理得地讓系上付帳。」

「你有任何值回點數的發現嗎？」

「我想應該有。你可知道，久瑞南總是講些小故事來闡明他的論點，那些故事都是他的母星尼沙亞上的傳說。在川陀上，這樣做對他有很大的好處，因爲會使他顯得平易近人，滿腦子樸素的哲學。那些故事充斥於他的演說中，讓人覺得他來自一個小世界，在一個與世隔絕的農場長大，周圍是一片原始的生態環境。人們喜歡這一點，尤其是川陀人，他們寧死不願困在一個原始的生態環境裡，但是他們照樣喜愛夢想那種地方。」

「可是這有什麼問題呢？」

「奇怪的是，和我談話的那個尼沙亞人，對那些故事一個也不熟悉。」

「這沒什麼意義，哈里。它或許是個小世界，但它總是個世界。在那個世界上，久瑞南的出生地所流行的故事，不一定在那個官員的家鄉同樣流行。」

「不，不。民間故事通常都是世界性的，頂多只是改頭換面一番。不過除了這點之外，我還很不容易聽懂那人的口音，他說的銀河標準語有濃重的腔調。爲了確定這件事，我還和那個世界上其他幾個人談過，結果他們都有同樣的腔調。」

「那又怎麼樣？」

「久瑞南沒有那種腔調，他講的是相當純正的川陀話。實際上，比我說的好得太多了。我帶有赫利肯方言的『兒』音，而他完全沒有。根據記錄顯示，他在十九歲時來到川陀。在我看來，一生最初十九年都說那種粗俗的尼沙亞式銀河標準語，來到川陀後，那種腔調竟然完全消失，這簡直是不可能的事。不論他在這裡待了多久，總會殘留一點那種腔調。看看芮奇，還有他偶爾脫口而出的達爾獨特用語。」

「從這一切，你推論出什麼來？」

「我推論出的是——我整晚坐在這裡，像個推理機一般推論良久，得到的結論是——久瑞南根本不是從尼沙亞來的。事實上，我想他之所以挑選尼沙亞，假裝那是他的故鄉，只是因爲它那麼偏僻遙遠、那麼與世隔絕，以致沒有人會想要查證。他一定做過徹底的電腦搜尋，才找到這樣一個最不可能被拆穿謊言的世界。」

「可是這實在荒謬，哈里。他爲什麼假裝來自一個並非眞正故鄉的世界？這代表需要竄改大量的記錄。」

「那正是他或許做過的事情。或許他在內政部有夠多的追隨者，使這件事得以實現。或許每個人所做的更動都微乎其微，根本算不上竄改。而他所有的追隨者都太狂熱，以致沒有人談論這一點。」

「但問題還是——為什麼？」

「因為我懷疑，久瑞南不希望人們知道他的眞正出身。」

「為什麼？帝國境內所有世界一律平等，不論是根據法律或根據慣例。」

「這我就不敢說了，在眞實人生中，這些高度理想的理論從未眞正實現。」

「那麼他是從哪裡來的？你究竟有沒有任何概念？」

「有的，這就把我們帶回頭髮這個話題了。」

「和頭髮有什麼關係？」

「當時，我坐在久瑞南對面打量他，愈看愈不對勁，卻不知道為什麼有那種感覺。後來我終於瞭解，是他的頭髮使我覺得不對勁。它具有某種特質，一種生命，一種光澤……一種完美，是我以前從未見過的。然後我明白了，他的頭髮是以人工仔細種植在頭皮上的，他頭上本來不該有那種東西。」

「不該有？」鐸絲瞇起雙眼，顯然她突然領悟了。「你的意思是……」

「沒錯，我正是那個意思。他來自那個活在過去、受神話支配的川陀麥曲生區，那就是他一直努力掩飾的事實。」

1-10

鐸絲．凡納比里冷靜地思考這個問題。冷靜是她唯一的思考模式，她向來沒有熾烈的情緒。她閉起雙眼以便集中精神。她與謝頓造訪麥曲生已是八年前的事，而且在那裡未曾停留太久。除了食物之外，那裡實在沒有什麼值得恭維的。

心中的影像逐漸升起。那是個嚴苛的、禁慾的、男性中心的社會，強調的是過去，人人除去全身毛髮——那是一種心甘情願的痛苦過程，好讓他們與眾不同，好讓他們「知道自己是什麼人」。她還想到他們的種種傳說，以及他們對過去的記憶（或幻想）——當時他們統治整個銀河，擁有倍增的壽命，與機器人生活在一起。

鐸絲張開眼睛，問道：「為什麼，哈里？」

「為什麼什麼，親愛的？」

「為什麼他要假裝不是來自麥曲生？」

她並不認為他對麥曲生的記憶會比自己詳盡；事實上，她知道這不可能，但是他的心智比她優越，至少絕對不同。她自己的心智只能從事記憶，以及靠數學演繹程序得出明顯的推論；他的心智則能做出意料之外的躍遷。謝頓喜歡假裝讓直覺成為他的助手雨果．阿馬瑞爾的專利，可是這點瞞不過鐸絲。謝頓喜歡擺出一副超俗數學家的姿態，透過一雙永遠存疑的眼睛觀察這個世界，而這點同樣瞞不過她。

「為什麼他要假裝不是來自麥曲生？」當她重複這個問題的時候，他坐在那裡，目光聚焦於自己內心深處。每當他透出這種眼神，鐸絲總會聯想到他又試圖從心理史學的概念中，再榨出一小滴的用處與效力。

謝頓終於開口：「那是個嚴苛的社會，是個處處設限的社會。總是會有些人，不滿這種控制一切思想言行的方式；總是會有些人，覺得自己無法馴服地套上韁索，而嚮往較世俗的外界中更大的自由。這是可以理解的。」

「所以他們培植人工毛髮？」

「不，通常不會。一般的脫韁者會戴假髮——脫韁者是麥曲生人對那些背離人士的稱呼，當然，他們鄙視那些人——那樣做簡單得多，但效果也差得多。我聽人家說，眞正認眞的脫韁者會培植人工毛髮。那種過程既困難又昂貴，但是幾乎可以亂眞。以前我從未見過這種人，不過我聽說過。我花了許多年的時間，研究川陀上的八百個行政區，試圖整理出心理史學的基本法則和數學模式。遺憾的是，我累積的成果實在太少，但我的確學到一些東西。」

「可是，脫韁者爲何必須隱藏來自麥曲生的事實？據我所知，他們並沒有遭到迫害。」

「沒錯，他們沒有。事實上，一般人並不認爲麥曲生人是劣等民族。不過實際情況更糟，誰也不把麥曲生人當一回事。大家都承認他們相當聰明，而且教育水準高、尊貴、文明、精於飲食，他們保持該區繁榮的本事簡直嚇人，可是沒有人把他們當一回事。在外人眼中，他們的信仰荒唐、滑稽，而且愚蠢得難以置信，這種看法甚至烙在麥曲生脫韁者的身上。一個試圖在政府裡面掌權的麥曲生人，會在衆人的哄笑聲中垮台。讓人害怕沒有關係，甚至受人輕視也能安然無事，但是被人嘲笑——則注定完蛋。久瑞南想要當首相，所以他必須有頭髮；而爲了高枕無憂，他必須裝成是在某個偏遠的世界長大，而且盡可能讓那個世界離麥曲生愈遠愈好。」

「當然有些人是自然的禿頭。」

「絕不會像麥曲生人自願接受的脫毛那般徹底。若在外圍世界，那不會有太大關係。但是對外圍世界而言，麥曲生只是個遙遠的傳說。麥曲生如此閉關自守，實在很少有人離開過川陀。不過，川陀上的情形則不同。雖然有些人禿頭，但他們通常還保有一圈頭髮，以宣示他們並非麥曲生人，或者他們會留鬍鬚。少數完全沒有毛髮的——通常是一種病態——運氣就不好了。我猜他們必須隨身攜帶一張醫生證明，以證明他們不是麥曲生人。」

鐸絲微微皺著眉頭說：「這點對我們有任何幫助嗎？」

「我還不確定。」

「你不能公佈他是麥曲生人嗎？」

「我不確定這點是否容易辦到。他一定把狐狸尾巴藏得很好，而即使辦得到……」

「怎麼樣？」

謝頓聳了聳肩。「我不想訴諸種族偏見。川陀現在的社會情勢已經夠糟了，更何況放縱誰都無法控制的激情。萬一我實在需要拿麥曲生做文章，那會是我最後的選擇。」

「所以說，你也要用極簡主義。」

「當然。」

「那你會怎麼做呢？」

「我已經約好要和丹莫刺爾見面，他也許知道該怎麼做。」

鐸絲以嚴厲的目光望著他。「哈里，你是不是漸漸無法自拔，指望丹莫刺爾能爲你解決所有的問題？」

「沒有，但他或許會解決這個問題。」

「假如他不會呢？」

「那麼我必須想別的辦法，對不對？」

「比如說？」

謝頓的臉龐掠過一個痛苦的表情。「鐸絲，我不知道，你也別指望我能解決所有的問題。」

1-11

伊圖．丹莫刺爾不常露面，只有在克里昂大帝面前例外。隱身幕後是他的一貫政策，原因不一而足，其中之一是他的外表幾乎沒有歲月的痕跡。

哈里．謝頓已有好幾年未曾見過他，而且除了剛到川陀那段日子之外，從未與他眞正私下交談過。

有鑑於拉斯金．久瑞南最近那次示威性的拜會，謝頓與丹莫刺爾都覺得最好別張揚兩人的關係。哈里．謝頓倘若造訪位於皇宮的首相辦公室，不可能不引人注目。因此爲了安全上的種種理由，他們將會面的地點，定在鄰近御苑的「穹緣旅館」裡一間雖小但設備豪華的套房中。

這次與丹莫刺爾會面，沉痛地勾起謝頓昔日的回憶。僅僅丹莫刺爾看來和過去一模一樣這個事實，便令這個沉痛更爲加劇。他的臉龐仍保有稜角分明的特徵，他的身材仍然高大壯碩，頭髮則依舊是略帶金黃的淺黑色。他不算英俊，但顯得威嚴而高貴，看來就像人們心目中一位帝國首相應有的理想形象，與過去歷史上那些首相完全不同。單是他的外貌，謝頓心想，就給了他駕馭皇帝的一半權力，而控制宮廷與整個帝國的權力則可依此類推。

丹莫刺爾向他走來，嘴角掛著淺淺的笑容，卻一點也沒有改變嚴肅的神情。

「哈里，」他說：「很高興見到你。我有幾分擔心你會改變心意，而取消這個約會。」

「我則十分擔心你會那樣做，首相。」

「叫我伊圖──假如你不敢叫我的眞名。」

「我不能，我喊不出來，你知道的。」

「對我可以。說吧，我滿喜歡聽的。」

謝頓猶豫了一下，彷彿無法相信他的嘴唇能框出那幾個字，或是他的聲帶能發出那幾個音。「丹尼爾。」他終於說了出來。

「是的，機．丹尼爾．奧利瓦。」丹莫刺爾說：「很好，你將和我一同進餐，哈里。和你共餐的話，我就不必吃任何東西，那將是一大解脫。」

「樂於從命，雖然我不認爲單方面進食是眞正的歡宴。嚐一兩口當然……」

「爲了讓你高興……」

「話說回來，」謝頓道：「我忍不住擔心，相聚時間太長是不是明智之舉。」

「是明智的。這是聖命，大帝陛下要我這麼做。」

「爲什麼，丹尼爾？」

「再過兩年，十載會議又要召開了。你看來很驚訝，難道你忘了嗎？」

「並不盡然，我只是沒想到這件事。」

「你不準備參加嗎？上次你可是熱門人物。」

「沒錯，我的心理史學是有點熱門。」

「你吸引了大帝的注意，沒有其他數學家做到這一點。」

「最初受到吸引的是你，而不是大帝。然後我就不得不東躲西藏，遠離大帝的注意，直到我能向你保證，我對心理史學的研究已經邁出第一步，從此以後，你才允許我待在安全隱蔽的角落。」

「在一個舉世聞名的數學系當系主任，可不算待在隱蔽的角落。」

「不，正是如此，因爲它隱藏了我的心理史學。」

「啊，餐點送來了。讓我們暫且談點別的，像個朋友那樣。鐸絲好嗎？」

「好極了。一個不折不扣的妻子，時時刻刻擔心我的安危，簡直把我煩死了。」

「那是她的工作。」

「她常常這麼提醒我。說正經的，丹尼爾，你撮合我倆的這份恩情，我怎麼也無法報答。」

「謝謝你，哈里。可是，老實說，我並未預見這樁婚姻會爲你或爲她帶來快樂，尤其是鐸絲……」

「還是要謝謝你送我這個禮物，無論實際結果和你的預期差了多少。」

「我很高興。可是你會發現，這個禮物帶來的結果或許還是未知數，正如同我的友誼。」

對於這句話，謝頓根本無從回答，因此，在丹莫刺爾示意下，他開始進餐。

過了一會兒，他對叉子上的一塊魚肉點了點頭，說道：「我不確定這是什麼肉，但這是麥曲生料理。」

「是的，沒錯，我知道你喜歡。」

「它就是麥曲生人活著的目的，是他們唯一的目的。但他們對你有特殊意義，我不能忘記這點。」

「這個特殊意義已經不存在了。很久很久以前，他們的祖先住在奧羅拉這顆行星上。他們至少能活三百年，是銀河『五十外世界』的共主。最初將我設計並製造出來的是個奧羅拉人，這點我沒有忘記；和他們的麥曲生後裔比起來，我記得的正確得多，扭曲的部分則少得多。可是後來，仍是很久很久以前，我離開了他們。我對人類的福祉究竟爲何，做出了自己的選擇，而我盡可能遵循它，長久以來一直如此。」

謝頓突然驚慌地問道：「我們會不會被竊聽？」

丹莫刺爾似乎被逗樂了。「假如你現在才想到，那就太遲了。可是不用怕，我已經做好必要的預防措施。你來的時候沒有給多少人看到，離去時也不會有多少人看到你，那些真見到你的則不會驚訝。很多人都知道，我是個十分自負卻十分平庸的業餘數學家。宮廷中那些不完全算是朋友的人，總是把這件事當成笑話。我會想爲即將來臨的十載會議做些準備工作，這裡誰也不會大驚小怪。我希望和你討論的，是有關這次會議的問題。」

「我不知道我幫得上什麼忙。我只有一樣東西也許能在會議上討論，偏偏又是我絕對不能討論的。就算我參加了，也只會當一名聽眾，我不打算發表任何論文。」

「我瞭解。話說回來，假如你想聽聽新鮮事，大帝陛下還記得你。」

「我想是因爲你一直在提醒他。」

「不，我從來沒花這個工夫。然而，大帝陛下偶爾會出乎我意料之外。他注意到會議即將召開，也顯然還記得你在上屆發表的演說。他對心理史學這玩意仍有興趣，而我必須警告你，很可能興趣還愈來愈濃。他或許會要求見你，這種可能性並不是沒有。一生中接到兩次聖召，廷臣當然會視之爲莫大的榮耀。」

「你在開玩笑，我見他能有什麼貢獻？」

「無論如何，假如接到覲見的傳召，你簡直不可能拒絕。好了，你那兩個年輕夥伴，雨果和芮奇，他們怎麼樣？」

「你當然知道，我猜你將我盯得很緊。」

「是的，沒錯。但僅限於你的安全，而不是你的生活中每一個層面。只怕我的職務佔掉了太多時間，使我無法面面顧到。」

「鐸絲不向你報告嗎？」

「出現危機時，她才會那樣做，她不願爲無關緊要的事扮演間諜。」他又露出淺淺的微笑。

謝頓輕哼一聲。「兩個小朋友都不錯。雨果愈來愈難駕馭，他比我更像一名心理史學家，我認爲他總覺得我在牽制他。至於芮奇，他是個可愛的淘氣鬼，一向如此。當他還是個不好惹的街頭頑童時，他就贏得我的心，更令人驚訝的是，他還贏得了鐸絲的心。我眞心相信，丹尼爾，如果哪天鐸絲對我生厭，想要離我而去，也會爲了芮奇而留下來。」

丹莫刺爾點了點頭。謝頓以陰沉的口氣繼續說：「要不是衛荷的芮喜爾覺得他可愛，今天我不會在這裡，我早就被轟掉了……」他不安地欠了欠身，「我不願想到這件事，丹尼爾，它是個完全偶然且無法預測的事件。心理史學怎能幫得上任何忙？」

「你不是告訴過我，頂多，心理史學只能以機率處理龐大的數目，而無法處理單獨一個人？」

「但如果那個人剛好是關鍵……」

「我覺得你將發現沒有任何人是眞正的關鍵，甚至包括我，或是你。」

「也許你是對的。我發現，不論我在那些假設之下如何埋頭苦幹，我卻仍然認爲自己是關鍵人物。這是一種超乎常情的自我誇張，它超越了一切理智。而你也是個關鍵人物，這正是我來這兒要和你討論的事——盡可能開誠佈公。我一定要知道。」

「知道什麼？」服務生已將殘羹剩餚收拾乾淨。室內的照明暗了幾分，四周牆壁因而顯得逼近不少，帶來一種極其隱密的感覺。

謝頓說：「久瑞南。」他戛然而止，彷彿覺得光是提到這個名字就足夠了。

「啊，他啊。」

「你知道他？」

「當然，我怎能不知道？」

「好，我也想知道有關他的事。」

「你想知道什麼？」

「得了吧，丹尼爾，別跟我裝蒜。他是危險人物嗎？」

「他當然是危險人物。你對這點有任何懷疑嗎？」

「我的意思是，對你而言？對你這個首相職位而言？」

「我正是那個意思，那正是他所以危險的原因。」

「你卻允許這種事？」

丹莫刺爾身子向前傾，將左手肘放在他們之間的桌子上。「有些事是不會等我批准的，哈里，讓我們看開點吧。皇帝陛下，克里昂大帝一世，在位至今已有十八年。這段期間，我一直是他的行政首長，也就是他的首相。而在他父親在位的最後幾年，我就掌握著幾乎相同的權力。這是一段很長的時間，過去鮮有掌權那麼久的首相。」

「你不是個普通的首相，丹尼爾，你自己明白。當心理史學還在發展之際，你一定得繼續掌權。別衝著我笑，這是實話。八年前，我們初次相遇時，你告訴我帝國正處於衰敗和沒落的狀態。難道你的看法改變了？」

「不，當然沒有。」

「事實上，如今衰落的跡象更明顯了，不是嗎？」

「是的，沒錯，儘管我在努力阻止。」

「要是沒有你，會發生什麼事？久瑞南正在鼓動整個帝國和你作對。」

「川陀，哈里，川陀而已。目前爲止，外圍世界仍然相當穩固，對我的政績也還算滿意，即使經濟持續衰退而貿易持續銳減。」

「但是川陀才有決定性的影響。川陀——我們安身立命的京畿世界，帝國的首都、核心和行政中心——正是能讓你垮台的地方。如果川陀說不，你就無法保住職位。」

「我同意。」

「而你若是離開了，誰又來照顧外圍世界呢？又有什麼辦法能防止衰落加速，避免帝國迅速淪至無政府狀態？」

「當然，有這個可能。」

「所以你一定要做些什麼。雨果深信你已陷入致命的危機，無法保住你的職位，他的直覺這麼告訴他。鐸絲也說過同樣的話，還用什麼三大、四大法則來解釋。」

「機器人學法則。」丹莫刺爾接口道。

「小芮奇似乎被久瑞南的主義深深吸引——他出身達爾，你懂了吧。而我，我不能確定，所以我來找你求個心安，我想是這樣的。告訴我，這個情勢完全在你掌握之中。」

「假使我可以，我會這樣做。然而，我無法讓你心安，我的確身處險境。」

「你什麼都不做嗎？」

「不，我正在做許多事，用以遏止不滿的情緒，並削弱久瑞南的宣傳。假使我沒有那樣做，也許我已經下台了，可是我做得還不夠。」

謝頓猶豫了一下，最後終於說：「我相信久瑞南其實是麥曲生人。」

「是嗎？」

「是我個人的看法。我曾經想到，我們或許能用這點來對付他，但我又不願釋放種族偏見的力量，因而遲疑不決。」

「你的遲疑是明智的。有很多事雖然做得到，卻會產生我們不樂見的副作用。你可瞭解，哈里，我不怕離開我的職位——只要能找到某個繼任者，只要他繼續遵循我用以盡可能減緩帝國衰落的那些原則。反之，假如久瑞南這個人接替我的位置，那麼在我看來，帝國就萬劫不復了。」

「那麼，只要能阻止他，我們怎麼做都是適當的。」

「並不盡然。即使久瑞南被消滅，而我留了下來，帝國仍有可能變作一盤散沙。所以說，假如某項行動會加速帝國的衰亡，我就一定不能用它來對付久瑞南和保住我自己。我還想不到有什麼辦法，既可確保消滅久瑞南，又能確保帝國不至陷入無政府狀態。」

「極簡主義。」謝頓悄聲道。

「你說什麼？」

「鐸絲曾對我解釋，說你會受制於極簡主義。」

「的確如此。」

「那麼我今天的造訪一無所獲，丹尼爾。」

「你是指你來求個心安，卻沒有得到。」

「只怕就是這樣。」

「可是我見你，也是因爲想求個心安。」

「從我這兒？」

「從心理史學，它應該能找到一個我找不到的安全之道。」

謝頓重重嘆了一口氣。「丹尼爾，心理史學尙未發展到那個程度。」

首相嚴肅地望著他。「你已經花了八年的時間，哈里。」

「有可能經過八十年或八百年，仍然無法發展到那個程度。這是個很棘手的問題。」

丹莫刺爾說：「我並未指望這個技術臻於完美，但你也許已經有了某種藍圖、某種骨架、某種原則，可以當作指導方針。它或許不完美，但總比單純的臆測要好。」

「不會比我八年前掌握得更多。」謝頓悲傷地說：「那麼，這就是我們的結論：你必須繼續掌權，久瑞南必須消滅，好讓帝國的穩定盡可能持久，以便我有些發展出心理史學的機會。然而，除非我先發展出心理史學，否則就做不到這一點。對不對？」

「似乎就是這樣，哈里。」

「這麼說，我們只是在做無用的循環論證，而帝國已注定毀滅。」

「除非發生某件意料不到的事，除非你讓某件意料不到的事發生。」

「我？丹尼爾，沒有心理史學的幫助，我怎麼辦得到？」

「我也不知道，哈里。」

於是謝頓起身離去——滿懷絕望。

1-12

其後幾天，哈里．謝頓暫且擱下系上的事務，將他的電腦設定在新聞蒐集模式。

來自二千五百萬個世界的每日新聞，有能力處理的電腦少之又少。基於絕對的需要，帝國的大本營裝有不少這種電腦。此外，某些大型外圍世界的首都也有。不過，大多數首都僅與川陀上的中央新聞站維持超波聯繫，如此便已足敷需要。

一個重要的數學系所使用的電腦，若是足夠先進，就能改裝成獨立的新聞站，而謝頓的電腦便早已仔細改裝過。畢竟，這是他發展心理史學必需的工具。不過，他刻意將那台電腦的功能，歸於其他的、更可信許多的目的。

在理想狀況下，任何世界倘若發生任何異常狀況，這台電腦都會立即報導。一個不起眼的警告燈會發出密碼閃光，讓謝頓能輕易找出這條新聞。這種燈號很少亮起，因爲「異常狀況」的定義既嚴格且嚴謹，僅限於大型且鮮有的動亂。

在沒有異常狀況的時候，使用者該做的則是隨機檢查各個世界。當然，不是二千五百萬個世界一網打盡，而是每次揀選幾十個。這是個令人沮喪消沉，甚至焦頭爛額的工作，因爲每個世界每天總會有些小型災難。這裡一場火山爆發，那裡一場洪水氾濫，某處則有某種形式的經濟崩潰，此外當然少不了暴動。過去一千年來，每天至少在上百個世界上，會發生由某種原因所引起的暴動。

自然，對這些事必須見怪不怪。在住人世界上，既然暴動與火山爆發皆爲家常便飯，對兩者就該一視同仁。反之，假使哪一天，銀河各地都沒有暴動的報導，那才可能是很不尋常的徵兆，值得以最嚴肅的態度嚴陣以待。

謝頓從不覺得需要嚴陣以待。外圍世界就像風和日麗的汪洋，雖然混亂與災禍從未間斷，但都只是輕微的浪濤與小型的波動，如此而已。過去八年間，甚至過去八十年間，他都找不到任何明白顯示帝國衰落的整體情勢。然而丹莫刺爾（在丹莫刺爾背後，謝頓無法再將他想成丹尼爾）說過，帝國的衰落持續不已，他天天都在爲帝國把脈。他用的方法謝頓無法模仿，除非有一天，謝頓掌握了心理史學的指導能力。

可能是衰落的程度太過微小，在達到某個臨界點前察覺不出來。就像一棟慢慢損壞腐朽的住宅，除非某天晚上屋頂垮掉，根本不會顯出腐朽的徵兆。

帝國的屋頂何時會垮呢？這是個大問題，謝頓沒有答案。

有些時候，謝頓會檢查川陀本身的動態。相較之下，此地新聞的價值一向高得多。原因之一，川陀是所有世界中人口最多的一個，居民總共有四百億。原因之二，其上八百個區本身便形成一個微型帝國。原因之三，政府的無聊活動與皇室的一言一行都是新聞。

然而，此時吸引謝頓目光的卻是達爾區。剛結束的那場達爾區議會選舉，將五名「九九派」送進議會。根據新聞評論，這是九九派首次取得區議會的席次。

這並不令人驚訝。若說有哪個區是久瑞南的根據地，那就非達爾莫屬。但謝頓覺得這是個令人憂心的指標，標示著那位群眾煽動家的進展。他命令電腦將這則新聞輸進微晶片，當天傍晚將它帶回家中。

謝頓進門時，芮奇正埋首使用電腦，他抬起頭來，顯然感到需要自我解釋一番。「我在幫媽查些她需要的參考資料。」他說。

「你自己的功課呢？」

「做完了，爸，全做完了。」

「很好，看看這玩意。」他對芮奇揚了揚手中的晶片，才將它插進微投影機。

芮奇瞥了一眼憑空呈現眼前的新聞，便說：「是的，我曉得。」

「你曉得？」

「當然，我通常都很留意達爾的時事。你也知道，故鄉就是故鄉。」

「你對這件事有什麼看法？」

「我並不驚訝。你呢？川陀上其他人都把達爾視爲糞土，他們爲何不該贊同久瑞南的觀點？」

「你也贊同他們嗎？」

「這——」芮奇面孔扭曲，顯得若有所思。「我必須承認，他有些話很合我的胃口。他說他希望人人平等，這有什麼不對？」

「完全正確——只要他是眞心的，只要他有誠意，只要他並非用這些話騙取選票。」

「很有道理，爸，可是大多數達爾人也許會想：又有什麼好損失的呢？我們現在就得不到平等，雖然法律並不是這麼說。」

「這種事很難立法。」

「當你熱得要死的時候，那樣做沒法子幫你降溫。」

謝頓心念電轉，他看到這則新聞後便一直在動腦筋。然後他說：「芮奇，自從你母親和我帶你離開達爾，你就再也沒有回去過，對不對？」

「我當然回去過。五年前，你訪問達爾的時候，我跟你們一塊去了。」

「沒錯，沒錯，」謝頓揮了揮手，表示無需討論。「但那次不算。我們住在一家區際旅館，裡面一點也不像達爾。而且我記得，鐸絲一次也不准你單獨上街。畢竟，當時你只有十五歲。現在，既然你已經滿二十歲，你想不想再次造訪達爾，單獨前往，一切自己作主？」

芮奇咯咯大笑。「媽絕不會准的。」

「我可沒說我喜歡想像該如何說服她，但我不打算徵得她的同意。現在的問題是：你願不願意為我做這件事？」

「出於好奇嗎？當然。我很想看看老家發生些什麼變化。」

「你從課業中抽得出時間嗎？」

「當然，我耽誤個一週不算什麼。何況，你可以幫我把講課錄下，我回來就會補上。我請假不成問題，畢竟我老爸也是一名教授——除非你被開除了，爸。」

「還沒有，但我可不認爲這是一次旅遊假期。」

「假如你那麼想，我才覺得奇怪呢。我認爲你根本不知道什麼是旅遊假期，爸，你知道這幾個字，都令我很訝異。」

「別沒大沒小的。你到那裡之後，我要你去找拉斯金・久瑞南。」

芮奇看來吃了一驚。「我該怎麼做呢？我又不知道他會在哪裡。」

「他正準備到達爾去。剛選出幾個九九派新議員的達爾區議會，邀請他去發表演說。我們會查出確切日期，你可以提早幾天出發。」

「我怎樣才能見到他呢，爸？我可不認爲他會隨時候教。」

「我也不這麼想，但我要把這個問題留給你解決。你十二歲的時候，就該知道如何著手，我希望這幾年下來，你的機靈沒給磨得太鈍。」

芮奇微微一笑。「我希望沒有。可是假定我眞見到他，那下一步呢？」

「那麼，盡可能打探各種情報。他眞正在計畫什麼，他眞正在想什麼。」

「你眞以爲他會告訴我嗎？」

「如果他那樣做，我也不會驚訝。你自有辦法博取他的信任，你這個小滑頭。我們來商議一下細節吧。」

此後，兩人總共商議了好幾次。

謝頓內心相當痛苦。他不確定這一切會導致什麼結果，但他不敢去找雨果・阿馬瑞爾、丹莫刺爾，或（尤其是）鐸絲交換意見。他們可能會阻止他，可能會向他證明他出的是餿主意，而他不想要那種證明。他的計畫似乎是拯救帝國唯一的途徑，他不希望有任何阻撓。

但這個途徑果眞存在嗎？在謝頓看來，似乎只有芮奇有可能逐漸贏得久瑞南的信任。但芮奇是適當的工具嗎？他是個達爾人，而且贊同久瑞南。謝頓能夠信任他幾分？

眞可怕！芮奇是他的兒子，謝頓以前從來沒有懷疑過芮奇。

1-13

若說謝頓懷疑這個意圖的功效；若說他害怕這可能使事件過早引爆，或是使對方狗急跳牆；若說他心中充滿痛苦的疑慮，不知可否百分之百信任芮奇能達成任務，縱使如此，他從未懷疑——一點也沒有——當他將這個既成事實告知鐸絲時，她的反應會怎麼樣。

而他並沒有失望——若說這兩個字能用來形容他如今的情緒。

然而，就某方面而言，他還是失望了。因爲鐸絲並未像他預料中那樣，像他早已準備好承受的那樣，在一陣驚駭中提高嗓門。

可是他又怎麼知道呢？她與其他女子不同，他從未見過她眞正生氣。說不定她根本不能眞正生氣，或是不能生出他眼中眞正的怒氣。

她只是透著冰冷的目光，低聲而苛刻地非難這件事。「你送他到達爾去？一個人去？」聲音非常輕柔，帶著詫異的口氣。

一時之間，這個平靜的語調令謝頓語塞。然後他堅定地說：「我必須如此，確有這個必要。」

「讓我弄明白點。你把他送到那個賊窩，那個刺客的巢穴，那個所有罪犯的大本營？」

「鐸絲！你這樣說讓我很生氣，我以爲只有偏執狂才會用那些陳腔濫調。」

「你難道否認達爾正像我描述的那樣？」

「當然，達爾是有罪犯和貧民窟。這點我非常清楚，我倆都清楚。但並非整個達爾都像那樣，況且每一區都有罪犯和貧民窟，就連皇區和斯璀璘也不例外。」

「總有程度上的差別，不是嗎？一不等於十。即使每個世界都罪惡充斥，即使每一區都罪惡充斥，達爾也是名列前茅，對不對？你有電腦，查查統計數據。」

「我不需要那樣做。達爾是川陀上最貧窮的一區，而貧窮、不幸和犯罪有明確的關聯，這點我承認。」

「這點你承認！而你還是派他一個人去？你可以跟他一起去，或是要我跟他一起去，或是派五、六個他的同學和他同行。他們會喜歡暫時拋下課業喘口氣，我十分確定。」

「我需要他做的事，需要他獨自前往。」

「你到底需要他做什麼？」

謝頓卻堅決地三緘其口。

鐸絲說：「到了這個地步嗎？你連我都不相信了？」

「這是一場賭博。我一個人敢冒這個險，卻不能把你或其他人牽扯進來。」

「但冒這個險的不是你，而是可憐的芮奇。」

「他並沒有冒什麼險。」謝頓不耐煩地說：「他今年二十歲，年輕又有活力，而且壯得像棵樹——我不是指川陀此地那些玻璃溫室裡的樹苗，我說的是赫利肯森林裡那種高大結實的樹木。而且他還是個角力士，而達爾人都不會角力。」

「你的角力可真了不起。」鐸絲的冰冷一點也沒有解凍，「你以為那是一切問題的解決之道。達爾人身上帶著刀，每個人都有，此外還有手銃，我可以確定。」

「我不知道有沒有手銃，法律對手銃的管制是相當嚴的。至於刀嘛，我肯定芮奇也帶著一把。他甚至在這兒校園都帶著刀，那是絕對違法的行為。你以為他到達爾去，不會帶一把嗎？」

鐸絲沉默不語。

謝頓也沉默了幾分鐘，然後判斷該是安撫她的時候了。於是他說：「聽好，我只告訴你一點，我希望他見到即將訪問達爾的久瑞南。」

「哦？你指望芮奇做些什麼？令他對自己的邪惡政治手段悔恨不已，再把他送回麥曲生？」

「得了吧，眞是的。你若準備採取這種尖酸刻薄的態度，那就沒什麼好討論的。」他將目光從她身上移開，望向窗外穹頂之下的青灰色天空。「我指望他做的——」他支吾了一下，「是拯救帝國。」

「老實說，那還容易得多。」

謝頓以堅定的聲音說：「我正是如此指望。你沒有解決之道，丹莫刺爾自己也沒有，他甚至說如何解決全看我了。那正是我努力的目標，正是我需要芮奇去達爾的目的。畢竟，你也知道他博取他人好感的本事。它曾在我們身上發生作用，我確信對久瑞南也會有同樣的效果。如果我是對的，一切都有可能圓滿解決。」

鐸絲的眼睛稍微張大了些。「你是準備告訴我，你在利用心理史學指導你？」

「不，我不準備對你說謊。我尚未達到那一步，還無法用心理史學作任何指導。可是雨果不斷談論直覺，而我也有我的直覺。」

「直覺！那是什麼？定義一下！」

「很簡單，直覺是人類心靈特有的一種藝術。根據本身並不完整，甚至或許誤導的資料，能夠整理出正確的答案，這種藝術就是直覺。」

「而你做到了。」

謝頓以堅定不移的口吻說：「是的，我做到了。」

但在他自己心中，卻縈繞著不敢與鐸絲分享的一句話。萬一芮奇的魅力消失了，那該怎麼辦？或是更糟的情況，萬一他的達爾意識變得太強，那又該怎麼辦？

1-14

臍眼就是臍眼。骯髒、參差不齊、陰暗、彎彎曲曲的臍眼，散發著腐朽的氣味，卻又充滿一種生命力。而芮奇深信，川陀其他各處都找不到這種生命力，說不定帝國其他各處也都找不到。不過除了川陀，芮奇對其他世界一概欠缺第一手的認識。

與臍眼告別時，他才剛滿十二歲。但現在看來，連居民似乎也沒有什麼改變；仍是低賤者與不遜者的混合體；充滿著人工的驕傲與不平的怨恨；男性的標誌是深濃的八字鬍，女性則是有如布袋的服裝，而在芮奇較成熟、較世故的眼中，後者實在邋遢至於極點。

穿著這種服裝的女人怎能吸引男人？但這是個愚蠢的問題。即使十二歲的時候，他也已經有十分清楚的概念，知道多麼容易和多麼迅速就能除去那些衣服。

就這樣，他陷入沉思與回憶，一面走過一條滿是櫥窗的街道，一面試圖說服自己他認識某某地方，同時還在尋思，不知道人群中有沒有他的確記得的人，只不過他們現在大了八歲。說不定，那些人就是他的兒時玩伴。他又不安地想到，雖然他記得些他們互相取的綽號，卻不記得任何一個真實姓名。

事實上，他記憶中的鴻溝十分巨大。八年雖然不算很長的時間，卻是二十歲少年一生的五分之二，而且自從離開臍眼後，他的生活有了重大的改變，過去的一切早已淡出，就像一場迷濛的夢境。

不過氣味仍然記憶猶新。他在一間低矮、污黑的糕餅店外停下腳步，聞著瀰漫空氣中的椰子糖霜味——他從未在別處聞過同樣的味道。即使他曾在別處買過塗著椰子糖霜的蛋撻，即使它們以「達爾風味」作號召，那些氣味也只有一兩分相似，如此而已。

他覺得受到強烈的誘惑。嗯，有何不可？他身上有信用點，而鐸絲又不在這裡，不會皺起鼻子來，高聲質疑這個地方有多乾淨，或者更有可能乾脆說多不乾淨。在以前那些日子裡，誰會爲乾不乾淨操心？

店內相當昏暗，芮奇的眼睛花了點時間才能適應。裡面有幾張矮桌，桌旁都有幾把相當脆弱的椅子，顯然顧客可以在此小吃一餐，享用些等同於咖啡與蛋撻的飲食。其中一張矮桌旁坐著一個年輕人，面前擺著一個空杯子。那人穿著一件曾是白色的短衫，它若在較亮的地方看來或許更骯髒。

那位烘焙師，或至少是個侍者，從後面一間屋子走出來，以相當粗魯的口氣說：「你要吃啥？」

「一個椰子霜。」芮奇以同樣粗魯的口氣答道（他若表現禮貌就不是臍眼人了），用的是他記得清清楚楚的那個俗稱。

這個名稱仍然通用，因爲侍者遞給他的東西沒錯，不過竟是徒手抓著。若是過去那個小男孩芮奇，會將這件事視爲理所當然，但成年的芮奇卻稍稍吃了一驚。

「你要袋子嗎？」

「不，」芮奇說：「我就在這兒吃。」他付了帳，從侍者手中接過那個椰子霜，立刻咬下香濃的一口，同時雙眼半閉起來。在他的孩提時代，這是一種難得的享受。他弄到足夠信用點的時候會去買一個；有時也能從暫時富有的朋友那裡分一口；而最常見的情形，則是在沒人注意之際偷一個。如今，他想要多少就能買多少。

「嘿。」一個聲音喊道。

芮奇張開眼睛。那是坐在桌旁的那個人，正衝著他橫眉豎目。

芮奇和氣地說：「你在和我說話嗎，小弟弟？」

「是啊，你在幹啥？」

「吃個椰子霜，跟你有啥相干？」他自然而然用起膪眼的說話方式，絲毫沒有困難。

「你在膪眼幹啥？」

「生在這兒，長在這兒。在一張床上，不是在街上，和你不一樣。」侮辱的話語脫口而出，彷彿他從未離開家鄉。

「是嗎？拿一個膪眼人來說，你穿得相當好，相當拉風喔，身上還帶著香水的騷味。」他舉起小指，暗示芮奇娘娘腔。

「我不想講你身上的騷味。我出人頭地了。」

「出人頭地？又——怎——樣？」又有兩名男子走進糕餅店。芮奇微微皺起眉頭，因爲他不確定他們是不是被召來的。桌旁那人對剛進來的兩人說：「這哥兒們出人頭地了，他說他是膪眼人。」

剛進來的兩人之一，吊兒郎當、虛情假意地行了個禮，同時咧嘴笑了笑，並未表現出絲毫親切，倒是露出一口黃板牙。「那不好嗎？看到膪眼同胞出人頭地總是好事，讓他們有機會幫助貧窮不幸的本區同胞。比方說，信用點。嘿，你隨時可施捨一兩個信用點給窮人？」

「你要多少？」芮奇問。

「你有多少，先生？」那人說，他臉上的笑容消失了。

「嘿，」櫃台後面那個侍者說：「你們全滾出我的店去，我這裡可不想惹啥麻煩。」

「不會有麻煩的。」芮奇說：「我要走了。」

他正準備離去，但坐著的那人伸出一條腿攔住他。「別走，兄弟，我們會想念你的。」

（櫃台後面那人鑽到後頭去了，顯然害怕會出現最糟的情況。）

芮奇微微一笑。「有一回我在臍眼，哥兒們，我跟我老爸和老媽一塊兒，被十個哥兒們攔住。十個，我數過。我們不得不收拾他們。」

「是嗎？」一直說話的那個人又說：「你老爸收拾了十個人？」

「我老爸？才不呢。他不會浪費這個時間，是我老媽幹的。我能做得比她更好，而且現在你們只有三個。所以說，如果你不介意，趕緊給我閃開。」

「當然行。只要留下你所有的信用點，還有身上幾件衣服。」

桌旁那人站了起來，手中握著一把刀。

「你來眞的，」芮奇說：「你非要浪費我的時間不可。」他已經吃完椰子霜，現在半轉過身來。然後，說時遲那時快，他將身子定在桌緣，右腿猛然踢出，趾尖不偏不倚落在持刀那人的鼠蹊。

他大吼一聲，身形一矮，桌子便飛起來，將另一人推到牆邊，並固定在那裡。芮奇的右手同時揮出，快如閃電，掌緣重重擊在第三個人的喉結，那人一陣嗆咳，隨即仆倒在地。

這幾下只花了兩秒鐘的時間。此時芮奇站在那裡，雙手各握著一把刀，說道：「現在你們誰還想動？」

他們憤憤地瞪著他，卻全都僵在原處。芮奇又說：「這樣的話，我要走了。」

可是，躲到後面去的侍者一定發過求救訊號，因爲這時又有三名男子走進店裡，而那名侍者隨即尖叫：「一群搗蛋鬼！不折不扣的搗蛋鬼！」

剛進來的三個人穿著相同的服裝，那顯然是一種制服，卻是芮奇從未見過的一種。他們的褲子塞進皮靴裡，寬鬆的綠色短衫以皮帶束緊，頭上罩著一頂古怪的半球形帽子，看來有點滑稽。此外，每件短衫的左肩都有「久衛」兩個字。

他們的樣子看來像達爾人，臉上的八字鬍卻不太像。三人的鬍子雖然又黑又密，卻不讓它蔓延太廣，靠嘴唇的一側還經過仔細修剪。芮奇暗自嘲笑一番——與他自己狂野的八字鬍比起來，它們缺乏一股生氣，但他必須承認它們看來乾淨清爽。

三人當中帶頭的那個說：「我是昆柏下士，這裡到底發生了什麼事？」

幾個被打敗的臍眼人連滾帶爬掙扎而起，顯然狀況不妙。其中一人仍直不起腰，另外一人揉著喉嚨，第三個則表現得彷彿扭傷一側肩膀。

下士以練達的目光瞪著他們，他的兩名手下則堵住門口。他又轉向芮奇——唯一似乎毫髮無損的那位。「你是臍眼人嗎，孩子？」

「生在這兒，長在這兒，但我在別處住了八年。」他不再用臍眼腔調說話，但不免還有一點，至少與下士口音中保有的程度差不多。達爾不只臍眼一處，某些地方的人還是十分渴望做上流人士。

芮奇說：「你們是保安官嗎？我似乎不記得你們的制服……」

「我們不是保安官，你在臍眼找不到多少保安官。我們是久瑞南衛隊，負責維持此地的治安。我們認識這三個人，他們早就受到警告，我們自會處置他們。你才是我們的麻煩，小子，你的名字和識別號碼？」

芮奇對他們說了。

「這裡發生了什麼事？」

芮奇也對他們說了。

「你在這裡幹什麼？」

芮奇說：「我問你，你有權利質問我嗎？如果你不是保安官……」

「聽著，」下士厲聲道：「你別質問什麼權利。臍眼就只有我們，我們的權利是我們爭取來的。你說你打倒了這三個人，我相信你的說法，可是你打不倒我們。我們不准攜帶手銃——」說到這裡，下士緩緩抽出一柄手銃。

「現在告訴我，你在這裡幹什麼？」

芮奇嘆了一口氣。假使他依照原訂計畫，直接前往區政廳；假使他沒有停下來，讓自己沉湎於臍眼與椰子霜的舊日情懷……

他說：「我來是有重要公事求見久瑞南先生，既然你們似乎隸屬他的組織……」

「求見領導人？」

「是的，下士。」

「身上帶著兩把刀？」

「為了自衛。我去見久瑞南先生時，不準備把刀帶在身上。」

「你當然這麼說。先生，我們要把你拘留起來。我們會徹底調查這件事，這也許得花點時間，但我們會這樣做。」

「可是你們沒有這個權利，你們不是合法的警……」

「好啦，去找別人抱怨吧。在此之前，你是我們的。」

於是兩把刀被沒收了，而芮奇則遭到拘留。

1-15

克里昂已不再是全相像中那位年輕英俊的君主。或許他在全相像中仍是如此，但鏡子告訴他的則是另一回事。他最近的一次壽辰，照常在盛大典禮與儀式中歡度，卻掩不了四十大壽這件事實。

大帝實在找不出年屆四十有何不妥。他的健康狀況極佳，體重增加了些，但沒有太多。由於週期性進行微調，他的面容稍顯光滑細嫩，使他看來或許比實際年齡更年輕些。

他在位已有十八年，已經是本世紀在位較長的皇帝之一。而他覺得沒有任何必然的理由，可能阻止他再坐四十年皇位。說不定，最後他會成為帝國歷史上在位最久的皇帝。

克里昂又照了照鏡子，想到倘若不讓第三維成真，自己會更好看一點。

且說丹莫刺爾——忠誠、可靠、不可或缺、令人難以忍受的丹莫刺爾。他沒有任何改變，他的外表一如往昔。據克里昂所知，他從未做過任何微調手術。當然，話說回來，丹莫刺爾對每件事都守口如瓶。而且他從未年輕過，當初他侍奉克里昂的父親，而克里昂還是稚嫩的皇太子時，他看來就已經不再年輕。如今，他看來同樣不年輕。那麼，是不是一開始便顯得老成，以免日後發生變化會比較好呢？

變化！

這提醒了他，他召來丹莫刺爾確有目的，並非只是讓他站在那裡陪著皇帝沉思默想。皇帝若是沉思默想太久，會被丹莫刺爾視為老邁的徵兆。

「丹莫刺爾。」他說。

「陛下？」

「久瑞南這傢伙，我已經聽得煩了。」

「啓稟陛下，您根本沒有必要聽到他。他不過是那些浮上檯面的新聞之一，過一陣子就會自動消失。」

「可是他並未消失。」

「有時還眞需要點時間，陛下。」

「你對他有什麼看法，丹莫刺爾？」

「他是個危險人物，但擁有一定的民望。正是這個民望，增加了他的危險性。」

「如果你覺得他有危險，而我覺得他很煩人，我們還等什麼呢？不能就這麼把他下獄或處決，或是做些什麼嗎？」

「川陀的政治情勢，陛下，可是相當敏感……」

「總是敏感。你什麼時候告訴過我某件事不敏感？」

「啓稟陛下，我們生在敏感的時代。假如以強硬的手段對付他，因而使得危機惡化，那就一點用也沒有。」

「我不喜歡這樣。或許我不夠博學，當個皇帝沒時間變得博學，可是無論如何，我知道帝國的歷史。過去幾個世紀，曾有許多這些所謂『民望份子』掌權的例子。在每個例子中，他們都把在位的皇帝貶成一個擺飾。我可不希望當個擺飾，丹莫刺爾。」

「難以想像您會如此，陛下。」

「如果你什麼都不做，就不難想像了。」

「我正在試圖採取對策，陛下，不過是謹愼的對策。」

「至少，有一個人並不謹愼。差不多一個月前，一個大學教授，一、個、教、授，獨力阻止了一場潛在的九九派暴動。他就那麼挺身而出，適時將它制止。」

「的確是這樣，陛下。您是怎麼聽到這個消息的？」

「因爲他是某個令我感興趣的教授。你怎麼沒把這件事告訴我？」

丹莫刺爾以近乎諂媚的口吻說：「把送到我面前的每件小事都拿來煩您，這樣做對嗎？」

「小事？這個採取行動的人是哈里．謝頓。」

「那的確是他的名字。」

「而且是個熟悉的名字。幾年前，在上屆十載會議中，他不是提出一篇引起我們注意的論文嗎？」

「是的，陛下。」

克里昂看來很高興。「你看，我的記性還不差，我不需要事事依賴我的幕僚。我曾經因爲這個謝頓的論文約見過他，對不對？」

「您的記性眞是完美無缺，陛下。」

「他的構想怎麼樣了？那是個算命的門道，我完美無缺的記性想不起來他管它叫什麼。」

「啓稟陛下，心理史學。嚴格說來，那不是算命的門道，而是一種理論，探討的是預測未來歷史一般趨勢的方法。」

「它後來怎麼樣？」

「啓稟陛下，一事無成。正如我當時解釋的，結果證明那個構想完全不切實際。它是個生動的構想，可是毫無用處。」

「但他卻能採取行動阻止一場潛在的暴動。如果不是事先知道自己會成功，他還敢這樣做嗎？這不就證明那個什麼——心理史學在發揮功效嗎？」

「那只不過證明哈里．謝頓是個有勇無謀的人，陛下。即使心理史學理論實際可行，也不能針對某一個人或某項行動做出預測。」

「你不是數學家，丹莫刺爾，他才是。我想是我再次詢問他的時候了，畢竟，距離十載會議再度召開的日子也不遠了。」

「那將毫無用處……」

「丹莫刺爾，吾意已決，不得有誤。」

「遵命，陛下。」

1-16

芮奇坐在一間臨時改建的牢房裡，萬分不耐煩地聆聽對方講話，盡量不將眞實情緒表現出來。這間牢房深藏在龍蛇雜處的髒眼住宅區，他不記得穿過了多少巷道才被押到這裡。（在以前那些日子裡，他能準確無誤地穿梭於同樣的巷道，甩掉任何追趕他的人。）

面前那人身穿久瑞南衛隊的綠色制服，他若不是傳道者便是洗腦員，否則就是某種失敗的神學家。無論如何，他聲稱自己名叫桑德·尼，這時他正用濃重的達爾口音，傳述一段他熟記在心的冗長福音。

「假如達爾的人民想要享有平等，他們必須證明自己値得。良好的規矩、溫文的行爲，以及得體的娛樂都是必要的條件。外人總是指控我們具侵略性和攜帶刀械，藉此扶正他們的偏狹心態。我們必須談吐文雅，而且……」

芮奇插嘴道：「我同意你的話，尼衛士，每一句都同意。可是我必須見久瑞南先生。」

這名衛士緩緩搖了搖頭。「除非你事先約好，並獲得批准，否則你見不到。」

「聽好，我父親是斯璀璘大學一位重量級的教授，一位數學教授。」

「我不識什麼教授不教授，我記得你說過自己是達爾人。」

「我當然是，你聽不出我的口音嗎？」

「而你卻有個老子，是個大牌大學的教授？聽來不大可能。」

「好吧，他是我的養父。」

衛士聽了進去，仍然搖了搖頭。「你在達爾認識任何人嗎？」

「有個瑞塔嬤嬤，她會認得我。」（她那個時候已經很老了，現在她可能行將就木，或是已經去世了。）

「從沒聽說她這個人。」

（還有誰呢？他以前認識的那些人，都不太可能敲響面前這個人的漿糊腦袋。他當年最要好的朋友是個叫史慕吉的少年，或說芮奇只知道他叫這個名字。但即使在如今走投無路之際，芮奇也絕不會讓自己說：『你認識一個和我同年、叫作史慕吉的人嗎？』）

最後他終於說：「有個叫雨果．阿馬瑞爾的。」

尼衛士的眼睛似乎微微一亮。「誰？」

「雨果．阿馬瑞爾，」芮奇急切地說：「他在那所大學裡，爲我的養父工作。」

「他也是達爾人嗎？那所大學裡每個人都是達爾人嗎？」

「只有他和我是。他以前是個熱閻工。」

「他在那所大學幹什麼？」

「八年前，我父親把他從熱閻帶出來。」

「好吧，我去找個人。」

芮奇不得不等在那兒。即使他逃跑，在臍眼錯綜複雜的巷道中，要跑到哪裡才不會立刻被逮住？

過了二十分鐘，尼衛士再度出現，帶來了當初逮捕芮奇的那位下士。芮奇覺得生出一線希望，至少那位下士應該有點頭腦。

下士說：「你認識的那個達爾人是誰？」

「雨果．阿馬瑞爾。下士，八年前我父親在達爾遇到這個熱閭工，就把他帶到斯瓈璘大學去了。」

「他爲什麼那樣做？」

「我父親認爲，下士，雨果能做出比熱閭工更重要的貢獻。」

「比如說？」

「在數學上。他……」

下士舉起一隻手。「他當初在哪個熱閭工作？」

芮奇想了一下。「我當時還小，不過我想是丙二一。」

「很接近了，是丙三。」

「這麼說你認識他，下士？」

「不認識他本人，但這個故事在熱閭間流傳很廣，而我在那裡工作過。也許你就是那麼聽來的，你可有任何證據，證明你眞認識雨果．阿馬瑞爾？」

「聽好，我來告訴你我想怎麼做。我準備把自己的名字寫在一張紙上，再寫上我父親的名字，此外我還要寫一個名詞。然後隨便你用什麼方法，聯絡上久瑞南先生手下某位官員——久瑞南先生明天會到達爾來。你只要把我的名字、我父親的名字，還有那個名詞唸給他聽就好。如果起不了任何作用，我想我就得待在這兒到老死爲止，可是我不相信會有那種事。事實上，我確定他們三秒鐘之內就會把我弄出去，而你會因爲傳遞這項訊息，獲得升遷的機會。如果你拒絕這樣做，等到他們發現我在這兒——他們一定會的——你的麻煩就會大得不能再大。總而言之，如果你知道雨果．阿馬瑞爾是隨一位大名鼎鼎的數學家離去，那就告訴你自己，我父親正是那位大名鼎鼎的數學家，他的名字是哈里・謝頓。」

下士的表情明白顯示，他並非沒有聽過這個名字。

他說：「你要寫的那個名詞是什麼？」

「心理史學。」

下士皺了皺眉頭。「那是什麼？」

「這無關緊要。只要把它傳上去，看看會有什麼結果。」

下士從筆記本撕下一小張紙，遞給了芮奇。「好吧，把它寫下來，我們看看會有什麼結果。」

芮奇發覺自己正在發抖，他非常想知道會有什麼結果。那完全取決於中士找到的是什麼人，以及這個名詞帶有何等神奇的力量。

1-17

哈里・謝頓望著雨滴落在皇家地面車的大型車窗上，一股難忍的鄉愁刺痛了他的心。

他來到川陀已有八年，不過，奉命前往這顆行星唯一的露天地表覲見大帝，這只是第二次而已，而兩次的天氣都很糟。第一次是在他剛到川陀不久，惡劣的天氣只令他生厭，不覺得有任何新奇之處。畢竟，他的故鄉世界赫利肯也有暴風雨，尤其是他從小到大居住的那一帶。

可是如今，他在人工氣候下生活了八年，所謂的風雨，僅是隨機間隔的電腦化雲量，以及睡眠時間的規律細雨。肆虐的強風為和風所取代，而且沒有極端的冷熱——只有輕微的變化，偶爾會讓人拉開襯衫前胸的拉鍊，或者披上一件輕便外套。即使如此和緩的變化，他還是聽過有人抱怨。

然而此時，謝頓見到眞正的雨水從寒冷的天空硬生生落下。他有好多年沒見過這種東西，而他十分喜愛，因爲那是老朋友。雨水使他想起赫利肯，想起他的青少年，想起那些相當無憂無慮的日子。他不禁心想，不知道應不應該慫恿司機繞個遠路。

不可能！大帝想要見他，而搭地面車本身已經很花時間——即使他們沿直線行走，途中又沒有任何交通阻礙。當然，大帝是不會等人的。

克里昂看來與八年前謝頓見到的那位很不一樣。他增加了大約十磅的體重，而且臉上多了一重陰霾。他眼圈附近與雙頰的皮膚好像被人掐過，謝頓認得出那是微調過度的結果。就某方面而言，謝頓爲克里昂感到難過——縱使擁有至高的權勢與皇威，這位皇帝對時光的流逝仍莫可奈何。

克里昂又是單獨會見哈里．謝頓，仍是在上次那間陳設豪奢的房間。謝頓謹遵慣例，等待大帝陛下先開口。

打量了一下謝頓的外表後，大帝以平常的口吻說：「很高興見到你，教授。讓我們免除一切形式，就像我們上次見面那樣。」

「遵命，陛下。」謝頓生硬地說。僅僅因爲大帝一時興起，命令你一切不拘形式，而你就乖乖照做的話，並不見得總是安全。

克里昂做了一個難以察覺的動作，整個房間立刻活起來，餐桌自動擺好，碗盤一個個出現。謝頓眼花撩亂，無法看清所有的細節。

大帝隨口道：「謝頓，你和我一同進餐吧？」

這句話的語調完全屬於問句，但其中的力量卻使它成爲命令。

「這是我的榮幸，陛下。」謝頓說完，又謹愼地環顧四周。他非常明白臣民不會（或說絕對不該）向皇帝陛下發問，但他實在忍不住。於是，他以相當平靜的口氣，試圖讓這句話聽來不像一個問題，問道：「首相不和我們一起用餐？」

「他不會來，」克里昂說：「此刻他正在忙別的事。而且無論如何，我希望和你私下談談。」

他們默默吃了一會兒，克里昂定睛凝視著他，謝頓則嘗試以微笑回應。克里昂並沒有殘酷的惡名，甚至沒有不負責任的傳聞，但在理論上，他能讓謝頓因某個含糊的罪名而遭逮捕。此外，假使大帝希望運用他的影響力，這件案子或許永遠得不到審判。能避免他的注意總是上上策，而此時此刻，謝頓卻無法做到這一點。

不用說，八年前的情況還要更糟，那次他是由武裝衛士帶進宮的。然而，這項事實並沒有使謝頓感到輕鬆。

然後克里昂開口了。「謝頓，」他說：「首相對我極其有用，但我有些時候覺得，百姓也許認爲我自己沒有主見。你會這麼想嗎？」

「啓稟陛下，從來不會。」謝頓冷靜地答道，過分的辯白根本沒有用。

「我不相信你。然而，我的確有自己的主見。而我記得你剛到川陀的時候，正在搞一個叫心理史學的東西。」

「我確信陛下也一定記得，」謝頓柔聲道：「當時我就解釋過，那只是個數學理論，並沒有實際的應用。」

「當時你是那麼說的。現在你還那麼說嗎？」

「是的，陛下。」

「後來你有沒有繼續研究？」

「偶爾我會玩一玩，可是一無所獲。非常遺憾，混沌總是產生干擾，可預測性並不……」

大帝打岔：「有個特定問題，我希望你著手研究一下——務必用些甜點，謝頓，很不錯的。」

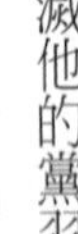

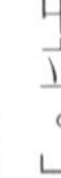

「什麼問題，陛下？」

「就是久瑞南這個人。丹莫刺爾告訴我——喔，可眞委婉——說我不能逮捕此人，也不能派軍隊消滅他的黨羽，他說那樣只會使情勢惡化。」

「如果首相這麼說，我想應該就是如此。」

「可是我不想要久瑞南這個人……無論如何，我不會當他的傀儡。丹莫刺爾卻什麼也不做。」

「啓稟陛下，我確信他正在盡力而爲。」

「如果他正在爲緩和問題而努力，他顯然沒有隨時向我報告。」

「那或許是個很自然的心願，他希望讓陛下高高在上，避免沾到這場紛爭。首相或許覺得，如果久瑞南竟然……如果他竟然……」

「取而代之。」克里昂以無比嫌惡的語氣說。

「是的，陛下。您個人不能表現得反對他，否則就是不智之舉。爲了帝國的穩定，您必須保持中立。」

「我實在寧可除掉久瑞南，來確保帝國的穩定。你有什麼建議，謝頓？」

「我，陛下？」

「你，謝頓。」克里昂不耐煩地說：「我這麼講吧，如果你說心理史學只是個遊戲，我可不相信你。丹莫刺爾一直和你保持友好關係，你以爲我那麼白癡，連這件事都不知道嗎？他指望你能貢獻些什麼，他指望你發展出心理史學。既然我不是傻瓜，我同樣指望這玩意。謝頓，你支持久瑞南嗎？說實話！」

「不，陛下，我不支持他，我認爲他對帝國十足是個威脅。」

「很好，我相信你。你曾經在你們的大學校園裡，獨力阻止了一場潛在的九九派暴動，我曉得這件事。」

「那純粹是我個人一時的衝動，陛下。」

「去對傻瓜說吧，別跟我來這一套，你是用心理史學做到的。」

「陛——下！」

「別抗議了。你究竟在如何對付久瑞南？你若是站在帝國這邊，一定正在做些什麼。」

「啓稟陛下，」謝頓謹慎地說，他不確定大帝知道了多少。「我已經派小兒去達爾區見久瑞南。」

「爲什麼？」

「小兒是達爾人，而且很機靈，他也許會發現些對我們有用的情報。」

「也許？」

「只是也許，陛下。」

「你會隨時向我報告嗎？」

「會的，陛下。」

「還有，謝頓，別再告訴我心理史學只是遊戲，也別再說它不存在，我不要聽這些。我指望你對久瑞南做點什麼，該怎麼做我不敢說，但你必須做點什麼。我不要見到別的結果，你可以走了。」

謝頓回到斯璀璘大學，心情比離開時更沉重許多。聽克里昂的口氣，彷彿他絕不會接受失敗。

現在一切都看芮奇的了。

1-18

芮奇坐在達爾區一棟公共建築的前廳。當他還是個衣衫襤褸的少年時，他從未到過這裡探險——從來無法到此探險。現在，他實實在在感到有點不安，彷彿他是非法侵入此地。

他試著讓自己看來鎮定、值得信賴，而且惹人憐愛。爸爸告訴過他，可愛是他與生俱來的一種特質，但他自己卻從未意識到。假如它會自然而然流露出來，而他卻太努力表現出這個本色，或許反而會弄巧成拙。

他一面試著放鬆心情，一面望著坐在桌前操作電腦的那位官員。那官員並不是達爾人，事實上，他就是坎伯爾．丁恩．納馬提；他曾陪同久瑞南拜見爸爸，當時芮奇也在場。

每隔一會兒，伏案的納馬提便抬起頭來，以充滿敵意的目光瞪芮奇一眼。這位納馬提並不欣賞芮奇的可愛，這點芮奇看得出來。

芮奇並未試圖以友善的笑容面對納馬提的敵意，那樣會顯得太做作，因此他只是默默等待。他已經走到這一步，假如久瑞南不出所料來到這裡，芮奇便有和他說話的機會。

久瑞南果真來了，他大搖大擺走進來，臉上掛著他在公眾面前慣有的笑容，熱情洋溢且信心十足。納馬提舉起一隻手，久瑞南便停下腳步。他們兩人開始低聲交談，芮奇則在一旁專心觀察，同時試圖表現得沒這回事，只是不怎麼成功。芮奇覺得情勢很明顯，納馬提是在反對這次會晤，芮奇卻敢怒而不敢言。

然後久瑞南望向芮奇，微微一笑，並將納馬提推到一旁。芮奇突然想通了，雖然納馬提是這個組織的頭腦，但擁有領袖魅力的顯然是久瑞南。

久瑞南大步向他走來，伸出一隻豐滿而稍嫌潮濕的手掌。「稀客稀客，謝頓教授的公子。你好嗎？」

「很好，謝謝你，閣下。」

「我瞭解你在途中遇到些麻煩。」

「不太嚴重，閣下。」

「而我相信，你來這裡是爲令尊送口信的。我希望他正在重新考慮他的決定，並已決心在這場聖戰中加入我方陣營。」

「我可不這麼想，閣下。」

久瑞南微微皺起眉頭。「你是背著他來這裡的嗎？」

「不，閣下，是他派我來的。」

「我懂了。你餓不餓，小伙子？」

「現在不餓，閣下。」

「那麼你介不介意我吃點東西？我沒有留太多時間給生活上的普通享受。」他露出燦爛的笑容。

「我絕不介意，閣下。」

兩人一起移到一張餐桌旁，坐了下來。久瑞南打開一個三明治，咬了一口，再以有些阻塞的聲音說：「他爲什麼派你來呢，孩子？」

芮奇聳了聳肩。「我想他以爲，我也許能發現你的什麼祕密，好讓他用來對付你。他全心全意忠於丹莫刺爾首相。」

「而你不是？」

「沒錯，閣下，我是達爾人。」

「我知道你是，謝頓先生，但你這句話是什麼意思？」

「意思是我受到壓迫，所以我站在你這邊，我想要幫助你。當然，我可不想讓我父親知道。」

「沒有理由讓他知道。你打算怎樣幫助我？」他瞥了納馬提一眼，後者倚在那張電腦桌旁，正在聆聽這場對話，他的雙臂交抱，臉孔拉得好長。「你對心理史學知道一些嗎？」

「不知道，閣下。我父親從不和我談這東西，即使他提起，我也聽不懂。我認爲他在那方面搞不出任何名堂。」

「你確定嗎？」

「我當然確定。那裡還有個哥兒們，雨果．阿馬瑞爾，也是個達爾人，他有時會提到這件事。我確定什麼結果都沒有。」

「啊！你看改天我能見見雨果．阿馬瑞爾嗎？」

「我看不行。他不怎麼向著丹莫刺爾，可是他死心塌地向著我父親，他是不會出賣他的。」

「可是你會？」

芮奇看來很不高興，他倔強地喃喃道：「我是達爾人。」

久瑞南清了清喉嚨。「那麼讓我再問你一遍，年輕人，你打算怎樣幫助我？」

「我有件事要告訴你，但你不見得會相信。」

「是嗎？試試看。如果我不相信，我會坦白告訴你。」

「是關於伊圖．丹莫刺爾首相的事。」

「什麼事？」

芮奇不安地四下張望。「有什麼人聽得到我說話嗎？」

「只有納馬提和我自己。」

「好吧，那麼聽好。丹莫刺爾這哥兒們其實不是哥兒們，他是機器人。」

「什麼！」久瑞南暴喝一聲。

芮奇覺得需要解釋一番。「機器人就是人形機器，閣下。他不是人類，他是個機器。」

納馬提突然激動地喊道：「九九，別相信這些，這是無稽之談。」

久瑞南卻舉起一隻手做訓誡狀，他的雙眼還閃閃發光。「你爲何這樣說？」

「我父親去過麥曲生，他把一切告訴了我。在麥曲生，人們常常談論機器人。」

「是的，我知道。至少，我也那麼聽說過。」

「麥曲生人相信，機器人曾在他們祖先之間非常普遍，可是後來被消滅了。」

納馬提瞇起眼睛。「但你憑什麼認爲丹莫刺爾是機器人？根據我聽來的一點點奇幻故事，機器人是金屬製造的，對不對？」

「沒錯。」芮奇一本正經地說：「可是根據我聽來的故事，有些機器人看來和人類一模一樣，而且他們長生不死……」

納馬提猛力搖了搖頭。「傳說！無稽的傳說！九九，我們爲什麼要聽……」

但久瑞南迅速打斷他的話。「不，坎·丁，我要聽下去，我也聽過這些傳說。」

「但這實在荒謬，九九。」

「別這麼急著說『荒謬』，即使眞是如此，人們還不是都在荒謬中生生死死。事實不算什麼，重要的是衆人心中怎麼想。年輕人，把傳說擺到一邊，告訴我，你爲什麼認爲丹莫刺爾是機器人？讓我們假設機器人的確存在，那麼丹莫刺爾究竟做了什麼，而讓你說他是個機器人？是他自己告訴你的嗎？」

「不是，閣下。」芮奇答道。

「是你父親告訴你的嗎？」久瑞南又問。

「也不是，閣下。那只是我自己的想法，但我可以確定。」

「爲什麼？是什麼使你如此確定？」

「只不過是根據他的一些言行舉止。他的樣子不會改變，他不會衰老，他從來不表現情緒，他有些特徵透出他是金屬製的。」

久瑞南上身靠回椅背，望了芮奇好長一段時間，他的心思彷彿在嗡嗡作響。最後他終於說：「假定他眞是機器人，年輕人，你又何必在乎呢？這和你有什麼關係嗎？」

「當然和我有關係，」芮奇說：「我是人類，我不要啥子機器人來治理帝國。」

久瑞南轉向納馬提，做出雙手贊成的手勢。「你聽到了嗎，坎．丁？『我是人類，我不要啥子機器人來治理帝國。』讓他上全相電視去說，讓他一遍又一遍重複，直到敲響川陀每個人的耳膜爲止……」

「嘿，」芮奇總算喘過氣來，「我不能在全相電視上說那句話，我不能讓我父親發現……」

「不，當然不會。」久瑞南立即接口道：「我們不會那麼做，我們只會用那句話。我們會另外找個達爾人，會在每一區都找一個人，每個人都用自己的方言，但總是同樣的宣示：『我不要啥子機器人來治理帝國。』」

納馬提說：「如果丹莫刺爾證明自己不是機器人，那怎麼辦？」

「眞是的。」久瑞南說：「他要怎麼做？他根本不可能做得到，心理上不可能。什麼？偉大的丹莫刺爾，皇帝身後的掌權者；這些年來，他一直扯弄著克里昂一世身上的繩索，在此之前則扯弄著釘在其父身上的繩索，現在他竟然會放下身段，當衆哭訴他也是人類嗎？那樣做對他而言，幾乎和他眞是機器人具有同樣的殺傷力。坎．丁，這壞蛋這回輸定了，而這都要歸功於這位優秀的年輕人。」

芮奇面紅耳赤。

久瑞南說：「你的名字是芮奇，對嗎？一旦我黨得以執政，我們不會忘記你的。達爾會受到良好待遇，你會在我們這裡有個好職位。總有一天，你將成爲達爾區的領袖，芮奇，你不會後悔曾經這麼做。你現在後悔嗎？」

「打死你也不後悔。」芮奇慷慨激昂地說。

「既然如此，我們要確保你回到你父親身邊。你要讓他知道，我們不打算傷害他，我們極爲重視他。你告訴他這就是你的發現，你愛編個什麼故事都行。從今以後，如果發現任何其他事情，你認爲可能對我們有用，尤其是關於心理史學的，你就立刻通知我們。」

「不在話下。但是，你說你保證達爾有翻身的機會，你是眞心的嗎？」

「絕對是的，我的好孩子。各區平等，各個世界平等。我們會有個嶄新的帝國，特權和不平等所造成的一切罪惡將連根拔除。」

芮奇使勁點了點頭。「那正是我想要的。」

1-19

克里昂一世，銀河的共主，此時正匆匆忙忙走過拱廊。透過這道拱廊，偏殿的寢宮連接著相當龐大的官僚系統所使用的辦公室，而那些官僚則散居皇宮各個別館，因此整座皇宮就是帝國的神經中樞。

他的幾名貼身侍從走在他後面，臉上掛著深切無比的憂慮。一般說來，皇帝不會移駕找什麼人；他只要召喚他們，他們便會趕來見他。假如他眞邁開腳步，也絕不會顯現出焦急或情感受創的樣子。他怎麼能呢？身爲一位皇帝，與其說是個重要人物，不如說更像所有世界的一個象徵。

但他現在似乎就是個普通人。他不耐煩地揮動右手，示意每個人退到一旁。而他的左手，則握著一張閃閃發光的全相像。

「首相，他在哪裡？」他用近乎掐住脖子的聲音說，完全不像那種刻意訓練出來的聲調（它與皇位同樣是他身上的重擔）。

一路上的高級官員通通不知所措，他們紛紛喘著大氣，根本不可能理出任何頭緒。大帝氣呼呼地掠過他們，使他們全部覺得彷彿活在一場白日惡夢中。

最後他終於衝進丹莫刺爾的個人辦公室。他微微喘著氣，大吼道——不折不扣地大吼道：「丹、莫、刺、爾！」

丹莫刺爾帶著一絲驚訝抬起頭來，接著不急不徐地起身，因爲除非受到特別的恩准，任何人在皇帝面前都不會坐著。「陛下？」他答道。

大帝將那張全相像摔到丹莫刺爾的辦公桌上，問道：「這是什麼？你能告訴我嗎？」

丹莫刺爾看了看大帝丟給他的東西。那是一張美麗的全相像，鮮明而生動。幾乎能聽見那個十歲左右的小男孩，正在說著字幕上那句話：「我不要啥子機器人來治理帝國。」

丹莫刺爾平靜地說：「啓稟陛下，我也收到了。」

「還有誰收到了？」

「我的感覺是，陛下，它是一份正在川陀各處廣爲散發的傳單。」

「沒錯，你有沒有看到那小鬼望著什麼人？」他伸出至尊的食指，輕輕敲了敲那個人像。「那不是你嗎？」

「真是十分相似，陛下。」

「你所謂的這份傳單，唯一的意圖就是指控你是機器人，我這樣猜有沒有錯？」

「那的確似乎是它的意圖，陛下。」

「我要是說錯了，立刻糾正我，機器人不就是傳說中的人形機器，那種在……在驚悚影片和兒童故事中才有的東西？」

「麥曲生人將它當成信仰的對象，陛下，而機器人……」

「我對麥曲生人和他們信仰的對象並沒有興趣。他們爲什麼指控你是機器人？」

「我確定那只是一種譬喻，陛下。他們希望將我刻畫成一個沒有心腸的人；我的觀點缺乏良知，只是一台機器的計算結果。」

「那太隱晦了，丹莫刺爾，我可不是傻瓜。」他又輕輕敲了敲那張全相像，「他們試圖讓百姓相信你真是機器人。」

「假如百姓寧可相信，陛下，我們簡直就無法阻止。」

「我們承受不起。它有損你這個首相的尊嚴，更糟的是，它還有損我這個皇帝的尊嚴。那暗示的是我，我，竟然會選一個機器人當我的首相，這是忍無可忍的事。聽好，丹莫刺爾，不是有些禁止詆毀帝國官員的法律嗎？」

「啓稟陛下，的確有，而且相當嚴苛，可以追溯到偉大的《亞布拉米斯法典》。」

「而詆毀皇帝本人，則是罪大惡極的死罪，對不對？」

「是唯一死刑，陛下，一點都沒錯。」

「好啦，這不只詆毀你，還詆毀了我。無論是誰幹的，都該立即處決。當然，幕後的主使者就是那個久瑞南。」

「毫無疑問，陛下，但要證明這點可能相當困難。」

「荒謬！我有足夠的證據！我要處決他。」

「問題是，陛下，詆毀罪實際上從未追究過。至少，本世紀絕對沒有。」

「這就是社會變得如此不穩定，而帝國也開始動搖根本的原因。那些法律仍是白紙黑字，所以趕快執行吧。」

丹莫刺爾說：「請陛下三思這是否明智，那會使您顯得像個暴君和獨裁者。您以仁慈與和善爲念的統治，一向是最成功的……」

「沒錯，但是看看我得到了什麼。讓我們換個方式，叫他們開始怕我，而不是敬愛我——以這種方式敬愛我。」

「我極力勸告您別這麼做，陛下，它可能會成爲點燃一場叛亂的火花。」

「那麼，你要怎麼做呢？走到百姓面前說：『看看我，我不是機器人。』」

「不，因爲正如陛下所說，那樣會毀掉我的尊嚴，更糟的是，也會毀掉您的尊嚴。」

「那該怎麼辦？」

「我不確定，陛下，我尙未好好想過。」

「尙未好好想過？去聯絡謝頓。」

「陛下？」

「我的命令爲何那麼難以理解？去、聯、絡、謝、頓！」

「陛下希望我召他進宮嗎？」

「不，沒時間那麼做了。我相信你能幫我們架設一條密封通訊線路，無法竊聽的那種。」

「沒問題，陛下。」

「那就去辦吧。趕快！」

1-20

謝頓欠缺丹莫刺爾那份泰然自若，他畢竟只是血肉之軀。傳到研究室的那些召喚，以及「擾亂場」突然生出的微弱光芒與滋滋噪音，足以顯示發生了不尋常的事。他以前也曾經用過密封線路通話，但從未達到帝國安全標準的極限。

他預期會有某位政府官員來爲丹莫刺爾傳話。想到那份機器人傳單逐漸掀起的騷動，他的預期不會低於這點。

但他的預期也並未高於這點。因此當大帝本人的影像，周圍泛著擾亂場的微弱閃光，跨進（姑且這麼說）他的研究室時，謝頓跌回座椅中，嘴巴張得老大，只能徒勞無功地試圖站起來。

克里昂做個不耐煩的手勢，示意他繼續坐著。「你一定知道發生了什麼事，謝頓。」

「您是指那份機器人傳單，陛下？」

「那正是我的意思。現在該怎麼做？」

儘管大帝恩准他繼續坐著，謝頓終究還是站了起來。「啓稟陛下，不只如此而已。久瑞南針對機器人這個議題，正在川陀各地組織示威活動。至少，我聽新聞幕上是這麼說的。」

「它還沒傳到我耳朵裡。當然沒有，皇帝何必知道發生了什麼事？」

「這種事不勞陛下操心，我確信首相……」

「首相什麼也不會做，甚至不會向我報告最新狀況。現在我要向你和心理史學求助，告、訴、我、該、怎、麼、做。」

「陛下？」

「我不準備和你玩遊戲，謝頓，你在心理史學上已經花了八年時間。首相告訴我，我一定不能採取法律行動對付久瑞南，那麼，我該做些什麼呢？」

謝頓結結巴巴地說：「陛……陛下！什麼也別做！」

「你什麼也不能告訴我嗎？」

「不，陛下，我不是這個意思。我是指您一定不能採取行動，任何行動都不能！首相若告訴您不能採取法律行動，那他說得很對，否則只會使情況更糟。」

「很好。那怎麼做才能使情況更好呢？」

「您什麼事也別做，首相什麼事也別做，政府則允許久瑞南放手去做。」

「那會有什麼幫助？」

謝頓盡量壓抑聲音中的絕望語調，說道：「很快就會看出來。」

大帝突然像是放了氣的氣球，彷彿所有的怒意與憤慨都被抽出體外。他說：「啊！我懂了！你完全掌握了局勢！」

「陛下！我可沒那麼說……」

「你不必說，我已經聽到很多了。你完全掌握了局勢，但我要的是結果。我仍保有禁衛軍和武裝部隊，他們會忠心耿耿。倘若出現真正的混亂，我絕不會猶豫，但我會先給你一個機會。」

他的影像一閃即逝，謝頓坐在那裡，只能瞪著顯像早已消失的空洞空間。

八年前，他在十載會議上首度提到心理史學，從那個不愉快的時刻開始，他就必須面對一個事實：他根本沒有自己脫口而出的那個東西。

他有的只是些虛無飄渺的瘋狂想法，以及雨果．阿馬瑞爾所謂的直覺。

1-21

短短兩天內，久瑞南的示威橫掃整個川陀，少數由他親自出馬，大部分是他的副手們所領導。

正如謝頓對鐸絲喃喃抱怨的，這次行動具有軍事效率的一切特徵。「倘若在古代，他是天生的大將。」他說：「他的天分浪費在政治上了。」

鐸絲則說：「浪費？照這個速度，他能在一週內當上首相，而他只要有心，兩週內就能當上皇帝。根據報導，有些戍衛部隊正為他喝采呢。」

謝頓搖了搖頭。「會瓦解的，鐸絲。」

「什麼？久瑞南的政黨還是帝國？」

「久瑞南的政黨。機器人的說法的確製造出一時的轟動，尤其是因為他們有效地利用那份傳單，但只要稍微深思一下，稍微冷靜一點，民眾就會看出那是多麼無稽的指控。」

「可是，哈里，」鐸絲堅定地說：「你不必跟我假裝，那可不是無稽的說法。久瑞南怎麼可能發現丹莫刺爾是機器人呢？」

「喔，那件事！哈，是芮奇告訴他的。」

「芮奇！」

「沒錯。他圓滿達成任務，已經平安歸來，他們還對他承諾，有一天會讓他成為達爾區的領袖。他當然深獲信任，我早就知道他做得到。」

「你的意思是，你告訴芮奇說丹莫刺爾是機器人，還讓他把這個消息傳給久瑞南？」鐸絲看來嚇壞了。

「不，我不可能那麼做。你知道我不能告訴芮奇，或是任何人，說丹莫刺爾是機器人。我以盡可能堅定的口吻告訴芮奇，丹莫刺爾不是機器人——就連那樣說也不容易。但我的確要他告訴久瑞南，說他是個機器人。芮奇深深相信他對久瑞南撒了謊。」

「可是爲什麼呢，哈里？爲什麼？」

「和心理史學無關，這點我要特別告訴你。你別和大帝一樣，以爲我是魔法師。我只是要久瑞南相信丹莫刺爾是機器人。他本是麥曲生人，所以自小聽多了機器人的民間故事。因此，他很容易相信這種事，而他深信民衆也會和他一樣。」

「怎麼，不是嗎？」

「不見得。等到初期的震撼消失，他們就會瞭解那只是狂人的幻想，或者會那麼認爲。我已經說服丹莫刺爾，他必須透過次乙太全相電視發表一場演說，廣播到帝國各個重鎮，以及川陀每一個區。他會談論各種問題，唯獨不提機器人這檔事。如今危機重重，大家都知道，所以這種演說不會冷場。人們會凝神聆聽，偏偏聽不到和機器人有關的事。然後，到了最後，自會有人問起那份傳單。他一個字也不必回答，他只需要哈哈大笑。」

「哈哈大笑？我從來不知道丹莫刺爾會哈哈大笑，他甚至幾乎不曾微笑。」

「這一回，鐸絲，他會的。這是一件誰也未曾目睹機器人做過的事。你在全相奇幻節目中看過機器人吧？他們總是被塑造成一板一眼、毫無情感、缺乏人性，那是人們預料中的必然形象，所以丹莫刺爾只需要笑幾聲就好。此外，你還記得日主十四嗎，那位麥曲生的宗教領袖？」

「我當然記得。一板一眼、毫無情感、缺乏人性，他也從來不發笑。」

「這回他仍然笑不出來。自從我在運動場和他們比劃幾下之後，我就對久瑞南這個人做了許多研究。我知道久瑞南的眞實姓名，還知道他生在何處，他的雙親是什麼人，他早年在哪裡接受訓練。這些相關資料，連同證明文件，都已經送到日主十四手上。我想日主是不會喜歡脫韁者的。」

「可是我以為你說過，你不希望點燃種族偏見的火種。」

「我是不希望。假使我把那些資料交給全相電視台，就的確會發生那種事。但我卻是將它交給日主，畢竟，那些資料原本就是從那裡來的。」

「而他將會點燃這個火種。」

「他當然不會。無論日主說什麼，川陀上都不會有任何人注意。」

「那麼用意何在？」

「嗯，這點我們等著瞧，鐸絲。我並沒有一份針對時局的心理史學分析，我甚至不知道這種分析有沒有可能，我只希望我的判斷是正確的。」

1-22

伊圖．丹莫刺爾哈哈大笑，已經數不清是第幾次了。

他坐在那裡，與哈里．謝頓以及鐸絲．凡納比里同在一間無法竊聽的房間內。每隔一會兒，只要謝頓做個手勢，他便會開始發笑。有時他會仰靠在椅背上，發出刺耳的大笑聲，但謝頓總是搖搖頭。「那樣聽來絕無說服力。」

於是丹莫刺爾微微一笑，然後發出尊貴的笑聲，結果換來謝頓一個鬼臉。「我認輸了，」他說：「試著跟你講滑稽故事也沒用，你只能瞭解故事的知性層面。你必須牢記那種聲音才行。」

鐸絲說：「用全相笑聲軌帶。」

「不！那絕不是丹莫刺爾，只是一夥為了賺錢而傻笑的白癡，那可不是我要的。再試一遍，丹莫刺爾。」

丹莫刺爾一試再試，最後謝頓終於說：「好了，就記住這個聲音，當有人問你那個問題時就複製出來。你一定得顯得被逗樂了，不論笑得多麼熟練，你也不能板著臉孔製造那些笑聲。露出一點笑容，一點就好，把一側嘴角向後拉。」丹莫刺爾的嘴巴慢慢咧開，形成一個笑容。「不壞嘛，你能讓雙眼閃爍嗎？」

「你所謂『閃爍』是什麼意思？」鐸絲憤憤地說：「誰也不能讓自己的眼睛閃爍，那只是比喻的說法。」

「不，不是的。」謝頓說：「有時眼裡會有一點淚水，不論是因為悲傷、喜悅或驚訝，當那一點液體反射光線，就會造成閃爍。」

「好吧，你當眞指望丹莫刺爾能製造眼淚嗎？」

丹莫刺爾一本正經地說：「我的眼睛的確會製造淚水，那是為了一般性的清洗，絕不會過量。不過，說不定，我若想像眼睛受到輕微的刺激……」

「試試看，」謝頓說：「不會有害的。」

於是，當次乙太全相電視上的演說結束，演說的內容——嚴肅的、實事求是的、報導性的；沒有任何華麗的修飾、除了機器人無所不談——正以光速的數千倍奔向幾百萬個世界時，丹莫刺爾宣佈他準備接受發問。

他不需要等多久，第一個問題就是：「首相先生，您是機器人嗎？」

丹莫刺爾只是冷靜地瞪著現場觀眾，讓緊張的情緒升高。然後他微微一笑，身體輕微晃動，接著便笑出聲來。那並非過分刺耳的大笑聲，但聲音相當嘹喨，意味著某個古怪念頭把他逗樂了。而這是有傳染性的，觀眾先是吃吃竊笑，不久便成了哄堂大笑。

丹莫刺爾一直等到笑聲平息，才透著閃爍的目光說：「我必須回答這個問題嗎？眞有必要那麼做嗎？」當螢幕轉趨漆黑之際，他臉上仍帶著笑容。

1-23

「我確定有效。」謝頓說：「自然，不會立刻使情勢完全逆轉，那需要時間，但事態已經朝正確方向發展。當我在大學運動場打斷納馬提的演講時，我就注意到了這點。聽衆本來站在他那邊，等到我挺身而出，展現以寡敵衆的勇氣後，聽衆馬上開始轉變立場。」

「你認爲如今的情勢可依此類推嗎？」鐸絲透著疑惑問道。

「當然。即使沒有心理史學，我想我還能用類推法，以及與生俱來的頭腦。看看我們的首相，遭到來自四面八方的圍剿，而他用一個笑容、一下笑聲就化解了，這是他能做到的最不像機器人的事，所以它本身就是那個問題的答案。同情當然會開始靠向他那邊，任何力量都阻止不了。但這只是個開始，我們還得等日主十四的消息，得聽聽他怎麼說。」

「你對那邊也有信心嗎？」

「絕對有。」

1-24

網球是謝頓最喜愛的運動之一，但他對打球的興趣遠勝於當個觀衆。因此，當穿著運動裝的克里昂大帝漫步穿梭球場接球之際，他不耐煩地坐在觀衆席中。事實上，這是所謂的皇家網球，因爲它是歷代皇帝所鍾愛的一項運動。使用的是一種電腦化球拍，只要在握把上施加適度的壓力，便能稍加改變拍面的角度。謝頓曾有幾次試圖練成這種技巧，卻發現需要大量的練習，才能純熟地使用這種電腦化球拍。而哈里．謝頓的時間太寶貴了，不能浪費在顯然無謂的目的上。

克里昂將球打到一個救不回的位置，贏了這場球賽。他快步走出球場，迎向觀衆席中大小官員謹愼的掌聲。謝頓對他說：「恭喜陛下，您這場球打得好極了。」

克里昂淡然道：「你眞這麼想嗎，謝頓？他們全都小心翼翼讓我贏球，我贏得沒有一點樂趣。」

謝頓說：「這樣的話，陛下可以命令對手更賣力些。」

「沒有用的，他們無論如何會刻意輸給我。而他們要是眞的贏了，我又會覺得輸球比贏得毫無意義更沒樂趣。身爲皇帝自有其悲哀，謝頓。久瑞南也會發現這點，假使他成功地當上皇帝。」

說完，他便消失在御用沐浴間。不久他重新出現，全身已經洗淨蒸乾，並穿上正式許多的服裝。

「好了，謝頓，」他一面說，一面揮手逐退所有的人，「我們再也找不到比網球場更隱密的地方，而且天氣這麼好，所以我們別進屋去。我讀了麥曲生那個日主十四的來信，那樣行得通嗎？」

「啓稟陛下，完全行得通。正如您讀到的，他們譴責久瑞南是麥曲生的脫韁者，而且以最嚴重的褻瀆罪指控他。」

「那樣能了結他嗎？」

「對他的威勢有致命的打擊，陛下。如今，只剩少數人還接受首相是機器人的瘋狂說法。非但如此，久瑞南還被揭發爲一名裝模作樣的騙徒，更糟的是，他被逮個正著。」

「逮個正著，沒錯。」克里昂若有所思地說：「你的意思是，光是要陰謀只能算狡猾，或許還有人佩服；但被逮個正著則是愚蠢，絕對不會有人欽佩。」

「您眞是一針見血，陛下。」

「那麼久瑞南不再是威脅了。」

「啓稟陛下，這點我們還不能確定。即使是現在，他也可能東山再起。他仍擁有一個組織，他的一些追隨者仍會忠心耿耿。曾有人在遭逢這麼大的打擊，甚至更大的打擊後又捲土重來，歷史上這樣的例子可不少。」

「這樣的話，我們把他處決吧，謝頓。」

謝頓搖了搖頭。「那將是不智之舉，陛下。您不會想製造一名烈士，或是讓您自己顯得像獨裁者吧。」

克里昂皺起眉頭。「你現在的口氣和丹莫刺爾簡直一樣。每當我希望採取強硬行動，他就會嘀咕『獨裁者』三個字。在我之前有些皇帝，他們採取強硬行動的結果是贏得讚譽，是被視爲強勢和果決的君主。」

「這點毫無疑問，陛下，但我們卻是處於動盪的時代。而且沒有必要處決他，您大可用別的方式達成您的目的，而使您顯得開明和仁厚。」

「顯得開明？」

「本來就很開明，陛下，是我說錯了。處決久瑞南等於是在報復，或許會被視爲卑劣。然而，身爲皇帝，您對所有子民的信仰，都抱持著仁愛──甚至慈父般的態度。您對他們一視同仁，因爲您是每位子民的皇帝。」

「你在說些什麼？」

「我的意思是，陛下，久瑞南碰觸了麥曲生人的痛處，而您對他的冒瀆行爲甚爲震怒。久瑞南本是他們的一員，還有什麼比將他交給麥曲生人處置更好的辦法呢？您會由於皇恩浩蕩而受世人喝采。」

「然後，麥曲生人會處決他？」

「有此可能，陛下，他們懲罰褻瀆罪的法律極其嚴酷。最好的情況，他們也會將他終身囚禁於苦役監獄。」

克里昂微微一笑。「好極了。我得到人道和寬容的美名，而由他們當劊子手。」

「啓稟陛下，假使您眞將久瑞南交給他們，他們會的。然而，那樣仍會製造一名烈士。」

「這回你把我搞糊塗了。你究竟要我怎麼做？」

「讓久瑞南自己選擇。就說基於帝國黎民的福祉，您有責任將他交給麥曲生人審判，但是，您的人道胸懷卻深恐麥曲生人可能太嚴酷。因此，還有另一條路，他可以選擇流放到尼沙亞，在那裡默默地、平靜地度過餘生。畢竟，那個與世隔絕的小世界，正是他對外聲稱的故鄉。不用說，您一定會將他置於監視之下。」

「那樣就會解決一切嗎？」

「當然，久瑞南若選擇遣返麥曲生，實際上無異於自殺。在我的感覺中，他不是那種會自殺的人，他必然會選擇尼沙亞。不過，那雖然是合乎常理的做法，卻不是英雄好漢的行徑。在尼沙亞當個流亡者，他幾乎不可能再領導什麼征服帝國的運動。他的追隨者必定作鳥獸散；他們能以神聖的狂熱追隨一名烈士，可是實在很難追隨一個懦夫。」

「妙透了！你是怎麼想出這一切的，謝頓？」克里昂的聲音中透出明顯的欽佩。

謝頓說：「嗯，這似乎是個合理的假設……」

「算了。」克里昂突然說：「我不信你會告訴我實話，即使你說了，我想我也不會瞭解。但我要告訴你一點，丹莫刺爾即將離職。這次的危機已經證明他力有未逮，而我也同意該讓他退休了。

但是我不能沒有一個首相，所以從此刻起，你就是他。」

「陛──下！」謝頓高聲喊道，聲音中交雜著驚愕與惶恐。

「哈里．謝頓首相。」克里昂平靜地說：「這乃是皇帝的旨意。」

1-25

「不用驚慌，」丹莫刺爾說：「這是我做的建議。我在這裡已經待得太久，而且一連串的危機累積到這個程度，三大法則的考量已經使我寸步難行。你是合理的繼任人選。」

「我並不是合理的繼任人選。」謝頓激動地說：「我知道如何治理一個帝國嗎？大帝愚蠢到相信我是用心理史學解決這場危機的，我當然不是。」

「那沒有關係，哈里。只要他相信你擁有心理史學的答案，他會對你言聽計從，這就會使你成為一位好首相。」

「對我言聽計從，他會一路走向毀滅。」

「我覺得你的判斷力，或說直覺，會讓你保持正確的目標……不論有沒有心理史學。」

「可是沒有你，我要怎麼做呢──丹尼爾？」

「謝謝你這麼稱呼我。我不再是丹莫刺爾，只是丹尼爾而已。至於你沒有我該怎麼做，何不試著實現一些久瑞南對平等和社會公義的構想？他或許不是真心的，或許只是用來當作籠絡人心的手段，但是這些構想本身並不壞。想辦法讓芮奇在這方面助你一臂之力──他抗拒了久瑞南的主張對他的吸引，堅決對你效忠，現在他一定感到很無奈，認為自己是半個叛徒。對他證明他沒有做錯。此外，你還能加倍努力研究心理史學，因為大帝會支持你，全心全意支持你。」

「但你自己準備做什麼呢，丹尼爾？」

「銀河中另有許多事需要我照顧。別忘了還有第零法則，而在我能明確決定的範圍內，我必須為人類整體的福祉努力。還有，哈里——」

「啊，丹尼爾。」

「你仍有鐸絲。」

謝頓點了點頭。「是的，我仍有鐸絲。」他頓了一下，才伸手握住丹尼爾結實的手掌。「再見，丹尼爾。」

「再見，哈里。」丹尼爾答道。

說完，這位機器人便轉身離去。他昂首闊步，背脊挺得筆直，沿著皇宮走廊漸行漸遠，厚重的首相袍拖出沙沙的聲響。

丹尼爾離去後，謝頓陷入沉思，在原處呆立了幾分鐘。然後，他突然向首相寓所的方向前進。謝頓還有一件事要告訴丹尼爾——最重要不過的一件事。

走進寓所之前，謝頓曾在光線柔和的走廊中遲疑了一下。但房間是空的，只有那件黑袍披在一張椅子上。於是，首相的房間裡，迴盪著謝頓對機器人說的最後一句話：「別了，我的朋友。」伊圖．丹莫刺爾走了；機．丹尼爾．奧利瓦消失了。

克里昂一世：……雖然屢屢受人歌頌，讚揚在其統治之下，第一銀河帝國勉強維持最後的統一與繁榮，克里昂一世在位的四分之一世紀，卻是帝國持續衰落的一段時期。這不能視爲他直接的責任，因爲導致帝國衰微的政治與經濟因素盤根錯節，並非當時任何一個人所能解決的。他幸運地選擇了兩位良相，伊圖·丹莫刺爾及後繼的哈里·謝頓。對於後者所發展的心理史學，這位皇帝從未失去信心。克里昂與謝頓兩人，曾是最後一次「九九派陰謀」的目標，其出人意表的結局……

——《銀河百科全書》

2-1

曼德爾．葛魯柏是個快樂的人，至少在哈里．謝頓眼中絕對沒錯。此時，謝頓暫停了晨間運動，駐足望著他。

葛魯柏大概是坐四望五的年紀，比謝頓年輕幾歲。由於長期在皇宮御苑工作，皮膚顯得有點粗糙，但他有一張笑口常開、刮得乾淨的臉孔。他的頭頂呈粉紅色，稀疏的沙色頭髮所剩無幾。這時，他一面輕吹著口哨，一面檢查灌木叢的樹葉，看看是否有昆蟲出沒的跡象。

他當然不是園丁長，皇宮御苑的園丁長是一位高級官員，在巨大的皇宮建築群中擁有一間宮殿般的辦公室，手下有一大群男女園丁。而園丁長親自檢視御苑的機會，每年大概不會超過一兩次。

葛魯柏只不過是園丁長手下的一員。謝頓知道，他的頭銜是一品園丁，那是三十年的忠實服務爲他贏得的榮銜。

謝頓停在極爲平坦的碎石子小徑上，和他打招呼。「又是美好的一天，葛魯柏。」

葛魯柏抬起頭來，雙眼透著閃爍的目光。「是啊，的確沒錯，首相，我爲那些關在室內的人感到難過。」

「你的意思是，例如等一下的我。」

「至於您嘛，首相，還不至於讓人太過惋惜。但是像這種天氣，您如果準備鑽進那些建築裡頭，我們這些幸運的少數，還眞能爲您稍感惋惜呢。」

「我要謝謝你的同情，葛魯柏，但你也知道，我們有四百億川陀人生活在穹頂之下。難道你替他們每個人都難過嗎？」

「我的確如此。我很慶幸自己沒有川陀血統，所以有資格當一名園丁。在這個世界上，只有極少數人在露天中工作，而我就在這兒，我是極少數的幸運兒之一。」

「天氣並非總是這麼理想。」

「那倒是眞的，我也在這外頭經歷過傾盆大雨和颼颼的強風。話說回來，只要你穿著合適的服裝……看——」葛魯柏將雙臂展得和他的笑容一樣開，彷彿要擁抱這片廣大的御苑。「我有許多朋友，樹木、草地，以及所有的動物都和我作伴，還有排成幾何圖形的植物令我開懷，即使在冬天也一樣。您見過御苑的幾何形狀嗎，首相？」

「我正望著它呢，不是嗎？」

「我是指一覽無遺的鳥瞰圖，讓您能眞正欣賞整體的美感——它實在無與倫比。它是一百多年前，由泰柏．沙萬德設計的，這些年來只有極少的改變。泰柏是一位偉大的園藝家，有史以來最偉大的，他也是來自我的行星。」

「是安納克里昂，對不對？」

「沒錯，一個靠近銀河邊緣的遙遠世界，那裡仍有許多荒野，日子過得怡然自得。我來到這兒的時候，還是個乳臭未乾的小伙子，現任園丁長剛剛接受老皇帝的任命。當然，現在他們已經在討論重新設計御苑。」葛魯柏深深嘆了一口氣，又搖了搖頭。「那會是個錯誤。它現在的樣子再好不過，比例恰當、構圖均衡，對視覺和精神都是一大享受。不過在歷史上，御苑的確偶爾會重新設計過。皇帝們總是喜新厭舊，好像新的似乎總是好的。當今的皇帝陛下，願他長命百歲，一直在和園丁長討論要重新設計。至少，園丁間是這麼流傳的。」他很快補充了最後一句，彷彿爲自己散佈宮內流言感到難爲情。

「可能不會很快實現。」

「我希望不要，首相，您若有機會從必定累得半死的工作中抽出些時間，拜託，請研究一下御苑的設計。它有一種罕見的美感，如果我有辦法，這幾百平方公里內，任何一片樹葉、一朵花、一隻兔子我都不讓移走。」

謝頓微微一笑。「你是個十分敬業的人，葛魯柏。哪天你當上園丁長，我也不會驚訝。」

「願命運之神保佑我不會。園丁長呼吸不到新鮮空氣，見不到自然景觀，還會忘掉他從大自然學到的一切。他住在那裡——」葛魯柏輕蔑地指了指遠方，「而且我認爲，他已經分不清灌木和小溪的差別，除非哪個下屬帶他出來，把他的手放在樹上或浸入溪水中。」

一時之間，葛魯柏彷彿要吐出心中的輕蔑，卻找不到一處他忍心吐痰的地方。

謝頓輕輕笑了幾聲。「葛魯柏，和你聊天眞好。我每天被重擔壓得透不過氣來，花幾分鐘聽聽你的人生哲學眞是愉快。」

「啊，首相，我不是什麼哲學家，我受的教育很粗淺。」

「不一定要受教育才能成爲哲學家，需要的只是活潑的心靈，以及生活中的體驗。保重，葛魯柏，我很可能會晉升你。」

「您只要讓我保持原狀，首相，我就對您感激不盡了。」

謝頓帶著微笑邁開步伐，不過一旦他的心思再度回到眼前的問題，他的笑容隨即消失。當了十年首相——葛魯柏若知道謝頓對這個職位多麼由衷地厭倦，他的同情會升高許多倍。如今，謝頓在心理史學技術上的進展，顯示他即將面臨一個無法承受的兩難局面，葛魯柏能瞭解這個事實嗎？

2-2

謝頓在御苑中這段若有所思的漫步，是太平歲月的一個縮影。很難相信在這裡，在帝國近畿的正中心，除了這塊土地之外，整個世界都包在一個穹頂之內。他站在這裡，在這個位置上，就好像回到了他的故鄉世界赫利肯，或置身於葛魯柏的故鄉世界安納克里昂。

當然，太平的感覺只是一種錯覺。御苑有警衛戍守，而且戒備森嚴。

一千年前，皇宮周圍的御苑——絕對比不上如今的宏偉壯麗，在一個剛開始四下建築穹頂的世界上絕不突出——曾經對所有的公民開放，而皇帝自己能行走其間，對他的子民點頭答禮，身邊沒有任何護衛。

不再是那樣了。如今御苑有重重警衛，川陀上任何人都不可能闖進來。然而，這樣做仍舊不能保證絕對安全，因爲當危險眞正來臨時，是來自心懷不滿的帝國官員，以及自甘墮落、受人收買的軍人。事實上，對皇帝與其幕僚而言，最危險的地方莫過於御苑內。比方說，在將近十年前那次事件中，倘若鐸絲．凡納比里不在謝頓身邊，會發生什麼結果呢？

那是他擔任首相的第一年。事後他才想通，他這匹黑馬令某些人妒火中燒，實在是很自然的一件事。有許多許多人，不論在學識上、年資上，最重要的是在他們自己眼中，都要比他有資格得多，因此會對這項任命忿忿不平。他們不曉得什麼是心理史學，以及大帝對它賦予多大的使命。而矯正這個情況最簡單的辦法，就是買通某個宣誓效忠首相的貼身侍衛。

當年，鐸絲一定比謝頓自己更爲警覺。也有可能，是丹莫刺爾在退場之際，加強了她保護謝頓的指令。實際的情況則是，在他擔任首相的前幾年，她比往日更常跟在他身邊。

在一個溫暖晴朗的下午，接近黃昏的光景，鐸絲注意到西下的太陽——在川陀的穹頂下從來見不到的太陽——反映在一柄手銃的金屬部位。

「趴下，哈里！」她突然大喊，同時立刻踩過草坪，向一名侍衛疾衝而去。

「把手銃給我，侍衛。」她以嚴厲的口吻說。

看到一名女子出乎意料地跑過來，這名未遂的刺客驚呆了片刻，但是他迅速做出反應，舉起那柄已抽出的手銃。

但她已經來到他面前，她的手像鋼箍般扣住他的右腕，將他的右臂高高舉起。「丟下。」她咬牙切齒地說。

那名侍衛扭曲著臉孔，試圖掙脫她的掌握。

「別試了，侍衛。」鐸絲說：「我的膝蓋離你的鼠蹊只有三吋，只要你敢眨一眨眼，你的生殖器就會報銷。所以你最好一動不動，這就對了。好，現在鬆開你的手。你要是不馬上丟掉那柄手銃，我就抓碎你的手臂。」

一名園丁抓著一支耙子跑過來，鐸絲示意他站開。這時，那名侍衛將手銃丟到了地上。

謝頓也趕到了。「我來接手，鐸絲。」

「你別來。撿起手銃，趕快躲進那個樹叢。可能還有其他人涉案，隨時準備行動。」

鐸絲始終未曾鬆開那名侍衛。「聽好，侍衛，到底是誰慫恿你謀害首相，我要知道他的名字。此外我也要知道，還有哪些人參與這項行動。」

侍衛沉默不語。

「別傻了，」鐸絲道：「說！」她扭轉他的手臂，令他跪了下來，她便一腳踏在他的頸部。「假如你認爲自己適於沉默，我能踩碎你的喉結，讓你永遠保持沉默。而且在那樣做之前，我還要好好折磨你一頓，不會留下一根完好的骨頭。你最好開口。」

侍衛一五一十招了。

事後謝頓曾對她說：「你是怎麼做到的，鐸絲？我從不相信你能夠這麼……暴力。」

鐸絲淡淡地說：「其實我沒有傷他多少，哈里，口頭威脅就足夠了。無論如何，你的安全是首要考量。」

「你該讓我對付他。」

「爲什麼？搶救你的男性自尊嗎？你的動作根本不夠快，這是第一點。第二點，不論你有辦法做得多好，你總是男人，那會在對方預料之中。而我是女人，通常人們不會認爲女人和男人一樣兇猛，而且一般說來，大多數女人沒力氣做出我剛剛那些動作。這件事經過流傳，便會有人添油加醋，從此人人都會怕我。而由於對我心存畏懼，以後就沒有人敢試圖傷害你。」

「對你心存畏懼，以及對處決心存畏懼。那名侍衛和他的同謀都會送命，你該知道。」

一聽到這點，鐸絲平時鎮定的面容立刻蒙上痛苦的陰影，彷彿她無法承受那名叛逆的侍衛將被處決的說法，即使他差點毫不猶豫地殺害了她摯愛的謝頓。

「可是，」她驚叫道：「沒有必要處決這些謀反者，放逐就能達到目的。」

「不，不夠。」謝頓說：「太遲了，除了處決之外，克里昂聽不進別的。如果你希望聽，我可以引述他的話。」

「你的意思是他已下定決心？」

「立刻決定。我告訴他需要做的只是放逐或下獄，可是他說不。他說：『每次我試圖用直接和強硬的行動解決一個問題，先是丹莫刺爾，然後現在是你，就會提到「獨裁」和「暴虐」。但這是我的皇宮，這是我的御苑，這是我的衛士。我的平安有賴於此地的安全，以及手下那些人的忠貞。你認爲任何偏離絕對忠貞的行爲，能用就地正法之外的方式處置嗎？不這樣做你怎能安然無事？不這樣做，我又怎能安然無事？』

「我說總該有個審判才行。『當然，』他說：『一場簡短的軍事審判，除了處決，我不要見到任何其他意見。我要把這個立場表達得很清楚。』」

鐸絲顯得不寒而慄。「你說得十分心平氣和。難道你同意大帝的做法嗎？」

謝頓勉強點了點頭。「我同意。」

「因爲有人試圖取你性命。你只爲了報復，就放棄你自己的原則？」

「不，鐸絲，我不是個有仇必報的人。然而，這並非我個人的安全受到威脅，甚至不是皇帝的安全。若說帝國的近代史對我們有任何昭示，那就是皇帝來來去去。我們必須保護的是心理史學。毫無疑問，即使我遇到什麼不測，心理史學也總有發展成功的一天。但是帝國正在迅速衰落，我們沒有時間再等。而目前只有我達到這個境界，能及時發展出必需的技術。」

「那你就該把自己知道的教給別人。」鐸絲嚴肅地說。

「我是在這樣做。雨果．阿馬瑞爾是理所當然的繼任人選，而且我已經網羅了一群技術人員，總有一天他們會派上用場。可是他們不會像……」他突然打住。

「他們不會像你這麼優秀——這麼聰明，這麼能幹？真的嗎？」

「我剛巧這麼想，」謝頓說：「而且我剛巧是凡人。心理史學是我的，如果我有可能發展出來，我想要這份榮耀。」

「凡人啊。」鐸絲嘆了一口氣，近乎悲痛地搖了搖頭。

處決執行了。一個多世紀以來，從未見過如此的整肅。兩名部長、五名較低階的官員，以及四名軍人，包括那個倒霉的侍衛，一起被押至刑場。所有無法通過最嚴格調查的禁衛軍，全部遭到解職處分，並放逐到遙遠的外圍世界。

從此，再也沒有不忠的風吹草動。首相受到的保護被渲染得人盡皆知，至於守著他的那個可怕的女人——許多人口中的「虎女」——就更不用說了。因此，鐸絲不必再到處陪著他，她的無形威勢已經是足夠的屏障。克里昂大帝也安享了將近十年的平靜與絕對的安全。

然而，如今，心理史學終於達到勉強能做預測的階段。當謝頓穿過御苑，從他的（首相）辦公室來到他的（心理史學家）實驗室，他不安地意識到一種可能，那就是這段太平歲月或許即將結束。

2-3

但即使如此，哈里．謝頓走進實驗室時，仍然壓抑不住一股澎湃洶湧的滿足感。變化多麼大。

這一切的開始，乃是二十年前，他在自己那台二級赫利肯電腦上的塗鴉之作。就是在那個時候，後來發展成「仲混沌數學」的第一道線索，首度模模糊糊在他腦中浮現。

接著是在斯璀璘大學的那些年，他與雨果．阿馬瑞爾一同工作，試圖「重歸一」那些方程式，除去構成麻煩的無限大，尋找迂迴之道繞過最糟的混沌效應。事實上，他們得到的進展非常小。

但是現在，當了十年首相之後，他擁有一整層樓最新型的電腦，以及一整組研究各方面問題的工作人員。

出於必要，除了雨果與他自己之外，研究人員都只能瞭解各人直接負責的問題，對其他部分則不大清楚。在心理史學這座巨大的山脈中，他們每個人僅在某個小峽谷或小露頭工作，唯有謝頓與雨果得見整座山脈。甚至他們兩人也看得模模糊糊，它的頂峰都隱藏在雲端，山坡則全被濃霧遮掩。

當然，鐸絲．凡納比里說得對，他必須開始引領研究人員深入整個神祕的國度。心理史學技術發展到這個程度，已經不再是兩個人所能掌握的。而且謝頓漸漸上了年紀，即使他能再活好幾十年，最有成就的黃金歲月當然早已成爲過去。

就連雨果，也差一個月就要滿三十九歲。雖然仍算年輕，對一位數學家而言卻可能並不盡然。而且他研究這個問題的歷史，幾乎與謝頓同樣長久，他做出創見與神來之筆的能力或許也在走下坡。

雨果早已看到他進來，正在目迎著逐漸走近的他。謝頓則以憐愛的目光望著他——雨果與謝頓的養子芮奇一樣，都是不折不扣的達爾人。然而，儘管擁有強壯的體格與矮短的身材，如今他似乎一點也不像達爾人。他沒有了兩撇八字鬍，他沒有了那種口音，總之，他似乎不再有任何一種達爾意識。他甚至對九九．久瑞南的誘惑也無動於衷，雖然久瑞南曾經徹底打動達爾區民。彷彿雨果不再認同對母區之愛，對母星之愛，甚至對帝國之愛。他只屬於心理史學——完完全全、百分之百。

謝頓感到一種自愧弗如的自責。對於一生最初二十年在赫利肯上的歲月，他一直保有強烈的自覺，根本無法不把自己當赫利肯人。他常常懷疑，這個自覺會不會無意間背叛自己，導致他在心理史學上誤入歧途。在理想狀況下，想要將心理史學運用得當，應當有超越所有世界與行政區的胸懷，僅只處理毫無特色且抽象的人類群體，而這正是雨果做到的一件事。

謝頓則做不到，他對自己承認，同時默默嘆了一口氣。

雨果說：「我猜想，哈里，我們就要有些進展了。」

「你猜想，雨果？只是猜想而已？」

「我可不想沒穿太空衣就跳進外太空。」他以相當認眞的態度說（謝頓知道，他沒有多少幽默感）。說完兩人便走進他們的私人研究室，那是一個小房間，但具有極佳的屏蔽。

雨果坐下來，翹起二郎腿。「你最新提出的那個迴避混沌的方案，也許一部分行得通。當然，要付出銳度作爲代價。」

「那當然。以直接方法所獲致的結果，以迂迴之道便得不到。這就是宇宙運作的方式，我們只好睜一隻眼閉一隻眼。」

「我們已經睜一隻眼閉一隻眼，就像從毛玻璃望出去一樣。」

「總比過去那些年，我們試著從鉛板望出去好多了。」

雨果喃喃自語了幾句，然後說：「我們已經能捕捉到明暗的光影。」

「解釋一下！」

「我無法解釋，但是我有元光體。爲了製做這玩意，我累得像個……像個……」

「試試用瘸馱作比喻。那是我們赫利肯的一種動物，一種負重的獸類，川陀上見不到。」

「如果瘸馱夜以繼日埋頭苦幹，那我花在元光體上的心血就是這樣。」

他按下書桌上的保全鍵板，一個抽屜便開了封，接著無聲無息地滑開。他從裡面取出一個不透明的深色方塊，謝頓立刻興致勃勃地查看一番。元光體的線路是謝頓自己設計的，但將它拼裝起來的則是雨果。一個巧手的聰明人，就是雨果最佳的寫照。

房間暗了下來，方程式與關係式在空氣中微微發光。許多數字在他們眼底展開，剛好翱翔於書桌正上方，彷彿懸掛在隱形木偶線的末端。

謝頓說：「太棒了。總有一天，只要我們活得夠長，我們會讓元光體產生一條數學符號所構成的河流，用來畫出過去和未來的歷史。我們能在裡面找到許多支流和小河，並研究出改變它們的方法，好將它們導向我們偏愛的支流和小河。」

「前提是，」雨果冷淡地說：「假如我們採取的行動，原本是爲了導致最好的結果，到頭來卻適得其反，而我們知道了這種事，卻還活得下去。」

「相信我，雨果，每天夜裡上床的時候，這個想法都還在折磨我。話說回來，我們尚未達到那個階段。我們有的就只是這個，正如你說的，頂多像是透過毛玻璃看到模糊的光影。」

「夠眞實了。」

「你認爲自己看到些什麼呢，雨果？」謝頓仔細打量雨果，眼神有些嚴厲。近來他愈來愈胖，變得有點臃腫。他俯身電腦前的時間太多（如今則是俯身元光體前），四肢的活動實在不夠。而且，雖然他偶爾會與某位女子約會，這點謝頓知道，他卻一直沒有結婚。這是個錯誤！即使一個工作狂，也會不得不騰出一點時間陪陪另一半，以及滿足孩子們的需要。

謝頓想到自己仍然苗條的身材，以及鐸絲想盡辦法要他維持身材的方式。

雨果說：「我看到些什麼？帝國有了麻煩。」

「帝國一向都有麻煩。」

「沒錯，但是這次比較特別，我們可能在核心會有麻煩。」

「在川陀？」

「我是這麼想，但也可能是在銀河外緣。要就是這裡會有很糟的情況，說不定是內戰，不然就是偏遠的外圍世界會開始四分五裂。」

「根本不必心理史學來指出這兩種可能。」

「有趣的是兩者似乎有互斥性，有你無我，兩者同時發生的可能性非常小。這裡！你看！這是你自己的數學，好好觀察！」

他們俯身面對元光體所顯現的內容，注視了良久。

最後謝頓終於說：「我看不出兩者爲何會互相排斥。」

「我也一樣，哈里，但心理史學倘若只能顯示你我看得出的結果，那又有什麼價值呢？現在它對我們顯示的，是某種我們看不出的東西。而它沒有顯示的則是，第一，哪種情況比較好；第二，我們要怎麼做，才能使較好的情況發生，並壓抑另一種的可能性。」

「眞的？」

謝頓噘起嘴唇，接著緩緩道：「我能告訴你哪個情況比較好，那就是放棄外緣，保住川陀。」

「毫無疑問。我們必須保持川陀的穩定，就算沒有其他原因，至少我們住在這裡。」

「我們自身的安逸當然不是決定性因素。」

「沒錯，但心理史學是。如果川陀的情勢迫使我們終止心理史學的研究，保持外緣的完整對我們又有什麼好處？我不是說我們會遭到殺害，但我們可能會無法工作。心理史學的發展和我們的命運已是一體。至於帝國，如果外緣正式脫離，那只會爲帝國的分裂起個頭，可能需要很長的時間才會達到核心。」

「即使你是對的，哈里，我們要怎麼做，才能維持川陀的穩定呢？」

「首先，我們必須思考一番。」

兩人突然沉默下來，然後謝頓說：「思考不會讓我感到快樂。如果帝國完全走在歧途上，而且開國以來始終如此，那該怎麼辦？每次和葛魯柏聊天，我都會想到這一點。」

「葛魯柏是誰？」

「曼德爾．葛魯柏，一名園丁。」

「喔，就是那次行刺事件中，帶著耙子跑來救你的那個人？」

「是的。由於那件事，我對他一直心存感激。他只有一支耙子，而其他潛在的同謀則有手銃，這才叫忠心。總之，和他聊天就像呼吸一陣清新的空氣，我不能把所有的時間都花在和宮廷官員或心理史學家談話。」

「謝謝你啊。」

「得了吧！你知道我的意思。葛魯柏喜歡露天的環境，他想要接觸大大小小的風雨、刺骨的寒冷，以及天然氣候所能帶給他的一切。有些時候，我自己也懷念這些。」

「我可不。即使我從不到外面去，我也不在乎。」

「你是在穹頂之下長大的。但假設帝國是由一些簡單的、未工業化的世界所組成，居民靠放牧和農耕爲生，人口稀少而空間開闊，大家的日子會不會更好？」

「我聽來覺得恐怖。」

「我找出一點空閒的時間，盡我所能檢查了這個假設。在我看來，它似乎是個不穩平衡的例子。我所描述的那種地廣人稀的世界，要不就是變得奄奄一息、荒蕪貧瘠，跌落到毫無文化而近乎禽獸的層次——要不就是逐漸工業化。它就像豎起來的一根針，一定會朝其中一方傾倒。而實際的結果，則是幾乎銀河中每個世界都倒向工業化這邊。」

「因爲那樣比較好。」

「也許，但它無法永遠持續。如今，我們正在見證過度傾倒的結果。帝國無法再存在太久，因爲它已經……已經過熱了，我想不出其他的表達方式。其後的發展我們還不知道，如果藉著心理史學，我們有可能設法阻止這場衰亡，或是更可能的情況，在衰亡之後強行復興，會不會只是召來另一個過熱週期？這是人類唯一的未來嗎？就像薛西弗斯那樣，將圓石推到山頂，卻眼看它再滾到山腳下？」

「薛西弗斯是誰？」

「原始神話中的一個人物。雨果，你必須多讀點書。」

雨果聳了聳肩。「好讓我能瞭解薛西弗斯的故事？那不重要。說不定，心理史學能指引我們走向一個嶄新的社會，它和我們所見過的制度完全不同，是個既穩定又令人嚮往的社會。」

「但願如此，」謝頓嘆了一口氣，「但願如此，但至今還沒有它的蹤影。在可見的未來，我們只好努力設法使外緣脫離，那將標示著銀河帝國衰亡的開始。」

2-4

「我那樣說，」謝頓道：「『那將標示著銀河帝國衰亡的開始。』而事實眞是那樣，鐸絲。」

鐸絲嘴唇緊綳，專心聆聽這番話。當初，她以接受每件事物的一貫態度——平靜，接受了謝頓的首相任命。她唯一的任務，就是保護他與他的心理史學。而她十分明白，他的新職位令這項任務更加艱巨。最佳的安全防範是不動聲色，而且，只要帝國的標誌「星艦與太陽」仍映在謝頓身上，世上一切有形的屏障都無法令人滿意。

他們現在的生活十分豪華——對間諜波束以及有形的干擾皆有完善的屏蔽；她還能運用幾乎無限的經費，對她自己的歷史研究有莫大的助益——但這些都無法令她滿足。她很樂意放棄這一切，只求換回斯瑨璘大學原來的那間宿舍，或是在某個沒有熟人的不知名行政區，找一間不知名的寓所則更好。

「這都非常有道理，哈里吾愛，」她說：「但是還不夠。」

「什麼還不夠？」

「你提供給我的資訊。你說我們可能失去銀河外緣，如何失去？爲何失去？」

謝頓淺淺一笑。「要是能知道該多好，鐸絲，但心理史學尚未達到能夠告訴我們的地步。」

「那麼，依你看，是不是那些遙遠的地方總督，他們有野心要宣佈獨立？」

「當然，那是一項因素。歷史上發生過這種事——這點你比我清楚得多——但從未維持多久，也許這次會是永久性的。」

「因爲帝國變弱了？」

「是的，因爲貿易不像以前那麼順暢，因爲溝通管道變得比過去僵硬，因爲事實上，外緣的總督都比以往更接近獨立狀態。如果其中之一，懷著特殊的野心崛起……」

「你能判斷可能是哪個嗎？」

「絕對辦不到。在如今這個階段，我們能從心理史學榨出來的明確知識只有一項，那就是若有哪個懷有非凡能力和野心的總督崛起，他將發現各種條件都比過去更爲有利。但也可能還有其他事件：某些巨大的天然災害，或是兩個遙遠的外圍世界聯盟突然爆發內戰。目前爲止，這些事件都還無法精確預測，但我們能斷言，若有任何這類事件發生，都會導致遠比一個世紀前嚴重許多的後果。」

「但你若對外緣會發生什麼事，無法知道得更精確些，又怎能確定你採取的行動會使外緣脫離，而不是使川陀崩潰？」

「我將同時密切注意兩者的變化，並試著穩定川陀，而不試著穩定外緣。在對它的運作只有這點瞭解的情況下，不能指望心理史學會自動指揮各個事件，所以我們必須不斷用手動控制，姑且這樣比方。在未來的日子裡，心理史學技術將精益求精，手動控制的需要就會逐年降低。」

「但是，」鐸絲說：「那是在未來，對不對？」

「沒錯，甚至這點也只是個希望罷了。」

「究竟是什麼樣的不穩定在威脅川陀——假如我們死守外緣的話？」

「同樣的可能性：經濟和社會因素、天然災害、高級官員間的野心傾軋，此外還有別的。我曾對雨果打個比方，說帝國正處於過熱狀態，而川陀則是其中最熱的部分。它似乎即將瓦解，各種基礎公共設施——供水、暖氣、廢物處理、燃料管線，以及一切的一切——似乎都有不尋常的問題。最近，我愈來愈將注意力轉移到這方面。」

「皇帝駕崩又如何呢？」

謝頓攤開雙手。「那是無可避免的事，但克里昂目前健康狀況良好。他和我同年，雖然我希望我們都更年輕些，但他並不算太老。他的兒子完全無法繼承皇位，可是排隊的人會很多，多到足以引起紛爭，而使他的駕崩成爲危機。但就歷史的角度而言，它或許不至於釀成一場大禍。」

「那麼，談談萬一他遇刺吧。」

謝頓緊張兮兮地抬起頭來。「別那麼說，即使我們有屏蔽，也別用那樣的字眼。」

「哈里，別傻了，那是必須考量的一個可能性。曾有那麼一段時間，九九派差點就取得政權，假使他們成功了，那麼大帝遲早……」

「或許不會，他當個傀儡會更有用。無論如何，忘掉這件事吧。久瑞南去年死在尼沙亞，一個相當可悲的人物。」

「他還有追隨者。」

「當然，每個人都有追隨者。你在研究川陀王國和銀河帝國早期歷史的過程中，有沒有讀到過我的故鄉赫利肯上的星球黨？」

「沒有，沒讀到過。我不想傷你的心，哈里，但我不記得讀過任何和赫利肯有關的歷史事件。」

「我並不傷心，鐸絲。沒有歷史的世界是快樂的，我總是這麼說。言歸正傳，大約兩千四百年前，赫利肯上出現一群人，深信赫利肯是宇宙中唯一的住人星球；赫利肯就是整個宇宙，外面就只是固體球殼所構成的天空，點綴著許多微小的星辰。」

「他們怎能相信這種事？」鐸絲說：「我推測，他們當時已是帝國的一部分。」

「是的，但是星球黨人堅持，一切有關帝國的證據不是幻覺便是蓄意的欺騙，而帝國的使者和官員，則是赫利肯人基於某種原因所假扮的。他們完全不可理喻。」

「後來怎麼樣？」

「我想，認為你自己的世界是唯一的世界，總是一件令人愉快的事。在星球黨的全盛期，他們可能說動了全球百分之十的人口加入他們的運動。雖然只有百分之十，但他們是狂熱的少數，因而淹沒了冷漠的多數，險些就要接掌政權。」

「但他們沒做到，對不對？」

「對，他們沒做到。後來的發展是星球主義導致帝國型貿易銳減，赫利肯的經濟滑落谷底。當信仰開始影響民眾的荷包時，便很快不再受歡迎了。當時許多人對這段大起大落十分不解，可是我確定，心理史學將會證明這是必然現象，根本沒有必要為它花任何心思。」

「我懂了。可是，哈里，這個故事的意義何在？我推測它和我們剛才討論的題目有些關聯。」

「關聯就是，不論他們的主義在頭腦清醒的人看來多麼無稽，這樣的運動絕不會完全消失。直到現在，在赫利肯上，直、到、現、在，仍然有些星球黨人。為數不多，但每隔一段時間，就會有七、八十個這樣的人聚在一起，召開他們所謂的星球議會，彼此暢談星球主義，從中獲得極大的樂趣。好，短短十年之前，九九派運動對這個世界幾乎構成極大的威脅，如果今天仍有餘黨殘存，根本就不值得驚訝。即使在一千年後，仍舊可能有些殘餘的勢力。」

「這些餘黨難道不可能構成危險嗎？」

「我不大相信。當初是九九的領袖魅力，使那個運動變得危險，如今他已經死了。他甚至沒有死得轟轟烈烈，或有任何引人注目之處；他只是逐漸凋零，死於潦倒落魄的放逐生涯。」

鐸絲站了起來，迅速走到房間另一端，她的雙臂前後擺動，雙手緊握成拳。然後她又踱回來，站在仍坐著的謝頓面前。

「哈里，」她說：「讓我說出心裡的話。假如心理史學指出川陀有發生嚴重動亂的可能，那麼若是九九派仍然存在，他們就可能仍在圖謀行刺大帝。」

謝頓神經質地笑了幾聲。「你在捕風捉影，鐸絲，放輕鬆點。」

可是他發現，自己卻不容易忘掉她這番話。

2-5

克里昂一世所屬的恩騰皇朝，統治帝國已經超過兩個世紀，而衛荷區則一向有反恩騰皇朝的傳統，此一心態可遠溯早年衛荷區長出任皇帝的時代。衛荷皇朝並未持續多久，也沒有出色的成就，可是衛荷的人民與統治者，皆難以忘懷一度擁有的至尊地位——不論它多麼克難，多麼短暫。十八年前，自命的衛荷區長芮喜爾那次挑戰帝國的短命行動，同時提高了衛荷的自尊心與挫折感。

基於上述事實，不難瞭解在一小撮主謀者的感覺中，置身衛荷如同在川陀其他各地一樣安全。

此時，在本區某個廢棄部分的一間屋子裡，他們五人圍桌而坐。這間屋子陳設簡陋，但擁有極佳的屏蔽。

其中一張椅子，品質比其他幾張稍顯精緻，根據這一點，即可判斷坐在上面那名男子是領導者。他面容瘦削，臉色蠟黃，有一張寬闊的嘴巴，嘴唇則蒼白得幾乎看不見。他的頭髮有點灰白，但他的雙眼燃燒著澆不熄的怒火。

他瞪著坐在他正對面那個人。與前者相較之下，那人顯然年紀大得多，而且和藹得多，他的頭髮幾乎全白了，每當他說話時，豐滿的雙頰總是像要顫抖。

那領導者以嚴厲的口吻說：「怎麼樣？你什麼也沒做，這點十分明顯。解釋一下！」

那位年長者說：「我是老九九派，納馬提。我爲什麼需要解釋我的行動？」

一度曾是拉斯金．九九．久瑞南左右手的坎伯爾．丁恩．納馬提，隨即答道：「老九九派多得是。有些無能，有些軟弱，有些忘了自己的身分。身爲一個老九九派，不比一個老笨蛋更有意義。」

那位年長者上身靠回椅背。「你在罵我是老笨蛋？我？卡斯帕．卡斯帕洛夫？我追隨九九的時候，你甚至還沒入黨，只是個窮兮兮的無名小輩，正在四處尋找信仰。」

「我不是罵你笨蛋，」納馬提厲聲道：「我只是說有些老九九派是笨蛋。你有個現成的機會，對我證明你不是他們的一員。」

「我和九九的關係……」

「別提啦，他已經死了！」

「我可認爲他的精神長存。」

「如果這種想法對我們的鬥爭有幫助，就讓他的精神長存吧。不過那是對別人，而不是對我們自己，我們知道他犯了一些錯誤。」

「我否認這一點。」

「別硬要把一個犯了錯的普通人塑造成英雄。他以爲光靠口舌之能，光靠言語，就能搖撼帝國……」

「歷史告訴我們，過去曾有言語搖撼山岳的例子。」

「顯然並非久瑞南的言語，因爲他犯了錯誤。他以極其拙劣的手法，掩藏他的麥曲生出身。更糟的是，他讓自己中了圈套，竟然指控首相伊圖．丹莫刺爾是機器人。我警告過他，我反對提出那種指控，但他聽不進去，結果被整垮了。現在讓我們重新開始，好不好？不論我們對外如何利用久瑞南的精神，我們自己可別被它釘死了。」

卡斯帕洛夫默默坐在椅子上。其他三人的目光輪流射向納馬提與卡斯帕洛夫，三人都心甘情願讓納馬提主導這場討論。

「隨著久瑞南被放逐到尼沙亞，九九派運動四分五裂，眼看就要煙消雲散。」納馬提粗聲道：「事實上，要是沒有我，它早已消失無蹤。我一點一滴，一磚一瓦，將它重建成一個延伸川陀各個角落的網絡。這點，我相信你是知道的。」

「我知道，首領。」卡斯帕洛夫喃喃道。使用這個頭銜稱呼對方，明白顯示卡斯帕洛夫在尋求和解。

納馬提硬邦邦地笑了笑。他不堅持這個頭銜，但他總是樂意聽到別人這麼稱呼。他說：「你是這個網絡的一環，你有你的責任。」

卡斯帕洛夫動來動去，顯然內心正在自我交戰。最後，他終於緩緩說道：「你剛才告訴我，首領，你曾經警告久瑞南，反對他指控老首相是機器人。你說他聽不進去，但你至少說了出來。我能否有同樣的權利，指出我眼中的一個錯誤，並且讓你聽聽我的說法，就像當初久瑞南聽你說那樣，即使你同樣不接受我的忠告？」

「你當然可以說出你的意見，卡斯帕洛夫。你到這裡來，就是爲了能這樣做。你要指出什麼？」

「我們採用的那些新戰術，首領，本身就是個錯誤。它們導致了癱瘓，造成了破壞。」

「當然！那正是我們的目的。」納馬提在座椅中扭來扭去，努力控制著滿腔怒火。「久瑞南試用苦口婆心，結果不成功，現在我們要以行動拉垮川陀。」

「需要多久？代價是什麼？」

「需要多久就多久，至於代價嘛，其實微乎其微。這裡一場停電，那裡一場斷水，一次污水淤塞，一次空調停擺。只會造成不方便和不舒適，如此而已。」

卡斯帕洛夫搖了搖頭。「這種事是會累積的。」

「當然啦，卡斯帕洛夫，但我們要大衆的沮喪和憤怒同樣累積。聽好，卡斯帕洛夫，帝國正在衰敗，這點人人都知道，凡是有能力思考的人都知道。即使我們什麼都不做，科技也會到處出問題。我們只是這裡推推，那裡拉拉，幫它加點速而已。」

「那是危險的做法，首領。川陀的基礎公共設施複雜得不可思議，亂推一通可能令它整個瓦解。而要是拉錯了線，川陀就會像積木屋一樣垮掉。」

「目前爲止還沒有。」

「將來可能就會。而且，如果人們發現是我們動的手腳，那該怎麼辦？他們會把我們撕爛。不必召來保安部門或武裝部隊，暴民就會消滅我們。」

「他們怎麼會知道該找我們算帳？民怨的箭靶自然會是政府，會是皇帝的那些幕僚，他們不會再去找其他的目標。」

「明知是我們自己幹的，我們又怎能活得心安理得？」

最後這句話是悄聲問出來的，這位老者顯然受到強烈情緒的驅使。卡斯帕洛夫以懇求的眼神，望著桌子對面的領導者——他曾宣誓效忠的對象。當初那樣做的時候，他相信納馬提會眞正繼承九九·久瑞南的作風，堅守自由的標準。現在卡斯帕洛夫卻不禁懷疑，九九會希望他的夢想如此實現嗎？

納馬提把舌頭咂得咯咯響，活脫一個正在訓誡犯錯子女的家長。

「卡斯帕洛夫，你不能變得這麼感情用事，對不對？一旦我們掌權，我們就會收拾殘局，重建一切。我們將遵照久瑞南提倡的大眾參與政府的遺訓，增加民意代表，號召人民加入我們的行列。等到我們的政權鞏固了，我們會建立一個更有效且更有力的政府。然後我們就會有個更好的川陀，以及一個更強大的帝國。我們會設立某種論壇制度，讓其他世界的代表能夠暢所欲言，但統治者一定得是我們。」

卡斯帕洛夫坐在那裡，心中猶豫不決。

納馬提冷笑了一下。「你不確定嗎？我們不會輸的。目前爲止一切十分順利，今後仍會十分順利。大帝還不曉得正在發生什麼事，他連一點概念也沒有。而他的首相是個數學家，沒錯，他毀了久瑞南，但此後他什麼也沒做。」

「他有個東西叫作……叫作……」

「別提了。久瑞南對它極其重視，但那是由於他來自麥曲生，就像他對機器人的狂熱一樣。這個數學家什麼也……」

「叫作『歷史心理分析』或類似的東西，有一次我聽久瑞南說……」

「別提了！你只要做好份內的事。你負責安納摩瑞亞區的通風系統，對不對？很好，很好。隨便你讓它出什麼毛病：或是讓它停擺而使濕度升高，或是產生一種怪味，或是其他什麼手段都好。這些都不會害死任何人，所以你不必有天大的罪惡感。你只會使人們覺得不舒服，普遍升高大眾的不快和惱怒。我們能信賴你嗎？」

「可是，只會讓年輕和健康的人不快或惱怒的事，也許會對嬰兒、老人、病人有更大的……」

「你是不是要堅持任何人都不能受到傷害？」

卡斯帕洛夫咕噥了幾句。

納馬提說：「不論做任何事，都不可能保證不會有人受到傷害，你只要做好份內工作就行。盡可能讓受到傷害的人愈少愈好——倘若你的良心堅持如此——但給我做到！」

卡斯帕洛夫說：「聽好！我還有一件事要說，首領。」

「那麼說吧。」納馬提厭煩地答道。

「我們可以花許多年戳弄基礎公共設施，但是總有一天，你會利用累積起來的不滿情緒奪取政權。到時你打算怎麼做？」

「你想知道我們究竟要怎麼做嗎？」

「是的。我們的攻擊行動愈快，破壞的程度就愈有限，這個手術也就愈有效率。」

納馬提慢慢地說：「我尚未決定這個『外科手術』的本質，但它總會來到。在此之前，你會做好份內的事嗎？」

卡斯帕洛夫順從地點了點頭。「會的，首領。」

「好了，那就走吧。」納馬提一面說，一面做個表示解散的明快手勢。

卡斯帕洛夫站起來，轉身走了出去。納馬提目送他的背影，並對坐在自己右側的人說：「卡斯帕洛夫不能信任了，他已經成了叛徒。他之所以想知道我們未來的計畫，只是為了要出賣我們。去把他解決掉。」

那人點了點頭，便和其他兩人一同離去，留下納馬提單獨坐在屋內。納馬提關掉發出光芒的壁板，只留下天花板上的一小方光源，使他不至置身全然的黑暗中。

他想：每條鐵鍊都有必須剔除的脆弱環節。過去我們不得不這樣做，結果是我們有了一個牢不可破的組織。

他在昏暗中露出微笑，將表情扭曲成一種兇猛的喜悅。畢竟，這個網絡甚至延伸到了皇宮——

雖然不太鞏固，不太可靠，但它的確存在，而且今後還會增強。

2-6

沒有穹頂遮蓋的露天御苑，今天依舊是個溫暖晴朗的天氣。

這樣的天氣並不常見。謝頓記得鐸絲曾告訴他，當初，這個冬季寒冷且終年多雨的地區，是如何獲選為皇宮所在地的。

「其實並不是被選上的，」她說：「在川陀王國早期，它本是莫洛夫家族的屬地。當王國變成帝國時，有許多地方可供皇帝居住，夏日避暑勝地、冬季避寒山莊、狩獵暫憩的小屋、海濱的度假別墅。後來，這顆行星逐漸被穹頂籠罩，當時住在這裡的那位皇帝，由於太喜歡此地，所以讓它一直保持露天。於是，只因為是唯一沒有建造穹頂的地方，它變得份外特別，是個與眾不同之地。這個獨一無二的特點吸引了下一任皇帝……然後又是下一任……又是下一任……如此，傳統於焉誕生。」

如同以往一樣，每次聽到類似的話，謝頓總會想到：心理史學會如何處理這種現象？它能預測到某處不會被穹頂遮蓋，卻絕對無法說出是在哪裡嗎？它能做到即使是這種程度嗎？它會預測有幾處或沒有一處保持露天，因而得出錯誤答案嗎？那位在關鍵時刻剛好在位的皇帝，那位在突發奇想之下剛好做出決定的皇帝，心理史學如何能解釋他的個人好惡？這樣只會是一片混沌，還有瘋狂。

克里昂一世顯然喜愛這個好天氣。

「我老了，謝頓。」他說：「這點根本不必我告訴你。我們同齡，我是指你和我。我不再有打網球或釣魚的興致，即使他們最近才在湖中放生，我只願在小徑上悠閒地漫步，這當然是上了年紀的徵兆。」

他一面說一面吃著堅果，那是一種類似謝頓的故鄉赫利肯上稱爲南瓜子的食物，不過體積較大，味道則沒有那麼可口。克里昂將它們輕輕咬碎，剝開薄薄的外殼，再將果仁丟進嘴裡。

謝頓不會特別喜歡那種口味，不過，大帝既然賞賜他一些，他當然接下來，並且吃了幾粒。

大帝手中握著幾個果殼，正在胡亂四下張望，想找個容器之類的東西當垃圾桶。他沒有找著，卻注意到不遠處站著一名園丁。那名園丁正立定站好（在皇帝面前理應如此），並且恭敬地低著頭。

克里昂說：「園丁！」

那名園丁迅速走過來。「參見陛下！」

「幫我把這些丟掉。」他一面說，一面將果殼拍到園丁手上。

「遵命，陛下。」

謝頓說：「我這兒也有一些，葛魯柏。」

葛魯柏伸出手，近乎羞怯地說：「遵命，首相。」

他隨即退下，大帝卻好奇地望著他的背影。「你認識這個人嗎，謝頓？」

「啓稟陛下，的確認識，是個老朋友。」

「那個『園丁』是你的老朋友？他是什麼人？一個家道中落的數學界同仁？」

「不是的，陛下。或許您還記得那件事，那是在——」他清了清喉嚨，尋思一個最有技巧的方式來敘述那個事件。「在陛下恩賜我這個職位不久之後，有個侍衛威脅到我的性命。」

「企圖行刺。」克里昂抬頭望向天空，彷彿是在尋求耐性。「我不知道爲何大家都那麼怕用這個字眼。」

「也許，」謝頓流利地說：「對於吾皇遭遇不幸事件的可能性，我們遠比您自己更感憂心。」

奉承話竟然出口成章，令他覺得有點瞧不起自己。

克里昂露出嘲諷般的笑容。「我想是吧。這和葛魯柏又有什麼關係？那是他的名字嗎？」

「是的，陛下，曼德爾．葛魯柏。只要您稍加回憶，我確定您就會記起來，當初有個園丁帶著一支耙子衝過來救我，勇敢地面對手持武器的侍衛。」

「啊，對。剛才那個人就是那名園丁嗎？」

「啓稟陛下，就是他。從此以後，我一直把他當成朋友，而我幾乎每次來到御苑都會碰到他。我想他是在守護我，覺得我的命是屬於他的。當然，我對他也很有親切感。」

「我不怪你。既然我們談起這件事，你那位令人畏懼的夫人，凡納比里博士好嗎？我不常見到她。」

「她是個歷史學家，陛下，迷失於過去的歲月中。」

「她不令你害怕嗎？她眞嚇倒了我。我聽說過她如何對付那個侍衛，說的人幾乎不禁替他難過。」

「她是爲了我才變得粗暴，陛下，但她最近沒有機會那麼做。如今非常平靜。」

大帝又望著那名逐漸遠去的園丁。「我們是否獎賞過此人？」

「我已經做了，陛下。他有妻子和兩個女兒，我已經做好安排，爲每個女兒都存了一筆錢，將來作爲她們的子女教育費用。」

「很好。可是，我想，還需要給他升官。他是個好園丁嗎？」

「極爲優秀，陛下。」

「現任園丁長，莫康博——我不太確定記不記得他的名字——已經上了年紀，而且，說不定早已無法勝任那份工作，他眼看就要八十歲了。你認爲這個葛魯柏有能力接替他嗎？」

「我確信他有能力，陛下，可是他喜歡目前的工作。這讓他能待在露天的環境，接觸各式各樣的天氣。」

「這個推薦倒很特別。我確定他能習慣行政工作，而且我實在需要找個人，把御苑改頭換面一番。嗯……我得好好想一想，你的朋友葛魯柏可能正是我需要的人。對了，謝頓，你說如今非常平靜是什麼意思？」

「我不過是指，陛下，宮廷中沒有任何不和的跡象。而無可避免的弄權傾向，似乎也降到有史以來的最低點。」

「假使你是皇帝，必須應付所有的官員以及他們的牢騷，謝頓，你就不會這麼說了。現在似乎每隔一週，我就會收到川陀某處發生某種嚴重故障的報告，你怎能告訴我一切平靜？」

「這些事是一定會發生的。」

「我可不記得過去那些年，這種事發生得那麼頻繁。」

「啓稟陛下，也許是因爲事實如此。基礎公共設施隨著時間逐漸老化，想要切實做好必需的修理，需要時間、人力以及大量的經費。如今這個年頭，人民是不會欣然接受加稅的。」

「從來沒有那樣的年頭。在我看來，這些故障正爲百姓帶來極度的不滿。一定不能繼續這樣，謝頓，你必須負責做到。心理史學是怎麼說的？」

「它所說的和常識的判斷一樣，每樣東西都會逐漸老化。」

「好啦，這種事足以把原本愉快的一天給我破壞了。我把這個問題留給你處理，謝頓。」

「遵命，陛下。」謝頓平靜地說。

皇帝大搖大擺離去後，謝頓心想，這也足以破壞了他原本愉快的一天。這個發生在核心的崩潰，正是他不欲見到的情況。可是他要如何阻止，並將危機轉移到銀河外緣呢？

心理史學沒有說明。

2-7

芮奇．謝頓今天感到格外滿足，因爲這是幾個月以來，他第一次和自己視爲父母親的兩個人，享受一頓全家團圓的晚餐。他心裡十分明白，就任何生物學角度而言，這兩人都不是他的雙親，可是這並不重要。他只是懷著滿腔的敬愛，微笑著面對他們。

此地環境不如昔日在斯瓘璘那般溫馨，那時他們的家很小，充滿親切感，像是鑲在大學裡的一顆寶石。如今，十分遺憾，首相官邸的豪華氣派根本無從遮掩。

芮奇有時會瞪著鏡中的自己，懷疑這一切是怎麼來的。他的個子不高，只有一六三公分，比他的雙親都矮很多。雖然他的身材相當粗短，但結實健壯，絕不算胖。他有一頭黑髮，蓄著達爾人特有的八字鬍，並盡可能將兩撇鬍子保養得又黑又密。

在鏡子裡，他仍然看得見當年那個街頭頑童的影子。直到天大的幸運降臨，讓他巧遇謝頓與鐸絲，他才脫離那種環境。當時謝頓年輕多了，而芮奇現在的樣子，足以說明他自己幾乎和當年的謝頓一樣大了。奇怪的是，鐸絲簡直一點也沒有變。她依然那麼光鮮，那麼精瘦，如同芮奇帶他倆去觸眼找瑞塔嬤嬤那天一樣。而他自己，出身窮苦的芮奇，如今已是政府的一員，是人口部裡的一個小齒輪。

謝頓問：「部裡的事怎麼樣？有任何進展嗎？」

「有一些，爸。法律通過了，法院裁定了，宣導也進行了。話說回來，要說動民衆實在很困難。你愛怎麼鼓吹手足之愛都行，可是沒有人覺得情同手足。我的體認是達爾人和其他人一樣壞，他們希望受到平等待遇，他們這麼說，他們也這麼想，可是有機會的時候，他們卻不願平等對待別人。」

鐸絲說：「想要改變人們的觀念和心理，幾乎是不可能的事，芮奇。只要試著做，倘若能消除最不公平的情況，那也就夠了。」

「困難在於，」謝頓說：「有史以來，幾乎沒有人試過解決這個問題。人類一向被放任在『我比你大』的美妙遊戲中腐化，收拾這個爛攤子可不容易。如果我們放任事態自行發展，持續惡化一千年，然後若是得花上比方說一百年才能改善，我們是沒什麼好抱怨的。」

「有時我會想，爸，」芮奇說：「你給我這個工作是要懲罰我。」

謝頓揚起眉毛。「我能有什麼懲罰你的動機？」

「因爲我曾受到久瑞南的政治主張吸引，例如各區平等，以及在政府中增加民意代表。」

「這件事我不怪你，那些都是很吸引人的政見。但你也知道，久瑞南和他的同黨只是拿它當奪權工具，事後……」

「可是你仍派我去騙他自投羅網，儘管我被他的論點吸引。」

謝頓說：「我要你去做那件事，對我而言可不容易。」

「現在，你又要我替久瑞南履行他的政治主張，只爲了讓我瞭解實際上多麼困難。」

謝頓轉向鐸絲道：「你怎麼說，鐸絲？這孩子給我扣上卑鄙陰險的帽子，那根本不是我的性格。」

「這還用說，」鐸絲的嘴角掛著一抹飄忽的笑容，「你不該給你父親扣上那種帽子。」

「並不盡然。在日常生活中，再也沒有比你更正直的人了，爸。但如果有必要，你知道你能夠不擇手段。這不正是你希望用心理史學做到的嗎？」

謝頓悲傷地說：「目前為止，我用心理史學只做到很少很少。」

「太糟了。我一直在想，對於人類冥頑不靈這個問題，心理史學能夠提出某種解答。」

「或許有，但即使如此，我也還沒找到。」

晚餐結束後，謝頓說：「你我兩人，芮奇，要來淺談一番。」

「真的？」鐸絲說：「我想我並未受到邀請。」

「部裡的公事，鐸絲。」

「部裡才沒事，哈里。你是要這可憐的孩子做些我不希望他做的事。」

謝頓堅定地說：「我當然不會要他去做任何他自己不希望做的事。」

芮奇說：「沒關係，媽。讓我和爸談一談，我保證事後全部告訴你。」

鐸絲雙眼向上翻。「事後，你們兩個會聲稱是『國家機密』，我知道。」

「事實上，」謝頓又以堅定的口吻說：「那正是我必須討論的，而且再重要不過。我沒有開玩笑，鐸絲。」

鐸絲站起來，嘴唇繃得很緊。她離開餐廳前，還不忘丟下最後一句告誡：「別把這孩子往狼群裡丟，哈里。」

等她走了之後，謝頓心平氣和地說：「只怕把你往狼群裡丟，正是我不得不做的事，芮奇。」

2-8

他們面對面坐在謝頓的私人研究室。謝頓將此地稱為他的「思考空間」，他曾在這裡花了無數個鐘頭，試圖思考如何解決帝國與川陀政府種種複雜的問題。

他說：「有關各種行星設施最近故障頻仍的消息，你是否讀到不少，芮奇？」

「是的，」芮奇說：「但你也知道，爸，我們住在一顆老行星上。我們應該做的是把大家撤離，挖出所有的東西，一樣一樣換新，並加上最新的電腦化設備，然後再把大家帶回來，或者頂多帶回一半。如果只有兩百億人口，川陀的情況會好得多。」

「哪兩百億？」謝頓帶著微笑說。

「但願我曉得。」芮奇黯然道：「問題是，我們不能翻新這顆行星，所以我們只好不停修修補補。」

「只怕正是如此，芮奇，可是這裡頭有些奇特之處。我對這件事有些想法，我要你幫我確定一下。」

他從口袋裡掏出一個小球體。

「那是什麼？」芮奇問。

「川陀的地圖，內建有精密的程式。幫我個忙，芮奇，把桌面清理乾淨。」

謝頓將球體放在差不多桌面正中央的位置，再將右手放到座椅扶手的鍵板上面。他用拇指按下一個開關，室內的光線便暗下來，桌面則映著柔和的乳白色光芒，似乎有一公分的厚度。而那個球體早已攤平，一直伸展到桌面邊緣。

這片光芒有多處慢慢變暗，逐漸形成一個圖案。大約三十秒之後，芮奇驚訝地說：「這真是一張川陀地圖。」

「當然，我早就說了。不過，你在各區的購物中心都買不到這種東西，這是武裝部隊所使用的裝置。它能以球面表現川陀的外觀，但我想要說明的事，平面投影會顯現得更清楚。」

「你想要說明什麼，爸？」

「這個嘛，過去一兩年來，各地的設施發生了許多故障。正如你說的，這是一顆老行星，故障在所難免，可是它們出現得愈來愈頻繁，而且好像幾乎都是人爲錯誤的結果。」

「這難道不合理嗎？」

「當然合理，但總有個限度。即使是和地震有關的意外，情形也是這樣。」

「地震？在川陀？」

「我承認川陀是個地震相當少的行星。這也是件好事，因爲整個世界包在穹頂之下，如果這個世界每年劇烈搖晃好幾次，把穹頂的一部分震得粉碎，那將是極不切實際的。你母親常說，帝國的首都會定在川陀，而不是其他世界，原因之一就是它在地質上死氣沉沉——那是她不加修飾的說法。話說回來，它或許死氣沉沉，卻尚未眞正死去。有些時候仍會有小型地震，過去兩年就發生了三次。」

「我沒有察覺，爸。」

「幾乎沒有人察覺。穹頂並不是單一的結構，它包括好幾百個部分，若有地震發生，每一部分都能升高而形成隙縫，以紓解拉張力和壓縮力。地震果眞發生時，只會持續十秒至一分鐘，因此穹頂的開啓時間很短。這種事來得急去得快，底下的川陀人甚至毫無感覺。比起上頭的穹頂開啓關閉，以及闖入少許外界氣候——不論是冷是熱，他們對於輕微的震動，以及器皿的微弱聲響要敏感得多。」

「那樣很好，不是嗎？」

「應該是的。當然，這是由電腦控制。任何地方一有地震，便會立刻觸發控制當地穹頂開合的主控器，在震動強到足以造成破壞前，當地的穹頂便已開啓。」

「這還是很好。」

「可是，在過去兩年的三次小型地震裡，穹頂控制器卻每次都失靈。穹頂一直沒有打開，因此事後都得修理。這需要花些時間，需要花些金錢，而且有好長一段時間，氣候控制無法達到最佳標準。想想，芮奇，這類設備三次都失靈的機會有多少？」

「不高？」

「一點也不高，低於百分之一。我們可以假設，在地震發生前，控制器已被人動了手腳。再說，大約每一個世紀，我們會碰到一次岩漿洩漏，那種意外要更難控制得多。我真不敢想像，如果發生那種事，我們卻未能及早察覺，將會造成什麼後果。幸好它並未發生，而且不大可能，但是想想看……在這張地圖上，你會看到過去兩年間，似乎能歸咎於人為錯誤的故障所發生的地點，雖然我們一向無法判斷該歸咎於什麼人。」

「那是因為每個人都忙著保護自己。」

「只怕你的說法沒錯。這是任何官僚體系的共同特徵，而川陀的官僚體系又是歷史上最龐大的。可是，你對這些地點有什麼看法？」

地圖已經亮起許多小紅光點，看來像是散佈在川陀地表的小膿皰。

「這個嘛，」芮奇謹慎地說：「它們似乎分散得很均勻。」

「一點也沒錯，這正是耐人尋味之處。在我們的想像中，川陀上較古老的區域，或加蓋穹頂最久的區域，它們的基礎公共設施最為老舊，比較容易發生需要迅速決斷的事件，因此會是人為錯誤的溫床。好，我來把川陀較老的區域罩上藍色，你將會發現，藍色部分中的故障似乎沒有較為頻繁。」

「所以說？」

「所以說，我認爲其中的意義，芮奇，就是這些故障並非自然的意外，而是蓄意的破壞，它的分佈方式是要盡可能影響最多的人，使不滿的情緒盡可能廣佈。」

「似乎不太像。」

「不嗎？那麼讓我們看看，這些故障在時間中的分佈又如何。」

藍色部分與紅點同時消失，一時之間，這張川陀地圖成了一片空白。然後紅色記號開始在各處出現，一次一個，此起彼落。

「注意，」謝頓說：「它們在時間上也沒有湊在一起。先出現一個，接著是另一個，接著又是另一個，依此類推，幾乎像是節拍機穩定的滴答聲。」

「你認爲這也是故意的？」

「一定是。不論是誰幹的，他要以最小的力氣導致最大程度的癱瘓，所以同時幹兩樁並沒有用，因爲就新聞的價值和大眾的關注而言，效果會彼此部分抵消。也就是說，每次事件必須突顯於充分的憤怒中。」

地圖的光芒熄滅，室內照明重新開啓，縮回原來大小的球體也被謝頓放回了口袋。

芮奇說：「誰會想幹這一切？」

謝頓若有所思地說：「幾天前，我接到一份衛荷區的兇殺案報告。」

「那沒什麼不尋常。」芮奇說：「就算衛荷不屬於那種無法無天的行政區，每天一定也有許多兇殺案。」

「好幾百件。」謝頓一面說一面搖頭，「曾經有些大凶的日子，川陀一天之內橫死的人數逼近百萬大關。一般說來，找到每一個罪犯、每一名兇手的機會並沒有多少。死者只是登記在案，成了統計數據。然而，這一宗則非比尋常。這個人是被人用刀殺死的，但手法並不熟練。他被發現時還活著，雖然已經奄奄一息。在嚥氣之前，他還來得及吐出兩個字，那就是『首領』。

「辦案人員起了好奇心，於是驗明了他的身分。他在安納摩瑞亞工作，我們不知道他去衛荷幹什麼。但有個傑出的保安官，設法挖出了他是老九九派。他的名字叫卡斯帕．卡斯帕洛夫，衆所周知他曾是拉斯金．久瑞南的親信之一。現在他死了，被人用刀殺死的。」

芮奇皺起眉頭。「你懷疑這又是一次九九派陰謀，爸？現在已經沒有任何九九派了。」

「就在不久之前，你母親還問我，是不是認為九九派仍在積極活動。我告訴她，任何古怪信仰總能保有一些中堅份子，有時可長達數世紀之久。他們通常不會很重要，只是一些零星集團，起不了什麼作用。話說回來，萬一九九派仍然維持一個組織，萬一他們保有一定的力量，萬一他們有辦法殺害一個被視爲叛徒的人，萬一他們製造這些故障，是爲了替奪權做準備，那該怎麼辦？」

「『萬一』可眞不少，爸。」

「我知道，也許我全猜錯了。那宗兇殺案發生在衛荷，而無巧不巧，衛荷從未發生過基礎公共設施的故障。」

「那又證明什麼？」

「這或許證明陰謀的中心就在衛荷，那些主謀者不想讓他們自己不舒服，只想讓川陀其他的人受罪。這也可能意味著一切根本和九九派無關，而是衛荷家族的成員幹的，他們仍在夢想再度統治帝國。」

「喔，天啊，爸，你這個長篇大論只有一點點根據。」

「我知道。現在，姑且假設這的確是另一個九九派陰謀。久瑞南曾有個左右手，叫作坎伯爾．丁恩．納馬提。我們找不到納馬提死亡的記錄，找不到他離開川陀的記錄，也找不到他過去十年下落的記錄。這沒什麼大不了的，畢竟在四百億人口中，弄丟一個人是很容易的。我一生中曾有一段時期，也正是試圖這樣做。當然，納馬提或許死了，那會是最簡單的解釋，但是他也可能沒死。」

「我們要做些什麼呢？」

謝頓嘆了一口氣。「最合理的做法，就是交給保安部門處理，但我做不到。我沒有丹莫刺爾的風采，他能震懾衆人，我卻不行。他擁有強勢性格，而我只是個——數學家。我根本不該當首相，我天生就不適合。若非大帝對心理史學念念不忘，遠超過它應得的重視，我絕不會當上首相。」

「你有那麼點苛求自己，對不對，爸？」

「是的，我想的確如此。但我能夠想像到，比方說我若是前往保安部門，帶著我剛才用地圖對你所做的推論，」他指了指已經騰空的桌面，「對他們解釋說，我們正面臨一樁極其危險的陰謀，但是對它的目的和性質卻一無所知。他們會一本正經地聽我說完，而在我離去後，他們就會笑成一團，笑我是個『瘋狂數學家』，然後什麼也不做。」

「那我們要做些什麼呢？」芮奇又回到原來的話題。

「是『你』要做些什麼，芮奇。我需要更多的證據，而我要你幫我找出來。我應該派你母親去，但她在任何情況下都不會離開我。此時此刻，我自己則無法離開皇宮御苑。除了鐸絲和我自己，我最相信的就是你；事實上，是超過我對鐸絲和我自己的信任。你仍然相當年輕，你身強體壯，你是個比我更優秀的赫利肯角力士，而且你很聰明。

「現在注意聽，我不要你冒生命危險。別充英雄，別逞匹夫之勇。你若有個三長兩短，我將無顏面對你的母親。你只要盡力打探就好。或許你會發現納馬提仍然活著，正在運作——也可能發現他死了；或許你會發現九九派是個積極活動的團體——也可能發現它已經沉寂；或許你會發現衛荷的統治家族相當活躍——也可能發現並非如此。任何這類情報都有價值，但並不是絕對重要。我眞正要你查清的是，基礎公共設施的故障究竟是不是人爲的，正如我所推測的那樣，而更重要更重要的是，如果真是蓄意的破壞，那些主謀者還計畫做些什麼。在我看來，他們一定正在籌劃致命的一擊，如果是這樣，我必須知道那是什麼行動。」

芮奇細心地問：「你可有讓我如何著手的打算嗎？」

「我的確有，芮奇。我要你前往衛荷，前往卡斯帕洛夫遭到殺害的地方。可能的話，查出他是不是個積極的九九派，並且試試能否加入九九派的基層組織。」

「那也許有可能，我總是能假扮一個老九九派。沒錯，九九大發議論的時候我還相當年輕，但他的理念深深打動我，這甚至可以說是真的。」

「這倒沒錯，但是有個很重要的問題，你可能讓人認出來。畢竟，你是首相的兒子，你不時會在全相電視上出現，而且你接受過訪問，談論你對各區平等的觀點。」

「當然，可是……」

「沒什麼可是，芮奇。你要穿上增高鞋，讓你的身高增加三公分。我們還要找個人來，教你如何修改眉毛的形狀，如何使你的臉型更飽滿，以及如何改變你的音色。」

芮奇聳了聳肩。「一大堆無謂的麻煩。」

「還有！」謝頓以明顯發顫的聲音說：「你要剃掉你的八字鬍。」

芮奇雙眼張得老大，一時之間，他呆坐在驚駭的沉默中。最後，他嘶啞地悄聲道：「剃掉我的八字鬍？」

「剃得和勺子一樣乾淨，這樣就沒人會認出你來。」

「可是這辦不到，這就像割掉你的——就像閹割一樣。」

謝頓搖了搖頭。「這只不過是一種文化。雨果．阿馬瑞爾和你一樣是達爾人，他就剃掉了八字鬍。」

「雨果是個怪人。除了他的數學，我根本不覺得他還爲什麼活著。」

「他是個偉大的數學家，少了八字鬍並不會改變這個事實。況且，這也不是什麼閹割。你的鬍子兩個星期就會長回來。」

「兩個星期！至少兩年才能達到這樣的……這樣的……」

他舉起一隻手，彷彿要遮住並保護那兩撇鬍子。

謝頓無動於衷地說：「芮奇，你一定要這麼做，這是你必須做的犧牲。如果你帶著八字鬍替我做間諜，你可能會——遭到傷害，我不能冒那種險。」

「我寧可死。」芮奇慷慨激昂地說。

「別那麼戲劇化。」謝頓以嚴厲的口吻說：「你寧可不死，這是你必須做的一件事。然而——」說到這裡，他猶豫了一下。「什麼也別對你母親說，我會設法安撫她。」

芮奇滿懷挫折地瞪著父親，然後以低沉而絕望的聲調說：「好吧，爸。」

謝頓道：「我會找個人來指導你化裝，然後你將搭乘噴射機到衛荷去。振作點，芮奇，這不是世界末日。」

芮奇露出無力的微笑。謝頓目送他離去，臉上掛著深切的愁容。兩撇鬍子很容易能長回來，可是兒子則不能。謝頓心中十分清楚，他正將芮奇送往虎穴。

2-9

我們每個人都有些小小的幻想，而克里昂——銀河之帝，川陀之王，以及其他一大串在特殊場合能高聲宣誦許久的頭銜——則深信自己是個具有民主精神的人。

每當丹莫刺爾（後來是謝頓）對他想要採取的行動提出勸阻，理由是這種行動會被視為「暴虐」與「獨裁」，總是會令他憤憤不已。

克里昂本質上並非暴君或獨夫，這點他很確定，他只是想要採取堅定而果決的行動。

他曾多次帶著懷舊的讚許口吻，談到皇帝能自由自在和子民打成一片的日子，可是如今，隨著（成功的或未遂的）政變與行刺成為生活中可怕的事實，出於實際需要，皇帝當然只好與世隔絕。

克里昂一生中，唯有在最嚴格控制的場合才見得到外人。可想而知，假如在毫無準備的情況下遇到陌生人，很難相信他會真正感到自在，但他總是幻想自己會喜歡。因此若能有個難得的機會，在御苑中和某個下屬談笑風生，將皇家規範暫時拋掉幾分鐘，他會感到十分興奮，那將使他覺得自己很民主。

比如說，謝頓提到過的那名園丁，就是很好的人選。對他的忠心與英勇做個遲來的獎賞，並由克里昂親自執行，而不是假手某個官員，那將會十分合適，甚至是一件賞心樂事。

因此，在這個玫瑰盛開的季節，他安排自己在廣闊的玫瑰園中見這個人。那樣會很適當，克里昂心想，可是，當然需要先將那名園丁帶去那裡。讓皇帝等待是不可思議的，民主是一回事，造成不便則另當別論。

那名園丁正站在玫瑰叢中等他，雙眼睜得老大，嘴唇打著哆嗦。克里昂忽然想到，可能還沒有人告訴園丁召見的確實理由。好吧，他將以和藹親切的方式安撫他。只不過，他現在才想到，他不記得這個人的名字。

他轉頭對身旁的一名官員說：「這個園丁叫什麼名字？」

「啓稟陛下，他叫曼德爾．葛魯柏，他在這裡已經當了三十年的園丁。」

大帝點了點頭。「啊，葛魯柏，我多麼高興接見一個傑出而努力的園丁。」

「啓稟陛下，」葛魯柏講話含糊不清，他的牙齒正在打顫。「我不是個多才多藝的人，但我總是竭盡全力爲仁厚的陛下辦事。」

「當然，當然。」大帝嘴裡這樣說，心裡則懷疑這名園丁是否以爲自己在諷刺他。這些低下階層的人，缺乏伴隨著氣質與禮貌的敏銳心思，總是使他難以展現民主作風。

克里昂說：「我從我的首相那裡，聽到你當初冒死拯救他的一番忠心，以及你照顧御苑的技藝。首相還告訴我，說你和他相當友好。」

「啓稟陛下，首相對我再和氣不過。可是我知道自己的地位，我絕不主動和他說話，除非他先開口。」

「沒錯，葛魯柏，這顯示出你的好規矩。不過，首相和我一樣，是個具有民主素養的人，而我信任他的識人之明。」

葛魯柏深深鞠了一躬。

大帝又說：「你也知道，葛魯柏，園丁長莫康博相當老了，一直渴望退休。責任變得愈來愈重，連他都已無法承擔。」

「陛下，園丁長深受全體園丁的尊敬。願他長命百歲，好讓我們能繼續領受他的智慧和見識。」

「說得好，葛魯柏，」大帝漫不經心地說：「可是你心知肚明，那只是一句廢話。他不會長命百歲，至少不會再有這個職位所必需的精力和智力。他自己請求在今年退休，而我已經批准，只等找到替代的人選。」

「喔，陛下，在這個堂皇的御苑中，有五十個男女園丁能勝任園丁長。」

「我想是吧，」大帝說：「但我的選擇落在你身上。」大帝露出優雅親善的笑容。這是他一直等待的一刻，在他的期待中，葛魯柏現在會感激涕零而雙膝落地。

他並沒有那麼做，大帝因而皺起眉頭。

葛魯柏說：「啓稟陛下，這麼大的榮耀，小人擔當不起，萬萬不可。」

「胡說八道。」自己的判斷竟受到質疑，令克里昂深感不快。「該是你的美德得到褒揚的時候了。你再也不必經年累月暴露在各種天氣中，而將坐鎮於園丁長的辦公室。那是個好地方，我會替你重新裝潢，你可以把全家搬過來。你的確有個家，對不對，葛魯柏？」

「是的，陛下。我有妻子和兩個女兒，還有一個女婿。」

「很好，你會過得非常舒服，會喜歡你的新生活，葛魯柏。你將待在室內，葛魯柏，遠離室外的天氣，像個眞正的川陀人。」

「陛下，念在我本是安納克里昂人……」

「我想過，葛魯柏。在皇帝眼中，所有的世界都是一樣的。就這麼決定了，這個新工作是你應得的。」

他點了點頭，便大搖大擺地走了。對於剛才這場施恩的表演，克里昂感到相當滿意。當然，他本來還能從此人身上多賺取一點感激和謝忱，但至少這件工作完成了。

比起解決基礎公共設施故障的問題，這件事要容易得多。

克里昂曾在一時暴怒中，宣稱無論任何故障，只要能歸咎於人爲錯誤，犯錯的人就該立即處決。

「只要處決幾個人，」他說：「你無法想像人人會變得多麼小心。」

「啓稟陛下，」謝頓則說：「只怕這類獨裁行爲不會達到您所預期的結果。它或許會逼得工人罷工，而陛下若試圖強迫他們復工，就會引發一場叛亂；您若試圖以軍人取而代之，將發現他們根本不懂如何操作那些機器，所以故障的發生反倒會變得頻繁得多。」

難怪克里昂轉而處理園丁長的任命案，並且感到是一大解脫。

至於葛魯柏，他望著逐漸走遠的皇帝，在極度驚恐中不寒而慄。他將要失去呼吸新鮮空氣的自由，將要關在四面牆壁築成的牢房中。然而，他又怎能拒絕皇帝的旨意？

2-10

在衛荷一家旅館的房間中，芮奇滿面愁容地照著鏡子。（這是一間相當殘破的套房，但芮奇照理不該有太多信用點。）他不喜歡鏡中的影像，他的八字鬍沒了，他的側腮鬚短了，兩側與後腦的頭髮也經過修剪。

他看來好像——被拔了毛。

更糟的是，由於臉型輪廓的改變，他成了一個娃娃臉。眞醜怪。

而他的任務也毫無進展。謝頓給了他一份有關卡斯帕．卡斯帕洛夫之死的報告，他已經研究過了。裡面沒有寫些什麼，只提到卡斯帕洛夫是被謀殺的，當地保安官並未查出這宗兇案有任何重大牽連。反正，保安官對它並不重視甚至毫不重視，這點似乎相當明顯。

這並不令人驚訝。過去這一個世紀，大多數世界的犯罪率都有顯著的上升，川陀這個極度複雜的世界更不例外，卻沒有任何一處的保安官有心解決這個問題。事實上，無論就數量或效率而言，各地的保安部門都在走下坡，而且愈來愈腐敗（雖然這點難以證明）。既然待遇跟不上生活消費的漲幅，這種現象乃是必然的。想要公務員保持清廉，必須餵飽他們才行。倘若做不到，他們一定會用其他方式來補貼不足的薪資。

謝頓鼓吹這個道理已經有好些年，卻收不到任何成效。調整薪資不可能不加稅，而民衆對於加稅絕不會乖乖就範，卻寧可在行賄上損失十倍的信用點。

謝頓曾經說過，這是過去兩個世紀以來，帝國社會整體惡化的一部分。

好了，芮奇該怎麼做呢？他現在下榻的這家旅館，就是卡斯帕洛夫遇害前所住的那一家。在這家旅館裡，或許有人與這宗謀殺案有關，或者知道誰是關係人。

在芮奇想來，他必須使自己十分顯眼。換句話說，他必須對卡斯帕洛夫的死顯得關切，然後才會有人對他關切，進而找上門來。這樣做很危險，但他若能使自己看來沒什麼惡意，他們或許不會立刻發動攻擊。

好吧……

芮奇看了看自己的計時帶。現在酒吧中會有些人，正在享受晚餐前的開胃酒。他最好加入他們，看看會發生什麼事——如果眞有的話。

2-11

就某些方面而言，衛荷可說是個相當禁慾的地方。（每一區皆是如此，只不過某區的嚴格規定可能與另一區完全不同。）在此地，酒類中不含酒精，而是以合成配方達到提神的目的。芮奇不喜歡這種口味，發覺自己根本無法適應，但這卻代表他能一面慢慢呷著酒，一面張望四下的動靜。

有一位年輕女子坐在數張桌子之外，接觸到她的目光後，他的視線便難以轉開。她相當吸引人，顯然衛荷並非每一方面都禁慾。

一會兒之後，這位年輕女子淺淺一笑，站了起來。她輕飄飄地走向芮奇，芮奇則滿腹心事地望著她。此時此刻（他萬分遺憾地想到），他簡直不可能再節外生枝。

她來到芮奇身邊，站了一下，然後輕巧地滑進旁邊一張椅子。

「嗨，」她說：「你看來不像這兒的常客。」

芮奇微微一笑。「我不是。你認識所有的常客嗎？」

「差不多。」她一點也沒有不好意思，「我叫瑪妮拉，你呢？」

芮奇此時更感遺憾。她個子相當高，比他自己沒穿增高鞋時更高（這一向是吸引他的一項特點），有著乳白色的肌膚，而一頭稍帶起伏的長髮則透著顯著的深紅色光輝。她的衣著不太鮮艷，而假使她再努力一點模仿，應該就能像個「不必辛勤工作階級」的體面女子。

芮奇說：「我的名字不重要，我沒多少信用點。」

「喔，太可惜了。」瑪妮拉做個鬼臉，「你不能弄些嗎？」

「我想啊。我需要一份差事，你知道有什麼機會嗎？」

「什麼樣的差事？」

芮奇聳了聳肩。「我沒有任何不得了的工作經驗，但我可不自大。」

瑪妮拉若有所思地望著他。「告訴你一件事，無名氏先生，有些時候根本不必任何信用點。」

芮奇立時愣住了。過去他對異性相當有辦法，但那是有八字鬍的時候——有八字鬍的時候！現在，她能在他的娃娃臉上看到什麼？

他說：「告訴你一件事，幾個星期之前，我有個朋友住在這裡，現在我卻找不到他。既然你認識所有的常客，或許你也認識他。他名叫卡斯帕洛夫，」他稍微提高音量，「卡斯帕．卡斯帕洛夫。」

瑪妮拉茫然地瞪著他，同時搖了搖頭。「我不認識什麼人叫那個名字。」

「太可惜了。他是個九九派，而我也是。」對方再度現出茫然的表情，「你知道九九派是什麼嗎？」芮奇問。

她又搖了搖頭。「不知道。我聽過這個名稱，但我不知道是什麼意思。那是某種工作嗎？」

芮奇覺得很失望。

他說：「那可說來話長。」

這話聽來像是打發她走。遲疑一下之後，瑪妮拉便起身飄然而去，這回沒有再露出笑容。她竟然待了那麼久，芮奇不禁有點驚訝。

（不過，謝頓始終堅持芮奇有討人喜歡的本事——但當然不是指這一類上班女郎。對她們而言，酬勞就是一切。）

他的目光自然而然跟著瑪妮拉，看到她停在另一張桌子旁邊。該處獨坐著一名男子，那人剛屆中年，一頭乳黃色頭髮平滑地向後梳。他的臉龐刮得非常乾淨，芮奇卻覺得他可以留一把絡腮鬍，因為他的下巴太過突出，而且有點不對稱。

顯然瑪妮拉也未能從那名男子身上撈到什麼。他們交談幾句，她便走了開。太糟了，但她絕不可能常常失敗，她無疑是那種引人遐思的女子。

芮奇相當不自覺地在想，假使自己能採取行動，那會有什麼樣的結局？然後，芮奇察覺又有人來到身邊，這回是個男的；事實上，正是瑪妮拉剛才攀談的那個人。他感到十分震驚，自己竟然想得出神，讓人在不知不覺間湊近，還著實冷不防嚇自己一跳。他實在承擔不起這種事。

那名男子望著他，眼中射出好奇的光芒。「你剛剛和我的朋友在聊天。」

芮奇不禁露出燦爛的笑容。「她是個很友善的人。」

「是的，沒錯。而且她是我的『好友』，我忍不住偷聽了你對她說的話。」

「沒啥不對勁吧，我想。」

「一點也沒有，但你自稱是九九派。」

芮奇的心臟幾乎跳出來。他對瑪妮拉說的那番話，終究還是正中紅心。那些話對她毫無意義，但對她的「朋友」似乎不然。

這表示他找到了門路嗎？或者只是找到麻煩？

2-12

芮奇盡全力打量這位新朋友，卻不讓自己滿臉的純眞消失無蹤。此人有一對尖銳的淡綠色眼珠，他的右手放在桌上，握成一個幾乎具有威脅性的拳頭。

芮奇一臉嚴肅地望著對方，默默等待。

於是，這人又說：「據我瞭解，你自稱是九九派。」

芮奇盡量顯得坐立不安，這倒不難。他說：「先生，你爲何要問？」

「因爲我認爲你年紀不夠。」

「我的年紀足夠，我以前常在全相電視上，看九九．久瑞南的演講。」

「你能引述幾句嗎？」

芮奇聳了聳肩。「不能，但我掌握了概念。」

「你眞是個勇敢的年輕人，竟敢公然宣稱是九九派，有些人不喜歡聽到這種事。」

「我聽說衛荷有許多九九派。」

「有可能。這就是你來這裡的原因嗎？」

「我在找一份差事，也許其他的九九派會幫我。」

「達爾也有些九九派。你是從哪裡來的？」

毫無疑問，他聽出了芮奇的口音，這點是無法僞裝的。

芮奇說：「我生在千丸區，但我青少年時期幾乎都住在達爾。」

「做些什麼？」

「沒做什麼，上上學什麼的。」

「你爲什麼是九九派？」

芮奇故意讓自己變得激動些。他既然住在飽受壓迫與歧視的達爾，不可能沒有成爲九九派的明顯理由。他說：「因爲我認爲，帝國應該有個更能代表民意的政府，讓更多的民衆參與，而各區還有各世界之間應該更加平等。任何有頭腦、有心腸的人不都是這麼想嗎？」

「你想見到帝制被廢除嗎？」

芮奇頓了頓。雖然發表許多顚覆性言論都能沒事，但任何公然反帝的論點則超出此限。於是他說：「我可沒那麼講。我信任皇帝陛下，可是整個帝國遠非一個人治理得了的。」

「不是一個人，還有整個的帝國官僚體系。你對首相哈里．謝頓有什麼看法？」

「對他沒啥看法，對他並不清楚。」

「你只知道政府事務應當更加反映民意，對不對？」

芮奇讓自己露出一副困惑狀。「那是九九．久瑞南以前常說的。我不知道你管它叫什麼，我聽過有人管它叫『民主』，但我不知道那是什麼意思。」

「民主是某些世界嘗試過的一種制度，有些世界則仍在嘗試，但我沒聽說那些世界治理得比其他世界更好。所以說，你是個民主人士？」

「這是你用的稱呼嗎？」芮奇故意垂下頭來，彷彿陷入沉思。「我覺得稱九九派自在多了。」

「當然，身爲達爾人——」

「我只不過在那裡住過一陣子。」

「——你完全贊成諸如人人平等這類的主張。達爾人身爲被壓迫的一群，自然會有那樣的想法。」

「我聽說衛荷人對九九思想也十分熱衷，他們可沒受到壓迫。」

「理由不同。歷任衛荷區長總是想當皇帝，你知道這件事嗎？」

芮奇搖了搖頭。

「十八年前，」那人繼續說：「芮喜爾區長差點就發動一場成功的政變。所以與其說衛荷人是九九派，不如說他們是反克里昂的叛逆。」

芮奇說：「我對這種事啥也不曉得，我可不反對皇帝。」

「但你贊成伸張民意，對不對？你是否認爲某種民選的集會能治理銀河帝國，而不至於陷入政爭和黨同伐異？不至於癱瘓？」

芮奇說：「啥？我可不懂。」

「你是否認爲在緊要關頭，一大群人能很快做出決定？或是他們只會坐在那裡爭論不休？」

「我不知道。可是，目前只有少數人能爲所有的世界做決定，這似乎不太合理。」

「你願意爲你的信仰而戰嗎？或者你只是喜歡口頭說說？」

「沒人要我做任何戰鬥。」芮奇答道。

「假設有人要你這麼做，你認爲你對民主——或是對九九哲學的信仰有多少份量？」

「我會爲它而戰，只要我認爲這樣會有好處。」

「好個勇敢的小伙子。所以說，你來衛荷是爲了你的信仰而戰。」

「不，」芮奇不自在地說：「我不能這麼講。先生，我是來找一份差事。這年頭，找份差事可不容易。而且我沒啥信用點，人總得活下去。」

「我同意。你叫什麼名字？」

這個問題在毫無預警之下冒出來，但芮奇早已有所準備。「普朗什。」

「是名還是姓？」

「據我所知，就這麼個名字。」

「你沒有信用點，而且我猜，受的教育也極少吧。」

「只怕就是這樣。」

「沒有任何專業工作經驗？」

「我沒做過啥事，但我願意做。」

「好的。我告訴你怎麼辦，普朗什。」他從口袋裡掏出一個白色的小三角形，按了幾下，上面便顯出一行字跡。然後他用拇指抹了一抹，將那行字跡固定。「我會告訴你該到哪裡去。你帶著這東西，它能幫你得到一份工作。」

芮奇接過那張三角卡片，瞄了一眼。那行字跡似乎會發出螢光，但芮奇卻讀不懂。他機警地望向對方，問道：「萬一他們以爲是我偷來的呢？」

「這東西是偷不走的。它上面有我的標誌，現在又有你的名字。」

「萬一他們問我你是誰呢？」

「不會的，你就說你要一份工作。這是你的機會，我不能保證，但這是你的機會。」他又給了芮奇一張卡片，「這是你該去的地方。」這回芮奇看懂了上面的字。

「謝謝你。」他咕噥道。

那人做了一個打發他走的小手勢。

芮奇起身離去，不知道自己將碰到什麼。

2-13

來來回回，來來回回，來來回回。

葛列布．安多閏望著坎伯爾．丁恩．納馬提，後者踏著沉重的步伐來來回回。在狂暴的激情驅動下，納馬提顯然無法安分地坐著。

安多閏心想：他並不是帝國中甚至這個運動中最聰明的人，也不是最機靈的人，更絕非最具理性思考能力的人，所以必須時時有人抓住他——但他的自我驅策卻是其他人都比不上的。我們會放棄，會罷手，而他不會。或推，或拉，或刺，或踢，他無所不用其極。嗯，也許我們需要一個像這樣的人。不，我們一定得有個像這樣的人，否則將一事無成。

納馬提停下腳步，彷彿感到安多閏的目光有如芒刺在背。他轉過身來，說道：「如果你要爲卡斯帕洛夫的事教訓我，那就省省吧。」

安多閏微微聳了聳肩。「何必教訓你呢？事情已經幹下了，傷害——如果真有的話——已經造成了。」

「什麼傷害，安多閏？什麼傷害？假使我沒那樣做，我們才會受到傷害。那人眼看就要成爲一名叛徒，不出一個月，他就會跑去……」

「我知道。當時我在場，我聽到他說些什麼。」

「那麼你該瞭解我別無選擇，別無選擇！你不會以爲我喜歡殺害一位老同志吧？我別無選擇。」

「很好，你別無選擇。」

納馬提再度邁開沉重的步伐，然後又轉過身來。「安多閏，你相信神嗎？」

安多閏雙眼圓睁。「相信什麼？」

「神。」

「我從來沒聽過這個字眼。那是什麼？」

納馬提說：「它不是銀河標準語。就是超自然影響力，這樣懂了嗎？」

「喔，超自然影響力。你何不早說呢？不，我不相信那種事。根據定義，存在於自然律之外的事物才稱爲超自然，可是沒有任何事物存在於自然律之外。你變成一名神祕論者了？」安多閏的問法彷彿在開玩笑，但他的眼睛瞇起來，並透出突如其來的關切。

納馬提將他的目光逼回去，他那對冒火的眼睛能逼回任何人的目光。「別傻了。我一直在讀這方面的資料，好幾兆人都相信超自然影響力。」

「我知道，」安多閏說：「人們總是這樣。」

「在有歷史之前，人們就有這種信仰。『神』這個字出處不詳，顯然是某種原始語言的遺物，除了這個字，那種語言本身已無跡可尋。你可知道各式各樣對各種神的信仰有多少嗎？」

「我敢說，大約和銀河人口中各式各樣的傻瓜一樣多。」

納馬提並未理會這句話。「有些人認爲，這個字可遠溯所有的人類都活在同一個世界上的時代。」

「那本身就是個神話概念，和超自然影響力的想法一樣瘋狂，其實從來沒有什麼人類的起源世界。」

「一定有的，安多閏。」納馬提有點惱怒，「人類不可能在許多不同的世界上演化，而結果卻變成單一的物種。」

「即使如此，實際上也沒有什麼起源世界。它沒法找到，它無法界定，所以不能有條有理地敘述，所以它實際上並不存在。」

「這些神，」納馬提循著自己的思路說下去，「據說會保護人類，庇佑他們平安，至少會照顧其中懂得利用神的那些人。在只有一個人類世界的時代，大可假設他們對那個人數不多的小世界特別眷顧。他們會照顧那樣一個世界，彷彿他們是老大哥，或是父母。」

「他們可眞好，我倒想看看他們如何應付整個帝國。」

「倘若他們做得到呢？倘若他們的能力無窮無盡呢？」

「倘若太陽凍結了呢？『倘若』這種說法有什麼用？」

「我只是在臆測，只是在想。你從沒讓自己的心靈自由翱翔嗎？你總是把一切都拴起來嗎？」

「在我的想像中，拴起來是最安全的辦法。你那翱翔的心靈告訴你些什麼，首領？」

納馬提的目光猛然射向對方，彷彿他懷疑那是一句諷刺，但安多閏的臉龐依舊透著和氣與茫然。

納馬提說：「我的心靈告訴我的是——倘若眞有神，他們一定站在我們這邊。」

「太好了——果眞如此的話。但證據在哪裡？」

「證據？如果沒有神，我想那就只是巧合，不過卻是非常有用的巧合。」納馬提突然打了一個呵欠，並且坐下來，顯得十分疲倦。

很好，安多閏心想。他那疾馳的心靈終於減速，現在他比較不會語無倫次了。

「基礎公共設施內部故障這件事……」納馬提的音量明顯地降低。

安多閏打岔道：「你可知道，首領，卡斯帕洛夫對此事的看法並非全無道理。我們持續得愈久，帝國軍警發現真相的機會就愈大。而這整個計畫，遲早一定會在我們面前引爆。」

「還沒有。目前爲止，每件事都是在皇帝面前引爆，川陀的不安是我感覺得到的。」他舉起雙手，十指互相搓揉。「我感覺得到。而且我們幾乎大功告成，我們即將跨出下一步。」

安多閏冷笑了一下。「我不是在問細節，首領。卡斯帕洛夫曾經那樣做，看看他現在哪兒去了，我可不是卡斯帕洛夫。」

「正因爲你不是卡斯帕洛夫，所以我能告訴你。還有就是因爲我現在知道了一件事，是我當時不知道的。」

「我推測，」安多閏對自己要說的話只相信一半，「你打算對皇宮御苑發動攻擊。」

納馬提抬起頭來。「當然，否則還能怎麼做？然而，問題是如何有效地滲透進御苑。我在那裡有情報來源，但他們只是間諜，我需要戰鬥人員潛入該處。」

「派遣戰鬥人員潛入全銀河防衛最森嚴的地區，不會是一件容易的事。」

「當然不會，長久以來，那正是讓我頭痛欲裂的問題。現在，神來幫助我們了。」

安多閏溫和地說（他要極力克制自己，才不會顯露厭惡感）：「我認爲我們不需要做形而上的討論，把那些神擱在一邊吧，究竟發生了什麼事？」

「我獲得的情報是，仁慈溫厚、永受兆民愛戴的克里昂大帝一世，已經決定任命一名新的園丁長。將近四分之一世紀以來，這是第一次重新任命。」

「那又怎樣？」

「你看不出其中的玄機嗎？」

安多閏想了一下。「我不是你口中那些神的寵兒，我看不出任何玄機。」

「新的園丁長上任，安多閏，情形就和任何類型的新任行政官上任一樣，甚至和一名新首相或新皇帝上任沒有兩樣。新任園丁長當然想要自己的班底，他會強迫他眼中的朽木退休，會雇用幾百名年輕的園丁。」

「有可能。」

「不只有可能，是一定會。現任園丁長剛上任的時候，就發生過這種事情，他的前任也一樣，每一任都一樣。來自外圍世界的幾百個陌生面孔……」

「爲何來自外圍世界？」

「動動你的腦筋——要是你還有的話，安多閏。川陀人一輩子住在穹頂之下，照顧的都是盆栽植物、籠中鳥獸，以及排得整整齊齊的穀類作物和果樹，他們對園藝懂得些什麼？他們又對野生世界懂得些什麼？」

「啊啊啊，現在我懂了。」

「所以這些陌生面孔將湧進御苑。據我推測，他們將接受仔細的檢查，但如果他們是川陀人，受到的審查就不會那麼嚴格。而這就意味著，不用說，我們應該能派幾個自己人，利用僞造的身分混進去。即使有些被剔出來，仍然可能有幾個成功——一定得有幾個成功。儘管在謝頓就任首相之初，」正如以往一樣，他簡直是啐出「謝頓」這個名字來的。「發生那場失敗的政變後，皇宮建立起超級嚴密的安全體系，我們的人仍將混進去。我們終於等到機會了。」

現在輪到安多閏覺得頭昏眼花，好像跌進一個打轉的漩渦。「我這樣講似乎有點奇怪，首領，可是它和『神』這檔子事還眞有些關聯，因爲我有件事一直等著告訴你，現在我看出來，它配合得天衣無縫。」

納馬提以狐疑的目光望向對方，同時又將房間掃視一遍，彷彿突然擔心起安全問題。但是這種擔憂毫無根據，這個房間深藏在一座老式的住宅建築群中，並具有完備的屏蔽。沒有人能竊聽他們的談話，而且即使獲得詳細的路線指示，也沒有人能輕易找到此處，更遑論穿過組織的忠貞成員所提供的層層保護。

納馬提道：「你在說些什麼？」

「我已經幫你找到一個人，一個年輕人——非常天真。他是個討人喜歡的小伙子，是你一看就覺得可以信任的那種人。他有一張正直的面孔，一雙精明的大眼睛。他住在達爾，對平等有著狂熱，他認為久瑞南的偉大只有達爾椰子霜才比得上。而且我確定，我們能輕易說服他為政治信仰做任何事。」

「為政治信仰？」納馬提的疑心絲毫未曾減輕，「他是我們的一份子嗎？」

「實際上，他不屬於任何組織。他腦袋裡有點模糊的概念，知道久瑞南提倡各區平等。」

「當然，那是他放出的誘餌。」

「也是我們的誘餌，但這小子真心相信。他大談平等以及大眾參與政府的主張，他甚至提到了民主。」

納馬提暗笑幾聲。「兩萬年以來，民主從來沒有存在過多久，而且結局總是四分五裂。」

「沒錯，但那和我們無關，重要的是，它是那個年輕人的原動力。我告訴你，首領，幾乎在我看到他的那一刻，我就知道我們找到了工具，只是我還不知道我們該怎樣用他。現在我知道了，我們可以讓他扮成園丁，把他送進皇宮御苑。」

「怎麼送？他對園藝有任何瞭解嗎？」

「沒有，我確定沒有。除了無需技術的勞力，他沒做過任何工作。目前，他負責操作一架牽引機，我想他連這個工作都得有人教。話說回來，我們若能讓他以園丁助手的身分混進去，只要他懂得怎麼拿大剪刀，那我們就成功了。」

「成功什麼？」

「成功送進一個人，他能接近我們的任何目標，而不至於引起猜疑，並能在足夠近的距離發動攻擊。我告訴你，他全身散發著一種正直的憨態，一種傻呼呼的美德，會博取任何人的信任。」

「而他會遵照我們的指示行事？」

「正是這樣。」

「你是怎麼遇到這個人的？」

「不是我，眞正發掘他的是瑪妮拉。」

「誰？」

「瑪妮拉，瑪妮拉·杜邦夸。」

「喔，你的那個朋友。」納馬提的表情扭成一個神經質的不以爲然。

「她是許多人的朋友，」安多閏表現得寬宏大量，「那是她這麼有用的原因之一。只要淺談幾句，她很快便能衡量一個人的份量。她會和這個人攀談，是因爲一眼就被他吸引。我向你保證，瑪妮拉不是那種常被三流貨色吸引的人。所以你看，此人頗不尋常。她和這個人談了一陣子——對了，他名叫普朗什——然後告訴我：『我幫你找到個活生生的，葛列布。』對於活生生這一點，我永遠都會相信她。」

納馬提狡猾地說：「一旦你這個絕佳的工具能在御苑自由行走，你認爲他會做些什麼，啊，安多閏？」

安多閏深深吸了一口氣。「還能做什麼？如果一切順利，他就會爲我們除掉我們親愛的克里昂大帝一世。」

納馬提的臉孔立刻顯現怒意。「什麼？你瘋了？我們為什麼要殺克里昂？他是我們掌握政府的握柄，是我們統治帝國的門面，還是我們通向正統的通行證。你的腦袋在哪裡？我們需要他當傀儡，他不會干擾我們，我們卻會因為他而更加強大。」

安多閏白嫩的臉龐變得紅斑若隱若現，他的好脾氣終於爆掉了。「那麼，你心裡到底在想什麼？你到底在計畫什麼？我厭煩了總得跟在後面放馬後砲。」

納馬提舉起一隻手。「好啦，好啦，冷靜下來，我沒有惡意。可是你動動腦筋，好不好？是誰毀掉久瑞南？是誰十年前毀掉我們的希望？是那個數學家。如今，打著愚蠢的心理史學招牌統治帝國的還是他。克里昂不算什麼，我們必須摧毀的是哈里．謝頓。我一直不斷製造那些故障，正是要將哈里．謝頓打成眾人的笑柄。它們造成的災難正堆放在他的門口，一切都被解釋成是他毫無效率、毫無能力。」納馬提的嘴角冒出幾絲唾沫，「當他被砍倒時，帝國會響起一片歡呼，會把所有的全視報導淹沒好幾小時，即使人們知道是誰幹的也沒關係。」他又舉起一隻手，再用力墜下，彷彿將一把刀刺入某人的心臟。「我們會被視為帝國的英雄、帝國的救星。啊？啊？你認為那小子能砍倒哈里．謝頓嗎？」

安多閏已經恢復平靜，至少表面上如此。

「我確定他會。」他勉強以輕鬆的口吻說：「對克里昂，他或許有幾分尊敬；皇帝周圍總有一圈神祕的光環，這點你也知道。」他稍微加重了「你」這個字，納馬提立刻繃起臉來。「他對謝頓則不會有這樣的感覺。」

然而在他內心，安多閏正怒火中燒。這不是他所要的，他被出賣了。

2-14

瑪妮拉掠開眼前的頭髮，抬頭對芮奇微微一笑。「我告訴過你，不會花你任何信用點。」

芮奇眨了眨眼睛，又抓了抓自己赤裸的肩膀。「但你現在準備向我要些嗎？」

她聳了聳肩，露出相當頑皮的笑容。「我爲什麼要？」

「爲什麼不要？」

「因爲有時我也可以爲自己找點樂子。」

「和我？」

「這兒沒有別人。」

沉默了很長一段時間，瑪妮拉改以撫慰的口吻說：「何況，反正你也沒有那麼多信用點。你的工作如何？」

芮奇說：「不怎麼樣，但總比啥也沒有來得強，強多了。是你告訴那哥兒們幫我找份差事的？」

瑪妮拉緩緩搖了搖頭。「你是說葛列布·安多閏？我沒有要他做任何事，我只說他也許會對你有興趣。」

「他會不會惱羞成怒，因爲你和我……」

「他爲什麼惱怒？這根本和他無關，而且也和你無關。」

「他是幹啥的？我的意思是，他做什麼樣的工作？」

「我看他什麼工作也不做。他很有錢，是歷任區長的親戚。」

「衛荷區長嗎？」

「沒錯。他不喜歡帝國政府，老區長身邊那些人都不喜歡。他說克里昂應該……」

她突然停下來，改口道：「我說得太多了，你可別把我說的任何話傳出去。」

「我？我根本啥也沒聽你說，我也啥都不要聽。」

「很好。」

「可是安多閆是怎樣的人？他在九九派的地位是不是很高？他是不是裡面一個重要的哥兒們？」

「我不會知道的。」

「他從來沒提過那種事嗎？」

「沒對我提過。」

「喔。」芮奇盡量不讓自己透出懊惱的口氣。

瑪妮拉機靈地望著他。「你爲何那麼有興趣？」

「我想和他們接近。我覺得這樣能爬得更高，會有更好的差事，更多的信用點，你知道的。」

「也許安多閆會幫你。他喜歡你，這點我還知道。」

「你能讓他更喜歡我一點嗎？」

「我可以試試，我看不出他有不肯的理由。而且我喜歡你，我喜歡你勝過喜歡他。」

「謝謝你，瑪妮拉。我也喜歡你，非常喜歡。」他一隻手沿著她的身側向下滑，衷心希望能將心思多放些在她身上，而不是在他的任務上。

2-15

「葛列布．安多閆。」謝頓一面揉著眼睛，一面透著倦意說。

「他又是誰？」鐸絲問。自從芮奇走後，她的心情每天都是那麼陰沉。

「幾天前，我還從未聽過這個人。」謝頓道：「試圖治理一個擁有四百億人口的世界，就是有這種麻煩。除了少數硬要引起你注意的，你從不會聽說任何人。整個世界的資訊都已經電腦化，川陀卻仍是由無名氏所組成的行星。我們可以抽出某些人的識別號碼和統計資料，但我們抽出的又是些什麼人？再加上兩千五百萬個外圍世界，這些仟年以來，銀河帝國竟能維持運作，本身就是一個奇蹟。坦白講，我認為它唯一能夠存在的原因，就是它幾乎都在自我運作。如今，它的步調終於慢了下來。」

「大道理說得夠多了，哈里。」鐸絲道：「這個安多閏究竟是誰？」

「一個我承認早該知道的人。我設法哄誘保安部門，調出一些他的檔案。他是衛荷區長家族的一員——事實上，是其中最突出的一員——所以安全人員一直在留意他。他們認為他雖有野心，卻是十足的花花公子，因此只是空有野心而已。」

「他是不是和九九派有勾結？」

謝頓做個不確定的手勢。「保安部門給我的感覺是對九九派一無所知。這也許代表九九派不復存在，或是雖然存在，卻已無足輕重。不過，也可能只是代表保安部門不感興趣，而我也沒有任何辦法能強迫它產生興趣，只能感激那些官員為我提供一點情報。我可是首相啊！」

「有沒有可能，你並不是一個非常好的首相？」鐸絲語帶諷刺地說。

「不只有可能而已。若說有比我更不適合的人被任命為首相，或許已經是好幾代以前的事。但這點和保安部門毫無關係，它是政府中完全獨立的一支。我懷疑克里昂自己對它都不太清楚，雖然在理論上，保安官應該透過長官向他提出報告。相信我，假使我們對保安部門多點瞭解，我們會試著把它的行動，一股腦納入心理史學方程式。」

「保安官至少站在我們這邊吧？」

「我相信是這樣，但我不敢發誓。」

「你為何對這個叫葛什麼的感興趣？」

「葛列布．安多閏。因為我收到芮奇輾轉傳來的一封電訊。」

鐸絲眼睛一亮。「你為什麼不告訴我？他還好嗎？」

「據我所知還好，但我希望他別再試圖傳出任何訊息。萬一在通訊時被人逮個正著，那他就好不了。總之，他和安多閏有了接觸。」

「還有那些九九派？」

「我想沒有。這聽來不大可能，因為那種串聯並沒有什麼道理。九九派運動絕大多數由低下階層組成，可以說是無產階級運動，而安多閏則是貴族中的貴族，他和九九派在一起做什麼？」

「假如他是衛荷區長家族的一員，他或許會覬覦皇位，對不對？」

「他們覬覦皇位的歷史久遠。我相信，你一定還記得芮喜爾，她是安多閏的姑母。」

「那麼他可能在利用九九派當墊腳石，你不這樣想嗎？」

「假若他們存在的話。如果真是這樣，又如果墊腳石正是安多閏所要的，我認為他將發覺自己是在玩一個危險的遊戲。那些九九派——假若他們存在——會有他們自己的計畫，像安多閏這樣的人，終將發現根本是騎狻難下……」

「狻是什麼？」

「已經絕種的一種猛獸，我這麼想。那不過是赫利肯上的一句成語，如果你騎上一隻狻，你將發現再也下不來，因為下來就會被牠吃了。」

謝頓停了一下，又繼續說：「還有一件事。芮奇似乎和一個認識安多閏的女人混在一起，他認爲透過她，或許能得到重要的情報。我現在告訴你這件事，免得你事後指責我對你有所隱瞞。」

鐸絲皺起眉頭。「一個女人？」

「我猜想，是個認識很多很多男人的女人。有些時候，在親密的情況下，他們會對她口無遮攔。」

「那種女人。」她的眉頭鎖得更深，「我不喜歡想到芮奇……」

「好啦，好啦。芮奇三十歲了，無疑已經很有經驗。我想，你大可放心讓芮奇老練地應付這個女人，或是任何女人。」他轉向鐸絲，露出十分疲憊、十分困倦的神情。「你認爲我喜歡這種事嗎？你認爲我喜歡其中任何一點嗎？」

鐸絲無言以對。

2-16

即使在最得意的時候，坎伯爾．丁恩．納馬提也不曾客氣或和氣地對待他人。此時，十年來的經營即將面臨轉捩點，使得他的性情更加敗壞。

他有點焦躁地站了起來，說道：「你這一路眞是不慌不忙，安多閏。」

安多閏聳了聳肩。「我還是來了。」

「你說的那個年輕人，你極力推薦的那個非凡的工具，他在哪裡？」

「他遲早會來。」

「爲什麼不是現在？」

安多閏頗爲英俊的臉孔似乎垂下一點，彷彿他正陷入沉思或即將做出一個決定，接著他突然說：「在我知道我的地位之前，我不想把他帶來。」

「這話什麼意思？」

「一句簡單的銀河標準語。你想除掉哈里．謝頓的計畫已經醞釀多久了？」

「始終都是！始終都是！這點會那麼難懂嗎？我們理應報復他對九九所做的一切。即使他未曾那樣做，衝著他是當今的首相，我們也一定要剷除這個障礙。」

「但一定要趕下台的是克里昂，克里昂！如果不只他一個，那麼除了謝頓，至少也要包括他。」

「一個傀儡為何讓你那麼在乎？」

「你可不是昨天才出世的嬰兒。我從來不必解釋我所扮演的角色，因為你也不是個無知的笨蛋，不會不知道的。你的計畫若不包括改朝換代，我怎麼可能關心呢？」

納馬提哈哈大笑。「當然。我老早就知道你把我視為你的腳凳，視為你爬上皇位的工具。」

「你指望別的什麼嗎？」

「絕對沒有。我會負責計畫，負責冒險，然後，大功告成之際，你就能坐收成果。這相當合理，不是嗎？」

「是的，相當合理，因為成果也有你一份。難道你不會當上首相嗎？新皇帝將滿懷感激，難道你不能得到他百分之百的支持嗎？難道我不會是個——新的傀儡嗎？」啐出最後幾個字的時候，他的臉孔扭曲出諷刺的表情。

「那就是你所計畫的目標？當個傀儡？」

「我計畫要當皇帝。當你一文不名時，我提供信用點讓你預支；當你手下無人時，我提供幹部供你差遣。此外，我還提供你所需要的社會地位，讓你得以在衛荷建立一個龐大的組織。現在，我仍舊能將給你的一切收回來。」

「我可不這麼想。」

「你敢試試看嗎？你也別以爲能用對付卡斯帕洛夫的手段對付我。萬一我出了什麼事，你和你的手下便無法在衛荷待下去，到時你將發覺，沒有別的區會提供你所需的一切。」

納馬提嘆了一口氣。「那麼你堅持要把皇帝殺掉？」

「我沒有說『殺掉』，我是說『趕下台』，細節部分我就留給你了。」安多閏說最後這句話的時候，以近乎輕慢的動作擺了擺手，同時手腕輕輕一揮，彷彿他已經坐在皇位上。

「然後你就成了皇帝。」

「沒錯。」

「不，不會的。你會死掉，卻也不是死在我手裡。安多閏，讓我教你一些生活的眞實面。如果克里昂遇害，那麼繼位問題立刻浮上檯面，爲了避免內戰，禁衛軍馬上會殺盡衛荷區長家族的每一個成員，而你會是頭號目標。另一方面，如果只是首相被殺，你卻能安然無事。」

「爲什麼？」

「首相只不過是首相，他們來來去去毫不稀奇。有可能是克里昂自己對他感到厭煩，而安排了一場謀殺。我們當然要讓這種謠言四處散播，這樣禁衛軍就會猶豫不決，就會帶給我們組成新政府的機會。眞的，他們自己很有可能會爲謝頓時代的結束額手稱慶。」

「而在新政府組成後，我又要做什麼呢？繼續等待？直到永遠？」

「不。一旦我當上首相，便會有很多方法可以對付克里昂。我甚至也許有辦法和禁衛軍搭上線，甚至保安部門也不例外——把他們都當成我的工具。然後我會設法找個安全的方式除掉克里昂，讓你取代他的位置。」

安多閏突然冒出一句：「你何必那樣做？」

納馬提說：「我何必那樣做？你是什麼意思？」

「你和謝頓有私人宿怨。一旦他完了，你何必還要冒不必要的天大風險？你會跟克里昂和平共處，而我不得不退隱，回到我那破碎的屬地，擁抱我那不可能的夢想。而且說不定，為了安全起見，你會把我給殺了。」

納馬提說：「不！克里昂生來就要坐上皇位。他的先人做了好幾代皇帝——高傲的恩騰皇朝。他會很難應付，會是我的眼中釘。反之，你若登上皇位，則會建立一個新的皇朝，不會有任何強大的傳統羈絆，因為你必須承認，過去的衛荷皇朝完全微不足道。你將坐在一個顫巍巍的皇位上，需要一個人支持你，那個人就是我。而我將需要一個依賴我，因此我能應付的人，那個人就是你。好啦，安多閏，你我的關係不是因愛結合的婚姻，那在一年之內便會褪色；它是由於互利而做的結合，在我們有生之年都能維持不墜。我們要互相信任。」

「你發誓我會當上皇帝。」

「如果你無法相信我說的話，發誓又有什麼用？讓我們這樣說，我會認為你是個極為有用的皇帝，一旦一切安排得萬無一失，我馬上會要你取代克里昂。現在，為我介紹那個你心目中的完美工具吧。」

「很好，別忘了令他與眾不同的地方。我曾經研究過他，他是個不很聰明的理想主義者，要他怎麼做他就會怎麼做，不會在乎危險，不會三思而行。而且他散發著一種值得信賴的氣質，讓他的獵物也會信任他，即使他手中握著一柄手銃。」

「我覺得簡直難以置信。」

「等你見到他再說吧。」安多閏道。

2-17

芮奇保持目光低垂。他已經瞥了納馬提一眼，那就足夠了。十年前，芮奇被謝頓派去引誘九九．久瑞南自投羅網時，他曾經見過這個人，因此看一眼即綽綽有餘。

十年的時間，納馬提並沒有多少改變。誰都看得出來，憤怒與仇恨仍是他最主要的特徵（或者至少芮奇看得出來，因爲他瞭解自己並非毫無偏見），而這兩點似乎將他的外表定了型，永遠不會再改變。他的臉孔更加瘦削一點，他的頭髮已經斑白，但他的薄嘴唇仍舊拉出同樣冷酷的線條，他的黑眼珠依然射出如昔的危險光芒。

這就夠了，於是芮奇一直沒有再望向他。在芮奇的感覺中，納馬提這種人不會喜歡一個敢面對面瞪著他的人。

納馬提似乎要用雙眼吞噬芮奇，但臉上總是掛著的冷笑卻並未斂去。他轉向不安地站在一旁的安多閏，開口道：「所以說，這個人就是了。」聽他的口氣，彷彿他提到的對象並不在場。

安多閏點了點頭，做出幾個無聲的口型：「是的，首領。」

納馬提突然對芮奇說：「你的名字。」

「回閣下，普朗什。」

「你相信我們的理念？」

「是的，閣下。」他依照安多閏先前的指示，謹愼地對答。「我是個民主人士，我希望人民進一步參與政府的運作。」

納馬提的目光掃向安多閏的方向。「好個演說家。」

他再度望著芮奇，問道：「你願意爲政治信仰而冒險嗎？」

「任何危險都願意，閣下。」

「你會遵照指示行事嗎？毫無異議？絕不退縮？」

「我會聽從命令。」

「你懂得任何園藝嗎？」

芮奇猶豫了一下。「不懂，閣下。」

「那麼你是川陀人？生在穹頂之下？」

「我在千丸出生，閣下，但在達爾長大。」

「很好。」接著，納馬提又對安多閏說：「把他帶出去，將他暫時交給等在外面的人，他們會好好照顧他。然後回來這裡，安多閏，我要和你談談。」

等到安多閏回來後，納馬提整個人有了巨大的轉變。他的雙眼放出精光，嘴巴扭成一個猙獰的笑容。

「安多閏，」他說：「前些天我們談到的神，靈驗的程度超出我的想像。」

「我告訴過你，這個人很適合我們的目的。」

「遠比你想像中更適合。你當然知道一個故事，哈里．謝頓，我們可敬的首相，如何派他的兒子——或者該說養子——去見久瑞南，對他設下陷阱，而久瑞南不聽我的勸告，結果中了圈套。」

「是的，」安多閏不耐煩地點著頭，「我知道這個故事。」他說這句話的神態，代表他對這個故事瞭若指掌。

「我只有那次仔細看過那孩子，但他的形像已烙印在我的腦海。你以爲十年的歲月、假的腳後跟，以及剃掉八字鬍就能騙過我嗎？你那個普朗什就是芮奇，就是哈里．謝頓的養子。」

安多閏面無血色，他屏息了一陣子，然後說：「你確定嗎，首領？」

「就和我確定你站在我面前一樣確定，我確定你引了敵人登堂入室。」

「我毫無概念……」

「別緊張，」納馬提說：「我認爲，在你遊手好閒的貴族生活中，你從來沒做過比這更好的一件事，你扮演的角色正是神爲你所圈選的。假使我不知道他是誰，他的確有可能完成任務，不外是在我們裡面臥底，竊取我們最機密的計畫。但既然我知道他是誰，事情就不是那樣了。反之，我們現在掌握了一切的一切。」納馬提興奮得猛搓雙手，卻又有點不太自然，彷彿瞭解到對他而言這樣做多麼失態。他先是微微一笑，接著哈哈大笑。

2-18

瑪妮拉若有所思地說：「我猜我再也見不到你了，普朗什。」

芮奇剛淋完浴，正在吹乾身子。「爲什麼？」

「葛列布．安多閏不要我再見你。」

「爲什麼？」

瑪妮拉聳了聳柔滑的肩膀。「他說你有重要的事要做，沒有時間再瞎混了，也許他是指你會有個更好的工作。」

芮奇愣住了。「做什麼樣的事？他特別提到任何事情嗎？」

「沒有，但他說他要到皇區去。」

「是嗎？他常常告訴你這一類事情嗎？」

「你也曉得是怎麼回事，普朗什。男生和你在床上的時候，總會扯上一大堆。」

「我曉得。」芮奇說，他自己則總是小心翼翼。「他還說了些什麼？」

「你爲何要問？」她稍微皺起眉頭，「他也總是問起你。我注意到男人這一點，他們彼此感到好奇。你說爲什麼會這樣呢？」

「你和他說了我些什麼？」

「不多，只說你是那種非常高尚的人。我自然不會告訴他，說我喜歡你勝過喜歡他。那樣會傷他的心，也可能傷害到我。」

芮奇開始穿衣服。「所以說，這就是再見了。」

「會有一陣子吧，我想，但葛列布也許會改變心意。當然，我很想到皇區去——如果他帶我同行的話。我從來沒去過那裡。」

芮奇差點說溜了嘴，但他及時咳嗽一下，然後說：「我也從沒去過那裡。」

「那裡有最高大的建築，有最優美的名勝，還有最高級的餐廳；那裡是有錢人住的地方。我很想碰見些有錢人，我是指除了葛列布之外。」

芮奇說：「我想，從我這種人身上，你得不到什麼東西。」

「你人很好。你不能時時刻刻想著信用點，但有些時候總得想到它。尤其是，我認爲葛列布已經逐漸厭倦我。」

芮奇感到不得不說：「沒有人會厭倦你。」然後才發覺自己竟然是眞心的，令他不禁有些困惑。

瑪妮拉說：「男人總是那樣講，但終究會令你感到意外。無論如何，我們處得很好，你和我，普朗什。好好保重，誰知道呢，我們也許會再見面。」

芮奇點了點頭，發覺自己無言以對。他無法說些什麼或做些什麼，來表達自己的感情。

他將心思轉到別的方向。他必須查出納馬提等人在計畫些什麼，若是他們要讓他和瑪妮拉分開，那麼危機一定正迅速迫近。他手頭唯一的線索，就是有關園藝的那個怪問題。

他也無法再將任何情報傳給謝頓，自從見到納馬提後，他始終處於嚴密監視之下，所有的通訊管道全被切斷。不用說，這是危機迫近的另一個徵兆。

可是，假如他在事後才查出是怎麼回事，假如他在新聞不再是新聞時，才將這個消息傳出去，那他就注定失敗。

2-19

哈里．謝頓這一天很不好過。自從收到芮奇的第一封電訊後，就再也沒有他的音訊，他對發生些什麼事毫無概念。

除了他對芮奇的安危自然而然的關切（若發生什麼實在很糟的事，他當然會得到消息），還有潛在的陰謀令他坐立不安。

它一定十分精妙。直接攻擊皇宮是絕不可能的，那裡的安全防範太過嚴密。但若真是這樣，還有什麼其他計畫會足夠有效呢？

整件事使他徹夜未眠，白天則心神不寧。

訊號燈閃了一下。

「首相。兩點鐘的約會……」

「兩點鐘的約會是見誰？」

「曼德爾‧葛魯柏，那名園丁，他有必要的證明。」

謝頓記起來了。「好，讓他進來。」

現在不是見葛魯柏的時候，但他曾因一時心軟而答應下來——當時那人似乎心亂如麻。首相不該有那種心軟的時候，但謝頓早在當上首相前便已經是謝頓。

「進來，葛魯柏。」他和顏悅色地說。

葛魯柏站在他面前，機械性點著頭，雙眼到處亂瞄。謝頓相當確定，這名園丁從未來過如此富麗堂皇的房間。他有一股惡毒的衝動，想要說：你喜歡嗎？請拿去吧，我根本不想要。

不過他只是說：「什麼事，葛魯柏？你爲何這麼難過？」

葛魯柏並未立即回答，只是露出茫然的微笑。

謝頓說：「坐下，老兄，就坐那張椅子吧。」

「喔，不，首相。那可不合適，我會把它弄髒。」

「即使被你弄髒，也不難清乾淨，照我的話做。好！就坐在那裡一兩分鐘，整理一下你的思緒。然後，等你準備好的時候，再告訴我是怎麼回事。」

葛魯柏靜靜坐了一下子，然後急速喘著氣說：「首相，我就要當園丁長了，是萬歲的大帝自己告訴我的。」

「是的，我聽說了，但困擾你的當然不是這件事。你的新職位是可喜可賀的，而我衷心恭喜你。我甚至可能還有功勞喔，葛魯柏。當年我險些遇害時，你所表現的英勇我從沒忘記，而你大可相信我對大帝陛下提過這件事。這次晉升是個適當的獎賞，葛魯柏，而且你無論如何當之無愧，因爲你的記錄明白顯示你絕對勝任。好，既然這點說清楚了，告訴我是什麼事在困擾你。」

「首相，困擾我的正是這個職位和這次晉升。這是我無能爲力的一件事，因爲我無法勝任。」

「我們深信你能勝任。」

葛魯柏變得焦躁不安。「我是不是得坐在一間辦公室裡？我不能坐在辦公室裡，那樣我就不能走到露天的空氣中，在植物和動物的陪伴下工作。我會像是在坐牢，首相。」

謝頓的眼睛張得老大。「沒這回事，葛魯柏。你不需要成天待在辦公室裡，你可以隨意在御苑中閒逛，監督每一件事物。你能做你想做的一切戶外活動，只是免除了辛苦的工作。」

「我就是要做辛苦的工作，首相。他們會讓我走出辦公室的機會根本等於零，我注意過現任的園丁長，他就不能離開他的辦公室，雖然他也想，想得不得了。有太多的行政工作、太多的簿記資料需要處理。當然啦，如果他想知道有些什麼事，我們得去他的辦公室向他報告。他在全相電視上觀看外界——」他以極度輕蔑的口吻說：「彷彿你能從畫面中看出有關生物生長的一切。我可不要那樣，首相。」

「好了，葛魯柏，做個男子漢。並非全都那麼糟，你會習慣的，你會慢慢克服的。」

葛魯柏搖了搖頭。「馬上，頭一件事，我必須面對所有的新園丁，而我會吃不消的。」接著，他突然中氣十足地說：「首相，這份工作我不想要也絕不能要。」

「此時此刻，葛魯柏，或許你不想要這份工作，但你並不孤獨。我可以告訴你，我也希望此時我並不是首相，這份工作超出我的能力範圍。我甚至有一種想法，有些時候大帝自己也想脫下身上的皇袍。在這個銀河中，我們都有自己的工作，而工作不會總是愉快的。」

「這點我懂，首相。可是大帝必須當皇帝，因爲他生來就注定了。而您必須當首相，因爲再也沒有別人能做這份工作。可是我的情形不同，我們討論的只是當個園丁長。這裡總共有五十名園丁，他們都能做得和我一樣好，卻不在乎關在辦公室裡。您說您曾經告訴大帝，說我如何試圖搭救您。難道您就不能再跟他解釋一下，他如果要爲那件事獎賞我，大可讓我保持原狀？」

謝頓上身靠回椅背，以嚴肅的口吻說：「葛魯柏，假使我有辦法，我願意爲你那樣做。但我必須對你解釋一件事，而我只能希望你會瞭解。理論上，大帝是帝國的絕對統治者；實際上，他能夠做的事非常少。此時此刻，我治理帝國的程度遠超過他，但我能夠做的也非常少。政府各個階層中有百千萬億的人，大家都在做決定，都在犯錯誤，有些行事睿智且光明磊落，有些行事愚蠢且偷偷摸摸，根本沒法管他們。你懂我的意思嗎，葛魯柏？」

「我懂，但這和我的情形又有什麼關係？」

「因爲只有在一個地方，大帝才是眞正的絕對統治者，那就是在皇宮御苑之內。在這裡，他說的話就是法律，底下的官員層級少得他足以應付。他既然已經對御苑的事務做出決定，若請求他撤回，等於侵犯他視爲固若金湯的唯一堡壘。假使我對他說：『收回您對葛魯柏的決定吧，皇帝陛下。』他非但不會接受，更可能的結果是解除我的職務。那對我而言可能是好事，但對你卻毫無幫助。」

葛魯柏說：「這是不是代表一切已經無法改變？」

「正是這個意思。不過別擔心，葛魯柏，我會盡力幫助你。很抱歉，但我能分給你的時間實在全用完了。」

葛魯柏站了起來，雙手扭著那頂綠色的園丁帽，眼中的淚水不只一點點。「謝謝您，首相。我知道您很想幫我，您是——您是個大好人，首相。」

他轉身離去，一副悲傷不已的樣子。

謝頓若有所思地望著他的背影，然後搖了搖頭。將葛魯柏的悲傷乘上萬兆倍，便等於帝國二千五百萬個世界上所有人民的悲傷。而他，謝頓，對一個向他求助的人都愛莫能助，又怎能拯救所有的人脫離苦海？

心理史學救不了一個人，但能拯救萬兆人嗎？

他又搖了搖頭，查了查下個約會的性質與時間，卻忽然間愣住了。接著，他突然對通話線放肆地高聲吼叫，與他平日嚴謹的言行大相逕庭。「把那園丁找回來！馬上把他找回來！」

2-20

「那些新園丁是怎麼回事？」謝頓叫道，這回他沒有請葛魯柏坐下。

葛魯柏急速眨著眼。這麼突然被叫回來，他目前還驚魂未定。「新……新園……園丁？」他結結巴巴地說。

「你剛才說『所有的新園丁』，那是你自己的話。究竟是什麼新園丁？」

葛魯柏吃了一驚。「如果有個新園丁長，當然就會有一批新園丁，這是慣例。」

「我從來沒聽過這種事。」

「上回我們更換園丁長的時候，您還沒當上首相，很有可能甚至還沒來到川陀。」

「但這究竟是怎麼回事？」

「這個嘛，園丁從來不會被解雇。有些死於任上，有些年紀大了，就領一筆退休金回家養老，自有人替代他。話說回來，當新園丁長準備就任時，至少一半的園丁都老了，黃金年華早已成為過去。他們都會領到一筆豐厚的退休金，由一批新園丁取代他們。」

「因爲他們年輕。」

「那是原因之一，此外還因爲到了那個時候，通常都會有新的造園計畫，我們必須找些新的構想和新的方案。花園和苑囿佔地幾乎五百平方公里，通常要好幾年才能改頭換面，而我必須親自監督一切。求求您，首相，」葛魯柏氣喘吁吁，「像您自己這麼聰明的人，一定找得到法子改變萬歲大帝的心意。」

謝頓並未留意這番話，他的前額在深思中皺成一團。「那些新園丁從哪裡來？」

「所有的世界都經常舉行考試，隨時有人排隊等候遞補。他們會分十多個梯次來，總共有好幾百人。至少要花我一年的時間……」

「他們從哪裡來？哪裡來？」

「上百萬個世界中的任何一個。帝國任何公民都有資格，而且我們需要各式各樣的園藝知識。」

「也有從川陀來的？」

「不，沒有川陀來的，花園裡沒有一個川陀人。」他的口氣轉趨輕蔑，「你在川陀找不到一個園丁。那些穹頂之下的公園不算花園，那裡只有盆栽植物，而動物都關在籠子裡。川陀人，這群可憐的人類，完全不知道什麼是露天的空氣、奔放的流水，以及自然界真正的平衡。」

「好了，葛魯柏。我現在給你一件差事，你要負責幫我蒐集未來幾週預定到達的新園丁完整名單。包括他們的一切資料，姓名、世界、識別號碼、教育水準、經歷，以及一切的一切。我要全部資料盡快放到我的辦公桌上。我會派人幫你，他們會帶著必要的機器。你用什麼樣的電腦？」

「只是一台很簡單的，用來記錄植物的栽培、品種，以及諸如此類的資料。」

「好的。任何你做不到的事，我派去的人都能做到。我很難讓你瞭解這件事有多重要。」

「假使我得做這……」

「葛魯柏，現在不是討價還價的時候。要是讓我失望，你非但做不了園丁長，還會被解雇，領不到任何退休金。」

葛魯柏離去後，謝頓對著通話線吼道：「今天下午其他的約會通通取消。」

然後他全身栽進椅子裡，感覺自己不折不扣有五十歲，而且感覺頭痛更加劇烈。這些年來，甚至數十年來，御苑周圍的安全防範一層層加強，隨著新型裝置不斷增設，變得愈來愈厚實，愈來愈堅固，愈來愈牢不可破。

然而每隔一段時間，竟然會放一大群陌生人進入御苑。或許什麼都不問，只問一句：「你懂園藝嗎？」

其中的愚蠢到了難以理解的程度。

總算千鈞一髮，讓他及時發覺。然而眞是這樣嗎？會不會現在都已經遲了？

2-21

葛列布·安多閏透過半閉的眼睛瞪著納馬提。他向來不喜歡這個人，但有時會比平常更不喜歡他，而現在就是這樣的時候。安多閏，堂堂一位衛荷皇室成員（畢竟這樣說並不爲過），爲何需要和這個政治暴發戶、這個近乎精神病的妄想狂合作？

安多閏知道爲什麼，而他必須忍受，即使是在納馬提重複那個老故事之際。納馬提說的是這十年來他如何組織這個運動，如今終於開花結果。他對每個人都這麼一遍遍地說嗎？或者他僅僅選擇安多閏當發洩的對象？

納馬提臉上似乎閃耀著邪惡的喜悅，而他的聲音單調得古怪，彷彿只是機械性的背誦。「年復一年，我爲主義獻身，甚至是在毫無希望、毫無用處的情況下奮鬥；我建立起一個組織，削弱人民對政府的信心，製造並強化不滿的情緒。在出現金融危機，銀行暫停營業的那一週，我……」

他突然頓了一下。「我已經對你講過許多次，你聽得不耐煩了，對不對？」

安多閏的嘴唇抽動一下，扯出一個短暫而生硬的微笑。納馬提不是那種白癡，不會不明白自己多麼惹人厭，他只是控制不住自己。安多閏說：「你已經對我講過許多次。」他讓後半段問題懸在半空中，並未作答。畢竟，答案顯然是肯定的，但沒有必要那樣頂他。

納馬提蠟黃的臉孔微微漲紅，他說：「但假使我手中沒有適當的工具，就可能永遠這樣繼續下去——建立組織，削弱信心，卻始終達不到一個目標。如今我不費吹灰之力，這個工具就自動送上門來。」

「神為你帶來普朗什。」安多閏中肯地說。

「你說對了。很快就會有一批園丁進入皇宮御苑。」他頓了頓，似乎是在回味這個想法。「有男有女，足夠掩護其中幾位我們的人。他們中間會有你，以及普朗什。使你和普朗什與眾不同的，是你們兩人會帶著手銃。」

「不用說，」安多閏在禮貌的言語中帶著刻意的敵意，「我們在宮門就會被攔下，然後被抓起來接受盤問。非法攜帶手銃進入皇宮御苑……」

「你們不會被攔下，」納馬提沒有注意到那份敵意，「你們不會被搜身，那已經安排好了。當然會有某個宮中官員歡迎你們，我不知道通常由誰負責這項工作，據我所知，該是『掌理草木的第三助理總管』。可是這一次，會是謝頓親自出馬。那位偉大的數學家會趕出來迎接新園丁，歡迎他們來到御苑。」

「我想，這點你很確定。」

「當然，我很確定，全都安排好了。差不多到了最後一刻，他將發覺他的養子在新園丁的名單上，一定會忍不住走出來看看他。而當謝頓出現時，普朗什便會舉起手銃，我們的人則會高喊『叛變！』在混亂和騷動中，普朗什會殺掉謝頓，然後你會殺掉普朗什。接著你就丟下手銃，離開現場。自會有人掩護你逃脫，這也安排好了。」

「絕對有必要殺掉普朗什嗎？」

納馬提皺起眉頭。「爲何沒有？你反對一宗謀殺，卻不反對另一宗嗎？你希望普朗什復原後，告訴當局他所知道有關我們的一切嗎？何況，我們安排的是一場家族紛爭。別忘了，普朗什其實就是芮奇．謝頓。你們兩人看來會像是同時開火，或者像是謝頓曾經下令，他的兒子若有任何不懷好意的行動，就要立刻將他射倒。我們一定要把父子反目的說法弄得人盡皆知，那會使人想起血腥皇帝馬諾威爾統治下的壞年頭。這種醜惡的行徑一定會令川陀人民厭惡，而在他們親眼目睹、親身經歷的一切效率低落和故障頻仍之上，再加上這一點，他們就會齊聲召喚一個新政府。沒有人能拒絕他們，尤其是那個皇帝。然後，我們就進場了。」

「這麼簡單？」

「不，不這麼簡單，我可不是活在一個夢幻世界裡。很可能會有某個臨時政府，但是它注定失敗。我們一定要讓它失敗，然後我們再公開現身。川陀人始終未曾忘記久瑞南當年的主張，而我們要重新舉起這個大旗。等到時機成熟——不會等太久的——我便會當上首相。」

「而我呢？」

「終究會當上皇帝。」

安多閏說：「一切都順利的機會實在很小。這點安排好了，那點安排好了，其他事也安排好了。所有這些都要湊在一起，完美地結合起來，否則就會失敗。在某個地方，某個人難免會弄砸，這是不可接受的風險。」

「不可接受？對誰而言？你嗎？」

「當然。你指望我來確保普朗什殺掉他父親，又指望我事後殺掉普朗什。爲什麼是我？難道沒有比我更不值錢、更適合拿去冒險的工具嗎？」

「沒錯，但選擇其他人會使行動注定失敗。除你之外，還有誰對這項任務那麼在乎，絕不會在最後一分鐘因為任何風吹草動而掉頭？」

「風險太大了。」

「對你而言不值得嗎？你是為了皇位而冒險。」

「而你承擔什麼風險呢，首領？你將舒舒服服留在這裡，等待我們的好消息。」

納馬提撇了撇嘴。「你眞是個傻瓜，安多閏！你還當什麼皇帝！你以為因為我待在這裡，我就不擔風險嗎？假使這個策略失敗，假使這個計謀流產，假使我們有人被捕，你認為他們不會招出知道的一切嗎？假使你搞不好被抓到，面對禁衛軍的大刑侍候，你不會把我供出來嗎？

「一旦掌握一樁未遂的行刺案，你以為他們不會翻遍川陀把我找出來嗎？你以為到頭來他們不會找到我嗎？而當他們找到了我，你以為我落在他們手裡將面對些什麼？風險？光是坐在這裡什麼也不做，我擔的風險就比你們任何人都大。總而言之一句話，安多閏，你到底是希望還是不希望當皇帝？」

安多閏以低沉的聲音說：「我希望當皇帝。」

因此，他們的行動便展開了。

2-22

芮奇不難看出自己受到特別照顧。現在，整組準園丁都住在皇區一家旅館內，不過，當然不是一家一流旅館。

這群園丁是個古怪的組合，來自五十個不同的世界，但芮奇很少有機會和其中任何一人說話。安多閏一直設法將他與其他人隔離，只是做得不太明顯。

芮奇十分納悶，而這令他感到沮喪。事實上，自從離開衛荷，他就一直覺得有些沮喪。這干擾了他的思緒，他雖然力圖抗拒，卻並不怎麼成功。

安多閏自己穿著一套粗布衣，試圖顯得像個工人。在他導演的這齣「戲」中，他將扮演一名園丁的角色——不論那是一齣什麼樣的「戲」。

芮奇感到相當羞愧，因爲他始終未能洞察這齣「戲」的本質。他們一直在緊密監視他，阻止他做任何形式的通訊，令他甚至沒有機會警告父親。據他所知，對於這群人中的每一個川陀人，他們可能都這樣做，這只是個非常的防範措施。芮奇估計他們之間可能有十二個川陀人，當然全都是納馬提的手下，男性與女性都有。

令他不解的是，安多閏對他的態度近乎曖昧。他霸佔了自己所有的時間，堅持要和自己共進每一餐。換句話說，他對待自己的方式與對待其他人相當不同。

可不可能是因爲他們曾經共享瑪妮拉？芮奇對衛荷區的風俗知道得不多，無法判斷他們的社會是否有一妻多夫的傾向。假如兩個男人共享一個女人，是否使他們產生某種兄弟之情？這會形成一種親和力嗎？

芮奇從未聽過這種事，但他至少明白一點，那就是在銀河各個社會，甚至川陀各個社會中，存在著無數微妙的習俗，他絕不敢說自己甚至瞭解其中極小的一部分。

但既然心思回到瑪妮拉身上，他便思念了她一會兒。他極其想念她，而這使他突然想到，想念她可能就是沮喪的成因。不過說老實話，此時此刻，與安多閏共進午餐即將結束之際，他的感覺幾乎是絕望，而他卻想不出原因來。

瑪妮拉！

她曾說她想要造訪皇區，想必她能以甜言蜜語說動安多閏。芮奇實在太絕望了，以致問出一個愚蠢的問題。「安多閏先生，我一直在想，不知道你有沒有帶杜邦夸小姐同行。我是說來到這裡，來到皇區。」

安多閏看來大吃一驚，然後輕聲笑了笑。「瑪妮拉？你看她做過任何園藝嗎？或者甚至假裝會做？不，不，瑪妮拉那種女人生來是給我們解悶的。除此之外，她根本沒有任何功用。」接著他又說：「你為什麼要問，普朗什？」

芮奇聳了聳肩。「我不知道。這裡有點兒無聊，我有點兒想……」他的聲音逐漸消失。

安多閏仔細望著他，最後終於道：「不用說，你不會很在意是哪個女人陪你吧？我向你保證，她可不在意是哪個男人陪她。一旦辦完這件事，自然會有別的女人，很多的女人。」

「這件事何時辦完？」

「快了，而你將在其中扮演一個非常重要的角色。」安多閏以細密的目光盯著芮奇。

芮奇說：「有多麼重要？不是只要我當個——園丁嗎？」他的聲音聽來空洞無力，而他發覺無法再多注入一點生氣。

「你要做的不只這個，普朗什，你還要帶一柄手銃進去。」

「帶什麼？」

「一柄手銃。」

「我從來沒拿過手銃，這輩子從沒碰過。」

「沒什麼大不了的。你舉起來，你瞄準，你按下開關，然後某人就死了。」

「我不能殺人。」

「我以爲你是我們的一份子，你會爲了政治信仰做任何事。」

「我不是指——殺人。」芮奇似乎無法集中思緒。他爲何必須殺人？他們眞正想要他做的是什麼？而在謀殺付諸行動之前，他如何能及時警告禁衛軍？

安多閏的臉孔突然繃緊，瞬間從友善的關懷轉變成斷然的堅決。他說：「你必須殺人。」

芮奇用盡所有的力氣說：「不，我啥人也不殺，沒啥好講的。」

安多閏說：「普朗什，你會照著我們的話去做。」

「並不包括謀殺。」

「甚至包括謀殺。」

「你要怎樣讓我做到？」

「我只要告訴你就行。」

芮奇覺得一陣暈眩。安多閏爲何如此自信？

他搖了搖頭。「不。」

安多閏說：「自從你離開衛荷，普朗什，我們就一直在餵你。我堅持你和我一起進餐，以便監督你的飲食，尤其是你剛吃的那一頓。」

芮奇感到恐懼感貫穿全身，他突然明白了。「喪氣散！」

「完全正確。」安多閏說：「你是個精明的小鬼，普朗什。」

「那是非法的。」

「當然，但謀殺也是。」

芮奇知道「喪氣散」是什麼。它的前身是一種完全無害的鎭靜劑，然而經過改造，它就不再產生鎭靜作用，只會產生絕望的感覺。由於它能用來控制心靈，因此早已列爲法定禁藥，不過有些壓久不衰的謠言，說禁衛軍在使用這種藥物。

安多閏彷彿不難看穿芮奇的心思，他說：「它叫喪氣散，因為喪氣是代表『絕望』的古老詞彙，我想你現在就有這種感覺。」

「絕不會。」芮奇細聲道。

「你非常堅決，但你無法和化學藥劑對抗。而你愈是感到絕望，藥效就會愈強。」

「休想。」

「想想看吧，普朗什。雖然你剃掉了八字鬍，納馬提還是一眼就認出你來，知道你就是芮奇·謝頓。而在我的指示下，你將殺掉你的父親。」

芮奇咕噥道：「我先殺了你。」

他從椅子上一躍而起。解決對方應該毫無問題，安多閏或許比較高，但他身材細瘦，而且顯然不是運動健將。芮奇用一隻手就能將他撕成兩半——但他起身時搖搖晃晃，他甩了甩頭，卻無法清醒。

安多閏也站起來，再向後退了幾步。他從左手袖口中抽出右手，手中握著一柄武器。

他得意地說：「我有備而來。我得到了情報，知道你有赫利肯角力士的功夫，我不會和你徒手搏鬥。」

他低頭看了看手中的武器。「這不是一柄手銃，」他說：「在你完成任務之前，我可捨不得殺掉你。這是一柄神經鞭，就某方面而言，它遠比手銃可怕。我將瞄準你的左肩，相信我，那種錐心刺骨的疼痛，世上最偉大的苦行僧也無法忍受。」

原本慢慢地、兇狠地向前進逼的芮奇，此時突然停下腳步。十二歲的時候，他曾經嘗過神經鞭的滋味，僅是淺嘗而已。只要受過一擊，不論活到多大年紀，不論人生經歷多麼豐富，沒有人忘得了那種痛楚。

安多閏說：「非但如此，我還要使用最大強度，讓你的上臂神經先受到無法忍受的痛苦，然後整個報廢，從此你的左臂再也動彈不得。我會放過你的右臂，好讓你能使用手銃。現在，如果你坐下來，乖乖認輸，這也是你唯一的選擇，你就能保住兩隻手臂。當然，你必須繼續服藥，好讓你的喪氣程度增加。你的情況只會愈來愈糟。」

芮奇覺得藥物導致的絕望深入骨髓，而絕望本身又加深了藥物的作用。眼前的一切一分爲二，而他想不出能說些什麼。

芮奇只知道，自己從此必須聽從安多閏的每一句話。在這場遊戲中，他已徹底慘敗。

2-23

「不行！」哈里．謝頓近乎粗暴地說：「鐸絲，我不要你到那裡去。」

鐸絲．凡納比里頂回他的目光，臉上的表情與他同樣堅決。「那我也不讓你去，哈里。」

「我必須到場。」

「那不是你份內的事，必須迎接這些新人的是一品園丁。」

「話是沒錯。可是葛魯柏辦不到，他現在失魂落魄。」

「他一定有個助理什麼的。不然就讓老園丁長出馬，他到年底才正式退休。」

「老園丁長身體太壞了。何況——」謝頓遲疑了一下，「那些園丁裡面有冒牌貨，川陀人。他們來這裡一定有原因，我有他們每個人的名字。」

「那就把他們拘留起來，一個也別漏掉。事情很簡單，你爲什麼把它弄得這麼複雜？」

「因爲我們不知道他們爲何而來，有件事正在醞釀。我看不出十二個園丁能做什麼，但……不，我收回剛才的話。我看得出有十來件事是他們能做的，但我不知道他們計畫的究竟是哪件。我們的確會拘留他們，但是在此之前，我必須把一切弄得更清楚。

「我們一定要知道得夠多，才能把陰謀份子從上到下全揪出來。而且我們必須對他們的所做所爲知道得夠多，才能讓嚴峻的懲處站得住腳。我不要那十二名男女僅僅受到行爲不檢的指控，他們會辯稱是因爲走投無路，是需要一份工作。他們會抱怨排除川陀人是不公平的，他們會得到許多同情，而使我們看來像一群傻子。我們必須給他們一個機會，讓他們犯下眞正的罪行。何況——」

中斷了很久之後，鐸絲氣呼呼地說：「好啦，這個新的『何況』又是什麼？」

謝頓的聲音變得低沉。「那十二個人當中包括了芮奇，他化名爲普朗什。」

「什麼？」

「你爲何感到驚訝？我派他到衛荷去滲透九九派運動，而他成功滲透進去了。我對他充滿信心，如果他在其中，他就知道自己爲何身在其中，而且他必定胸有成竹，足以破壞他們的好事。但我也想要到場，我想要見到他，想要盡我所能幫助他。」

「假如你想要幫助他，就命令五十名宮中侍衛，在那些園丁兩旁圍成兩堵人牆。」

「不行。同樣的道理，那樣我們將一無所獲。禁衛軍會佈署在周圍，但不會是明哨。一定要讓那些假園丁認爲有機可乘，足以依照他們的計畫行事。在他們的企圖暴露之後，但在眞正能動手之前，我們將一舉成擒。」

「那很危險，那對芮奇會有危險。」

「危險是我們必須面對的，這裡頭有超過個人性命的價値。」

「那是鐵石心腸的說法。」

「你認為我鐵石心腸？即使如此，我關切的仍然必須是心理……」

「別說出來。」她轉過頭去，彷彿十分痛苦。

「我瞭解，」謝頓說：「可是你一定不能在場。你的出現會太不相稱，那些陰謀份子會疑心我們知道太多，因而中止他們的計畫。我可不要他們的計畫流產。」

他頓了頓，又輕聲道：「鐸絲，你說你的工作是保護我這個人。它的優先權在保護芮奇之上，你自己也明白。我不會堅持這點，但保護我等於保護心理史學及全體人類，這必須是第一優先。而心理史學告訴我的則是，我自己必須不計一切代價保護帝國的核心，那正是我現在試圖做的事。你瞭解嗎？」

鐸絲說：「我瞭解。」然後又轉過頭去。

謝頓心想：我希望我是對的。

假如他弄錯了，她永遠不會原諒他。更糟的是，他永遠不會原諒自己，不論是不是為了心理史學。

2-24

他們以優美的姿勢排隊站好，雙腳打開，雙手背在背後，每一位都身穿帥氣的綠色制服，其特色是寬鬆，並有許多大口袋。兩性之間的差異非常小，只能猜測某些較矮的是女性。他們的頭髮完全被兜帽遮住，話說回來，園丁一律要將頭髮剪得相當短，男女皆然，而且不准蓄留鬍鬚。

至於為什麼要這樣，誰也說不上來。「傳統」兩字是唯一的解釋，正如它能解釋其他許多事，其中有些真的有用，有些則愚不可及。

面對他們的是曼德爾．葛魯柏，他左右兩側各站了一名助理。葛魯柏正在發抖，張大的雙眼呆滯無神。

哈里．謝頓的嘴唇緊繃。只要葛魯柏能設法說出「御用園丁向諸位請安」就夠了，然後謝頓自己便會接手。

他用目光掃瞄這支新隊伍，不久便發現芮奇。

他的心跳稍微加劇。剃掉鬍子的芮奇站在最前排，比其他人站得更挺，兩眼直視前方。他並未將目光轉向謝頓，未曾透出絲毫相識的眼神。

很好，謝頓心想。他本來就不該那樣，而他完全沒有暴露底細。

葛魯柏喃喃說了一聲歡迎，謝頓便趕緊出場。

他以輕快的步伐走過去，站在葛魯柏的正前方，說道：「謝謝你，一品園丁。各位男男女女御用園丁們，你們將接下一份重要的工作。川陀，我們這個偉大的世界，銀河帝國的首都，上面唯一露天地表的美麗和健康將由你們負責。你們一定要做到的是，即使我們沒有露天世界上無盡的風光，我們這裡卻有一小顆寶石，它會比帝國其他的一切更為燦爛耀眼。

「你們都將是曼德爾．葛魯柏的手下，他即將成為園丁長。必要的時候他會向我報告，而我會向大帝報告。這就意味著，你們都看得出來，你們和聖上的距離只有三級，他的關愛眼神將始終籠罩著你們。我確定即使是現在，他也正在偏殿中遙望我們——偏殿就是你們右手邊那座建築，擁有蛋白石圓頂的那一棟，它就是大帝的家——而他會對所見到的感到高興。

「當然，在投入工作之前，你們都要接受一段訓練課程，好讓你們完全熟悉御苑和它的需要。你們將……」

他一直近乎悄悄地挪動，此時，他已挪到芮奇的正前方。芮奇仍然保持一動不動，連眼睛也不眨一下。

謝頓盡量避免顯露不自然的親切，然後，他的眉頭稍微皺了一下。芮奇正後方那個人看來頗為眼熟，假使謝頓未曾仔細看過他的全相像，便有可能認不出他來。那不是衛荷的葛列布．安多閏嗎？事實上，他正是芮奇在衛荷的雇主。他到這裡來做什麼？

安多閏必定注意到謝頓突然注視自己，因為他用幾乎閉著的嘴巴喃喃說了一句。緊接著，芮奇的右手便從背後伸出來，再從綠色上身的寬大口袋中拔出一柄手銃，而安多閏也做出同樣的動作。

謝頓覺得自己要嚇呆了。怎會允許有人把手銃帶進御苑？由於極度困惑，他幾乎沒有聽見「叛變！」的吶喊聲，以及突如其來的狂奔與尖叫。

眞正佔據謝頓腦海的只有一個念頭，那就是芮奇的手銃正瞄準自己，而芮奇望著他的眼神竟形同陌路。謝頓瞭解他的兒子就要發射，自己距離死亡只有幾秒鐘，內心頓時充滿恐懼。

2-25

手銃雖然叫作手銃，其實並不是轟擊式武器。它的作用是使目標氣化，使其內部爆裂，充其量不過是導致一場內爆。然後，會響起一下輕嘆聲，發自看似受到轟擊的目標。

哈里．謝頓並未期待聽到那個聲音，他只是期待死亡的降臨。因此，聽到那種獨特的輕嘆聲令他十分驚訝。他猛眨眼睛，目瞪口呆地低頭望著自己。

他還活著？（他想到的是個疑問句，而不是直述句。）

芮奇仍然站在那裡，他的手銃指著前方，他的雙眼茫然呆滯。他百分之百紋風不動，彷彿體內的動力中斷了。

在他身後是安多閏的屍體，癱倒在一灘血泊中。而站在他身邊、手中握著手銃的，則是另一名園丁。這名園丁早已扯脫兜帽，顯然是個剛剪短頭髮的女性。

她抽空瞥了謝頓一眼，然後說：「令公子口中的瑪妮拉·杜邦夸就是我。我是一名保安官，您要知道我的識別號碼嗎，首相？」

「不用了。」謝頓無力地說，此時禁衛軍已趕到現場。「我兒子！我兒子怎麼回事？」

「中了喪氣吧，我想。」瑪妮拉說：「那終究可以清掉的。」她伸出手來，取走芮奇手中的手銃。「很抱歉我沒有及早出手，我得等待一個明顯的行動，但當它發生時，我卻幾乎措手不及。」

「我遇到同樣的問題。我們必須把芮奇送到宮中醫院。」

偏殿突然傳來一陣不明的喧囂。謝頓突然想到，大帝想必正在觀看整個經過，果眞如此，他一定會勃然大怒。

「幫我照顧我兒子，杜邦夸小姐。」謝頓說：「我必須去見大帝。」

他開始狼狽地拔腿飛奔，穿過大草坪上混亂的人群，不顧禮數地一口氣衝進偏殿。即使他這樣做，也幾乎無法惹克里昂更加生氣。

而在偏殿內，一群驚慌失措的人正茫然地瞪大眼睛——在半圓形樓梯上，躺著大帝陛下克里昂一世的屍體，血肉模糊得幾乎無法辨認，華麗的皇袍現在成了一件壽衣。而靠著牆壁縮成一團、以癡呆的目光望著周圍一張張受驚臉孔的，則是曼德爾·葛魯柏。

謝頓覺得自己再也受不了。他撿起掉在葛魯柏腳旁的手銃，那原本是安多閏的，他可以確定。

「葛魯柏，你做了什麼？」他輕聲問道。

葛魯柏望著他，含糊不清地說：「大家都在尖叫和吶喊。我想，誰會知道呢？他們會以爲是別人殺了大帝。不料，後來我就跑不動了。」

「可是，葛魯柏，到底爲了什麼？」

「這樣我就不必當園丁長了。」說完他便垮成一團。

謝頓望著不省人事的葛魯柏，心中震撼不已。

一切都在間不容髮的驚險狀況下圓滿解決。他自己還活著，芮奇還活著；安多閏死了，而九九派陰謀份子則一個也逃不掉。

帝國的核心將會保住，正如心理史學所要求的。

然後一個小人物，爲了一個分析不出來的微小理由，竟然就殺了大帝。

現在，謝頓絕望地想，我們要怎麼辦？接下來會發生什麼事？

鐸絲．凡納比里：哈里．謝頓的一生充滿傳奇且眾說紛紜，想找一本完全眞實的傳記如同緣木求魚。至於他一生最令人費解的一環，或許就是他的配偶鐸絲．凡納比里。鐸絲．凡納比里的早期資料付諸闕如，只知道她生於錫納這個世界，後來到了斯璀璘大學，成爲該校歷史系的教授。不久她便遇到謝頓，與他結褵二十八載。若說有誰的一生比謝頓更具傳奇性，那就非她莫屬。許多相當難以置信的傳說，都提到她驚人的力道與速度。當時許多人稱她爲「虎女」，但也可能只是私下流傳。然而，與她的出身相較之下，她的去向更加令人費解，因爲在某個時間之後，便再也沒有她的音訊，卻也找不到發生任何變故的線索。

她的歷史學家角色，可以從她的研究上……

——《銀河百科全書》

3-1

婉達快滿八歲了，如同大家一樣，這是根據銀河標準時間計算的。她已經像個小婦人，舉止莊重，有著一頭淡褐色的直髮。她的眼珠呈藍色，但顏色愈來愈深，最後很可能變成和她父親一樣的棕色眼珠。

她坐在那裡，陷入沉思——六十。

就是這個數目令她想得出神。祖父快過生日了，那是他的六十大壽，而六十是個很大的數目。她感到心神不寧，因爲昨天她做了一個與此有關的惡夢。

她起身去找母親，她得問個清楚。

母親並不難找，她正在和祖父談話，話題當然與作壽有關。婉達猶豫不決，在祖父面前問那種事可不妥當。

母親毫無困難便察覺到婉達內心的煩亂。她說：「等一下，哈里，我們來看看是什麼在困擾婉達。到底是什麼事，親愛的？」

婉達拉拉她的手。「別在這兒講，母親，私下談。」

瑪妮拉轉向哈里．謝頓。「看看多早就開始了？私生活，私下的問題。好啊，婉達，我們要到你的房間去嗎？」

「是的，母親。」婉達顯然鬆了一口氣。

兩人手牽手走到婉達的房間，然後母親說：「好了，婉達，有什麼問題？」

「是祖父，母親。」

「祖父！我無法想像他能做什麼困擾你的事。」

「嗯，就是他。」婉達眼中突然湧出淚水，「他快死了嗎？」

「你祖父？你的腦袋怎麼會有這種想法，婉達？」

「他即將六十歲，那很老了。」

「不，那不算老。雖然不算年輕，卻也不算老。有人活到八十、九十，甚至一百歲。而且你祖父身體健壯，他會很長命的。」

「你確定嗎？」她一面說一面抽噎。

瑪妮拉抓住女兒的肩膀，面對面直視著她的雙眼。「我們總有一天都會死去，婉達，這點我以前對你解釋過。話說回來，在那一天快要來到之前，我們不該擔心這件事。」她溫柔地擦了擦婉達的眼睛，「祖父會好好活著，直到你長大成人，生下你自己的寶寶，你等著看吧。現在跟我回去，我要你自己和祖父說。」

婉達又抽噎起來。

謝頓帶著一副同情的表情，望著走回來的小女孩。他說：「怎麼回事，婉達？你爲什麼難過？」

婉達搖了搖頭。

謝頓將目光轉向女孩的母親。「好了，到底是怎麼回事，瑪妮拉？」

瑪妮拉也搖了搖頭。「她得自己和你說。」

謝頓坐下來，拍拍自己的膝蓋。「來，婉達，坐在這裡，把你的困擾告訴我。」

她照做了。坐下之後她扭了幾下，才說：「我害怕。」

謝頓伸出一隻臂膀摟住她。「在老祖父懷中，沒什麼好怕的。」

瑪妮拉做了個鬼臉。「說錯話了。」

謝頓抬頭望向她。「祖父？」

「不，是老。」

這句話產生了決堤效應，婉達哇哇哭了起來。「你老了，爺爺。」

「我想是吧，我六十歲了。」他低下頭來面對婉達，悄聲道：「我也不喜歡這樣，婉達，這就是爲什麼我很高興你才七、八歲。」

「你的頭髮是白的，爺爺。」

「不是一直這樣，是最近才變白的。」

「白頭髮代表你快死了，爺爺。」

謝頓看來吃了一驚，他對瑪妮拉說：「這究竟是怎麼回事？」

「我不知道，哈里，那是她自己的念頭。」

「我做了個惡夢。」婉達說。

謝頓清了清喉嚨。「我們都會偶爾做做惡夢，婉達。這樣有好處的，惡夢會趕走可怕的想法，然後我們就會舒服多了。」

「我夢見你快死了，爺爺。」

「我知道，我知道。做夢可能會夢見死亡，這並不代表有什麼不得了。看看我，你看不出我多麼生氣蓬勃，而且心情愉快，而且在哈哈大笑嗎？我看來像是快死了嗎？告訴我。」

「不——像。」

「那就對了。現在你出去玩玩，把這一切忘掉。我只是要過個生日，大家都會玩個盡興。去吧，親愛的。」

婉達帶著還不錯的心情離去，謝頓卻示意瑪妮拉留下來。

3-2

謝頓說：「你認爲婉達打哪兒弄來這種想法的？」

「這還用說嗎，哈里。她養的一隻沙爾凡守宮後來死了，記得嗎？她有個朋友的父親在一場意外中喪生，而且她天天在全相電視上目睹死亡。想要保護孩子的心靈，不讓他們知曉死亡是不可能的。事實上，我也不想那樣保護她。死亡是生命中不可避免的一環，她必須瞭解這點。」

「我不是泛指一般的死亡，瑪妮拉，我是專指我的死亡。她的腦袋怎麼會裝有那種想法？」

瑪妮拉遲疑了一下。她實在非常喜歡哈里．謝頓。她想，誰會不喜歡他呢？所以我怎麼說得出口呢？

但是她又怎能不說出來呢？因此她說：「哈里，是你自己把這個想法裝進她腦袋的。」

「我？」

「當然啦，過去幾個月，你一直在說快要六十了，而且大聲埋怨自己老了。大家籌辦這個宴會的唯一理由，就是要來安慰你。」

「六十歲沒什麼好玩的。」謝頓憤憤地說：「等著吧！等著吧！你會知道的。」

「我會的，如果運氣好的話，有些人還活不到六十呢。話說回來，如果你滿口都是六十了和老了，結果就是嚇到一個敏感的小女孩。」

謝頓嘆了一口氣，現出爲難的表情。「我很抱歉，但這實在很難。看看我的兩隻手，已經出現斑斑點點，很快就會變得瘦骨嶙峋。我幾乎再也不能做任何形式的角力，一個小孩或許就能令我雙膝著地。」

「難道其他六十歲的人不是這樣嗎？至少你的頭腦和以往一樣靈光。那是唯一重要的事，這話你自己說過多少遍？」

「我知道，但我懷念我的身體。」

瑪妮拉帶著一絲刻薄說：「尤其是，鐸絲似乎一點也不顯老。」

謝頓不自在地說：「是啊，我想……」他別過頭去，顯然不願談論這個話題。

瑪妮拉以嚴肅的眼神望著她的公公。問題在於他對小孩一無所知，或者說根本對人性毫無概念。很難想像他在先皇御前當了十年首相，結果卻對人性瞭解得那麼少。

當然，那個心理史學完全佔據了他的心思。它所研究的是萬兆之衆，結果就等於根本不研究任何人——任何個人。除了芮奇之外，他從未接觸過任何小孩，而芮奇進入他生命時已經十二歲，他又怎能對小孩有所瞭解呢？如今他有了婉達，對他而言她全然是一團謎，或許今後始終如此。

想到這一切時，瑪妮拉心中充滿著愛。她有一股不可思議的衝動，想要保護哈里·謝頓，為他屏蔽一個他所不瞭解的世界。這一點，這股保護哈里·謝頓的衝動，是她與她的婆婆鐸絲·凡納比里唯一的交集。

十年前，瑪妮拉曾經救過謝頓一命。鐸絲卻因為奇怪的理由，認為那是侵犯了她的特權，而從未眞正原諒過瑪妮拉。

然後，謝頓又反過來救了瑪妮拉一命。她閉上眼睛一會兒，整個情景再度浮現腦海，幾乎像是正在發生的一件事。

3-3

那是克里昂遇刺一週之後。多麼可怕的一週，整個川陀陷入一片混亂。

哈里．謝頓仍舊保有首相的職位，但顯然已失去權力。他召來了瑪妮拉．杜邦夸。

「我要謝謝你救了芮奇和我自己的性命，我一直還沒有機會向你致謝。」他嘆了一聲，又說：「過去一週以來，我幾乎沒有機會做任何事。」

瑪妮拉問道：「那個瘋園丁怎樣了？」

「處決！立即執行！未經審判！我試圖拯救他，指出他精神失常，可是完全行不通。假使他做的是其他任何事，犯的是其他任何罪，他們都會承認他發了瘋，而他就能獲得赦免。他會有罪，會被關起來接受治療，然而卻能免於一死。可是殺害皇帝……」謝頓悲傷地搖了搖頭。

瑪妮拉又問：「今後會發生些什麼呢，首相？」

「我來把我的看法告訴你。恩騰皇朝結束了，克里昂的兒子不會繼位，我不認為他想當皇帝。他怕自己也遭到行刺，而我一點都不怪他。退隱到某個外圍世界的家族屬地，在那裡過著平靜的生活，對他而言會好得多。因為他是皇室的一份子，他無疑能如願以償，你我的運氣也許就沒有那麼好。」

瑪妮拉皺起眉頭。「大人，哪一方面？」

謝頓清了清喉嚨。「他們可以聲稱，是因為你殺了葛列布．安多閏，令他的手銃落地，曼德爾．葛魯柏才能撿起來，用它殺掉克里昂。因此對於這樁罪行，你也背負了重大的責任。他們甚至可能會說，一切都是預先安排好的。」

「但那簡直荒謬。我是保安部門的一員，是在執行我的任務，遵照我的命令行事。」

謝頓露出苦笑。「你是在以理性申辯，但理性將不流行好一陣子。在皇位沒有合法繼承人的情況下，接下來會發生的事，是必定出現一個軍政府。」

（後來，瑪妮拉瞭解了心理史學的功用後，她懷疑謝頓是否曾用心理史學的技術，算出將要發生的事，因爲軍事統治果眞出現了。然而，當時他並未提到他剛出爐的理論。）

「如果眞的出現軍政府，」他繼續說：「他們就有必要立刻建立穩固的統治，粉碎任何不忠的徵兆，而且會是以有力且殘酷的方式行事，甚至不顧理性和正義。假使他們指控你，杜邦夸小姐，參與行刺大帝的陰謀，你就會慘遭殺害。這並非伸張正義的行動，而是恐嚇川陀人民的手段。

「除此之外，他們還可能說我也參與了這項陰謀。畢竟，是我出去迎接那些新園丁，那並非我份內之事。假使我沒有那樣做，就不會有人企圖殺我，你也就不會還擊，而大帝便能保住性命。你看得出一切多麼吻合嗎？」

「我無法相信他們會這樣做。」

「或許他們不會。我會提出一個他們可能不願拒絕的條件，但只是可能而已。」

「什麼條件？」

「就是我自動辭去首相的職位。他們不想要我，他們容不下我。然而事實是，我在宮廷中的確有些支持者，而甚至更重要的是，外圍世界覺得我是可以接受的。這就意味著，假使禁衛軍的成員要逼我下台，那麼即使不處決我，他們仍會有些麻煩。反之，如果我自己辭職，並聲明我相信軍政府正是川陀和帝國所需要的，那麼我的確是幫了他們一個大忙，你懂了嗎？」

他沉思了一下，又說：「此外，還有心理史學這個小小因素。」

（這是瑪妮拉第一次聽到這個名詞。）

「那是什麼？」

「是我在研究的一樣東西。克里昂曾經對它的威力有很強的信心，比我當時的信心還要強。而宮廷中則普遍有一種感覺，認爲心理史學是（或可能是）一個強有力的工具，可用來爲政府服務，不論是什麼樣的政府。

「即使他們對這門科學的細節一無所知，那也沒關係。我寧願他們不懂，如此便能加強我們所謂的『情勢的迷信層面』。這樣一來，他們就會讓我以平民的身分，繼續我的研究工作。至少，我希望如此——而這就和你有關了。」

「怎樣有關？」

「我準備在條件中加入一項，那就是准許你辭去保安部門的職務，並且不得由於這樁行刺案，對你採取任何行動。我應該有辦法爭取得到。」

「但您是在說葬送我的前途。」

「無論如何，你的前途已經完了。即使禁衛軍不發出你的處決令，你能想像他們會准許你繼續擔任保安官嗎？」

「但我要做什麼呢？我要如何爲生？」

「我會負責的，杜邦夸小姐。十之八九，我會帶著心理史學的龐大研究經費，回到斯璀璘大學，我確定能幫你找個職位。」

雙眼圓睜的瑪妮拉說：「您爲什麼要……」

謝頓說：「我無法相信你竟然會問。你救了芮奇和我自己的性命，能說我不欠你任何情嗎？」

一切正如他所說的。謝頓瀟灑地辭去保有十年的職位，回到了斯璀璘大學。新近成立的軍政府（由禁衛軍與武裝部隊的重要成員所領導的執政團）發給他一封溢美的褒揚信，感謝他對帝國所做的貢獻。而瑪妮拉·杜邦夸也解除了保安官的職務，隨著謝頓及其家人一同前往斯璀璘。

3-4

芮奇一面走進來，一面對著雙手呼氣。「我完全贊成天氣刻意有些變化，你不會希望穹頂之下的事物總是一成不變。不過，今天他們未免把氣溫調得太冷了點，此外還弄出一陣風。我認爲，該是有人向氣象控制局抱怨的時候了。」

「我認爲並不是氣象控制局的錯。」謝頓說：「每件事物都愈來愈難控制了。」

「我知道，這就是沒落。」芮奇用手背抹了抹又黑又濃的八字鬍，他經常這麼做，彷彿對於剃掉鬍鬚的那幾個月，他始終未能完全釋懷。他的腰際多了一點贅肉，而且整體而言，他變得像個生活非常安逸的中產階級，連他的達爾口音也早已消退幾分。

他脫掉輕便的連身服，說道：「老壽星怎麼樣？」

「悶悶不樂。等著吧，等著吧，兒子。過不了多久，你就要慶祝你的四十歲生日，我們等著看你會認爲有多好玩。」

「不會有六十大壽那麼好玩。」

「別開玩笑。」瑪妮拉說，她正搓著芮奇的手，試圖把他的雙手弄暖和。

謝頓兩手一攤。「我們做錯了事，芮奇。你太太認爲，由於大家都在談論我即將六十歲，害得小婉達以爲我大概快死了。」

「眞的嗎？」芮奇說：「那就眞相大白了。我剛才先去看看她，還沒機會說半個字，她就立刻告訴我，說她做了一個惡夢。她夢見你快死了嗎？」

「顯然如此。」謝頓說。

「嗯，她會好起來的，誰也沒法不做惡夢。」

「我可沒有那麼容易把它拋到腦後。」瑪妮拉說：「她在沉思這件事，那是不健康的，我準備追根究柢弄個清楚。」

「就依你，瑪妮拉。」芮奇表示同意，「你是我親愛的妻子，和婉達有關的事，你怎麼說就怎麼辦。」說完，他又抹了抹他的八字鬍。

親愛的妻子！當初，讓她變成親愛的妻子可不容易。芮奇還記得母親對這件事的態度，說到惡夢，他才是週期性做著惡夢。每次在夢中，他都必須再度面對怒不可遏的鐸絲．凡納比里。

3-5

脫離了喪氣的苦海後，芮奇第一個清楚的記憶，是有人在幫他刮鬍子。

他感到振動式刮鬍刀沿著自己的面頰移動，便以虛弱的聲音說：「我上唇附近任何地方都別刮，理髮師，我要八字鬍長回來。」

理髮師早已接到謝頓的指示，他舉起一面鏡子，好讓芮奇安心。

坐在床沿的鐸絲．凡納比里說：「讓他工作，芮奇，你別激動。」

芮奇將目光轉向她片刻，卻沒有開口。理髮師離去後，鐸絲說：「你感覺如何，芮奇？」

「壞透了。」他喃喃道：「我好沮喪，我受不了。」

「那是你中了喪氣後的殘存效應，很快就會清掉的。」

「我無法相信。已經多久了？」

「別管了。還需要些時間，你全身灌滿了喪氣。」

他焦躁地四下張望。「瑪妮拉來看過我嗎？」

「那個女人？」（從此，芮奇逐漸習慣鐸絲用那種字眼與口氣提到瑪妮拉。）「沒有，你還不適合接見訪客。」

鐸絲看懂了芮奇做出的表情，趕緊補充道：「我是例外，因爲我是你母親，芮奇。無論如何，你爲什麼想要那個女人來看你？你的情況絕不適合見人。」

「正因爲這樣，我更要見她，」芮奇喃喃道：「我要她看看我最糟的樣子。」然後，他無精打采地翻了個身。「我想要睡覺。」

鐸絲．凡納比里搖了搖頭。當天稍後，她對謝頓說：「我不知道我們該拿芮奇怎麼辦，哈里，他相當不講理。」

謝頓說：「他不舒服，鐸絲，給這孩子一點時間。」

「他一直咕噥著那個女人，誰記得她叫什麼名字。」

「瑪妮拉．杜邦夸，那不是個難記的名字。」

「我認爲他想和她共組一個家，和她住在一起，和她結婚！」

謝頓聳了聳肩。「芮奇三十歲了，足以自己做出決定。」

「身爲他的父母，我們當然有發言權。」

謝頓嘆了一口氣。「我確定你已經說過了，鐸絲。雖然你說過了，我確定他仍舊會照自己的意思去做。」

「這就是你的結論嗎？他打算娶一個像那樣的女人，你準備不聞不問嗎？」

「你指望我做些什麼，鐸絲？瑪妮拉救了芮奇一命，你指望他忘記嗎？非但如此，她還救了我。」

這句話似乎把鐸絲惹火了，她說：「而你也救了她，你們扯平了。」

「我不算眞……」

「你當然救了她。假如你未曾介入，未曾爲了救她而把你的辭呈和你的支持賣給他們，那些現在統治帝國的軍頭早就把她給殺了。」

「儘管我和她可能扯平了，雖然我並不這麼想，可是芮奇還沒有。此外，鐸絲吾愛，若想用不適當的字眼形容我們的政府，我自己會三思而後行。如今的日子，不再像克里昂統治時那麼容易過了，總會有人把你說的話密告上去。」

「別管這個了。我不喜歡那個女人，我想，這點至少是允許的。」

「當然是允許的，可是沒用。」

謝頓低頭望著地板，陷入了沉思。鐸絲那雙通常深不可測的黑眼珠，此時無疑閃爍著怒火。

謝頓抬起頭來。「我所希望知道的，鐸絲，是到底爲什麼？你爲什麼這樣不喜歡瑪妮拉？她救了我們父子的命。若不是她迅速採取行動，芮奇和我都會喪生。」

鐸絲反駁道：「沒錯，哈里，這點我比任何人都明白。假使當時她不在場，我也根本無法阻止那次謀殺。我想你會認爲我該心存感激，但我每次看到那個女人，就會聯想到我的失敗。我知道這種情緒並非眞正理性的，而這是我無法解釋的事。所以別要求我喜歡她，哈里，我辦不到。」

可是第二天，就連鐸絲也不得不讓步了。因爲醫生說：「你家公子希望見一位名叫瑪妮拉的女子。」

「他的情況絕不適合接見訪客。」鐸絲吼道。

「剛好相反，他很適合，他恢復得很好。何況，他堅持要見她，態度無比激昂，我認爲拒絕他並非明智的做法。」

於是他們帶瑪妮拉進了病房。芮奇熱情洋溢地歡迎她，自從住進醫院後，他首度露出一絲飄忽的快樂神情。

他對鐸絲做了一個小動作，毫無疑問是要打發她走，她便噘著嘴離開了。

終於有一天，芮奇說：「媽，她要嫁給我。」

鐸絲說：「你這個傻男人，你指望我驚訝嗎？她當然要嫁給你，你是她唯一的機會。她已經名譽掃地，被趕出保安部門……」

芮奇說：「媽，如果你想失去我，這樣做正好能達到目的。不要這樣子說話。」

「我只是爲你的幸福著想。」

「我會爲我自己著想，謝了。我並不是某人提升社會地位的階梯，拜託你別再這麼想。我不算英俊，我個子不高，爸也不再是首相了，而我的談吐屬於不折不扣的低下階層。我有什麼地方值得她驕傲的？她能找到好得多的歸宿，但她就是要我。而且我告訴你，我也要她。」

「但你知道她是什麼人。」

「我當然知道她是什麼人。她是個愛我的女人，她是個我愛的女人，她就是這麼一個人。」

「在你和她墜入情網之前，她又是什麼人？她在衛荷臥底的時候都做些什麼，你也略有所知，你自己就是她的『任務』之一。她還有其他多少任務？你能接受她的過去嗎？能接受她以職務之名所做的一切嗎？現在你能大方地做個理想主義者，但總有一天你會和她發生口角。或許就在第一次，或許是在第二次或第十九次，但你終究會爆發，會說：『你這婊子！』」

芮奇怒吼道：「別那樣說！當我們爭吵時，我會罵她不講理、沒理智、嘮嘮叨叨、愛發牢騷、不體諒人，會有百萬個形容詞適合當時的狀況。而她同樣會罵我，但那些都是理性的字眼，爭吵過後都收得回來。」

「你現在這麼想，將來等著瞧吧。」

芮奇面色鐵青，他說：「母親，你和父親在一起將近二十年了。父親是個難以令人意見相左的人，但你們兩人也有爭論的時候，我聽到過。在這二十年間，他有沒有用過任何惡毒的字眼，指桑罵槐或冷嘲熱諷你不是人？同樣道理，我那樣做過嗎？你能想像我現在會那樣做嗎，不論我多麼生氣？」

鐸絲內心在掙扎。她不會像芮奇或謝頓那樣，讓情緒在臉上表露無遺，但顯然她一時之間說不出話來。

「事實上，」芮奇乘勝追擊（這樣做令他感到厭惡）「其實你是在吃醋，因為瑪妮拉救了爸一命。除了你自己，你不要任何人做這件事。好啊，你當時沒機會那樣做，要是瑪妮拉沒射殺安多閨，要是爸死了，我也死了，你是不是會更高興？」

鐸絲以哽塞的聲音說：「他堅持要單獨出去接見那些園丁，他不准我一起去。」

「但那可不是瑪妮拉的錯。」

「這就是你要娶她的理由？出於感激？」

「不，是出於愛。」

於是一切敲定，但在婚禮過後，瑪妮拉對芮奇說：「在你的堅持下，芮奇，你母親或許不得不參加婚禮，可是她的樣子看起來，活像有時飄浮在穹頂之下的人造雷雨雲。」

芮奇哈哈大笑。「她的臉成不了雷雨雲，那只是你的想像。」

「絕對不是。我們要怎麼做，才能讓她給我們一個機會？」

「我們只要有耐心，她的心結會打開的。」

可是鐸絲．凡納比里始終未曾打開心結。

結婚兩年後，婉達出世了。鐸絲對這孩子的態度，正是芮奇與瑪妮拉夢寐以求的。但在芮奇的母親心中，婉達的母親仍舊是「那個女人」。

3-6

哈里．謝頓心情沉重地抵擋眾人的攻勢。鐸絲、芮奇、雨果與瑪妮拉輪番上陣，眾口同聲告訴他六十歲並不算老。

可是他們根本不瞭解。三十歲的時候，他第一次有了心理史學的靈感；三十二歲的時候，他在十載會議上發表那場著名的演說，接著一切似乎立刻接踵而至。在與克里昂做過簡短的會晤後，他開始在川陀各處逃亡，遇到了丹莫刺爾、鐸絲、雨果與芮奇，當然還有住在麥曲生、達爾與衛荷的許多人。

他四十歲時當上首相，五十歲時辭去那個職位，現在他六十歲了。

他在心理史學上已經花了三十個年頭。他還需要多少年？他還能活多少年？會不會他去世時，心理史學計畫仍未完成？

困擾他的並非死亡，而是心理史學計畫將成為未竟之志，他這麼告訴自己。

於是他去找雨果．阿馬瑞爾。最近這些年，隨著心理史學計畫的規模穩定成長，他們不知不覺疏遠了。在斯璀璘的最初幾年，只有謝頓與雨果兩人一起工作，再也沒有別人。而現在……

雨果已年近五十，不能算年輕了，而且衝勁也大不如前。這些年來，除了心理史學，他未曾培養任何其他的興趣：沒有女人、沒有玩伴、沒有嗜好、沒有業餘活動。

雨果對謝頓頻頻眨眼，後者不禁注意到前者外表的變化，部分原因可能是雨果曾經被迫接受眼球重建手術。現在他的視力極佳，可是眼睛顯得不太自然，而且他總喜歡慢慢地眨眼，使他看來像是睏極欲眠。

「你認爲怎麼樣，雨果？」謝頓說：「隧道另一頭出現任何光亮嗎？」

「光亮？有的，事實上眞有。」雨果說：「我們有個新人，泰姆外爾．林恩，你當然知道他。」

「是啊，雇用他的人正是我自己。非常有活力，而且積極進取。他怎麼樣？」

「我不能說自己眞正喜歡他，哈里，他的大笑聲令我渾身不舒服。可是他很傑出，新的方程組和元光體配合得天衣無縫，似乎有可能克服混沌的難題。」

「似乎？或是『會』？」

「言之過早，但我抱著很大的希望。我曾經用好些實例試過，它若是沒用，那些問題就會令它崩潰。結果這個新方程組通過所有的考驗，我開始在心中管它叫『非混沌方程組』了。」

「在我想來，」謝頓說：「對於這些方程式，我們還沒有什麼嚴密的論證吧。」

「對，還沒有。不過我派了六個人著手研究，當然包括林恩在內。」雨果開啓他的元光體，它在各方面都和謝頓那個同樣先進。明亮的方程式開始浮現在半空中，他定睛望著那些彎曲的線條——太細太小了，未經放大根本讀不出來。「加上那些新方程式，我們也許就能開始進行預測。」

「如今我每次研究元光體，」謝頓若有所思地說：「便忍不住讚嘆那個電子闡析器，它把代表未來的數學壓縮成多麼緊密的線條。那不也是林恩的構想嗎？」

「是的，再加上設計者欣妲．蒙內的幫助。」

「能有傑出的男女新血加入這個計畫，眞是太好了。我彷佛從他們身上見到了未來。」

「你認爲像林恩這樣的人，有一天可能成爲本計畫的領導者嗎？」雨果一面問，一面仍在研究元光體。

「也許吧。在你我退休之後，或是死後。」

雨果似乎想歇一下，他關掉了那個裝置。「我希望在我們退休或去世前，能夠完成這項工作。」

「我也一樣，雨果，我也一樣。」

「過去十年間，心理史學對我們的指導相當成功。」

那的確是實話，但謝頓明白不能將它視爲多大的成就。這些年來的發展都很平穩，並沒有什麼特別的驚喜。

心理史學曾經預測，帝國核心在克里昂死後仍會保住——那是個非常模糊且不確定的預測，而它的確應驗了。川陀一向還算平靜；即使歷經皇帝遇刺以及一個皇朝的結束，帝國核心仍保住了。

這是在軍事統治的高壓下做到的。鐸絲將執政團稱爲「那些軍頭」相當正確，她的指控即使更進一步或許也不爲過。縱然如此，他們的確維繫了帝國的完整，而今後還會維持一段時間。說不定能持續得足夠久，好讓心理史學在未來的發展中，扮演一個積極的角色。

最近雨果提出了建立「基地」的可能性——單獨、隔離、獨立於帝國之外的幾粒種子，用以在將來的黑暗時期保存實力，進而發展成一個更良善的新帝國。謝頓自己已經著手研究這種安排的可能影響。

可是他沒有多少時間，而且他（帶著幾分悲痛地）感到也沒有那種青春了。無論他的心靈多麼堅實，多麼穩健，也不再擁有三十歲時的彈性與創造力。而隨著一年年的逝去，他知道自己保有的將愈來愈少。

或許他該將這個工作交給年輕而傑出的林恩，免除他其他的職務，讓他專心研究這個問題。謝頓不得不靦腆地向自己承認，這個可能性並不會令他興奮。他發明心理史學的目的，可不是讓某個後生晚輩收割最後的成果。事實上，用最丟臉的說法，就是謝頓感到嫉妒林恩，偏偏他又對這個情緒稍有瞭解，剛好足以覺得羞愧。

然而，縱使有這種不理性的感受，他還是必須仰仗其他年紀較輕的人，不論心裡多麼不舒服。心理史學不再是他自己與雨果的私有禁地，他在首相任內的十年間，已將其轉變成一個政府認可與資助的大型計畫，而令他相當驚訝的是，在他辭去首相職位，回到斯瑞璘大學之後，它的規模仍然繼續成長。一想到那個冗長的（而且誇大的）正式名稱「斯瑞璘大學謝頓心理史學計畫」，他就不禁伸舌頭。不過，大多數人僅稱之為「謝頓計畫」。

軍人執政團顯然將謝頓計畫視為一個可能的政治武器，只要這點不變，經費便不成問題，信用點源源不絕。而他們需要做的回饋，則是必須準備年度報告。然而這種報告相當不透明，報上去的只是一些邊緣進展。即使如此，其中的數學也早已超出執政團任何成員的知識水準。

離開這位老助手的研究室時，他心裡明白了一件事：至少雨果對心理史學的發展方向十分滿意，但是，謝頓卻感到沮喪的黑幕再度將自己籠罩。

他斷定困擾自己的乃是即將來臨的慶生會。它的本意是作為歡樂的慶典，但對謝頓而言，它甚至不是一種安慰的表示，而只是在強調他的年紀。

此外，它攪亂了他的作息規律，而謝頓卻是個規律的動物。他的研究室，連同左右好幾間，現在都已經騰空，他已經有好幾天無法正常工作了。他心裡明白，那些堂堂的研究室將被改裝成榮耀的廳堂，而且還要好些日子，他才能回到工作崗位。只有雨果寧死不肯讓步，才得以保住他的研究室。

謝頓曾經悶悶不樂地尋思，這一切究竟是誰的主意。當然不是鐸絲，她簡直太瞭解他了。也不是雨果或芮奇，他們連自己的生日也從來不記得。他曾經懷疑到瑪妮拉頭上，甚至當面質問過她。她承認自己對這件事十分贊成，並曾下令展開籌備工作。可是她說，生日宴會的主意是泰姆外爾·林恩向她建議的。

那個傑出的傢伙，謝頓心想，每一方面都同樣傑出。

他嘆了一口氣，只希望這個生日早些過完。

3-7

鐸絲站在門口，探著頭問：「准我進來嗎？」

「不，當然不行。你爲何認爲我會批准？」

「這兒不是你通常待的地方。」

「我知道。」謝頓嘆了一聲，「因爲那個愚蠢的生日宴會，我被趕出通常待的地方。我多麼希望它已經結束。」

「你說對了。一旦那個女人腦袋裡有個主意，它就一發不可收拾，像大霹靂那樣暴脹。」

謝頓立刻站到瑪妮拉那邊去。「好啦，她是好意，鐸絲。」

「別跟我提什麼好意。」鐸絲說：「不管這些了，我來這裡是要討論另一件事，一件或許很重要的事。」

「說吧，什麼事？」

「我曾和婉達討論她的夢……」她吞吞吐吐。

謝頓從喉嚨深處發出一下漱口的聲音，然後說：「我不相信有這種事，你就別追究了。」

「不，你有沒有不厭其煩地問過她那場夢的細節？」

「我爲什麼要讓小女孩受那種罪？」

「芮奇也沒有，瑪妮拉也沒有，事情就落到我頭上。」

「可是你爲什麼要拿那種問題折磨她？」

「因爲我感到應該那樣做。」鐸絲繃著臉說：「首先我要強調，她做那場夢的時候，不是在家裡她的床上。」

「那麼，她在哪裡？」

「在你的研究室。」

「她在我的研究室做什麼？」

「她想看看舉辦宴會的地方，於是走進你的研究室。當然，那裡沒有什麼好看的，爲了佈置場地，東西都搬光了。但你的椅子還在，那把大椅子——高椅背，高扶手，破破爛爛，你不讓我換掉的那一把。」

謝頓嘆了一口氣，彷彿憶起一場長期的爭執。「它不算破爛，我不要換新的。繼續說。」

「她蜷曲在你的椅子裡，開始擔心你也許不能眞正參加這個宴會，這使她覺得很難過。然後，她告訴我，她一定是睡著了，因爲她心中沒有一件事是清楚的，除了夢裡有兩個男的在交談——不是女的，這點她確定。」

「他們在談些什麼？」

「她不怎麼明白。你也知道，在那種情況下，要記得細節有多麼困難。但她說那是有關死亡，而她認爲談論的就是你，因爲你那麼老了。有幾個字她記得很清楚，那就是『檸檬水之死』。」

「什麼？」

「檸檬水之死。」

「那是什麼意思？」

「我不知道。無論如何，後來談話終止，那兩個人走了，只剩下她坐在椅子上，感到膽顫心寒。從那時候開始，她就一直心煩意亂。」

謝頓思量了一下鐸絲的敘述，然後說：「我問你，親愛的，從一個小孩子的夢境，我們能導出什麼重要結論？」

「我們可以先問問自己，哈里，那究竟是不是一場夢。」

「你是什麼意思？」

「婉達並沒有一口咬定那是夢境。她說她『一定是睡著了』，那是她自己的話。她不是說她睡著了，而是說她一定是睡著了。」

「你從這點推論出什麼來？」

「她也許是陷入半睡半醒的假寐，而在那種狀態中，她聽到兩個人在交談——兩個眞人，不是夢中的人。」

「兩個眞人？在談論用檸檬水把我殺掉？」

「是的，差不多就是這樣。」

「鐸絲，」謝頓激昂地說：「我知道你永遠能爲我預見危險，但這次卻太過分了。爲什麼會有人想要殺我？」

「以前就有人試過兩次。」

「的確沒錯，但是想想客觀的情況。第一次，是克里昂剛任命我當首相。那自然打破了宮廷中井然有序的階級，一定有很多人把我恨透了，而其中幾位認爲只要除掉我，就有可能解決這個問題。至於第二次，則是九九派試圖攫取政權，他們認爲我礙了他們的事，再加上納馬提被復仇的怒火迷了心竅。

「幸好兩次行刺都沒成功，可是現在為何會有第三次呢？我不再是首相，十年前就不是了。我是個上年紀的數學家，處於退休狀態，當然不會有任何人怕我什麼。九九派已被連根拔除，徹底摧毀，而納馬提也早已處決。任何人都絕對沒有想殺我的動機。

「所以拜託，鐸絲，放輕鬆點。當你為我緊張的時候，你會變得心神不定，而這又會使你更加緊張，我不希望發生這種事。」

鐸絲從座位中起身，倚在謝頓的書桌上。「沒有殺你的動機，你說得倒簡單，但根本不需要任何動機。我們現在的政府，是個完全不負責任的政府，假如他們希望……」

「住口！」謝頓高聲斥道，然後又用很低的音量說：「一個字也別說，鐸絲，反政府的言論一個字也別說，否則我們真會碰上你預見的那個麻煩。」

「我只是在跟你說，哈里。」

「現在你只是跟我說，但如果你養成說傻話的習慣，那麼不知道什麼時候，在外人面前，在很樂意告發你的人面前，同樣的傻話會脫口而出。只要記住一件事，絕對不要隨便批評政治。」

「我會試試，哈里。」鐸絲嘴裡這樣說，聲音中卻無法抑制憤憤之情，說完她便轉身離去。

謝頓目送著她。鐸絲老得很優雅，以致有時她似乎一點也不顯老。雖然她只比謝頓小兩歲，但在他們共處的這二十八年間，兩人外表的變化程度幾乎成反比，而這是自然的事。

她的頭髮點綴著銀絲，但銀絲下仍然透出青春的光澤。她的膚色變得較為蒼白，她的聲音變得有點沙啞，而且，她當然已改穿適合中年人的服裝。然而，她的動作仍如往昔般矯捷迅速，彷彿無論任何因素，都不能干擾她在緊急狀況下保護謝頓的能力。

謝頓又嘆了一口氣。被人保護這檔子事（總是多多少少有違他的意願）有時真是個沉重的負擔。

3-8

幾乎在鐸絲剛離去後，瑪妮拉便來見謝頓。

「對不起，哈里，鐸絲剛才說了些什麼？」

謝頓再度抬起頭來——除了打擾還是打擾。

「沒什麼重要的事，是關於婉達的夢。」

瑪妮拉噘起嘴。「我就知道，婉達說鐸絲問了些這方面的問題。她爲什麼不放這女孩一馬？好像做一場惡夢是什麼重罪似的。」

「事實上，」謝頓以安撫的口吻說：「是婉達記得的一些夢境耐人尋味。我不知道婉達有沒有告訴你，但顯然在夢中，她聽到了什麼『檸檬水之死』。」

「嗯——嗯！」瑪妮拉沉默了一會兒，然後又說：「那其實沒什麼大不了的。婉達最愛喝檸檬水，她盼望在宴會上喝個夠。我向她保證，她能喝到些加了麥曲生甘露的，於是她天天都在期待。」

「所以說，如果她聽到什麼聽來像檸檬水的東西，心中就會誤解爲檸檬水。」

「是啊，有何不可？」

「只不過，這樣的話，你認爲他們眞正說的又是什麼呢？她一定得聽到什麼，才能誤以爲是檸檬水。」

「我不認爲必定是這樣。但我們爲何要對一個小女孩的夢大驚小怪？拜託，我不要任何人再跟她談這件事，這太擾人了。」

「我同意，我一定會讓鐸絲別再追究，至少別再向婉達追究。」

「好吧。我不管她是不是婉達的祖母，哈里，畢竟我是她的母親，我的意願有優先權。」

「絕對如此。」謝頓又以安撫的口吻說。當瑪妮拉離去時，謝頓望著她的背影。這是另一個負擔——兩個女人之間無止無休的競爭。

3-9

泰姆外爾・林恩今年三十六歲，四年前加入謝頓的心理史學計畫，擔任一名資深數學家。他是個高個子，有眨眼的習慣，而且總是帶著不少自信。

他的頭髮是棕褐色，呈輕微波浪狀，由於留得相當長，因此波浪更加明顯。他常常突如其來發出笑聲，但他的數學能力卻無懈可擊。

林恩是從西曼達諾夫大學挖來的，每當想起雨果・阿馬瑞爾最初對他多麼疑心，謝頓總是不禁微微一笑。話說回來，雨果對任何人都多有猜疑。在他的內心深處（謝頓可以肯定），雨果覺得心理史學應該永遠是他與謝頓的私人屬地。

但就連雨果現在也願意承認，林恩的加入大大改善了他自己的處境。雨果曾說：「他避開混沌的那些技巧絕無僅有且出神入化，謝頓計畫中再也沒有人做得出他的結果。我當然從未想到這樣的方法，而你也沒想到過，哈里。」

「好吧，」謝頓彆扭地說：「我老了。」

「只不過，」雨果說：「他別笑得那麼大聲就好了。」

「誰也無法控制自己發笑的方式。」

然而事實上，謝頓發覺自己有點無法接受林恩。這個大家已通稱爲「非混沌方程組」的數學式，他自己完全沒有貢獻，這是相當羞恥的一件事。謝頓也從未想到電子闡析器背後的原理，但他對此處之泰然，那並非眞正是他的領域。然而，非混沌方程組卻是他實在應該想到的，至少也該摸到一點邊。

他試圖和自己講理。謝頓發展出心理史學的整個基礎，而非混沌方程組是這個基礎上的自然產物。三十年前，林恩能得出謝頓當時的成果嗎？謝頓深信林恩辦不到。一旦基礎建立起來，林恩想出了非混沌法的原理，眞有那麼了不起嗎？

這些論點都非常合理且非常實在，但謝頓面對林恩時仍會感到不安，或說只是有點焦躁。這可是疲憊的老人面對如日中天的青年。

但是這些年來，林恩從未讓他產生感到差異的明顯理由。他始終對謝頓表現得必恭必敬，也從未以任何方式暗示這位長者盛年不再。

當然，林恩對即將來臨的慶祝活動很感興趣，而且謝頓還打探到，他甚至是第一個建議爲謝頓慶生的人。（這是強調謝頓上了年紀的壞心眼嗎？謝頓拋掉這個念頭。假使他相信這種事，那就代表他染上了鐸絲的疑心病。）

此時林恩大步向他走來，說道：「大師……」如同往常一樣，謝頓心頭一凜。他實在寧可資深成員都叫他哈里，但這似乎不是値得小題大作的一件事。

「大師，」林恩道：「有傳言說田納爾將軍召您前去開會。」

「是的，他是軍人執政團的新首腦。我猜他想要見我，是爲了問我心理史學究竟是怎麼回事。打從克里昂和丹莫刺爾的時代，他們就一直問我這個問題。」（新首腦！執政團就像個萬花筒，成員週期性此起彼落，總是有人黯然下台，卻又有人無端崛起。）

「可是據我瞭解，他現在就要見您，就在慶生會當中。」

「那沒什麼關係，沒有我，你們照樣能慶祝。」

「不，大師，我們不能。我希望您別介意，但我們幾個人在會商後，和皇宮通過一次電話，把那個約會延後了一週。」

「什麼？」謝頓有些惱火，「你們這樣做實在是放肆，而且也很危險。」

「結果很圓滿。他們已經答應延期，而您需要那些時間。」

「我爲什麼需要一週的時間？」

林恩遲疑了一下。「我能直說嗎，大師？」

「你當然可以。我何曾要求過任何人用另外的方式對我說話？」

林恩有點臉紅，雪白的皮膚變作粉紅色，但他的聲音仍堅定如常。「這話並不容易開口，大師。您是一位數學天才，本計畫的成員對此毫不懷疑。在整個帝國中，只要是認識您並瞭解數學的人，對這點也絕無任何疑問。然而，任何人都難以是全能的天才。」

「這點我和你同樣明白，林恩。」

「我知道您明白。不過，您特別不善於應付普通人，或者乾脆說是笨人。您欠缺一些迂迴的能力，一些旁敲側擊的本領。如果您打交道的對象，是在政府中掌權卻又有幾分愚蠢的人，那就會因爲您太過直率，而很容易危及本計畫，以及您自己的性命。」

「這是什麼意思？我突然變成小孩了嗎？我和政治人物打交道有很長的歷史，我當了十年的首相，說不定你還記得。」

「請原諒我這麼說，大師，但您並非一位特別突出的首相。當初您打交道的對象是丹莫刺爾首相，大家都說他是個非常聰明的人，此外克里昂大帝則非常友善。現在您卻會碰到一批軍人，他們既不聰明又不友善，全然是另一種典型。」

「我甚至和軍人也打過交道，並且全身而退。」

「您沒碰到過杜戈．田納爾將軍。他完全是另一種東西，我認識他。」

「你認識他？你見過他嗎？」

「我不認識他本人，但他來自曼達諾夫區，您也知道，那就是我的故鄉。在他加入執政團並步步高升之前，他是那裡的一股勢力。」

「你對他的認識又如何？」

「無知、迷信、暴戾。他這種人對付起來可不容易，而且不安全。您可以用這一個星期，研究出和他打交道的方法。」

謝頓咬住下唇。林恩說的實在有些道理，謝頓體認到一個事實：雖然他有自己的計畫，但試圖應付一個愚蠢、妄自尊大、脾氣暴躁，而手中卻握著強大武力的人，仍將是一件困難的事。

他不安地說：「我總會設法的。無論如何，軍人執政團這整件事，在今日的川陀是個不穩定的情況。它已經持續得太久，超過了它可能的壽命。」

「我們測試過這一點嗎？我不曉得我們在對執政團做穩定性判斷。」

「只是阿馬瑞爾所做的幾個計算，利用你的非混沌方程組做的。」他頓了一頓，「順便提一句，我發現有人在引用時，將它們稱為林恩方程組。」

「我可沒有，大師。」

「我希望你別介意，但我不想見到這種事。心理史學各項內容應該根據功能來命名，而不是用人名。一旦染上個人色彩，立刻就會引起反感。」

「我瞭解並十分同意，大師。」

「事實上，」謝頓帶著點內疚說：「我總是覺得，我們不該說什麼『心理史學的謝頓基本方程式』。問題是這個名稱用了那麼多年，試圖更改是不切實際的。」

「請您寬恕我這麼說，大師，但您是個例外。我想，您發明心理史學這門科學的榮耀乃是實至名歸，沒有任何人會提出異議。但是，如果可以的話，我希望能回到您會晤田納爾將軍這個話題。」

「好吧，還有什麼要說的？」

「我忍不住在想，如果您不去見他，不和他說話，不和他打交道，這樣會不會更好？」

「如果他召我前去開會，我要如何避免那些事？」

「或許您可以託病，派個人代替您去。」

「誰？」

林恩沉默了一會兒，但他的沉默勝過千言萬語。

謝頓說：「我想，你是指你自己。」

「難道這不是個好辦法嗎？我是將軍的同鄉，這點也許有些作用。您是個大忙人，而且年事已高，別人很容易相信您身體不太好。若是由我去見他，而不是您親自前往——請您恕罪，大師——我能比您更容易虛與委蛇，以智取勝。」

「你的意思是，說謊。」

「如有必要的話。」

「你將冒著很大的風險。」

「並不太大，我不信他會下令將我處決。如果他對我惱羞成怒，這倒是很可能的，那我可以託辭是年幼無知和經驗不足，或者您可以幫我這麼說情。無論如何，如果我碰到麻煩，會比您碰到麻煩要安全許多。我是在為謝頓計畫著想，它失去我要比失去您容易克服得多。」

謝頓皺著眉頭說：「我不準備躲在你後面，林恩。如果那人想見我，他就會見到我。我可不要渾身打顫，要求你替我冒險。你以爲我是什麼人？」

「一位直率且誠實的人——如今卻需要一個迂迴的人。」

「若是必須迂迴，我會設法那樣做。請別低估我，林恩。」

林恩絕望地聳了聳肩。「很好，我只能和您爭論到某個程度。」

「事實上，林恩，我希望你並沒有延後這場會晤。我寧願錯過我的生日去見將軍，也不願爲了過生日而改期。這個慶生會根本不是我的主意。」他的聲音在一陣牢騷中逐漸消失。

林恩說：「我很抱歉。」

「好啦，」謝頓莫可奈何地說：「我們總會知道結果的。」說完便轉身離去。

有些時候，他極希望自己能領導一支「軍紀嚴明」的隊伍，確定一切都照著他的意思進行，幾乎或完全不讓他的屬下自我行動。然而，要做到這一點，需要大量的時間以及大量的精力，將使他沒有機會親自研究心理史學。更何況，他天生就不是那種人。

他嘆了一口氣，他得去找雨果談談。

3-10

謝頓跨進雨果的研究室，做了一次不速之客。

「雨果，」他突然冒出一句：「跟田納爾將軍的會期延後了。」說完，他悶悶不樂地坐下來。

如同往常一樣，雨果花了些時間，才收回放在工作上的心思。最後他終於抬起頭來，說道：

「他的理由是什麼？」

「不是他。是我們的幾位數學家，安排將會期延後一週，以避免打斷慶生會。我覺得這一切都極其煩人。」

「你爲何讓他們那樣做？」

「我沒有。是他們自作主張，逕自安排了這些事。」謝頓聳了聳肩，「就某方面而言，這也是我的錯。這些日子以來，我一直在爲將屆六十大發牢騷，以致大家都認爲得靠慶祝活動逗我開心。」

雨果說：「我們當然可以利用這一週。」

謝頓立刻緊張起來，向前坐了一點。「有什麼問題嗎？」

「沒有，至少我看不出來，但進一步檢查總沒有害處。聽好，哈里，將近三十年來，這是心理史學首次達到眞正能進行預測的程度。這個預測沒什麼大不了的，只是整個人類的滄海一粟，但目前爲止它是我們最好的結果。好的，我們想要好好利用它，看看它表現如何，對我們自己證明心理史學正如我們所認定的：是一門預測性科學。所以，確定我們未曾忽略任何事情，總是沒有什麼害處。就連這個微乎其微的預測也相當複雜，我很高興又有一週的時間來研究。」

「那麼好極了。在我去見將軍之前，我會向你請教一番，看看最後關頭是否得再做些修正。這段期間，雨果，千萬別讓任何與此有關的訊息洩露出去，對任何人都不得洩露。如果它失敗了，我可不要本計畫的成員因而氣餒。你我兩人將單獨承擔這個失敗，然後再接再厲。」

雨果臉上難得掠過一個嚮往的笑容。「你我兩人，你還記得眞正只有我們兩人的時候嗎？」

「我記得非常清楚，別以爲我不懷念那些日子。當時我們沒有什麼工具……」

「甚至沒有元光體，更別提電子闡析器。」

「但那是一段快樂的日子。」

「快樂的日子。」雨果一面點頭一面說。

3-11

斯瑞璘大學改頭換面了，哈里·謝頓忍不住感到高興。

謝頓計畫建築群的幾間核心研究室，突然之間冒出五光十色，在半空映出眾多此起彼落的三維全相像，通通都是不同時期與不同地點的謝頓。裡面包括：正在微笑的鐸絲·凡納比里——顯得比現在年輕些；十幾歲時的芮奇——依然野氣未脫；謝頓與雨果正埋首操作電腦——看來年輕得難以置信。甚至還能看到一個稍縱即逝的伊圖·丹莫刺爾，它使謝頓心中充滿對老友的思慕，並懷念起丹莫刺爾離去之前所提供的安全感。

但在這個「全相像集」各處都找不到克里昂大帝。並非由於沒有他的全相像，而是因爲在執政團的統治下，提醒人們昔日的皇權是不智之舉。

這些影像全部向外盈溢和傾瀉，注滿一間又一間房間，一棟又一棟建築。在不知不覺間，整個大學變成一個展覽會場，謝頓從未見過類似的情景，甚至未曾幻想過。就連穹頂照明也暗了下來，準備製造三天的人工黑夜，好讓這所大學能在其中大放異彩。

「三天！」謝頓半是感動半是惶恐。

「三天。」鐸絲·凡納比里點了點頭，「少於三天大學絕不考慮。」

「這些花費！這些人工！」謝頓皺著眉頭說。

「和你對這所大學的貢獻比起來，」鐸絲說：「花費少之又少。而人工都是志願的，學生全體出動，負責每一項工作。」

此時出現一個全景式的校園鳥瞰影像，謝頓望著它，臉上不禁露出微笑。

鐸絲說：「你很高興。過去這幾個月，你除了埋怨還是埋怨，說你多麼不想爲邁入老年舉行任何慶祝——現在看看你。」

「唉，這也太過分了，我根本沒想到他們會這樣做。」

「有何不可？你是個偶像，哈里。整個世界——整個帝國——都知道你。」

「他們不知道。」謝頓猛搖著頭，「平均十億人裡對我略有所知的還不到一個，對心理史學則絕對無人知情。心理史學究竟如何運作，計畫之外誰也沒有半分概念，參與計畫的也不是人人明瞭。」

「那不重要，哈里，重要的是你。即使萬兆民衆對你的生平或你的工作一無所知，也都知道哈里·謝頓是帝國最偉大的數學家。」

「好吧，」謝頓一面說，一面環顧四周，「現在他們的確使我有這種感覺。可是三天三夜！這個地方會被夷爲平地。」

「不，不會的。所有的記錄都搬到別處存放，電腦和其他設備也都鎖好了。學生組織了一支克難警力，他們不會讓任何東西遭到破壞。」

「這一切都是你安排的，對不對，鐸絲？」謝頓對她投以柔情的笑容。

「我們有好幾個人負責，絕不能說都是我。你的同事，泰姆外爾·林恩，他的工作熱忱簡直不可思議。」

謝頓眉頭深鎖。

「林恩有什麼不對勁？」鐸絲問。

謝頓說：「他一直稱呼我『大師』。」

鐸絲搖了搖頭。「嗯，那可是罪大惡極。」

謝頓沒有理會這句話，又說：「而且他年輕。」

「那就是罪上加罪。好啦，哈里，你得學著怎樣老得優雅。第一步，你必須表現得自得其樂。那樣便會感染別人，讓他們更加快樂，而你當然希望這麼做。來吧，走動一下，別和我躲在這裡。去歡迎每一個人，露出笑容，和他們噓寒問暖。還有別忘了，晚宴後你得做一場演講。」

「我不喜歡晚宴，我加倍不喜歡演講。」

「反正你非講不可。走吧！」

謝頓誇張地嘆了一口氣，開始執行鐸絲的吩咐。他站在連接主廳的拱廊中，成為一個相當顯眼的身形。他早已不穿昔日那件寬大的首相袍，而年輕時所喜愛的赫利肯風格服裝也塵封多時。謝頓現在的穿著正顯現出他崇高的身分：筆直的長褲帶著波浪狀皺褶，上身是一件改良式短袖衣。左胸處用銀線繡著一個徽章，上面寫著：斯璀璘大學謝頓心理史學計畫。在他一身高貴的鈦灰色服裝背景中，這個徽章像燈塔般閃閃發亮。謝頓眨著眼睛，雙眼四周是隨著年歲而漸增的皺紋，這些皺紋與他的白髮一樣，將六十歲的年紀表露無遺。

他走進一間專門招待兒童的房間。室內的陳設全部搬光，只剩下幾個擺放食物的架台。孩子們一看到他便一擁而上，他們都知道這場饗宴是他帶來的。謝頓連忙試圖躲避他們亂抓的小手。

「等等，等等，孩子們。」他說：「往後面站。」

他從口袋裡掏出一個電腦化小型機器人，將它擺在地板上。在一個沒有機器人的國度裡，他相信這種東西能讓孩子大開眼界。它的外型是個毛茸茸的小動物，但它能在毫無預警之下變換外型（每次都引起孩子們的吱吱笑聲），而當它變身的時候，它的聲音與動作同樣跟著改變。

「仔細看，」謝頓說：「跟它玩玩，小心別弄壞了。等會兒，送你們一人一個。」

他溜了出來，來到連接主廳的另一條走廊。這時，他發覺婉達跟在他後面。

「爺爺。」她喚道。

嗯，婉達當然不同。他猛然彎下腰，將她高高舉起，轉了一圈，再將她放下來。

「你玩得開心嗎，婉達？」他問。

「開心，」她說：「但別進那個房間。」

「爲什麼，婉達？那是我的房間，是我的研究室，我就是在那裡工作。」

「那裡是我做惡夢的地方。」

「我知道，婉達，可是一切都過去了，對不對？」他猶豫了一下，然後領著婉達走向走廊旁的一列椅子。他挑了一張椅子坐下，將她放到自己的膝蓋上。

「婉達，」他說：「你確定那是一場夢嗎？」

「我認爲那是一場夢。」

「你當時眞睡著了嗎？」

「我想我睡著了。」

談到這件事似乎令她不太自在。謝頓決定不再追究，繼續逼問她根本沒有用。

他說：「好吧，不論是不是夢，總之有兩個男的，他們談到檸檬水之死，對不對？」

婉達勉強點了點頭。

謝頓說：「你確定他們說的是檸檬水嗎？」

婉達又點了點頭。

「他們會不會是在說別的，你卻以爲他們說的是檸檬水？」

「他們說的就是檸檬水。」

謝頓不得不接受這個答案。「好吧，到別處去玩個痛快，婉達，忘掉那場夢。」

「好的，爺爺。」一旦把夢境拋到腦後，她立刻快活起來，再度投入慶祝活動。

謝頓開始尋找瑪妮拉。他花了好長時間才找到她，因爲每走一步，就會有人攔住他、問候他並與他交談。

最後，他終於在遠處看到她。他一面走，一面喃喃道：「對不起……對不起……有個人我必須……對不起……」他克服了好大的困難，才朝她的方向走去。

「瑪妮拉。」他把她拉到一旁，同時向四面八方投以機械性的笑容。

「怎樣，哈里，」她說：「有什麼問題嗎？」

「婉達的夢。」

「別告訴我她還念念不忘。」

「嗯，那場夢仍困擾著她。聽我說，我們在宴會上備有檸檬水，對不對？」

「當然，孩子們愛死了。我在許多不同形狀的超小型玻璃杯中，加入幾十種不同的麥曲生味蕾，孩子們一杯接一杯品嚐，看看哪一種味道最好。大人們也在喝，我就喝了。你何不也嚐嚐看呢，哈里？味道棒極了。」

「我在想，如果那不是一場夢，如果那孩子眞聽見兩個人談到檸檬水之死……」他打住了，彷佛不好意思再說下去。

瑪妮拉說：「你是在想會有人在檸檬水裡下毒？那實在可笑，眞要是這樣，現在這裡每個孩子都已經病倒或死掉了。」

「我知道，」謝頓喃喃地說：「我知道。」

他走了開，在經過鐸絲時幾乎沒看到她。

她抓住他的手肘。「怎麼這種臉色？」她說：「你看來心事重重。」

「我一直在想婉達的檸檬水之死。」

「我也是，但我至今想不出所以然來。」

「我忍不住想到下毒的可能性。」

「別那樣想。我向你保證，送到宴會上的食物全部經過分子檢查。我知道你會認為那是我典型的妄想症，但我的工作就是保護你，所以那正是我必須做的事情。」

「每一樣東西都……」

「沒有毒，我向你保證。」

謝頓微微一笑。「好吧，很好。我鬆了一口氣，我並非眞認為……」

「但願不是。」鐸絲淡淡地說：「比這個毒藥狂想更令我關切許多倍的，是我聽到幾天後你要去見田納爾那個怪物。」

「別管他叫怪物，鐸絲。小心點，我們周圍人多嘴雜。」

鐸絲立刻壓低聲音。「我想你說得對。看看四周，淨是微笑的臉孔。可是誰知道，哪個『朋友』今晚過後就會向首腦或他的手下報告？啊，人類！即使過了數千個世紀，這種卑劣的背叛竟然依舊存在。在我看來，它似乎實在沒有必要。但我明白它能造成什麼傷害，這就是我必須跟你去的理由，哈里。」

「不可能的，鐸絲，那樣只會使情況更複雜。我要自己去，我不會有麻煩的。」

「你對如何應付那個將軍毫無概念。」

謝頓顯得很嚴肅。「你有概念嗎？你的口氣聽來和林恩一模一樣。他，也深信我是個沒用的老糊塗。他，也想跟我一起去——更正確地說，是想代我去。我不知道川陀上有多少人願意代替我，」他帶著明顯的諷刺補充道：「幾十個？幾百萬個？」

3-12

過去十年間，銀河帝國一直沒有一位皇帝，但從皇宮御苑的運作卻完全看不出這個事實。數千年來所累積的慣例，使皇帝的存在與否變得毫無意義。

當然，這代表不再有個身穿皇袍的身形主持各種典禮；不再有皇帝的聲音下達命令；不再有皇帝的旨意傳達出去；不再有皇帝的喜怒哀樂感染眾人；不再有皇帝的歡樂照亮任何宮殿；不再有皇帝的病體爲宮殿蒙上陰影。位於偏殿的御用寢宮空無一人，因爲根本沒有皇室的存在。

然而大隊園丁仍將御苑照顧得完美無瑕，大隊僕佣仍將宮殿建築保持在最佳狀態。御床雖然從來沒人睡，每天仍會更換被單；宮中每個房間照常打掃，每件工作也都如常進行。而御前幕僚的整個團隊，從上到下，都在做著他們過去一貫的工作。就像皇帝仍舊在世一樣，最高官員繼續下達指令，而且知道那些指令必定符合皇帝的心意。在許多機關中，尤其是高層機關，人事結構仍與克里昂生命中最後一天完全一樣。至於新進人員，則被仔細塑造與訓練成百分之百遵循傳統。

彷彿帝國早已習慣由皇帝統治，因此堅持以這種「幽靈統治」來維繫整個帝國。

執政團知道這一點，即使不知道，他們也有模糊的感覺。在這十年間，所有統率過帝國的軍人，沒有一個敢搬進偏殿中的御用寢宮。這些軍人不論什麼來頭，他們總不是皇帝，因此都知道無權染指該處。對人民而言，失去自由還能忍受，卻無法忍受任何大不敬的象徵——不論對象是活著或死去的皇帝。

那座已有十來個不同皇朝的皇帝居住過的優雅宮殿，就連田納爾將軍也沒有搬進去。他在御苑邊緣的建築群中挑了一棟，作為他的官邸與辦公室。那群建築在御苑內極為礙眼，卻造得有如碉堡般堅固，足以抵擋軍隊的圍攻，而最外緣的建築還住著數量龐大的衛士。

田納爾身形矮胖，留著兩撇八字鬍。他的鬍子不像達爾八字鬍那樣生氣蓬勃、四下蔓延，而是經過仔細修剪，緊貼著上唇，但在鬍子與唇線間留有一道空隙。這兩撇鬍子稍帶紅色，而田納爾的眼珠則是深藍色。他年輕時或許相當英俊，但現在的他臉龐過於豐滿，兩隻眼睛則瞇成兩條縫，其中最常透出的情緒就是憤怒。

現在他便忿忿不平地（一個人感到自己是千萬世界的絕對主宰，卻又不敢自稱皇帝，就一定會如此憤怒）對韓德．厄拉爾說：「我能建立一個自己的朝代，」他眉頭深鎖地環顧四周，「對帝國的主宰而言，這個地方並不合適。」

厄拉爾輕聲道：「重要的是身為主宰。當個斗室中的主宰，也比宮殿中的傀儡來得強。」

「但最好是能在宮殿中當個主宰。這又有何不可？」

厄拉爾擁有上校的頭銜，但他從未參與任何軍事行動，這點幾乎毫無疑問。他的功用是把田納爾想聽的話告訴他，並一字不易地傳達他的命令。偶爾有些時候，看來若是安全無虞，他也可能試著將田納爾導向較為慎重的路線。

眾所周知厄拉爾是「田納爾的奴才」，這點他自己心知肚明。對此他毫不在乎，身為奴才的他安全無比，而他看過許多過分驕傲、不甘心當奴才的人最後的下場。

當然，可能有一天，田納爾自己也會埋葬在執政團這個變幻不已的走馬燈中。可是厄拉爾覺得（帶著些世故的達觀），他會及時察覺這一點，自保應不成問題。他自然也可能做不到，但凡事總是有代價的。

「您沒有理由不能開創一個朝代，將軍。」厄拉爾說：「在帝國悠久的歷史中，有許多人這樣做過。話說回來，這需要時間。人民接受新局的速度遲緩，通常要到新朝代的第二乃至第三代，人民才會全心全意接受這個皇帝。」

「我不相信。我只需要宣稱自己是新皇帝，誰敢站出來反對？我的箝制可緊得很。」

「的確沒錯，將軍。在川陀上，以及大多數的內圍世界，您的力量無庸置疑。但是可能在遙遠的外圍世界，有許多人還不會——目前還不會接受一個新皇朝。」

「內圍世界也好，外圍世界也罷，軍事力量統治一切。這是帝國的一句古老格言。」

「一句很好的格言。」厄拉爾說：「可是如今，許多星省都擁有自己的武裝部隊，他們或許不會為您效命。這是個人心不古的年頭。」

「那麼，你是建議我要謹慎。」

「我總是建議您謹慎，將軍。」

「總有一天，你會建議得過了頭。」

厄拉爾低下頭來。「我只能建議在我看來對您有好處和有用處的事，將軍。」

「所以你不停地對我嘮叨那個哈里．謝頓。」

「他是您最大的威脅，將軍。」

「你一直這麼說，但是我卻看不出來。他只是個大學教授。」

厄拉爾說：「沒錯，但他曾經當過首相。」

「我知道，但那是在克里昂的時代。後來他做過任何事嗎？既然現在人心不古，各星省的總督都不好惹，為何一個教授會是我最大的威脅？」

「認為一個溫和而謙遜的人是無害的，」厄拉爾小心翼翼地說（誰給將軍上課都得小心翼翼）「有時是個錯誤的假設。對謝頓所反對的人而言，他從來都不是無害的。二十年前，九九派運動幾乎毀掉克里昂的鐵腕首相伊圖．丹莫刺爾。」

田納爾點了點頭，但微蹙的眉頭洩露了他正在搜尋記憶的努力。

「是謝頓摧毀了久瑞南，並繼丹莫刺爾之後擔任首相。然而，九九派運動並未根絕，後來當它死灰復燃時，謝頓再次設計將它撲滅，可是，卻來不及阻止行刺克里昂的行動。」

「但謝頓卻沒事，對不對？」

「您說得完全正確，謝頓沒事。」

「那就怪了。害得皇帝遇刺，就代表首相非死不可。」

「應該是那樣。縱然如此，執政團卻讓他活下去，這樣做似乎比較明智。」

「為什麼？」

厄拉爾在心中嘆了一口氣。「為了一個叫作心理史學的東西，將軍。」

「我對它一無所知。」田納爾斷然道。

事實上，他依稀記得，厄拉爾三番兩次試圖對他說明這幾個怪字眼的意義。他從來不想聽，厄拉爾則很明白不能操之過急。田納爾現在同樣不想聽，但厄拉爾話中似乎帶著隱性的急迫。或許，田納爾心想，自己這回最好聽一聽。

「幾乎沒有人對它有任何認識，」厄拉爾說：「但是有些——喔——知識份子，覺得它很有意思。」

「它究竟是什麼？」

「是個複雜的數學體系。」

田納爾搖了搖頭。「別和我提那種事，拜託。我數得清我的軍隊有多少師，那是我唯一需要的數學。」

「據說，」厄拉爾道：「心理史學有可能做到預測未來。」

將軍立刻雙眼鼓脹。「你的意思是，這個謝頓是個算命的？」

「不是通常的算命，它是一種科學。」

「我不相信。」

「的確很難相信，但在川陀上，謝頓已經成爲一個受人崇拜的人物，而在外圍世界某些地方也是如此。至於這個心理史學，如果它能用來預測未來，甚至只是人民相信它能這樣做，即可成爲鞏固政權的一個強力工具。這點我確定您已經看出來，將軍。它只需要預測我們的政權會持續下去，會爲帝國帶來和平與繁榮。人民一旦相信了，就會幫助它成爲自我實現的預言。反之，如果謝頓希望出現反面的結果，他就可以發表內戰和毀滅的預測。人民也會相信的，那就會使我們的政權不穩。」

「這樣的話，上校，我們只要確定心理史學的預測是我們想要的就行了。」

「應該說是謝頓必須做到這一點，而他並不是當今政權的朋友。將軍，我們得將哈里·謝頓和在斯璀璘大學進行的心理史學發展計畫劃清界線，這件事很重要。心理史學能對我們有極大的用處，但唯有在某人取代謝頓之後才會如此。」

「有其他人能取代嗎？」

「喔，有的，需要做的只是除掉謝頓。」

「這種事有什麼困難？一紙處決令，事情就解決了。」

「如果政府看來並未直接涉入這樣一件事，將軍，那總是比較好。」

「解釋一下！」

「我已經安排他來見您，好讓您能用您的本事打探他的心理史學。然後，您就能判斷我心中的一些建議是否値得接受。」

「這個會晤將在何時舉行？」

「本來很快就會舉行，但謝頓計畫的幾個代表要求寬限幾天，因爲他們正在慶祝他的生日——顯然是六十大壽。我認爲答應他們的請求、允許延遲一週是明智之舉。」

「爲什麼？」田納爾追問。「我不喜歡任何示弱的表現。」

「相當正確，將軍，相當正確。正如每次一樣，您的直覺完全正確。然而，在我看來，基於情勢的需要，我們或許應該知道這個慶生會的內容和性質——此時此刻它正在舉行。」

「爲什麼？」

「所有的情報都是有用的。您願意看看慶祝活動的片段嗎？」

田納爾將軍的臉色陰沉依舊。「有這個必要嗎？」

「我想您將發現它很有意思，將軍。」

聲光俱全的再生影像效果極佳，接下來好長一段時間，慶生會的歡樂氣氛充滿了這間相當僵硬的將軍辦公室。

厄拉爾以低沉的聲音做著旁白：「大多數的活動，將軍，都是在謝頓計畫建築群中舉行，但校園其他各處也共襄盛舉。待會兒我們會有個鳥瞰影像，您將看到慶祝活動涵蓋了廣大的面積。事實上，這顆行星上有許多角落，主要是各大學和各區重鎭，也在舉行各種可稱之爲『共鳴慶祝』的活動，只是我手頭暫時沒有確實證據。目前這些慶祝仍在進行，至少還會再持續一天。」

「你是在告訴我，這是個涵蓋整個川陀的慶典？」

「以一種很特殊的方式進行。它主要只影響到知識份子階級，但是影響的範圍驚人廣泛。甚至有可能除了川陀，其他世界上也有人在歡呼。」

「你是從哪裡弄到這個再生影像的？」

厄拉爾微微一笑。「我們在謝頓計畫中的佈置相當好。我們有可靠的情報來源，所以鮮有我們不會立刻知道的事。」

「好吧，厄拉爾，你對這件事的結論究竟是什麼？」

「在我看來，將軍，哈里．謝頓是某種個人崇拜的焦點，我確定您也有這種看法。他讓自己和心理史學如此合而爲一，假使我們用太過公開的方式除掉他，會完全毀掉這門科學的公信力，它對我們就毫無用處了。

「反之，將軍，謝頓年紀愈來愈大，不難想像他會被另一個人取代——某個我們能選擇的人，他會友善看待我們對帝國所抱持的偉大目標及希望。若能以這種看似自然的方式除去謝頓，那就正是我們所需要的。」

將軍說：「而你認爲我應該見他？」

「是的，以便衡量他的斤兩，好決定我們該怎麼做。可是我們必須謹慎，因爲他是一個名人。」

「我以前也和名人打過交道。」田納爾以陰鬱的口吻說。

3-13

「是啊，」哈里．謝頓困倦地說：「辦得成功極了，我玩得好開心。我巴不得趕快活到七十歲，好讓自己再開心一次。可是事實上，我累壞了。」

「那麼今晚好好睡一覺，爸。」芮奇微笑著說：「那是最簡單的療養。」

「過幾天就得去見我們偉大的領導者，我不知道自己能夠多放鬆。」

「不是單獨去，否則不准你去見他。」鐸絲．凡納比里繃著臉說。

謝頓皺起眉頭。「別再那樣說，鐸絲，單獨是很重要的因素。」

「你單獨去不安全。你還記不記得，十年前你拒絕讓我跟你一起去迎接那些園丁，結果發生什麼事？」

「你每星期提醒我兩次，不用擔心我會忘記，鐸絲。不過這一回，我打算自己去。如果我以一個老頭的形象出現，完全不具威脅性，只是去弄清楚他要些什麼，他又能怎樣對付我？」

「你猜他會要些什麼？」芮奇一面說，一面咬著自己的指節。

「我料想他所要的，就是當初克里昂一直想要的。結果將會證明，他已經發現心理史學多少也能預測未來，而他想要利用它爲自己服務。將近三十年前，我告訴克里昂這門科學做不到這一點，而在我擔任首相那些年間，我也一直在重複這句話。現在，我得用同樣的話答覆田納爾將軍。」

「你怎麼知道他會相信你？」芮奇問。

「我會想辦法讓他信服。」

鐸絲說：「我不希望你單獨前往。」

「你的希望，鐸絲，起不了任何作用。」

這個時候，泰姆外爾．林恩突然打岔。他說：「我是這裡唯一的外人，不曉得我的意見受不受歡迎？」

「說吧，」謝頓道：「一不做，二不休。」

「我想建議一個折衷方案。何不我們許多人跟大師一起去，一大群人同行。我們可以充當追隨他的遊行隊伍，把它當成慶生會的最後一個節目。慢著，我不是指我們通通擠進將軍的辦公室，我甚至不是指進入皇宮御苑。我們可以僅僅待在御苑邊緣的某家皇區旅館，例如穹緣旅館就很合適。

然後，我們要好好盡興一天。」

「盡興一天，」謝頓哼了一聲，「那正是我所需要的。」

「不行，大師。」林恩立刻說：「您將要會晤田納爾將軍。不過，我們其他人，會讓皇區居民對您的聲望留下深刻印象，或許也會讓將軍注意到。而如果他知道我們都在等您歸來，或許就不敢對您不客氣。」

之後是好一陣子的沉默，最後芮奇說：「在我看來這太招搖，不符合爸在這個世界上的形象。」

鐸絲卻說：「我不在乎哈里的形象，我只在乎哈里的安全。我想通了，假如我們不能侵入將軍辦公室或是御苑，那就讓我們聚集在將軍附近，姑且這麼說，而且愈近愈好，這樣或許對我們有好處。謝謝你，林恩博士，謝謝你提出一個非常好的建議。」

「我不要這樣做。」謝頓說。

「可是我要。」鐸絲說：「假如這是我最有可能對你提供的個人保護，那麼我可要堅持。」

瑪妮拉原本一直用心聆聽，沒有發表任何意見，現在她說：「造訪穹緣旅館會很好玩。」

「我想到的不是好玩，」鐸絲說：「但我接受你的贊成票。」

於是一切敲定。第二天，大約二十位心理史學計畫的高層人員衝進穹緣旅館，一律挑選俯瞰御苑露天空間的房間下榻。

當天傍晚，將軍的武裝衛士前來接走哈里．謝頓，帶他前去會晤將軍。

幾乎與此同時，鐸絲．凡納比里失蹤了，但眾人過了好久才注意到。而在發現她不見了之後，沒有人猜得到她發生了什麼事，快樂的喜慶心情隨即轉成憂慮。

3-14

鐸絲．凡納比里曾在皇宮御苑住了十年。身為首相夫人，她擁有御苑的通行權，能夠自由進出穹頂與露天的交界，而通行密碼就是她的指紋。

在克里昂遇刺後的那段混亂時期，她的通行密碼一直未被取消。而自從那個可怕的日子之後，今天是她第一次想從穹頂之下進入御苑的露天空間，而基於上述原因，她做得到這件事。

她一直很明白，這種方便只能有一次。因爲一旦被發現，通行密碼便會立刻取消，但這次正是它派上用場的時候。

當她進入露天之際，天空突然暗了下來，此外她還感到氣溫顯著降低。在夜間週期，穹頂下的世界總是比自然黑夜更明亮些，反之，在日間週期則較暗一點。而且，當然，穹頂內的氣溫總是比室外要溫和些許。

大多數川陀人對此渾然不覺，因爲他們終身住在穹頂之下。這些變化都在鐸絲意料之中，但是並沒有大礙。

她走在中央大道上，這條路自穹緣旅館一路延伸至露天空間。當然，一路上燈火通明，因此天空的黑暗根本不算什麼。

鐸絲知道，在這條路上，她走不到一百公尺便會被攔下。而在如今鬼影幢幢的日子裡，說不定連五十公尺都走不到，她這個外人立刻會被偵測出來。

她並沒有失望。一輛小型地面車飛馳而來，車內的衛士透過窗口喊道：「你在這兒做什麼？你要去哪裡？」

鐸絲不理會他，繼續向前走。

那名衛士吼道：「站住！」他猛然踩下煞車，走出車外，這正是鐸絲希望他做的事。

衛士隨隨便便抓著一柄手銃——並未威脅要動用，只是展示自己的武裝。他說：「你的識別號碼。」

鐸絲說：「我要你的車子。」

「什麼！」衛士粗暴地叫道：「你的識別號碼，快點！」現在手銃舉了起來。

鐸絲心平氣和地說：「你不需要我的識別號碼。」然後便朝衛士走去。

衛士退了一步。「如果你不站住，並說出你的識別號碼，我就轟掉你。」

「不！丟下你的手銃。」

衛士嘴唇繃緊，手指開始移向手銃開關，但在摸到開關之前，他已經輸了。

事後，他始終無法正確描述究竟發生了什麼事。他只能一再地說：「我怎麼知道她就是虎女？」（那時，他已經對這個遭遇感到驕傲。）「她的動作那麼快，我沒看清楚她究竟做了什麼或發生了什麼。前一刻我還要把她射倒——當時我確信她只是個瘋婆子——接下來我就發現，我完全被制住了。」

鐸絲緊緊抓住那名衛士，令他握著手銃的手高高舉起。她說：「立刻丟掉手銃，否則我扯斷你的手臂。」

衛士覺得胸部被致命的力量箝住，幾乎令他無法呼吸。他瞭解自己毫無選擇，便拋下了手銃。

鐸絲．凡納比里放開他，但衛士還未能重新站穩，便發現自己的手銃到了鐸絲手中。

鐸絲說：「我希望你的偵測器還沒有動用。別忙著報告發生了什麼，你最好等一等，決定一下怎樣告訴你的上級。一名手無寸鐵的女子奪去你的手銃和車子，很可能使執政團再也不會重用你。」

鐸絲啓動了那輛車，開始沿著中央大道向前疾駛。由於在御苑住過十年，她很清楚自己要往哪裡去。她駕駛的這輛車——官方的地面車——並非闖入御苑的不明物體，不會有人一眼就看出不對勁。然而，她必須冒險高速行駛，因爲她要盡快抵達目的地。於是，她將這輛車開到時速二百公里。

無論如何，這個速度終於引起注意。她聽到無線電傳來的吼叫，質問她爲什麼開快車，但她毫不理會。不久，車內偵測器告訴她另一輛地面車緊追不捨。

她知道會有警告送到前面，會有其他的地面車等著攔住她，但誰也不會有什麼良策，除非是試圖將她轟成一縷輕煙——在做進一步調查之前，顯然沒有人願意嘗試這個辦法。

當她抵達她要去的那棟建築時，兩輛地面車正在等著她。她不急不徐地從車中爬出來，向那棟建築的入口走去。

有兩個人立刻攔住她的去路。這輛超速車輛的駕駛竟然並非衛士，而是穿著平民服裝的女子，顯然令他們十分驚訝。

「你在這裡做什麼？趕什麼趕？」

鐸絲以平靜的口吻說：「爲韓德．厄拉爾上校送來重要消息。」

「是這樣的嗎？」那名衛士粗聲道，現在共有四人站在她與入口之間。「請問識別號碼。」

鐸絲說：「別耽擱我。」

「我說，識別號碼。」

「你在浪費我的時間。」

其中一名衛士突然說：「你知道她看來像誰嗎？像前首相的夫人，凡納比里博士，那位虎女。」

四個人莫名其妙地同時退了一步，但其中一人還是說：「你被捕了。」

「是嗎？」鐸絲說：「假如我就是虎女，那麼你們一定知道，我比你們任何人都強壯得多，而且我的反射動作也快得多。讓我提個建議，你們四人一起乖乖陪我進去，我們看看厄拉爾上校怎麼說。」

「你被捕了。」那人又重複一次，此時四柄手銃瞄準了鐸絲。

「好吧，」鐸絲說：「假如你堅持如此。」

她的動作快如閃電，兩名衛士突然間便倒地呻吟，而鐸絲則穩穩站著，雙手各持一柄手銃。她說：「我盡量不傷害他們，但我很可能弄斷了他們的手腕。這樣一來就只剩下你們兩人，而我能比你們更快發射。假如你們哪個有一點點動作，只要一點點，我就不得不打破一生的慣例，殺掉你們兩人。那樣做會令我作嘔，我求求你們，別逼我出手。」

仍然站著的兩名衛士保持絕對的沉默，而且一動不動。

「我建議，」鐸絲說：「你們兩個先護送我去見上校，再幫你們的同志找醫護人員。」

其實她並沒有必要這樣建議，厄拉爾上校已經從辦公室走了出來。「這裡怎麼回事？這是……」

鐸絲轉向他。「啊！讓我自我介紹一下。我是鐸絲．凡納比里博士，是哈里．謝頓教授的妻子，我來見你是有重要的公事。這四個人試圖阻擋我，結果有兩個受了重傷。叫他們各忙各的去，讓我單獨和你談談，我對你絕無惡意。」

厄拉爾望了望那四名衛士，然後瞪著鐸絲。他冷靜地說：「你對我絕無惡意？雖然四名衛士沒有成功攔住你，但我隨時能召來四千名。」

「那就召他們來，」鐸絲說：「要是我決心殺你，無論他們來得多快，也來不及救你一命。叫你的衛士解散，我們來文明地談談。」

厄拉爾遣走了那些衛士，然後說：「好啦，進來吧，我們談談。不過我要警告你，凡納比里博士，我的記性可好得很。」

「我也是。」鐸絲說完，兩人便一同走進厄拉爾的寓所。

3-15

厄拉爾極有禮貌地說：「告訴我，你來這裡究竟是爲什麼，凡納比里博士。」

鐸絲面帶微笑，這個笑容不具威脅性，卻也並非眞正和藹可親。「首先，」她說：「我來這裡，是向你證明我能來這裡。」

「啊？」

「是的。我的丈夫被帶上官方地面車，由武裝衛士陪同前來會見將軍。我自己差不多在同一時間離開旅館，徒步而來，手無寸鐵。而此時我到了這裡，我相信我要比他更早抵達。爲了見到你，我得闖過五名衛士，包括我向他借用車輛那一位。即使有五十名衛士，我也闖得過去。」

厄拉爾泰然自若地點了點頭。「我瞭解有些人稱你爲虎女。」

「是有人這麼叫我。現在，既然見到你了，我的任務就是要確保我的丈夫不受任何傷害。我若能用戲劇一點的說法，那就是他正在將軍的巢穴探險。我要他出來時毫髮無損，而且未受威脅。」

「據我所知，你的丈夫絕不會因爲這次會面而受到傷害。但如果你眞擔心，爲什麼要來找我？爲什麼不直接去找將軍？」

「因爲，你們兩人之中，有頭腦的是你。」

頓了一頓之後，厄拉爾說：「這可是最危險的一句評語，被人偷聽到就糟了。」

「對你會比對我更危險，所以最好確定沒人偷聽到。聽好，假如你以爲隨便安慰我一番，就能把我打發走，而我的丈夫若遭監禁或被判處決，我根本就束手無策，那你最好趁早醒悟。」她指了指放在面前桌上的兩柄手銃。「我進入御苑時兩手空空，我欺近你身邊時則帶著兩柄手銃。假如我沒有手銃，我或許帶了刀子，我可是用刀的行家。即使我既沒帶手銃也沒帶刀，我仍會是個可怕的人物。我們面前這張桌子顯然是金屬製品，而且很堅固。」

「沒錯。」

鐸絲舉起雙手，十指打開，彷彿表示她手中沒有武器。然後她將雙手放到桌上，手掌向下，輕撫著桌面。

接著，鐸絲忽然舉起拳頭，猛力砸向桌面，激起的巨響幾乎像是金屬互擊的聲音。然後她微微一笑，抬起手來。

「沒有瘀傷，」鐸絲說：「也不覺得疼痛。但你將會發現，桌面受擊處出現輕微凹痕。假使同樣的一擊以同樣的力道打在人的頭部，那人的頭顱就會爆掉。我從未做過這種事；事實上，我從來沒有殺過人，不過我的確傷過幾個。縱使如此，假如謝頓教授有個三長兩短……」

「你仍是在威脅……」

「我是在做出承諾。假如謝頓教授安然無事，那我什麼也不會做。否則的話，厄拉爾上校，我將被迫讓你殘廢或把你殺掉。而且，我再向你承諾，我會以同樣的方式對付田納爾將軍。」

厄拉爾說：「不論你是個多像老虎的女人，你也無法抵抗整支軍隊。怎麼樣？」

「傳言不脛而走，」鐸絲說：「而且會添油加醋。我沒眞正做過多少像老虎的舉動，但有關我的故事大多不是眞的。你的衛士認出我之後就退卻了，而我如何闖到你面前這個故事，他們也會自動自發幫我宣傳，效力宏大。就算是一支軍隊，也可能對我心存顧忌，厄拉爾上校。但即使他們敢攻擊我，即使他們將我摧毀，你還要小心人民的憤怒。執政團雖然維持著秩序，但它僅能勉強做到，你不會希望有任何事來攪局。所以說，想想看，另一種選擇有多麼容易，只要別傷害哈里·謝頓教授就行了。」

「我們並沒有打算傷害他。」

「那麼，為什麼要見他？」

「這有什麼費解的？將軍對心理史學感到好奇。政府記錄對我們完全公開——先皇克里昂對它有興趣，丹莫刺爾當首相時對它也有興趣。現在我們為何不該有興趣呢？事實上，我們的興趣更大。」

「為什麼更大？」

「因為時間過那麼久了。根據我的瞭解，心理史學最初是謝頓教授心中的一個想法。將近三十年來，他一直在研究這個題目，愈來愈起勁，成員愈來愈多。他的研究幾乎全由政府資助，所以，就某方面而言，他的發現和技術是屬於政府的。我們打算問問他心理史學的進展，現在這個時候，它的成就必定遠超過丹莫刺爾和克里昂的時代，而我們指望他把我們想知道的告訴我們。我們想要更實際的東西，而不只是蜿蜒在半空中的方程式。你瞭解我的話嗎？」

「瞭解。」鐸絲皺著眉頭說。

「還有一件事。別以為他的危險只會來自政府，他若受到任何傷害就代表你得馬上攻擊我們。我倒認為，謝頓教授或許還有純屬私人恩怨的仇家。我對這種事一無所悉，但當然是有可能的。」

「這點我會牢記在心。現在，我要你即刻安排，讓我加入我的丈夫和將軍的會談。我要毫無疑問地知道他安然無事。」

「那將很難安排，會需要些時間。打斷他們的談話是不可能的，但如果你能等到會談結束……」

「那就花時間去安排，別指望要了我還能活著。」

3-16

田納爾將軍瞪著老大的眼睛望著哈里．謝頓，他的手指則輕敲著面前的辦公桌。

「三十年，」他說：「三十年了，你竟然告訴我說你們仍舊一事無成？」

「事實上，將軍，是二十八年。」

田納爾並未理會這一點。「而且都是用政府的經費。你知道已有多少億信用點投到你的計畫裡嗎，教授？」

「我沒算過，將軍，但我們都有記錄，我能在幾秒鐘之內，把這個問題的答案告訴你。」

「我們同樣也有記錄。政府啊，教授，可不是個無底的金庫。如今不像過去那些年頭，我們也不像克里昂那樣，對財政抱著不拘小節的舊有態度。加稅是很困難的，我們卻有許多地方需要信用點。我把你召來這裡，是希望你能用心理史學多少對我們做些貢獻。如果你做不到，那麼，我必須相當坦白地告訴你，我們就得切斷你的財源。如果沒有了政府的補助，你還能繼續你的研究工作，那就請便，因爲除非你能讓我看看這些花費有多麼值得，否則你就只好那樣做。」

「將軍，您提出了一個我無法實現的要求，可是，如果因爲這樣，您就終止政府的資助，那麼您便是拋棄了未來。給我時間，總有一天……」

「過去數十年來，好些政府都聽過你的『總有一天』。你說你的心理史學預測執政團是不穩定的，而我的統治也是不穩定的，不久之後就會垮台，教授，有沒有這回事？」

謝頓皺起眉頭。「我們的技術尚未那麼扎實，我還不能說這是不是心理史學所做的預測。」

「那麼我告訴你，心理史學的確做過這個預測，在你領導的計畫中，這項預測已是人盡皆知。」

「沒有，」謝頓熱切地說：「沒有這種事。或許我們當中有些人，曾將某些關係式詮釋爲執政團可能不是穩定的政府形式。但是還有其他許多關係式，很容易詮釋爲代表執政團是穩定的，而這正是我們必須繼續研究的原因。此時此刻，實在太容易利用不完整的資料和不完善的推論，達到我們所想要的任何結論。」

「但如果你們決定提出一個結論，說政府是不穩定的，並說這點有心理史學背書，即使它並未眞正預測此事，難道不會增加不穩定性嗎？」

「極有可能，將軍。而如果我們宣稱政府是穩定的，也很可能增加它的穩定性。我曾經和克里昂大帝做過一模一樣的討論，前後有好幾次。我們確有可能把心理史學當成工具，用來操縱人民的情緒，並取得短期的成果。然而，長久而言，很可能證明那些預測並不完整或徹底錯誤，那時心理史學會失去所有的公信力，彷彿它從未存在過一樣。」

「夠了！直截了當告訴我！你認爲心理史學對我的政府有什麼看法？」

「我們認爲，它的看法是那裡面有些不穩定的因素。但是我們並不確定，而且無法確定，究竟用什麼辦法才能使情況變得更好或更糟。」

「換句話說，心理史學告訴你們的，只是你們沒有心理史學也會知道的事，而就在這上面，政府投資了數不盡的信用點。」

「心理史學終將告訴我們好些沒有它就無法知曉的事，到了那個時候，這項投資就會回收許多許多倍的報酬。」

「那個時候還要多久才會來到？」

「我希望不會太久。過去幾年間，我們有了令人相當滿意的進展。」

田納爾再度用指甲敲打著桌面。「這還不夠，現在就告訴我些有幫助和有用的事。」

謝頓考慮了一下，然後說：「我可以為您準備一份詳細的報告，但是需要時間。」

「當然需要時間，幾天、幾個月、幾年，結果是永遠寫不出來。你把我當傻瓜嗎？」

「不，當然沒有，將軍。然而，我也不想被當成傻瓜。今天，我能告訴您一點我本人願意負全責的事，它是我在心理史學研究中看出來的，但我可能對它做了錯誤詮釋。不過，既然您堅持……」

「我堅持。」

「您剛才提到了稅務問題，您說加稅相當困難。不用說，這種事一向困難重重。任何政府都必須以某種方式聚集財富，才能進行各項施政。政府獲得這些信用點的方法只有兩種，第一，藉著劫掠鄰邦；第二，勸導自己的公民心甘情願而和平地繳出這些信用點。

「既然我們已經建立起一個銀河帝國，而它已經以適當的方式運作了好幾千年，我們就沒有可能劫掠鄰邦，只有偶發的叛亂鎮壓之後是例外。這種事不常發生，不足以支持一個政府；即使足以支持，這種政府也會太不穩定，無論如何不會持續太久。」

謝頓深深吸了一口氣，又繼續說：「因此，籌集信用點的方法，必須是請求公民將其財富的一部分交給政府使用。由於政府因而得以有效運作，公民想必寧願以這種方式花費信用點，也不願人人私藏那些財產，卻活在一個危險且混亂的無政府狀態。

「雖然這個要求是合理的——公民繳稅維持一個穩定且有效的政府，日子就會過得更好——然而，他們卻不會情願這樣做。為了消除這種心態，政府必須做得好像沒有拿走太多的信用點，而且考慮到了每位公民的權利和利益。換句話說，他們必須減少低收入者的繳付百分比，必須在估稅之前扣除各種寬減額，此外不一而足。

「時間一長，隨著各個世界、每一個世界的各個行政區，以及各個經濟體系全部要求和爭取特別待遇，稅務必然變得愈來愈複雜。結果便是政府的稽徵部門規模愈來愈大，組織愈來愈龐雜，而逐漸變得難以控制。普通公民無法瞭解爲何要繳稅，要繳多少稅，哪些可以減免，又有哪些不行。就連政府和稅務機關本身常常也是一頭霧水。

「此外，稅收中必定有愈來愈多的一部分，被用來運作過度精細的稅務機關，諸如保存記錄、追查漏稅。所以說，可用於建設性用途的信用點愈來愈少，而我們卻束手無策。

「到了最後，稅率會變得一發不可收拾，並會激起不滿和叛亂。歷史書喜歡將這些事情歸咎於貪婪的商人、腐化的政客、兇殘的戰士、野心的總督。但這些都只是個人，他們只是利用稅率膨脹趁火打劫。」

將軍粗聲道：「你是在告訴我，我們的稅制過於複雜？」

謝頓說：「假使不是，那麼據我所知，它就是歷史上唯一的例外。倘若心理史學只告訴我有一件事是必然的，那就是稅率的膨脹。」

「那我們要怎麼辦呢？」

「這點我無法告訴您。我說希望準備一份報告，就是打算討論這個問題。但正如您所說，需要一段時間才能準備好。」

「別管什麼報告了。稅制過於複雜，對不對？你是不是這樣說的？」

「有可能是這樣。」謝頓謹愼地答道。

「想要糾正，就必須讓稅制變得簡單些。事實上，是要盡可能簡單。」

「我還得研究……」

「廢話。極度複雜的反面就是極度簡單，我不需要什麼報告來告訴我。」

「您說得有理，將軍。」謝頓道。

這個時候，將軍突然抬起頭來，彷彿有人在叫他——其實真的有人在叫他。他緊緊握起雙拳，與此同時，厄拉爾上校與鐸絲．凡納比里的全相影像突然出現在房間中。

謝頓嚇呆了，驚叫道：「鐸絲！你在這裡幹什麼？」

將軍什麼也沒說，但他的兩道眉皺成了一條。

3-17

將軍當天晚上很不好過，而由於憂心忡忡，上校同樣不好過。這時他們面面相覷，兩人都若有所失。

將軍說：「再說一遍這個女人幹了什麼。」

厄拉爾似乎雙肩承受著千斤重擔。「她就是虎女，他們就是這樣叫她的。可以說，她似乎不像個人。她是某種受過非人訓練的運動員，充滿了自信，而且，將軍，她相當嚇人。」

「她把你嚇著了？一個女人？」

「讓我告訴您她究竟做了什麼，再讓我告訴您有關她的幾件事。我不曉得那些故事都有多真實，但昨天傍晚發生的事是千眞萬確的。」

他又把經過講述了一遍。將軍一面聽，一面鼓起腮幫子。

「很糟，」他說：「我們要怎麼辦？」

「我認爲我們眼前的路很清楚，我們要得到心理史學……」

「是的，要得到。」將軍說：「謝頓告訴我些有關稅制的事……但別管了，那和現在的問題毫不相干，說下去。」

厄拉爾由於心事重重，竟讓臉上顯出一點不耐煩的表情。他繼續道：「正如我所說，我們要的是沒有謝頓的心理史學。無論如何，他已經是個不中用的人。我愈是研究他，就愈覺得他是個活在過去的老邁學者。他有將近三十年的時間來完成心理史學，結果他失敗了。如果他下台，換個新人掌舵，心理史學的進展也許會更迅速。」

「沒錯，我同意。那個女人又怎麼樣？」

「好，您問對了。我們尚未將她列入考慮，因爲她一直小心地躲在幕後。但我現在有個強烈的感覺，只要那個女人還活著，想要悄悄除掉謝頓，不將政府牽連在內，將會是很困難，甚至或許是不可能的事。」

「如果她認爲我們傷害了她的男人，你眞相信她會把你我剁成肉醬嗎？」將軍的嘴巴扯出一個不屑的表情。

「我眞認爲她會，而且她還會發起一場叛亂，會像她承諾的一模一樣。」

「你成了懦夫。」

「將軍，拜託，我在試圖講理。我並沒有退縮，我們必須解決這個虎女。」他若有所思地頓了頓，「事實上，我的情報來源告訴過我這一點，我承認對這方面太大意了。」

「你認爲怎樣才能除掉她？」

「我不知道。」然後，厄拉爾以更緩慢的速度說：「但也許有人曉得。」

3-18

謝頓當天晚上同樣很不好過，新的一天也沒有帶來什麼新氣象。謝頓不常對鐸絲感到惱怒，可是這一次，他的確非常惱怒。

他說：「這是多麼愚蠢的一件事！我們通通住進穹緣旅館還不夠嗎？光是那樣做，就足以讓一個妄想成性的統治者疑心是某種陰謀。」

「怎麼會？我們手無寸鐵，哈里。那是個節慶活動，是你的慶生會最後一個節目，我們沒有擺出任何威脅的架式。」

「沒錯，但你又進行了私闖御苑的計畫，那是不可原諒的事。我早就特別囑咐，而且三番兩次聲明，我不要你到那裡去，你卻還是火速跑到皇宮，阻撓我和將軍的會談。我有我自己的計畫，你該知道。」

鐸絲說：「跟你的安全比起來，你的願望和你的命令和你的計畫都排在第二位，我首要的關切是你的安全。」

「我沒有危險。」

「我不能隨隨便便做這種假設。過去兩度有人試圖取你性命，你爲何認爲不會有第三次？」

「那兩次行刺發生在我當首相的時候，那時我也許値得殺害。現在，誰會想要殺害一個年邁的數學家？」

鐸絲說：「那正是我要查出來的，也正是我要阻止的。首先，我必須去找謝頓計畫的成員問些問題。」

「不行。你只會讓我的手下個個人心惶惶，別去打擾他們。」

「那正是我無法做到的。哈里，我的工作是保護你，過去二十八年來，我一直在那樣做，現在你不能阻止我。」

從她激昂的目光中，透出一項明白的訊息：無論謝頓的願望或命令是什麼，鐸絲都打算照自己的意思去做。

謝頓的安全是第一優先。

3-19

「我能打擾你一下嗎，雨果？」

「當然可以，鐸絲。」雨果·阿馬瑞爾堆滿笑容說：「你永遠不會打擾我，我能爲你做些什麼嗎？」

「我試圖查清幾件事，雨果，不知道你願不願意幫我。」

「只要我做得到。」

「你們這個計畫中，有個叫元光體的玩意。我不時會聽到這個名字，哈里常提到它。所以我想，我該知道它啓動時像什麼樣子，但我從未眞正看過它的操作，我希望能看看。」

雨果顯得有些爲難。「實際上，元光體可說是計畫中管制最嚴的一環，而你不在有權使用的成員名單上。」

「這點我知道，但我們相識已有二十八年……」

「而且你是哈里的妻子，我想我們可以破例一次。我們只有兩個完整的元光體，一個在哈里的研究室，另一個在此地。事實上，它就在那裡。」

鐸絲望向中央書桌上那個矮胖的黑色立方體，它看起來毫不起眼。「就是那個嗎？」

「就是那個，它儲存著那些描述未來的方程式。」

「你怎樣取出那些方程式？」

雨果觸動某個開關，室內立刻暗下來，隨即充斥著千變萬化的光彩。鐸絲的四周全是各式各樣的標誌、箭頭、線條與數學符號。它們似乎在移動，在打轉，但是當她定睛注視任何一部分時，它們又好像全部固定不動。

她道：「所以說，這就是未來嗎？」

「也許是。」雨果一面說，一面關上那個儀器，「我將它調到全額擴展，好讓你能看到那些符號。要是沒有擴展，除了光影的圖案，根本什麼都看不見。」

「而研究這些方程式，你們就能判斷等在我們前面的未來？」

「理論上是這樣。」此時室內恢復了普通的外觀，「可是有兩個困難。」

「哦？什麼困難？」

「首先，人類心智無法直接創造這些方程式。我們花了數十年時間，只是在設計更強力的電腦和程式，由它們來發明和儲存這些方程式。不過，當然，我們不知道它們是否正確、是否有意義。這完全取決於最初的程式設計多麼正確，以及多麼有意義。」

「那麼，它們可能全是錯的？」

「有這個可能。」雨果揉了揉眼睛，鐸絲忍不住想到，過去幾年之間，他似乎變得那麼蒼老，那麼疲倦。他比謝頓年輕十一、二歲，但他似乎要老得多。

「當然啦，」雨果以頗為疲憊的聲音說下去：「我們希望並不是這樣，但這就牽扯出第二個困難。雖然哈里和我花了幾十年時間，測試並修改這些方程式，我們卻一直無法確定它們的意義。電腦把它們建構出來，所以想必它們一定代表某些現象。但那是什麼呢？其中有些部分，我們認為我們已經研究出來。事實上，此時此刻，我正在研究我們所謂的A二三節，一組特別糾纏不清的關係式，我們還無法將它對應到真實宇宙中的任何事物。話說回來，我們每年都有些進展，我充滿信心地期待心理史學成為一個正統的科技，足以幫助我們研究未來。」

「有多少人可以使用這兩個元光體？」

「計畫中的每位數學家都有權使用，但不是隨心所欲。他們需要申請，並預先排定時間，而元光體中的方程式必須調到那位數學家希望使用的部分。如果在同一時間，每個人都想用元光體，情況便會有點複雜。現在則是淡季，或許因為我們剛為哈里辦完慶生會，大家還陶醉在喜慶的氣氛中。」

「有沒有任何製造更多元光體的計畫？」

雨果噘起嘴來。「很難說。如果我們有了第三個，那會非常有幫助，但必須有人負責掌管，不能僅僅把它當成公用設備。我曾經向哈里建議，讓泰姆外爾·林恩——我想你認識他——」

「是的，我認識。」

「讓林恩掌管第三個元光體。他所導出的非混沌方程組，以及他發明的電子闡析器，顯然使他成為計畫中僅次於哈里和我的第三把交椅。然而，哈里卻遲疑不決。」

「為什麼？你知道嗎？」

「如果林恩也有一個，等於我們公開承認他是第三把交椅，凌駕於計畫中其他更老或更資深的數學家之上。那可能會引起一些政治問題，姑且這樣說。我認為我們不能為了擔心內部政治而浪費時間，可是哈里……唉，你也瞭解哈里。」

「是的，我瞭解哈里。假如我告訴你，厄拉爾曾經見過元光體，你會怎麼說？」

「厄拉爾？」

「執政團中的韓德·厄拉爾上校，田納爾的奴才。」

「我不相信有這種事，鐸絲。」

「他曾經提到蜿蜒的方程式，而我剛剛看見它們從元光體中冒出來。我忍不住想到他來過這裡，看過它的操作。」

雨果搖了搖頭。「我無法想像誰會帶執政團成員到哈里的研究室，或是我的研究室來。」

「告訴我，在謝頓計畫中，你認爲誰能以這種方式和執政團合作？」

「誰也不能，」雨果帶著無比的信心斷然答道：「那是不可想像的事。也許厄拉爾從未見過元光體，只是聽人說過。」

「誰會把這種事告訴他？」

雨果想了一會兒，然後說：「誰也不會。」

「好吧，你剛才提到林恩若是掌管第三個元光體，就會出現內部政治問題。我想在一個像這麼大、擁有數百名成員的計畫中，時時刻刻都會有些小小的爭執，例如摩擦、口角。」

「喔，是啊，可憐的哈里三天兩頭對我提到這種事。他得想盡辦法幫他們排解，我能想像他一定有多麼頭痛。」

「這些爭執嚴重到了干擾計畫的運作嗎？」

「沒那麼嚴重。」

「有沒有哪個人比別人都喜歡吵架，或是哪個人特別惹人憎惡？總而言之，有沒有哪個人是被你開除之後，也許就能除掉百分之九十的摩擦，卻只損失百分之五、六的人力？」

雨果揚起雙眉。「聽來像個好主意，但我不知道該開除誰，我並未眞正參與瑣碎的內部政治。

根本沒辦法阻止這種事，所以我的做法只是盡量避免。」

「那就奇怪了。」鐸絲說：「你是在用這個方式，否定心理史學具有任何公信力嗎？」

「什麼方式？」

「連謝頓計畫中的人事摩擦這種自家問題，你們都還無法分析和糾正，又怎能假裝已經達到能夠預測和指導未來的程度？」

雨果咯咯輕笑幾聲。這頗不尋常，因爲他並不是個詼諧且愛笑的人。「很抱歉，鐸絲，但就某個角度而言，你剛好挑了一個我們已經解決的問題。幾年前，哈里自己檢定出一組代表人事摩擦問題的方程式，而在去年，我自己做了最後一點補充。

「我發現能用好些方法改變這組方程式，以便減輕它所代表的摩擦。然而，在每個例子裡，某處摩擦減輕總意味著別處摩擦的增加。在一個封閉群體中，也就是說，一個沒有舊成員離開也沒有新成員加入的群體中，任何時候總摩擦都不會減少，同樣道理，總摩擦也不會增加。而我借用林恩的非混沌方程組所證明的，則是無論任何人採取任何可能的行動，這個結論仍然爲眞。哈里將它稱爲『人事問題守恆律』。

「這使我們有了一個想法，那就是社會動力學和物理學一樣，也有本身的守恆律。事實上，想要解決心理史學中眞正棘手的問題，目前最佳的工具便是這些守恆律。」

鐸絲說：「相當精采。但是萬一你最後發現，根本無法改變任何事物，每樣不好的事物都是守恆的，若想拯救帝國免於毀滅，只是加速另一種毀滅的過程，那該怎麼辦？」

「其實，曾經有人提出這種論點，可是我不相信。」

「很好。回到現實來，在謝頓計畫中，有沒有任何摩擦問題威脅到哈里？我的意思是，實質的傷害。」

「傷害哈里？當然沒有。你怎麼會想到這種事？」

「難道不會有人怨恨哈里，因爲他太自大、太逼人、太自我中心、太喜歡霸佔成果？或者，假如這些都不成立，他們會不會僅僅因爲他主持計畫過久，而心生怨恨？」

「我從未聽到任何人這樣說過哈里。」

鐸絲似乎並不滿意。「當然，我不信有誰會在你身邊說這種事。但還是要感謝你，雨果，謝謝你這麼幫忙，給了我這麼多時間。」

當她離去時，雨果望著她的背影，模模糊糊地感到有點不安。但他隨即重拾自己的工作，讓其他問題逐漸淡出腦海。

3-20

哈里．謝頓從工作中暫時抽身的方法之一（總共也沒有多少種）是去造訪芮奇的寓所，它就座落在校園外。每次這樣做，總使他心中盈滿對這個養子的愛。理由不可勝數，芮奇一直相當優秀、能幹，而且忠心。但除此之外，更因爲芮奇擁有一種奇異的特質，能博取他人的信任與喜愛。

芮奇還是個十二歲的野孩子時，謝頓便觀察到這一點。說不上來爲什麼，芮奇就是牽動了他自己與鐸絲的心弦。他記得很清楚，芮奇還影響了當時的衛荷區長芮喜爾。謝頓也還記得久瑞南如何信任芮奇，以致走向自我毀滅之途。此外，芮奇甚至有辦法贏得美人瑪妮拉的芳心。對於芮奇所擁有的這項特質，謝頓並不完全瞭解，但無論和這個養子做任何接觸，對他而言都是一大享受。

他走進這間寓所，照常說了一句：「大家都好嗎？」

芮奇將正在研讀的全相資料放在一旁，起身歡迎謝頓。「都好，爸。」

「我沒聽到婉達的聲音。」

「原因很簡單，她和她母親購物去了。」

謝頓自己坐下來，以愉悅的目光看了看亂成一團的參考資料。「你的書進行得如何？」

「書很順利，我卻可能吃不消了。」他嘆了一口氣，「但這是第一次，我們一針見血地剖析達爾。從沒啥人針對這區寫過一本書，你信嗎？」

謝頓總是注意到，每當芮奇提到自己的母區，他的達爾口音便會加重。

芮奇說：「你好嗎，爸？高興慶祝活動結束了嗎？」

「太高興了，我每一分鐘都受不了。」

「沒人察覺得到。」

「聽好，我總得戴上所謂的面具，我不想掃大家的興。」

「媽跟在你後面進入皇宮御苑時，你一定火大了。我認識的人都在談論這件事。」

「我當然眞的火大了。芮奇，你母親是世界上最好的人，但她非常難應付。她有可能把我的計畫破壞了。」

「什麼樣的計畫，爸？」

謝頓換了一個更舒服的坐姿。和一個自己完全信任、又對心理史學一無所知的人聊聊，總是一件令人愉快的事。他曾不只一次讓芮奇反彈回某些想法，再將它們組織成更有條理的形式，這要比同樣的想法在自己腦海中打轉好得多。他說：「這裡有屏蔽嗎？」

「始終都有。」

「很好。我所做的，是把田納爾將軍導向幾條奇妙的思路。」

「什麼思路？」

「這個嘛，我談了點稅制，並且指出，爲了使稅制普遍受到民衆的支持，它會變得愈來愈龐雜、愈來愈浪費。這些話明顯意味著稅制必須簡化。」

「那似乎很合理。」

「在某個程度內。但是有可能，由於我們那次的簡短討論，田納爾會將它過度簡化。你懂嗎，稅制在兩個極端都會適得其反。過度複雜化，民衆便無法瞭解，又得供養過分膨脹和昂貴的稅務機關。而過度簡化，則會使民衆認爲不公平，因而心生怨恨。最簡單的稅制是人頭稅，也就是每個人繳付相同的稅金，但這種貧富不分的不公平太過明顯，沒有人會看不出來。」

「而你沒有對將軍解釋這一點？」

「不巧，我沒有這個機會。」

「你認爲將軍會試行人頭稅嗎？」

「我認爲他會這麼計畫。如果他這樣做，必定會走漏消息，光是這樣就足以引發暴動，並有可能顛覆這個政府。」

「而你故意這樣做，爸？」

「當然。」

芮奇搖了搖頭。「我不瞭解你，爸。在日常生活中，你和任何人一樣體貼，一樣和氣。但你能故意創造一種情況，讓它帶來暴動、鎮壓、死亡。那將造成很大的破壞，爸，你想到過嗎？」

謝頓上身靠向椅背，以悲傷的口吻說：「我心中沒想過別的事，芮奇。當我剛開始研究心理史學的時候，在我看來，它似乎是一個純學術的研究。十之八九，會是個根本研究不出結果的題目，如果眞是這樣，它就不會成爲能有實際應用的研究。但幾十年過去了，我們知道得愈來愈多，就有了讓它派上用場的強烈衝動。」

「好讓許多人死去？」

「不，好讓較少人死去。假如我們的心理史學分析是正確的，那麼執政團頂多還能維持幾年，而它垮台的方式可以有好幾種，每一種都會相當血腥和慘烈。這個方法，這個稅制的花招，應該會比其他方法更平穩、更溫和。前提則是，我再重複一遍，我們的分析正確無誤。」

「萬一分析不正確，那該怎麼辦？」

「那樣的話，我們就不知道會發生什麼事。話說回來，心理史學非得達到能應用的程度不可。我們花了好多年尋找一個事件，它的結果得是我們已經算出來，並有幾分把握的，而且和其他選擇比較起來，這些結果得是我們較能忍受的。就某方面而言，這個稅制花招是第一個大型的心理史學實驗。」

「我必須承認，它聽來像個簡單的實驗。」

「不是的。你對心理史學的複雜度毫無概念，沒有任何一環是簡單的。古往今來的歷史上，不時會有政府試行人頭稅。它從來沒有普遍過，而且必定引起某種形式的阻力，但它幾乎從未導致暴力推翻政府的結果。畢竟，政府的壓制力量也許太強，或是也許還有其他方法，能讓民眾以和平方式表達反對意見，進而爭取改革。如果人頭稅必然導致毀滅，甚至只是有時如此，就不會有任何政府敢於嘗試。正由於它不具毀滅性，才會被人一試再試。然而，川陀的情勢並非完全正常。根據心理史學的分析，有些不穩定性似乎很明顯，因此怨恨似乎會特別強烈，而壓抑的力量則特別薄弱。」

芮奇以半信半疑的口氣說：「我希望它成功，爸，但你難道沒有想到，將軍會說他是根據心理史學的建議行事，而把你拖下水？」

「我想，他把我們的小小會談從頭到尾都錄下了。但他若是公佈這個記錄，它將清楚地顯示我力勸他再等一等，等我能對情勢做出適切的分析，並準備一份報告再說——可是他拒絕等待。」

「媽對這一切又怎麼想？」

謝頓說：「我還沒有和她討論，她的心思完全轉到另一個方向上。」

「眞的嗎？」

「是的。她正試圖嗅出深藏於謝頓計畫中的陰謀，針對我的陰謀！我能想像，她認爲計畫成員中有許多人希望除掉我。」謝頓嘆了一口氣，「我想，我自己也是其中之一。我希望除掉自己計畫主持人的職位，把心理史學愈來愈重的責任留給別人。」

芮奇說：「讓媽疑神疑鬼的是婉達的夢。你也知道媽對於保護你抱著怎樣的態度。我敢打賭，即使是一場有關你死去的夢，也足以使她聯想到謀害你的陰謀。」

「我當然希望沒有這種陰謀。」

說到這裡，兩人哈哈大笑。

3-21

基於某種原因，小小的「電子闡析實驗室」將溫度保持得比正常氣溫稍低。鐸絲．凡納比里癡癡地納悶，不知道這樣做是爲什麼。她正默默坐在那裡，等待實驗室的主人結束她手頭的工作。

鐸絲仔細打量這名女子。她身材纖細，有一張長臉；薄唇與後縮的下顎不怎麼吸引人，但一雙深褐色眼珠透出智慧的光采。她的書桌上有個閃閃發光的名牌，上面印著：欣妲．蒙內。

她終於轉向鐸絲，開口道：「十分抱歉，凡納比里博士，但即使是計畫主持人的夫人到場，有些實驗步驟還是無法中斷。」

「假使你因為我而疏忽實驗，我會對你失望的。我聽說了一些你的傑出表現。」

「這總是好消息。是誰在讚美我？」

「不少人。」鐸絲說：「我猜你是謝頓計畫中最突出的非數學家之一。」

蒙內心頭一凜。「這裡有些把數學貴族和我們其他人區分開來的傾向。我自己的感覺是，如果我的確突出，那我就是謝頓計畫中突出的一員，和我是不是數學家毫無關係。」

「在我聽來這當然有道理。你加入謝頓計畫多久了？」

「兩年半。在此之前，我是斯璀璘大學輻射物理系的研究生，那段期間，我在謝頓計畫中當了幾年的見習生。」

「據我瞭解，你表現得十分優異。」

「我晉升了兩次，凡納比里博士。」

「你在這裡遇到過任何困難嗎，蒙內博士？你說的任何話我都會保密。」

「當然，工作是困難的。但如果您的意思是，我有沒有碰到任何人際上的困難，答案則是否定的。我想，頂多不會超過任何龐大複雜的計畫中都會存在的問題。」

「你所謂的問題是指？」

「偶爾發生的口角和爭執，畢竟我們都是人。」

「但沒有什麼嚴重的問題？」

蒙內搖了搖頭。「沒有什麼嚴重的問題。」

「根據我的瞭解，蒙內博士，」鐸絲說：「你負責發展一種輔助元光體的重要裝置，由於它的問世，才能將更多得多的資料塞進元光體。」

蒙內突然露出燦爛的笑容。「您知道這件事嗎？是的，那就是電子闡析器。在它發展出來之後，謝頓教授成立了這間小型實驗室，要我負責這方面的後續研究。」

「這麼重要的進展，竟然沒有把你帶到計畫的更高層，令我很驚訝。」

「這個嘛，」蒙內顯得有點困窘，「我不想獨佔所有的功勞。實際上，我做的只是技術員的工作——一個非常能幹且有創意的技術員，我喜歡這麼想，但也只是這樣了。」

「誰和你合作？」

「您不知道嗎？就是泰姆外爾．林恩。他先研究出這項裝置的工作理論，再由我實際設計並製造這個儀器。」

「這意味著功勞給他佔了嗎，蒙內博士？」

「不不，您絕不能那麼想。林恩博士不是那種人，他把我應得的功勞全給了我。事實上，當初他打算用我們的名字——我們兩人的名字——爲這項裝置命名，可是他辦不到。」

「爲什麼？」

「嗯，那是謝頓教授的規定，您知道的。所有的裝置和方程式都要以功能命名，不得冠以人名，以免引起反感，所以這項裝置只能叫電子闡析器。然而，當我們一起工作時，他就用我們的名字稱呼這項裝置。我跟您講，凡納比里博士，聽起來可真棒。說不定有一天，計畫中所有的成員都會使用這個暱稱，我希望如此。」

「我也希望如此。」鐸絲客氣地說。「聽你這麼講，林恩像是一個非常高尚的人。」

「他是的，他是的。」蒙內一本正經地說：「在他手下工作十分愉快。現在，我正在爲這項裝置發展一個新版，它的功能更強，而我自己也不太瞭解。我的意思是，不瞭解它要用來做什麼。然而，他一直在指導我。」

「你有些進展嗎？」

「的確有。事實上，我已經交給林恩博士一個原型，他已準備開始測試。如果它成功了，我們就能繼續發展下去。」

「聽來很不錯。」鐸絲表示同意，「假如謝頓教授辭去計畫主持人一職，假如他退休了，你認爲會有什麼結果？」

蒙內顯得有些訝異。「教授打算退休嗎？」

「據我所知沒有，我只是提出一個假設性問題。假定他退休了，你認爲誰是當然的接班人？從你剛才的談話中，我想你會支持林恩教授接任主持人。」

「是的，我會的。」蒙內稍加遲疑之後答道。「他是新一代中最最出色的一位，我認爲他能以最佳的方式領導這個計畫。話說回來，他相當年輕。這裡有爲數眾多的老古董——嗯，您知道我的意思——給一個少年得志的人騎在頭上，他們會懷恨在心的。」

「你有沒有特別想到哪個老古董？記住，一切都會保密。」

「還眞不少，但尤其是阿馬瑞爾博士，他是當然的繼承人。」

「對，我懂了你的意思。」鐸絲站了起來，「好啦，非常感謝你的協助，現在我要讓你回到工作崗位了。」

她一面離去，一面想著電子闡析器與雨果。

3-22

雨果．阿馬瑞爾說：「你又來了，鐸絲。」

「抱歉，雨果，這星期我兩度打擾你。實際上，你不太常見任何人，對不對？」

雨果說：「是的，我不鼓勵外人拜訪我。他們容易干擾我，打斷我的思路。你不算，鐸絲。你完全不同，你和哈里都是例外，我沒有一天忘記你們兩人對我的恩情。」

鐸絲揮了揮手。「忘了吧，雨果。你一直努力為哈里工作，即使我們對你有任何微薄的恩惠，你也早已加倍奉還了。計畫進行得如何？哈里從沒提過，反正從沒對我提過。」

雨果立刻容光煥發，整個身子似乎注滿生氣。「非常好，非常好。談論這個而不提數學會有些困難，但這兩年間，我們的進展相當驚人，超越過去任何時期。就好像我們敲呀敲、鎚呀鎚了這麼多年，這座山終於開始鬆動了。」

「我一直聽人說，林恩博士發展的新方程式很有幫助。」

「非混沌方程組？是的，幫助極大。」

「而電子闡析器同樣有幫助，我和它的設計者談過。」

「欣妲·蒙內？」

「是的，就是她。」

「非常聰明的女子，她是我們的運氣。」

「告訴我，雨果，你幾乎無時無刻不在使用元光體，對不對？」

「沒錯，我差不多是不間斷地在研究。」

「而你是利用電子闡析器在進行研究。」

「當然。」

「你有沒有想過休個假，雨果？」

雨果面容嚴肅地望著她，同時緩緩眨著眼睛。「休假？」

「是的。你當然聽過這兩個字，知道休假是什麼意思。」

「我為什麼要休假？」

「因爲在我看來，你似乎疲倦得可怕。」

「偶爾有一點，可是我不想離開工作。」

「你感到比以前更疲倦嗎？」

「有一點。我漸漸老了，鐸絲。」

「你只有四十九歲。」

「還是比我以前更老。」

「好吧，算了。告訴我，雨果，只是爲了換個話題，哈里的工作做得怎麼樣？你和他在一起那麼久，誰也不可能比你更瞭解他。甚至我也比不上，至少，就他的工作而言。」

「他做得非常好，鐸絲。我看不出他有任何改變，他仍擁有我們這裡最快速、最靈光的頭腦。年齡對他毫無影響，至少目前還沒有。」

「這是好消息。只怕他對自己的看法不像你那麼樂觀，他不太能接受上年紀這件事，我們花了好大力氣才說動他慶祝最近那個生日。對了，你參加了那個慶祝活動嗎？我沒有看到你。」

「我參加了一下子。但是，你也知道，那樣的宴會並不是令我感到自在的事。」

「你認爲哈里正逐漸衰竭嗎？我不是指他的聰明才智，我是指他的體能和體力。在你看來，他是不是愈來愈疲倦，疲倦到了無法承擔那些責任的地步？」

雨果看來相當驚訝。「我從沒想過這種事，我無法想像他會愈來愈疲倦。」

「無論如何，他還是有可能。我想他不時會有一種衝動，想要放棄他的職位，把工作交給某個較年輕的人。」

雨果靠向椅背，放下打從鐸絲進來就在把玩的那支製圖尖筆。「什麼！那簡直荒唐！不可能！」

「你確定嗎？」

「絕對確定。他絕不會沒和我討論就考慮這種事，而他的確沒和我討論過。」

「理智點，雨果。哈里累壞了，他盡力不表現出來，但事實如此。萬一他的確決定退休了呢？謝頓計畫會變成什麼樣子？心理史學又會變成什麼樣子？」

雨果瞇起眼睛。「你在開玩笑嗎，鐸絲？」

「不，我只是在試圖窺探未來。」

「不用說，如果哈里退休，我就接任那個職位。在任何人加入我們之前，他和我便在這個計畫上投注了多年的心力。就他和我，沒有別人。除了他，沒有人比我更瞭解謝頓計畫。我很驚訝你不把我視爲理所當然的接班人，鐸絲。」

鐸絲說：「不論在我或任何人心中，對你是當然的接班人都毫無疑問。可是你要接嗎？你或許對心理史學瞭若指掌，但你想要一頭栽進一個大型計畫的政治和複雜事務中，爲此放棄你大部分的研究嗎？實際上，就是爲了保持一切運作順利，才累得哈里精疲力竭。你能承擔那份工作嗎？」

「是的，我能承擔，但這不是我打算討論的事。聽好，鐸絲，你來這裡是要向我透露哈里打算請我走嗎？」

鐸絲說：「當然不是！你怎能對哈里有那種想法！你曾經見過他遺棄哪個朋友嗎？」

「那就好，我們結束這個話題吧。眞的，鐸絲，如果你不介意，我還必須做些事。」他突然轉過身去，再度埋首研究工作。

「當然，我無意佔用你這麼多的時間。」

鐸絲皺著眉頭離去。

3-23

芮奇說：「進來吧，媽。清過場了，我已經把瑪妮拉和婉達送到別處去了。」

鐸絲走了進來，純習慣性地東張西望一番，才坐在最近的一張椅子上。

「謝謝。」有那麼一會兒，鐸絲只是坐在那裡，看來好像整個帝國壓在她肩上。

芮奇等了一下，然後說：「那趟皇宮御苑的瘋狂之旅如何，我一直找不到機會問問你。不是每個哥兒們的媽都做得到這種事。」

「今天我們別談那件事，芮奇。」

「好吧，那麼告訴我——你不是那種會讓表情洩露任何祕密的人，但你看來有那麼點消沉，為什麼呢？」

「因為我感到，正如你所說，有那麼點消沉。事實上，我的心情很壞，因為我心頭有些極重要的事，但和你父親談根本沒用。他是世界上最好的人，但他非常難應付，他對戲劇性的事絕不會關心。我擔心他的安危，他卻不理不睬，將一切視為我的非理性恐懼。對於我保護他的嘗試，他也嗤之以鼻。」

「算了吧，媽，和爸有關的事，你的確似乎有非理性的恐懼。你心中若有什麼戲劇性的想法，說不定全是錯的。」

「謝謝你。你的口氣聽來和他一模一樣，你讓我有挫折感，百分之百的挫折感。」

「好吧，那就一吐為快，媽，把你的心事告訴我，從頭說起。」

「一切都從婉達的夢開始。」

「婉達的夢！媽！也許你最好現在就停止。如果你用這個開頭，我知道爸絕不會想聽。我的意思是，算了吧，一個小孩做了一場夢，你就拿來小題大作，那實在是滑稽。」

「我認爲那不是一場夢，芮奇。我認爲她心目中的那場夢，是兩個眞人在談論一件事，而她認爲那件事和她祖父的死有關。」

「那是你自己的瘋狂猜測，有任何可能會是眞的嗎？」

「姑且假設它是眞的。她還記得的幾個字是『檸檬水之死』，她爲什麼要夢到這個呢？更可能得多的情況，是她聽到些什麼，而她把聽到的扭曲成那幾個字。這樣的話，原來那幾個字是什麼呢？」

「我沒法告訴你。」芮奇以深疑的口吻說。

鐸絲聽出了他的言外之意。「你認爲那只是我的病態妄想。話說回來，假如我剛好是對的，我就有可能正要揭發一件自己人對付哈里的陰謀。」

「謝頓計畫中有什麼陰謀嗎？在我聽來，這和尋找一場夢的意義同樣不可能。」

「每個大型計畫都充滿著各種的憤怒、摩擦、嫉妒。」

「當然，當然。我們說的是惡言相向、怒目相視、做鬼臉，以及背後說壞話。這些根本不算什麼陰謀，根本和殺掉爸扯不上關係。」

「那只是程度上的差異，或許只是很小的差異而已。」

「你永遠無法讓爸相信這一點。同理，你也永遠無法讓我相信。」芮奇急步在房中來回走了一趟，「而你一直試圖挖出這個所謂的陰謀，對不對？」

鐸絲點了點頭。

「結果你失敗了。」

鐸絲又點了點頭。

「難道你沒有想到，你會失敗正是因爲根本沒有什麼陰謀，媽？」

鐸絲搖了搖頭。「目前爲止我是失敗了，但這並未動搖我的信心，我有那種感覺。」

芮奇哈哈大笑。「你的口氣非常平淡，媽，我預期你說的不只是『我有那種感覺』而已。」

「我想到有一句話，能被扭曲成『檸檬水之死』，那就是『零墨水致死』。」

「零墨水之死？那是什麼？」

「是致死，不是之死。零墨水代表沒學問，是謝頓計畫中的數學家對非數學家的戲稱。」

「那又怎樣？」

「假設，」鐸絲以堅定的口吻說：「有人提到『零墨水致死』，意思是說能找到某種殺死哈里的方法，其中會有一個或幾個非數學家扮演重要角色。婉達和你一樣從未聽過『零墨水』這個稱呼，而她又非常喜愛檸檬水，那麼在她聽來，難道不像是『檸檬水之死』嗎？」

「你是試圖告訴我，當時竟然有人藏在爸的個人研究室。對了，共有多少人？」

「婉達說她夢見兩個人。我自己的感覺是，其中之一不是別人，正是執政團的韓德・厄拉爾上校，當時他正在觀看元光體的示範，而他們必定討論到要消滅哈里。」

「你變得愈來愈瘋狂了，媽。厄拉爾上校和另一個人在爸的研究室討論謀殺，卻不知道有個小女孩躲在椅子裡，正在偷聽他們的談話？是不是這樣？」

「差不多。」

「這樣的話，如果他們提到零墨水，那麼其中一人，不是厄拉爾的那個人，一定是個數學家。」

「似乎正是如此。」

「似乎完全不可能。但即使是眞的，你認爲會是哪個數學家呢？謝頓計畫中至少有五十名數學家。」

「我還沒有全部問過話。我問了幾個，此外還包括一些非數學家，但我未曾發現任何線索。當然啦，我的問話不能做得太公開。」

「總而言之，你面談過的那些人，沒一個給了你有關任何陰謀的任何線索。」

「沒錯。」

「我並不驚訝。他們沒有線索，是因爲……」

「我知道你的『因爲』是什麼，芮奇。你以爲在溫和的盤問下，人們就那麼容易崩潰，就會把陰謀洩露出來？我沒有資格對任何人逼供，假如我驚擾了某位寶貝數學家，你能想像你父親會說什麼嗎？」

接著，她突然以截然不同的聲調問道：「芮奇，你最近有沒有和雨果．阿馬瑞爾聊過？」

「沒有，近來沒有。你知道的，他不是那種社交動物。如果你把心理史學從他身上抽走，他便會垮成一小堆乾屍。」

想到這種意象，鐸絲不禁做個鬼臉。「最近我和他談過兩次，在我的感覺中，他似乎有點茫茫然。我不是指疲倦，而是他彷彿對這個世界渾然不覺。」

「沒錯，那就是雨果。」

「他最近情況愈來愈糟嗎？」

芮奇想了一會兒。「有可能，他年紀漸漸大了，你也知道。我們都一樣，只有你例外，媽。」

「你會不會說雨果超越了這個界線，變得有點不穩定，芮奇？」

「誰？雨果？他沒什麼好不穩定，或是值得不穩定的。只要讓他繼續研究心理史學，他就會低聲喃喃自語一輩子。」

「我可不這麼想。有一件事他有興趣，而且興趣非常強烈，那就是接班。」

「接什麼班？」

「有一天我提到，你父親也許想要退休，結果雨果堅信——絕對堅信他會是接班人。」

「我並不驚訝。我想每個人都會同意雨果是當然的接班人，我確定爸也這麼想。」

「但在我看來，他似乎表現得不太正常。他以爲我去找他，是要向他透露哈里已經將他推到一邊，而屬意另外的人選。你能想像誰會這麼懷疑哈里嗎？」

「這倒很奇怪……」芮奇打斷自己的話，向母親投以一個深長的目光，然後又說：「媽，你是不是準備告訴我，雨果可能就是你口中那個陰謀的核心人物？他想除掉爸取而代之？」

「完全沒有可能嗎？」

「沒錯，媽，完全沒有。如果雨果有什麼不對勁，那就是工作過度，沒什麼別的。整個白天再加半個晚上，不停地瞪著那些方程式，或者不管那是什麼東西，任何人終究都會發瘋的。」

鐸絲一躍而起。「你說得對。」

芮奇嚇了一跳。「怎麼回事？」

「你剛剛說的，給了我一個嶄新的想法。我想，還是個關鍵性的想法。」她沒有再說什麼，便轉身離去。

3-24

鐸絲・凡納比里以非難的口氣對哈里・謝頓說：「你竟然在帝國圖書館待了四天，音訊全無。而且又是設法擺脫了我單獨前往。」

夫妻兩人在全相螢幕上望著對方的影像。謝頓爲了研究工作，去了一趟皇區的帝國圖書館，今天才剛回來。他正從研究室用全相電話與鐸絲聯絡，讓她知道他已經回到斯瓏璘。即使在盛怒中，謝頓心想，鐸絲仍是那麼美麗。他好希望能伸出手，去撫摸她的臉頰。

「鐸絲，」他開了口，聲音中帶著安撫的語氣。「我不是單獨去的，有好幾個人陪著我。對學者而言，再也沒有比帝國圖書館更安全的地方，即使如今是個動盪的時代。我想從今以後，我得愈來愈常造訪那座圖書館。」

「你要繼續背著我這樣做嗎？」

「鐸絲，我不能根據你那種充滿死亡憂懼的方式過活。我也不要你跟在我後面，驚擾那些圖書館員。他們不是執政團，我需要他們的協助，我不希望惹他們生氣。但我的確認為我——我們應該在附近找一棟住宅。」

鐸絲看來一臉不高興，她搖了搖頭，隨即改變話題。「你可知道最近我和雨果聊了兩回？」

「很好。我很高興你這樣做，他需要和外界接觸。」

「沒錯，他需要，因為他有些不對勁。他不再是我們認識多年的雨果，他變得曖昧，變得疏遠，而且奇怪得很，根據我盡可能的觀察，他只熱衷一件事，就是決心在你退休之後接替你的職位。」

「那是自然的事，只要他活得比我久。」

「你不指望他活得比你久嗎？」

「這個嘛，他比我年輕十一歲，可是滄海桑田，世事難料……」

「你真正的意思是，你察覺到雨果的情況不妙。雖然他比你年輕那麼多歲，他的外表和行動卻顯得比你老，而這似乎是相當晚近的變化。他是不是病了？」

「生理上？我不這麼想，他定期接受身體檢查。不過，我承認他似乎精疲力盡。我曾試圖勸他休幾個月的假，只要他願意，甚至可以休一年的長假。我還建議他索性離開川陀，好讓他能有一陣子盡可能遠離計畫。我們絕對可以資助他待在葛托潤，那是沒幾光年遠的一個怡人的度假世界。」

鐸絲不耐煩地搖了搖頭。「不用說，他當然不肯。我建議他休個假，他表現得像是根本不知道那個字的意義，他完全拒絕。」

「所以說，我們能怎麼辦呢？」謝頓道。

鐸絲說：「我們可以想一想。雨果爲這個計畫工作了四分之一世紀，似乎一直保持他的體力，一點也沒有問題。現在突然之間，他卻變得虛弱了。這不可能是上了年紀，他還不滿五十歲。」

「你在建議別的可能性嗎？」

「是的。你和雨果在元光體上加裝那個電子闡析器有多久了？」

「大約兩年，也許更久一點。」

「我推測不論是誰使用元光體，都會用到電子闡析器。」

「正是這樣。」

「這意味著主要是雨果和你在用？」

「是的。」

「而雨果又用得比你多？」

「是的，雨果將全副心神集中於元光體和它的方程式。我可沒有那麼幸運，我必須把大部分時間花在行政事務上。」

「電子闡析器對人體有什麼作用？」

謝頓顯得有些訝異。「據我所知，沒有任何重大影響。」

「這樣的話，爲我解釋一件事，哈里。電子闡析器運作了兩年多，這段期間，你變得遠比過去疲倦和心神不寧，而且有點——魂不守舍。這是爲什麼？」

「我年紀漸漸大了，鐸絲。」

「胡說。誰告訴你六十歲就老得不像話了？你是在利用你的年紀作藉口，作擋箭牌，我要你停止這樣做。雨果雖然比你年輕，但比你更常暴露在電子闡析器前，結果是他變得比你更疲倦，更心神不寧，而且在我看來，比你更加魂不守舍得多。他還相當孩子氣地熱衷於接班，你難道看不出其中的意義嗎？」

「上了年紀和工作過度，那就是其中的意義。」

「不，是那個電子闡析器，它對你們兩人造成了長期效應。」

頓了一頓之後，謝頓說：「我無法反證這件事，鐸絲，但我看不出這怎麼可能。電子闡析器這項裝置能產生特殊的電磁場，但人類原本就恆常處於這類電磁場中，所以它不會造成任何特殊的傷害。無論如何，我們不能棄之不用。要是沒有它，謝頓計畫就無法繼續進展。」

「聽好，哈里，我必須要求你一件事，而你必須和我合作。待在計畫建築群中，別再背著我到別處去，也別再背著我做任何不尋常的事。瞭解嗎？」

「鐸絲，我怎能同意這樣做？你在試圖給我穿上瘋人束身衣。」

「只是暫時性的。只有幾天，頂多一週。」

「幾天或一週內會發生什麼事？」

鐸絲說：「相信我，我會把一切弄清楚。」

3-25

哈里·謝頓輕輕敲出老式的密碼，雨果·阿馬瑞爾抬起頭來。「哈里，難得你還想到來看我。」

「我應該常常來的。以前那些日子，我們成天都在一起。現在則有好幾百人需要操心——這裡是人，那裡是人，到處都是人，通通擋在我們之間。你聽到消息了嗎？」

「什麼消息？」

「執政團準備開徵人頭稅，好大一筆，明天便要在川陀全視上宣佈。目前只會在川陀上實施，外圍世界還得等一等，這有點令人失望。我原本希望一下子就是全國性的，但我顯然低估了將軍的謹慎程度。」

雨果說：「川陀就夠了，外圍世界會知道不久便將輪到他們。」

「現在我們得等著看結果了。」

「結果就是宣佈之後，人民立刻高聲吶喊，甚至在新稅制實施之前，暴動便會爆發。」

「你確定嗎？」

雨果立即啓動他的元光體，並將相關段落放大。「你自己看吧，哈里。那便是在目前這個特殊狀況下所做的預測，我看不出怎麼能誤解這一點。如果它不會發生，就代表我們在心理史學上的成果全部錯誤，我拒絕相信這種事。」

「我會試著有點勇氣。」謝頓微微一笑，然後又說：「你近來感覺如何，雨果？」

「還算好，夠好了。對了，你好嗎？我聽到傳聞，說你考慮要辭職，連鐸絲也提過這件事。」

「別理會鐸絲，這些天來她什麼事都提過。她在疑神疑鬼，認為謝頓計畫中充斥著某種危險。」

「什麼樣的危險？」

「最好別問。她只是脫軌了，朝她自己的方向一意孤行。如同往常一樣，那使她變得無法駕馭。」

「看到我做單身漢的好處了？」然後，雨果又壓低聲音說：「如果你眞要辭職，哈里，你對未來有什麼計畫？」

謝頓說：「當然由你接班。我怎麼可能還有別的計畫？」

雨果露出了笑容。

3-26

在主樓的小會議室內，泰姆外爾．林恩聽著鐸絲．凡納比里的敘述，臉上逐漸浮現困惑與憤怒的表情。最後，他終於冒出一句：「不可能！」

他搓了搓下巴，然後謹愼地說下去：「我無意冒犯你，凡納比里博士，但你的說法是荒……不可能是對的。絕不會有誰想得出來，在這個心理史學計畫中，有什麼深仇大恨能支持你的懷疑。假使有的話，我當然會知道，但我向你保證根本沒有，你不要這麼想。」

「我的確這麼想，」鐸絲倔強地說：「我還能找到證據。」

林恩說：「我不知道怎麼說才不至於冒犯你，凡納比里博士，但一個人若是足夠聰明，又足夠熱衷於證明某件事，便能找到他想要找的一切證據，或者，至少，找到些他自認爲是證據的東西。」

「你認爲我有妄想症嗎？」

「我認為你對大師的關切——這點我始終和你站在一條線上——或許我們可以說，你是熱過了頭。」

鐸絲頓了一頓，思量著林恩這番話。「至少你說對一件事，一個足夠聰明的人在任何地方都能找到證據。比如說，我就能指控你一個案子。」

林恩張大眼睛，萬分驚愕地望著她。「指控我？我倒想聽聽你可能指控我什麼案子。」

「很好，你會聽到的。生日宴會是你的主意，對不對？」

林恩說：「沒錯，我是想到這個主意，但我確定別人也想到了。大師最近經常感嘆上了年紀，那似乎是個逗他開心的好辦法。」

「我確信即使別人也想到了，卻是你在實際鼓吹這件事，讓我的兒媳一頭栽進去，接下一切的籌備細節。而且你使她相信，有可能聯合舉辦一個眞正大型的慶生會。是不是這樣？」

「我不知道我對她有沒有任何影響，但即使眞有，又有什麼不對勁？」

「本身並沒有，但是舉辦一場規模這麼大、分佈這麼廣、時間這麼長的慶生會，難道不是向那些相當不穩且疑心病重的執政團成員，大肆宣傳哈里太受歡迎，也許對他們構成了威脅？」

「誰也不可能相信我心裡有這種想法。」

鐸絲說：「我只是指出這個可能性。在籌劃慶生會的過程中，你堅持要把幾間核心研究室搬光——」

「暫時性的，理由很明顯。」

「——並堅持這陣子完全不使用那些研究室。那段期間，除了雨果·阿馬瑞爾，沒有人在那裡工作。」

「我認為大師事前若能休息一下，絕不會有什麼害處，你當然不能為這件事怪我。」

「但這代表你能在搬空的研究室和其他人商量事情，而且絕對隱密，那些研究室當然有良好的屏蔽。」

「我的確曾在那裡商量事情，和你的兒媳，和宴會承包商，和食品供應商，以及其他的生意人。那有絕對的必要，你不這麼想嗎？」

「若說和你商量的人裡面，有一個是執政團的成員呢？」

林恩像是挨了鐸絲一拳。「我不喜歡這種事，凡納比里博士，你把我當成什麼了？」

鐸絲並未直接回答，她又說：「接著，你又去找謝頓博士，討論他即將和將軍舉行的會談，並且相當懇切地力勸他，讓你替他走這一趟，由你來承擔可能發生的危險。當然，結果是謝頓博士相當激烈地堅持自己去見將軍。而我們可以辯稱，那正是你希望他去做的事。」

林恩發出一下神經質的笑聲。「請恕我直言，但這聽來的確像是妄想，博士。」

鐸絲繼續進逼。「然後，在宴會結束後，是你首先提議我們一群人前往穹緣旅館，對不對？」

「是的，我記得你還說那是個好主意。」

「難道這種建議沒有可能是為了使執政團感到不安嗎？因為這是哈里多麼有聲望的另一個例證。難道這就沒有可能是誘我侵入御苑的一種安排嗎？」

「我能阻止你嗎？」林恩的深疑已被憤怒所取代，「你早已下定決心那樣做。」

鐸絲不理會他說些什麼。「而且，當然啦，你希望我闖進御苑後會惹出足夠的麻煩，好讓執政團對哈里更加敵視。」

「可是為什麼呢，凡納比里博士？我為什麼要這樣做？」

「也許可以說是為了除掉謝頓博士，以便繼他之後出任計畫主持人。」

「你怎麼可能認為我有這種企圖？我無法相信你不是在開玩笑。你只是在做你一開始就說過的事，只是在向我證明，一個聰明的、熱衷於找出所謂證據的頭腦能做到些什麼。」

「讓我們來討論另一件事。我說過，你當時有辦法用那些空房間進行私下交談，而你也許和一名執政團成員這樣做過。」

「這種指控甚至是不值得否認的。」

「但有人偷聽到你們的談話。一個小女孩晃盪到那個房間，蜷曲在一張椅子裡，你們看不到她，她卻聽到了你們的談話。」

林恩皺起眉頭。「她聽到些什麼？」

「她說有兩個男的在談論死亡。她只是個孩子，無法轉述任何細節，但有幾個字令她印象深刻，那就是『檸檬水之死』。」

「現在你似乎又從奇想轉變成——請你恕罪——轉變成瘋狂。『檸檬水之死』能有什麼意思？它和我又會有什麼關係？」

「我的第一個想法是照字面解釋。那個小女孩非常喜愛檸檬水，而宴會準備了大量這種飲料，不過並沒有人在裡面下毒。」

「感謝你至少沒把我當成瘋子。」

「後來我才醒悟，那女孩聽到的是別的字眼，由於她對語言還一知半解，又對那種飲料情有獨鍾，才把那幾個字曲解成『檸檬水』。」

「你想出了她曲解的是什麼嗎？」林恩嗤之以鼻。

「曾有一陣子，我的確以爲她可能聽到的是『零墨水致死』。」

「那又是什麼意思？」

「由零墨水，也就是非數學家進行的一次暗殺行動。」

鐸絲住了口，她皺起眉頭，一隻手緊抓前胸。

林恩突然以關切的口吻說：「有什麼不對勁嗎，凡納比里博士？」

「沒有。」鐸絲似乎晃晃悠悠。

有好一會兒，她沒有再說什麼，林恩則清了清喉嚨。當他開口時，臉上不再有一絲愉悅的神情。「你說的這些，凡納比里博士，一步步愈來愈荒謬了。而且——好吧，我不在乎是否會冒犯你，但我對這些話已經感到厭煩。我們是不是該結束了？」

「我們就快結束了，林恩博士。正如你所說，零墨水也許的確荒謬，我自己也已經這麼判定。不過，電子闡析器的發展，你負責其中一部分，對不對？」

林恩似乎站得較挺，並帶著點驕傲說：「全部由我負責。」

「當然不是全部。據我瞭解，它是欣妲·蒙內設計的。」

「她只是個設計者，一切遵循我的指導。」

「她就是零墨水！電子闡析器是零墨水設計的裝置。」

林恩以經過壓抑的粗暴口氣說：「我可不想再聽到這幾個字。再說一遍，我們是不是該結束了？」

鐸絲繼續說下去，彷彿未曾聽到他的請求。「雖然你現在說她毫無功勞，你在欣妲面前卻不是這樣說。我想，那是爲了讓她繼續熱心工作。她說你承認她有功勞，而她因此非常感激。她還說，你甚至用你們兩人的名字稱呼這項裝置，只不過那並非正式名稱。」

「當然不是，它叫作電子闡析器。」

「而且她說，她正在設計一個改良型，一種增強器之類的東西。而你已經拿到這個先進型式的一個原型，準備進行測試了。」

「這一切又和什麼事有關呢？」

「自從謝頓博士和阿馬瑞爾博士利用電子闡析器工作，兩人在某些方面都大不如前。雨果用得比較多，受的傷害也比較大。」

「電子闡析器絕不會造成那種傷害。」

鐸絲舉起右手按住額頭，怔了片刻，又說：「現在你有了一個更強力的電子闡析器，或許可以造成更大的傷害，或許可以立刻置人於死地，而不必是慢性謀殺。」

「完全是胡說八道。」

「現在我們來考慮一下這項裝置的名稱。根據它的設計者告訴我，它有個名字只有你一個人用，我推測你稱它為『林恩—蒙內闡析器』。」

「我根本不記得用過這個名稱。」林恩不安地說。

「你當然用過。而這個強化的新型林恩—蒙內闡析器，則能殺人於無形，沒有任何人需要負責，只是一個新型、未經試驗的裝置所造成的意外悲劇。那將會是『林恩—蒙內致死』，而那個小女孩把它聽成了『檸檬水之死』。」

鐸絲一隻手摸向自己側脅。

林恩輕聲道：「你身體不太舒服，凡納比里博士。」

「我好得很。我說得不對嗎？」

「聽好，你能把什麼字眼扭曲成檸檬水並不重要。誰知道那小女孩究竟聽到些什麼？總而言之，一切都能歸咎於電子闡析器的致命威力。那就把我帶上法庭，或是交給一個科學調查委員會，然後你愛找多少專家都行，讓他們來檢查電子闡析器對人體的效應，甚至包括那個新的增強型。他們將會發現，根本沒有測得出來的效應。」

「我可不相信。」鐸絲喃喃道，現在她雙手擺在前額，雙眼閉了起來，身子還在輕微搖擺。

林恩說：「你顯然很不舒服，凡納比里博士。或許這就代表該輪到我說話了，可以嗎？」

鐸絲睜開雙眼，只是定睛瞪著前方。

「我把你的沉默當成同意，博士。我若想當上主持人，試圖除掉謝頓博士和阿馬瑞爾博士又有什麼用？你會阻止我的任何暗殺企圖，正如此時你自以爲在做的事。即使我萬分僥倖接下這個計畫，並且除掉了那兩位偉大人物，你也會在事後將我撕成碎片。你是個很不尋常的女人，強壯迅速得令人難以置信，只要你活著，大師就能安然無事。」

「沒錯。」鐸絲以兇狠的目光瞪著對方。

「我把這點告訴了執政團的人——他們爲何不該向我諮詢謝頓計畫的進展？他們對心理史學非常有興趣，這是當然的事。在你侵入皇宮御苑之前，他們原本難以相信我對你的描述。你的行動說服了他們，這點你不必懷疑，於是他們決定採用我的計畫。」

「啊哈，現在我們說到正題了。」鐸絲以虛弱的聲音說。

「我告訴過你電子闡析器無法傷害人類，這是事實。阿馬瑞爾和你珍愛的哈里只不過是老了，雖然你拒絕承認。所以說呢？他們沒事，這是人類的正常反應，那個電磁場對有機物質不會有任何重大影響。當然，對於敏感的電磁機械，它就可能產生有害的作用。我們若能想像一個由金屬和電子零件製成的人類，那個電磁場對它或許就有作用。傳說告訴我們，這種人造人曾經存在。麥曲生人的信仰便建立在它們身上，他們將這些人造人稱爲『機僕』。假使眞有機僕這種東西，那麼我們不難想像，它會遠比任何普通人更強壯，更迅速；事實上，它會具有類似你的一些特色，凡納比里博士。而這樣的一個機僕，的確能藉著強化型電子闡析器阻止它，傷害它，甚至摧毀它。我這裡就有個這樣的裝置，自從我們開始交談，它就一直以低功率運作，這就是你感到不舒服的原因，凡納比里博士。我敢說，自出廠以來，你第一次有這種感覺。」

鐸絲沒有說什麼，只是瞪著面前這個人，然後緩緩倒在一張椅子裡。

林恩微微一笑，繼續說：「當然，把你解決之後，大師和阿馬瑞爾便不成問題。事實上，大師失去了你，可能立刻萬念俱灰，在悲痛中辭職下台，而在他心目中，阿馬瑞爾只是個孩子。十之八九，這兩個人都不必殺。這麼多年之後，你的眞面目終於被揭穿，凡納比里博士，感覺如何啊？我必須向你承認，你將眞面目隱藏得非常好。在此之前，從來沒有任何人發現眞相，似乎也沒什麼好奇怪的。而我，我是個傑出的數學家，善於觀察，善於思考，善於推理。可是，若非你對大師的狂熱奉獻，以及當他偶爾受到威脅時，你便爆發出似乎隨心所欲的超人能力，那就連我也看不出眞相來。

「說再見吧，凡納比里博士。我現在只要將這項裝置轉到全額功率，你便會成爲歷史。」

鐸絲似乎打起了精神，從椅子上慢慢起身，喃喃道：「我的屏蔽也許比你想像中更好。」然後，她發出一下輕哼，向林恩撲了過去。

林恩睜大眼睛，尖叫一聲，踉蹌向後猛退。

鐸絲隨即來到他面前，右手閃電般擊出，掌緣砍在林恩的頸部，震碎了脊椎，打爛了神經索，令他當場倒地身亡。

鐸絲勉力站直身子，朝門口蹣跚走去。她必須找到謝頓，必須讓他知道發生了什麼事。

3-27

哈里·謝頓在萬分驚怖中站起來。他從未見過鐸絲這個樣子，她的臉孔扭曲，身子傾斜，像是喝醉了一樣搖搖晃晃。

「鐸絲！怎麼回事！有什麼不對勁！」

他跑到她身邊，剛摟住她的腰，她的身子便垮成一團，癱倒在他的臂彎中。他抱起她來（她比相同身材的普通女子都要重，但謝頓此時並未察覺這一點），將她放到長沙發上。

「怎麼回事？」他問。

她一五一十告訴了他，一面說一面喘氣，聲音時斷時續。而他一直摟著她的頭，試圖強迫自己接受這個事實。

「林恩死了。」她說：「我終於殺了一個人……第一次……這使得情況更糟。」

「你損傷得多嚴重，鐸絲？」

「很嚴重。當我衝向他時……林恩開啓了他的裝置……全額功率。」

「可以重新調整你。」

「怎麼做？在川陀……沒有任何人……知道怎麼做，我需要丹尼爾。」

丹尼爾，丹莫刺爾。在內心深處，謝頓其實一直都知道。他的朋友（一個機器人）爲他找來一位保護者（另一個機器人），以確保心理史學與基地的種子有生根的機會。唯一的問題是，謝頓愛上了他的保護者，一個機器人。如今一切眞相大白，所有擾人的疑問都有了答案。可是，現在這些一點也不重要，重要的只有鐸絲的安危。

「我們不能放棄。」

「必須放棄。」鐸絲的眼瞼來回拍動，雙眼凝望著謝頓。「必須放棄。我試圖救你，但失敗了……最重要的一點……現在誰來保護你？」

謝頓已經看不清楚她，他的視線一片模糊。「別擔心我，鐸絲。該擔心的是你……是你……」

「不，是你，哈里。告訴瑪妮拉……瑪妮拉……我原諒她了，她做得比我好。對婉達解釋……你和芮奇……互相照顧。」

「不不不，」謝頓一面說，一面來回搖晃她，「你不能這樣做。撐住，鐸絲。拜託，拜託，吾愛。」

鐸絲孱弱地搖了搖頭，又更加孱弱地微微一笑。「別了，哈里，吾愛。我永遠記得……你爲我做的一切。」

「我沒有爲你做過什麼。」

「你愛我，你的愛使我成了……人類。」

鐸絲的眼睛仍然張著，但她已經停止運作。

此時，雨果．阿馬瑞爾如暴風般捲進謝頓的研究室。「哈里，暴動開始了，比預期的更快更猛……」

然後他瞪著謝頓與鐸絲，悄聲問道：「怎麼回事？」

謝頓在無比哀慟中抬起頭來。「暴動！我現在還在乎什麼暴動？我現在還在乎任何事嗎？」

婉達．謝頓：……在哈里．謝頓的暮年，他變得最爲憐愛（也有人說是依賴）他的孫女婉達。十幾歲痛失雙親後，婉達．謝頓便獻身於其祖父的心理史學計畫，塡補了雨果．阿馬瑞爾留下的空白……

婉達．謝頓的研究內容至今大多仍然是謎，因爲它幾乎都在完全隔絕的環境中進行。唯一得以與婉達．謝頓研究工作接觸的，只有謝頓自己以及一位名叫史鐵亭．帕佛的年輕人（四百年後，他的後裔普芮姆對川陀的重生做出重大貢獻，當時這顆行星正從大浩劫的灰燼中站起來〔基地紀元三〇〇年〕）……

雖不清楚婉達．謝頓對基地的貢獻達到何種程度，但無庸置疑，其重要性無與倫比……

——《銀河百科全書》

4-1

哈里．謝頓走進帝國圖書館（腳步有點跛，最近這個毛病愈來愈常犯），朝一排貼地滑車的方向走去。在圖書館建築群的無際迴廊中，這種小型交通工具能夠通行無阻。

然而，坐在某間銀河地理凹室的三個人吸引了他的注意。那裡的三維銀河輿圖表現出銀河系的完整風貌，此外，當然，每個世界都緩緩圍繞著核心旋轉，同時還進行著轉軸與前者垂直的自轉。

從謝頓所站的位置，他能看見邊境星省安納克里昂以鮮艷的紅光標示出來。它位於銀河的邊緣，佔有廣大的範圍，但其中的恆星相當稀疏。安納克里昂的不凡之處既不在財富也不在文化，而在於它與川陀的距離：足有一萬秒差距之遠。

謝頓一時興起，在三人附近的一個電腦操作台前坐下，隨便打了一個搜尋指令，心裡明白得花上無數時間才能找到答案。某種直覺告訴他，他們一定是出於政治因素，才會對安納克里昂有這麼強烈的興趣——它在銀河中的位置，使它成爲當今帝國政權最不保險的領域之一。謝頓的眼睛盯著自己的螢幕，但耳朵則聽著身旁的討論。圖書館裡通常很少會聽到有人談論政治，事實上，根本就不該做這種討論。

謝頓不認識這三個人，這沒有什麼好奇怪的。帝國圖書館的確有些常客，而且還眞不少，大多數謝頓都認得出來，甚至還跟其中一些講過話。但這座圖書館對所有的公民開放，並沒有資格限制，任何人都能進來使用其中的設備。（當然是在限定的時間內。只有精挑細選的少數人，例如謝頓自己，才會獲准「長駐」館內。謝頓在此擁有一間上鎖的個人研究室，而且得以動用該館的一切資源。）

其中一人（謝頓將他想成『鷹勾鼻』，理由很明顯）正激昂地低聲發表意見。

「讓它去吧，」他說：「讓它去吧。試圖維繫它，將花費我們巨大的人力物力，而且即使那樣做，也唯有他們待在那裡才有效。他們不能永遠待在那裡，一旦他們離開，便會立刻恢復原來的情勢。」

謝頓知道他們在談論什麼。三天前，川陀全視才報導了這項新聞，說帝國政府已決定展示一次武力，好讓桀驁不馴的安納克里昂總督乖乖合作。謝頓自己的心理史學分析早就告訴他，這樣做注定徒勞無功，但政府一旦鬧起情緒，通常是不會接受任何勸告的。謝頓聽著鷹勾鼻說著自己說過的話，不禁露出淡淡的、嚴肅的微笑。這年輕人沒有心理史學知識的指引，竟然就能說出這番話來。

鷹勾鼻繼續說：「如果不理會安納克里昂，我們又失去了什麼？它仍會在那裡，仍在原來的地方，仍在帝國的邊緣。它不會長了腳跑到仙女座星系去，對不對？所以說，它還是得和我們貿易，日子會繼續過下去。他們是否向皇帝敬禮又有什麼差別？你永遠無法看出其中的差別。」

謝頓心中將第二個人命名為「禿子」，理由甚至更明顯。這時禿子說：「只不過整件事並非孤立於眞空中。如果安納克里昂走了，其他的邊境星省也會跟著走，帝國就會四分五裂。」

「那又怎樣？」鷹勾鼻激憤地悄聲道：「反正，帝國再也無法有效地自我管理，它太大了。讓邊境脫離，自己照顧自己吧——只要它做得到。這樣一來，內圍世界反倒會更強大，而且情況會更好。邊境不必是我們的政治領域，但仍然會是我們的經濟領域。」

此時，第三個人（『紅面頰』）說：「我希望你說得對，可是這樣行不通。如果邊境星省都爭取到獨立，每個星省會做的第一件事，便是掠奪鄰邦以擴充自己的實力。戰爭和衝突將接連不斷，最後每位總督都會夢想當皇帝。那將會像川陀王國崛起前的那段日子，會出現延續好幾千年的黑暗時期。」

禿子說：「情況當然不會那麼壞。帝國有可能分裂，但人民一旦發現分裂只意味著戰爭和貧困，帝國便會迅速自我癒合。人們會懷念一統帝國曾經擁有的黃金歲月，一切都會否極泰來。你也知道，我們不是蠻人，我們會找到一條出路。」

「正是如此。」鷹勾鼻說：「我們一定要記得，在過去的歷史上，帝國曾經面對一個接一個的危機，而且一次又一次衝破了難關。」

但紅面頰一面搖頭一面說：「這不只是另一次危機，這是糟得多的一件事。帝國已經衰落了好幾代，執政團的十年統治又摧毀了經濟。自從執政團垮台、新皇帝即位以來，帝國一直十分疲弱。銀河外緣的總督們什麼也不必做，帝國即將被自己的重量壓垮。」

「對皇帝的忠誠……」鷹勾鼻說了半句便被打斷。

「什麼忠誠？」紅面頰說：「克里昂遇刺後，我們有好多年沒一個皇帝，但人人似乎都不怎麼在意。而這個新皇帝只是個擺飾，沒有什麼事是他能做的，沒有什麼事是任何人能做的。這不是另一次危機，而是帝國的終結。」

另外兩人瞪著紅面頰，雙雙皺起眉頭。禿子說：「你眞相信嗎！你以爲帝國政府只會坐在那裡，讓這一切發生嗎？」

「是的！像你們兩個一樣，他們不會相信一切正在發生。我是說，等到相信已經太遲了。」

「假使他們相信，你又會要他們怎麼做？」禿子問。

紅面頰凝視著銀河輿圖，彷彿可能從那裡找到答案。「我不知道。聽著，總有一天我會死去，那時情況還不會太糟。然後，當事態愈來愈糟之際，自會有其他人操心。而我早就不在了，過去的美好歲月也一去不返，也許還是永不復返。對了，不只我一個人這麼想，聽過一個叫哈里・謝頓的人嗎？」

「當然，」鷹勾鼻立刻說：「他不就是克里昂的首相嗎？」

「沒錯，」紅面頰說：「他是某種科學家。幾個月前，我聽過他的一場演講。能知道我不是唯一相信帝國正在分裂的人，這種感覺眞好。他說……」

「他說每件事都會沒落，永久的黑暗時期即將來臨？」禿子突然插嘴。

「喔不是，」紅面頰說：「他屬於那種眞正謹愼的類型，他說這有可能發生。可是他錯了，這必將發生。」

謝頓聽得夠多了。他跛著腳，朝三人圍坐的桌子走去，碰了碰紅面頰的肩膀。

「先生，」他說：「我能和你談一會兒嗎？」

紅面頰嚇了一跳，他抬起頭來，然後說：「嘿，您不就是謝頓教授嗎？」

「我一直都是。」謝頓說完，遞給那人一塊印著他本人相片的識別瓷卡。「後天下午四點鐘，我希望在這座圖書館中我的研究室裡和你見面。你能赴約嗎？」

「我得工作。」

「有必要就請個病假，這事很重要。」

「這個嘛，教授，我不敢確定。」

「就這麼做。」謝頓說：「如果你因此惹上任何麻煩，我都會幫你擺平。現在，諸位先生，介不介意我研究一下這個銀河擬像？我好久沒看過這種東西了。」

他們默默點了點頭，面對一位前首相，他們顯然有點不知所措。三人一一向後退去，讓謝頓來到銀河輿圖控制台前。

謝頓以一隻手指伸向控制台，標示著安納克里昂星省的紅色隨即消失。現在這個銀河不再有任何標示，只是一團漩渦狀的光霧，愈接近中心光球處愈爲明亮，正中心則是所謂的銀河黑洞。

當然，除非將影像放大，否則無法分辨個別的恆星，但那樣卻只能讓銀河的某一部分呈現在螢幕上，而謝頓想要看的則是全貌——看看正在消失中的帝國。

他按下一個開關，銀河影像中便出現一系列的黃色光點。它們代表可住人行星，共有二千五百萬顆。在代表銀河邊緣的薄霧中，分得清它們是一個個光點，但愈向中心走去，它們的分佈便愈來愈密。在中心光球周圍，有個近乎連續的黃色帶狀區域（但在放大後，仍會分成個別的黃色光點）。當然，中心光球本身仍是白色，其中沒有任何標誌。在銀河核心的洶湧能浪正中央，不會有任何可住人行星存在。

謝頓知道，儘管黃色擁有這麼大的密度，但在一萬顆恆星中，擁有可住人行星的還不到一顆。雖然人類擁有行星塑造與大地改造的能力，上述事實依然成立。即使集中全銀河的力量，大多數世界也無法塑造成能讓人類舒適地行走，而不需要太空衣的保護。

謝頓按下另一個開關。黃色光點不見了，但有一個微小區域亮起藍光，那是川陀與直接依附它的各個世界。在不受致命威脅的前提下，川陀已盡可能接近中央核心。因此，它通常被視為位於「銀河中心」，但其實並非如此，不算完全正確。照例，人人都會對川陀世界的微小留下深刻印象。在廣大浩瀚的銀河中，它是那麼小的一塊，但其上所擠滿的財富、文化與政府權威，其密度卻又是人類前所未見的。

即使是這樣，它仍注定毀滅。

那三個人幾乎像是能透視他的心靈，或者，也許是他們看懂了他臉上的悲哀神情。

禿子輕聲問道：「帝國眞的即將毀滅嗎？」

謝頓以更輕的聲音回答：「有可能，有可能，任何事都有可能發生。」

他站了起來，對三人笑了笑，便逕自離去。但在他心中，他卻聲嘶力竭地高喊：會的！會的！

4-2

貼地滑車一輛接一輛排在一間大型凹室，謝頓一面爬進其中一輛，一面嘆了一口氣。曾有一段時間，就在幾年前，他還意氣風發地踏著輕快步伐走過圖書館無際的迴廊，並且對自己說，雖然他已年過六十，卻依然身強體健。

可是現在，他七十歲了，他的雙腿迫不及待地老朽，使他不得不乘坐貼地滑車。雖然年紀較輕的人也總是利用這種交通工具，因爲貼地滑車既省時又省力，但謝頓則是不得不這樣做，其中的感覺就大不相同。

謝頓鍵入目的地，再按下一個開關，滑車便在地板上浮起少許。它以不急不徐的步調前進，非常平穩，非常安靜。謝頓靠在座椅上，望著兩旁的迴廊牆壁、其他的貼地滑車，以及偶爾出現的步行者。

他超過了好些圖書館員，即使過了這麼多年，他看到他們時還是會莞爾一笑。他們屬於帝國最古老的公會，擁有最虔敬的傳統，而他們所墨守的行事方式，則較適合數世紀前，甚或數千年前的時代。

他們穿著白灰色的絲質服裝，其鬆垮程度接近長袍。這種服裝僅僅在頸部束緊，頸部以下則自由奔放。

就男性容貌而言，川陀與所有的世界一樣，是在剃留鬍鬚的兩極之間擺盪。如今，川陀本地的男性（至少大多數區的男性）臉上都刮得乾乾淨淨，而且據他所知向來如此。只有一些異常的例外，像達爾男性便一律留八字鬍，他自己的養子芮奇便是現成的例子。

然而，這些圖書館員卻留著很久以前所流行的絡腮鬍。每位館員的兩耳之間，都佈滿相當短且修剪得整整齊齊的鬍鬚，但上唇卻一律裸露。光是這一點，就足以標示出他們的身分，並使得面部光潔的謝頓置身其間有點不自在。

其實，他們最具特色的一點是人人戴著的帽子（說不定連睡覺都不脫，謝頓這麼想）。這種方型帽以類似天鵝絨的質料製成，四面聚合於頂端，由一個鈕子固定。它們的顏色五花八門，變化無窮，顯然各有各的意義。假如你熟悉圖書館員的圈內文化，你就能根據帽子的顏色，判斷某位圖書館員的服務年資、專長領域、成就的高低等等。它們有助於建立一個階級秩序，每位館員只要瞥一眼別人的帽子，便能判斷是否應該尊敬對方（以及要做到什麼程度），或是該受對方的尊敬（以及到什麼程度）。

帝國圖書館是川陀上最大的一座單一建築（或許整個銀河也無出其右），甚至遠比皇宮巨大。它曾一度金碧輝煌，彷彿誇耀著它的堂皇與壯偉。然而，正如帝國本身一樣，它已經開始凋零枯萎。就像一名年老的貴婦，雖然依舊戴著年輕時的珠寶，全身卻已佈滿皺紋與贅肉。

貼地滑車在圖書館長辦公室的華麗門口停下，謝頓隨即爬出來。拉斯．齊諾面帶笑容地迎接謝頓。「歡迎，我的朋友。」他以尖銳的聲音說。（謝頓懷疑他年輕時是否唱過男高音，卻從來不敢問。圖書館長始終是個威嚴的綜合體，這個問題可能會顯得無禮。）

「你好。」謝頓說。齊諾有一把灰色的絡腮鬍，已經白了七、八分，他頭上則戴著一頂白色的帽子。謝頓瞭解其中的玄機，根本無需任何解釋。這是一種倒置的表飾系統，完全沒有顏色反倒代表位居頂峰。

齊諾搓了搓手，似乎內心充滿歡喜。「我把你請來，哈里，是因為我有個好消息告訴你。我們找到了！」

「所謂的『找到』，拉斯，你是指……」

「一個合適的世界。你要一個遙遠的世界，我想我們已經找到一個最理想的。」他的笑容變得更燦爛，「你只要把問題交給本館，哈里，我們就能找出答案來。」

「我毫不懷疑，拉斯，跟我說說這個世界吧。」

「好，我先讓你看看它的位置。」牆壁的一部分滑向一側，室內的光線暗了下來，銀河則以三維影像呈現他們眼前，並且緩緩地旋轉。紅色線條再度標示出安納克里昂星省，因此謝頓幾乎可以發誓，剛才那段插曲正是現在的預演。

然後，該星省的遠端出現一個明亮的藍色光點。「它就在那裡。」齊諾說：「它是個理想的世界，大小適中，水量充沛，富氧的大氣層，植物當然少不了。此外，上面還有好些海洋生物。它就在那裡等人摘取，無需做任何行星塑造或大地改造。或者至少可以說，沒什麼不能在實際住人後再進行的。」

謝頓問：「它是個未住人的世界嗎，拉斯？」

「絕對未住人，沒有一個人在上面。」

「可是爲什麼呢，如果它這麼合適？既然你擁有它的詳細資料，據我推想，一定有人做過探勘。爲什麼沒有人殖民呢？」

「是做過探勘，但只有無人探測器做過。的確沒有人殖民，想必是因爲它距離一切都太遠了。這顆行星和中心黑洞的距離，要比任何住人行星更遙遠，而且遠得多。我猜，對於任何準備殖民的人而言，它都嫌太遠了。但我想對你卻不算太遠，你曾經說『愈遠愈好』。」

「沒錯，」謝頓一面說一面點頭，「我還是這麼說。它有名字嗎？或是只有字母和數字的編號？」

「信不信由你，它眞有名字。發射探測器的那些人將它命名爲『端點』，那是個古老的詞彙，意思是『一條線的盡頭』，而它似乎正是如此。」

謝頓說：「這個世界位於安納克里昂星省境內嗎？」

「並不盡然。」齊諾說：「如果仔細研究紅線和紅色陰影，你會看出來端點星的藍點位於界外些許。事實上，是在五十光年外。端點星不屬於任何人；認眞說起來，它甚至不是帝國的一部分。」

「那麼你說對了，拉斯，它的確像是我正在尋找的那個理想世界。」

「當然啦，」齊諾若有所思地說：「一旦你登上端點星，我想安納克里昂總督就會聲稱它在他的管轄範圍內。」

「那是可能的，」謝頓說：「但等問題浮上檯面，我們才需要設法解決。」

齊諾又搓了搓手。「多麼壯闊的構想啊。在一個嶄新的、遙遠的、全然隔絕的世界上，創設一個龐大的計畫，如此一年又一年，十載復十載，一套匯集人類全體知識的百科全書便能逐漸成形，它將是本館整個內容的一個縮影。要是我再年輕些，我會很希望加入這場遠征。」

謝頓悲傷地說：「你幾乎比我年輕二十歲。」（幾乎人人都遠比我年輕，他更悲傷地想道。）

齊諾說：「啊是啊，我聽說你剛過完七十歲生日。我希望你過得很快樂，好好慶祝了一番。」

謝頓突然動容。「我不慶祝生日。」

「喔，不對啊，我還記得你慶祝六十大壽的美談。」

謝頓感到錐心的刺痛，彷彿那個世上最沉痛的失落就發生在昨天。「請不要談這件事。」他說。

齊諾有點尷尬。「我很抱歉，我們談點別的吧。如果說，端點星確是你要找的那個世界，那麼在我看來，你爲百科全書計畫所做的準備工作得加倍努力。你也知道，本館在各方面都樂意幫助你。」

「我瞭解這一點，拉斯，我不勝感激。的確，我們一定會繼續努力。」

他站了起來。由於剛才提到十年前的慶生會，他還感到心如刀割，仍然無法露出笑容。他說：「我必須告辭了，我得繼續努力工作。」

當他離去時，照常因爲這個欺騙行爲而覺得良心受到嚴厲譴責。對於謝頓的眞正意圖，拉斯．齊諾根本沒有半點概念。

4-3

哈里．謝頓打量著帝國圖書館這間舒適的套房，過去幾年來，這裡就是他的個人研究室。就像該館其他各處一樣，它瀰漫著一種模糊的衰頹氣氛，一種倦怠感，好似某樣東西停在一處太久未曾移動。但是謝頓知道，未來數個世紀，甚至數千年間，只要適當的修葺不斷，它都可能留在這裡，留在同樣的地方。

他當初怎麼會來到這裡？

一而再，再而三，他感到往事湧現心頭，他的精神捲鬚沿著個人生命史往前回溯。毫無疑問，這是年事漸長的徵兆之一。過去的內容累積了那麼多，未來的內容剩下那麼少，心靈因而不再窺探前方浮現的陰影，轉而默想那些安全的過去。

不過，對他而言，有個重大改變值得一再回味。曾有三十多年的時間，心理史學的發展幾乎可以視爲一條直線——進展雖然有如爬行般緩慢，但總是朝正前方前進。六年前，卻出現了一個九十度轉彎，一項完全意料之外的發展。

謝頓十分清楚它是如何發生的，也很清楚許多連鎖事件是如何扣在一起，終於使它成爲事實。當然，主角正是婉達，謝頓的孫女。他閉上眼睛，上身倒向椅背，開始重溫六年前的那些往事。

十二歲的婉達若有所失。她的母親瑪妮拉有了另一個孩子，另一個小女孩，貝莉絲。一時之間，這個小寶寶成了百分之百的焦點。

她的父親芮奇早已完成那本探討母區達爾的著作。那本書小有成就，他也因此小有名氣。他常應邀就書中主題發表演說，而他總是一口答應，因爲他對這個題目極其投入。他曾咧嘴一笑，對謝頓說：「當我談論達爾時，不必隱藏我的達爾腔。事實上，聽衆指望我有那種腔調。」

不過，結果卻演變成他常常不在家，而當他難得回家時，他想要看的是那個小寶寶。

至於鐸絲——鐸絲已經走了。對哈里．謝頓而言，那道傷痕永遠淌血，永遠疼痛難忍。而他的反應則很不妥當，他總認爲是由於婉達的夢，才引發那一連串的事件，最後導致他失去了鐸絲。婉達與那個悲劇根本毫無關聯，這點謝頓心知肚明。然而，他發覺自己開始躲著她。因此，在小妹妹降生所帶來的危機中，他同樣使婉達失望。

鬱鬱的婉達只好去找那個似乎總是歡迎她的人，那個她總是可以依賴的人，而他就是雨果．阿馬瑞爾。他對心理史學發展的貢獻僅次於哈里．謝頓，而他無止無休的絕對投入則無人能及。謝頓曾擁有鐸絲與芮奇，雨果卻沒有妻子兒女，心理史學就是他的生命。然而，婉達無論何時來到他面前，他內心深處總會認爲她是自己的孩子，並且模糊地感到（而且一閃即逝）一種失落感，似乎唯有對這孩子表現親愛才能緩和這種感覺。老實說，他傾向於把她當成一個小大人，但婉達似乎就喜歡這樣。

那是六年前的事，她晃盪到雨果的研究室，雨果抬起頭，用一雙重建過的眼睛嚴肅地望著她，如同往常一樣，他花了點時間才認出她來。

然後他說：「哈，是我親愛的朋友婉達，但你爲何看來那麼傷心？像你這樣一位年輕迷人的女子，當然絕不該感到傷心。」

婉達的下唇不停打顫，她說：「沒有人愛我。」

「喔，好啦，那不會是眞的。」

「他們只愛那個小寶寶，他們不再關心我。」

「我愛你，婉達。」

「好吧，那麼你就是唯一的一個，雨果叔叔。」雖然不能再像以前那樣爬上他的膝頭，她還是將腦袋枕在他肩上，默默哭了起來。

雨果完全不知所措，只能抱著這個女孩，對她說：「別哭，別哭。」出於全然的同情，又因爲他自己這一生沒有什麼好哭的，他發覺自己的雙頰也開始垂下淚滴。

然後，他突然中氣十足地說：「婉達，你想不想看一樣美麗的東西？」

「什麼東西？」婉達抽噎著說。

在他的生命中與整個宇宙裡，雨果只知道一樣東西是美麗的。他說：「你聽說過元光體嗎？」

「沒有，那是什麼？」

「是你祖父和我工作上使用的東西。看到沒？它就在這裡。」

他指了指書桌上那個黑色立方體，婉達悲傷地望了一眼。「那可不美麗。」她說。

「現在並不美麗。」雨果表示同意，「但注意看，我要把它啓動了。」

他開啓元光體後，室內隨即暗下來，並充斥著光點與各種色彩的閃光。「看到了嗎？現在我們可以把它放大，好讓所有的光點都變成數學符號。」

果然沒錯。似乎有一大團有形之物衝向他們，而在半空中，出現了婉達前所未見的種種符號，包括字母、數字、箭頭與圖案。

「美麗嗎？」雨果問。

「嗯，美麗。」婉達一面說，一面仔細瞪著那些代表未來各種可能（她卻不知道）的方程式，「不過，我不喜歡那個部分，我想它錯了。」她指向她左方一個色彩繽紛的方程式。

「錯了？你爲什麼說它錯了？」雨果皺著眉頭問。

「因爲它不……美麗，換成我就不會這麼做。」

雨果清了清喉嚨。「好吧，我會試著把它改好。」他湊近那個方程式，以他特有的嚴肅方式瞪著它。

婉達說：「非常感謝你，雨果叔叔，謝謝你給我看那些美麗的光線。也許有一天，我會瞭解它們的意義。」

「沒什麼，」雨果說：「我希望你感覺好一點。」

「好些了，謝謝。」她閃現一個短得不能再短的笑容，便離開了那間研究室。

雨果站在那裡，感到有一點點傷心。他不喜歡有人批評元光體的產物，甚至一個什麼都不懂的十二歲小女孩也不例外。

他站在那裡的時候，完全沒有想到心理史學的革命已經開始。

4-4

當天下午，雨果來到哈里．謝頓位於斯璀璘大學的研究室。這件事本身就不尋常，因爲雨果幾乎從不離開自己的研究室，甚至不會去找同一層樓的同事講幾句話。

「哈里，」雨果皺著眉頭，看來十分困惑。「發生了一件非常古怪、非常奇特的事。」

謝頓望著雨果，心中感到無比難過。他只有五十三歲，但他看起來老得多，彎腰駝背，而且衰弱得幾乎毫無血色。他們曾押他去做身體檢查，醫生一致建議他暫停工作一段時間（有些則說永遠），以便好好休息。唯有這樣，醫生們說，才有可能改善他的健康。否則的話……謝頓卻搖搖頭，答道：「把他拉開工作崗位，他反倒死得更快，而且更痛苦。我們毫無選擇。」

然後謝頓發覺，剛剛陷入沉思之際，他沒有聽到雨果在說些什麼。

他說：「很抱歉，雨果。我有點心不在焉，請再說一遍。」

雨果說：「我是在告訴你，發生了一件非常古怪、非常奇特的事。」

「什麼事，雨果？」

「是婉達。今天她來看我，顯得非常傷心，非常徬徨。」

「爲什麼？」

「顯然是因爲那個小寶寶。」

「喔，對。」謝頓的聲音中透出好幾分歉疚。

「她那麼告訴我，又靠在我的肩頭哭起來——其實我也哭了一點，哈里。後來我想到，可以用元光體逗她開心。」說到這裡雨果遲疑了一下，彷彿在仔細選取下面的用字。

「說下去，雨果。發生了什麼事？」

「好吧，她瞪著四周所有的光線，而這時我放大了一部分，實際上是四二R二五四節。你對那部分熟悉嗎？」

謝頓微微一笑。「不熟悉，雨果。我不像你那樣，把所有的方程式都牢記在心。」

「啊，你應該那樣做。」雨果以嚴厲的口吻說：「否則怎能做好工作……但別管這個了。我想要說的是，婉達指著其中一部分，並且說它不好，不美麗！」

「有何不可？我們大家都有個人的好惡。」

「沒錯，當然。但我思量了一番，又花了些時間仔細檢查一遍，結果，哈里，那裡眞有些不對勁。程式設計得不確切，而那個區域，正是婉達指的那個區域，的確是不好。而且，眞的，它不美麗。」

謝頓有點僵硬地坐直身子，並且皺起眉頭。「讓我把事情弄清楚，雨果。她隨便指向某處，說它不好，結果她說對了？」

「是的。但她並不是隨便亂指的，她非常仔細。」

「但那是不可能的。」

「但它的確發生了，我在現場。」

「我不是說它沒有發生，我是說這只是天大的巧合。」

「是嗎？以你對心理史學的認識，你認爲自己能對一組新的方程式瞥上一眼，就告訴我某一部分不好嗎？」

謝頓說：「好吧，雨果，你又怎麼會特別擴展那部分的方程式呢？是什麼使你選擇那一塊放大的？」

雨果聳了聳肩。「那倒是巧合，你可以這麼說，我只是隨手轉了轉控制鈕。」

「那不可能是巧合。」謝頓喃喃道。他隨即陷入沉思，好一陣子之後，他問出一句話，推動了這場由婉達所引發的心理史學革命。

他說：「雨果，你原先對那些方程式有沒有任何疑慮？你有沒有任何理由相信它們有什麼不對勁？」

雨果把弄著身上那套單件服的腰帶，似乎顯得有些尷尬。「沒錯，我認爲眞有。你可知道……」

「你『認爲』？」

「我知道眞有。我似乎還記得，當我建立這組方程式的時候——那是新的一節，你該知道——我的手指似乎按錯一個程式鍵。當時它看來沒問題，但我猜我內心一直在擔憂。我記得曾想到它看來不對勁，但我正好有其他的事要做，所以把它擱到一邊去了。可是，當婉達剛好指向那個我念念不忘的區域時，我便決定好好檢查一遍。否則的話，我會把它當成小孩的胡言亂語，根本不會追究。」

「而你偏偏開啓那一部分方程式給婉達看，就好像它正在你的潛意識裡作祟。」

雨果聳了聳肩。「誰知道？」

「而在此之前，你們兩人非常接近，抱在一起，兩人都哭了？」

雨果又聳了聳肩，顯得更加尷尬。

謝頓說：「我想我知道發生了什麼事，雨果，婉達透視了你的心靈。」

雨果跳起來，彷彿被什麼咬了一口。「那是不可能的！」

謝頓則緩緩說道：「我曾經認識一個人，他就擁有那種不尋常的精神力量。」他悲痛地想到伊圖．丹莫刺爾，或者該說丹尼爾，後者是只有謝頓才知道的祕密。「只不過他可以算是某種超人。

可是他透視心靈、感知他人思想、說服他人採取某方面行動的能力，的確是一種精神力量。我想，說不定婉達也具有這種能力。」

「我無法相信這種事。」雨果倔強地說。

「我能，」謝頓說：「但我不知道該拿它怎麼辦。」他模糊地感到心理史學研究的革命已然迫近，但只是模模糊糊。

4-5

「爸，」芮奇以關切的口氣說：「你看來很疲倦。」

「我想是吧。」謝頓道：「好，我感到疲倦。但你可好嗎？」

芮奇今年四十四歲，他的頭髮開始有些斑白，但他的八字鬍仍舊烏黑濃密，看起來達爾味十足。謝頓懷疑他是否用過染劑，但這種問題是不能問的。

謝頓說：「你的演講告一段落了嗎？」

「暫時告一段落，但歇不了多久。我很高興回到家裡，看看寶寶、瑪妮拉、婉達，還有你，爸。」

「謝謝你。但我有個消息告訴你，芮奇。別再做演講了，我這裡需要你。」

芮奇皺起眉頭。「做什麼？」過去，在兩次不同的情況下，謝頓兩度派他去執行棘手的任務，但都是在九九派作亂的時代。據他所知，如今一切很平靜，更何況執政團已被推翻，一位弱勢皇帝已經復辟。

「是婉達的事。」謝頓說。

「婉達？婉達有什麼問題？」

「她沒什麼問題，但我們得驗出她的完整基因組，也要爲你和瑪妮拉做，小寶寶也終將要做。」

「貝莉絲也要？怎麼回事？」

謝頓猶豫了一下。「芮奇，你也知道，你母親和我總是認爲你有討人喜歡的特質，能博取他人的好感和信任。」

「我知道你這麼想。每當你試圖要我做什麼困難的事，你就一再這麼說。但我要和你說實話，我從沒感覺到。」

「不，你征服了我和……和鐸絲。」（即使她的毀滅已是四年前的事，要他說出這個名字仍有極大的困難。）「你征服了衛荷的芮喜爾，你征服了九九．久瑞南，你征服了瑪妮拉。這一切你要怎麼解釋？」

「智慧和魅力。」芮奇咧嘴一笑。

「你有沒有想到，你也許接觸過他們的——我們的心靈？」

「不，我從沒想到這種事。既然你提起了，我想說這實在無稽。請務必恕我直言，爸。」

「如果我告訴你，婉達似乎在一次難關中透視了雨果的心靈，你會怎麼說？」

「巧合或想像，我會這麼說。」

「芮奇，我曾經認識一個人，他能操控人們的心靈，就像你我操控語言一樣容易。」

「那是誰？」

「我不能說出來。不過，相信我就對了。」

「這個嘛——」芮奇深表懷疑。

「我曾經到帝國圖書館，去查閱這方面的資料。有一個很稀奇的故事，時間大約在兩萬年前，換句話說，是在迷霧般的超空間旅行肇始期。故事的主角是個年輕女子，年齡不比婉達大多少，她能和整個行星溝通，那顆行星所環繞的太陽叫作『復仇女神』。」

「不用說，當然是神話。」

「當然，而且殘缺不全，但和婉達的相似之處卻很驚人。」

芮奇說：「爸，你在打算些什麼？」

「我還不確定，芮奇。我需要知道那些基因組，我還得再找些像婉達的人。我有個想法，某些小孩生來就有這種精神力量，雖然不常見，但偶爾總有。可是一般說來，只會爲他們帶來痲煩，於是他們學著掩飾。等到他們漸漸長大，他們的能力，他們的天賦，便埋藏在心靈深處，這是一種自保性的潛意識行動。在帝國境內，甚至僅在川陀四百億人口之間，一定有不少像婉達這樣的人。如果我知道了我所要的基因組，就能檢驗那些我認爲可能的人選。」

「如果找到他們，你會怎麼做呢，爸？」

「我的想法是，進一步發展心理史學正需要他們。」

芮奇說：「而婉達是你發現的第一個這種人，你打算讓她成爲一個心理史學家？」

「說不定。」

「就像雨果。爸，不行！」

「爲什麼？」

「因爲我要她像正常的女孩那樣成長，然後變成一個正常的女人。我不會讓你把她擺在元光體前，使她成爲心理史學數學的一個活石碑。」

謝頓說：「也許不至於，芮奇，但我們必須取得她的基因組。你也知道，數千年來一直有人建議，應該爲每一個人的基因組建檔。只是由於手續昂貴，才沒有成爲例行公事，但是絕沒有人懷疑它的用處。你當然看得出這樣做的優點，即使不為別的，我們也能知道婉達有沒有任何生理異常的傾向。假使我們早就有雨果的基因組，我確定他現在不會奄奄一息。不用說，至少我們可以這樣做。」

「好吧，也許，爸，但頂多只能這樣做。我願意打賭，對於這件事，瑪妮拉會比我堅決得多。」

謝頓說：「很好。但你要記住，別再做任何演講旅行，我需要你待在家裡。」

「等著瞧吧。」說完芮奇便走了開。

謝頓束手無策地坐在那裡。伊圖．丹莫刺爾，那位他確知能操控心靈的人，一定知道應該怎麼做。而擁有超人知識的鐸絲，也可能知道該怎麼做。

至於他自己，他對新的心理史學有個模糊的憧憬，但也僅止於此。

4-6

取得婉達的完整基因組不是一件容易的工作。首先，有能力分析基因組的生物物理學家少之又少，那些夠資格的則總是很忙。

謝頓也不可能公開討論他的需要，以致無法引起生物物理學家的興趣。但謝頓覺得，他對婉達的精神能力那麼關心的真正原因，是絕對有必要對全銀河保密的。

假如還有需要列舉其他的困難，那就是分析手續費貴得嚇人。

謝頓一面搖頭，一面衝著他正在諮詢的生物物理學家蜜安．恩德勒斯基說：「為什麼那麼貴，恩德勒斯基醫師？我不是這方面的專家，但我清清楚楚地瞭解，分析手續完全電腦化，而且，一旦你取得皮膚細胞刮片，基因組在幾天內便能完全建立，並且分析完畢。」

「那是事實。可是將一個去氧核糖核酸分子拉成幾十億個核∨酸，讓每個嘌呤和嘧啶各就各位，卻根本不是那麼回事；絕對不是那麼回事，謝頓教授。接下來，還要研究每一個基因，再和一些標準基因進行比對。

「現在，我們來想一想。首先，雖然我們有些完整基因組的記錄，但和世上所有的基因組相比，卻連九牛一毛還不到，因此我們並非眞正知道它們有多標準。」

謝頓問道：「爲何那麼少？」

「有好些原因。費用是其中之一，很少有人願意把信用點花在這上面，除非他們有強烈的理由，認爲他們的基因組有什麼問題。倘若沒有強烈的理由，人們不會情願接受分析，生怕因此發現什麼問題。所以說，您確定要您的孫女接受基因組分析嗎？」

「是的，我確定，這實在太重要了。」

「爲什麼？她有任何代謝異常的症候嗎？」

「不，她沒有。應該說剛好相反，只是我不知道『異常』的反義術語是什麼。我認爲她是最不尋常的人，而我要知道究竟是什麼使她不尋常。」

「哪方面不尋常？」

「精神方面，但我沒辦法詳加敘述，因爲我尙未全然瞭解。等她做完基因組分析，也許我就能說出所以然來。」

「她今年幾歲？」

「十二，就快滿十三了。」

「這樣的話，我需要雙親的同意。」

謝頓清了清喉嚨。「這點可能有困難。我是她的祖父，我的同意難道不夠嗎？」

「對我而言，當然夠了。可是您該知道，我們現在談的是法律，我可不希望被吊銷營業執照。」

於是，謝頓需要再和芮奇打一次交道。這回同樣很困難，因爲芮奇再度抗議，說他與妻子瑪妮拉，都希望婉達過著正常女孩的正常生活。萬一她的基因組的確不正常，那該怎麼辦？她會不會被抓去接受各種檢驗，身上插滿探針，活像個實驗室的樣本？謝頓會不會由於對心理史學計畫過度狂熱，而逼迫婉達過著只有工作沒有娛樂的生活，禁止她與同齡的年輕人見面？

可是謝頓十分堅持。「相信我，芮奇，我絕不會做任何傷害婉達的事。但是這點必須做到，我需要知道婉達的基因組。倘若正如我猜測的那樣，我們可能即將改變心理史學的發展方向，甚至改變整個銀河未來的走向！」

因此芮奇被說服了，並設法取得了瑪妮拉的同意。於是，三個大人一起帶著婉達，來到恩德勒斯基醫師的化驗室。

蜜安．恩德勒斯基在門口迎接他們。她有一頭亮晶晶的白髮，但她的臉龐毫無歲月的痕跡。她望著那個女孩，後者帶著好奇的表情走進來，但臉上並未顯現任何憂慮或恐懼。然後，她轉而望向陪同婉達前來的三位大人。

恩德勒斯基醫師帶著微笑說：「母親、父親和祖父，我說對了嗎？」

謝頓答道：「完全正確。」

芮奇顯得卑躬屈膝；瑪妮拉則顯得相當疲倦，她的臉有點腫，雙眼還有點紅。

「婉達。」女醫師開口道：「那是你的名字，對嗎？」

「是的，夫人。」婉達以清晰的口齒說。

「我要把會做些什麼一五一十告訴你。我猜，你慣用右手吧。」

「是的，夫人。」

「很好，那麼，我會在你的左前臂一小塊面積上噴些麻醉劑，感覺只會像一陣涼風，如此而已。然後我會從你的手臂上刮下一點皮膚，只是一點點。不會痛，不會流血，事後不會有疤痕。等我做完之後，我會再幫你噴些消毒藥水，整個過程只會花幾分鐘的時間。這樣聽來還可以嗎？」

「當然。」婉達一面說，一面伸出手臂。

採樣完成後，恩德勒斯基醫師說：「我會把刮片放在顯微鏡底下，選取一個優良的細胞，然後讓我的電腦化基因分析儀開始工作。它會標示出每一個核苷酸，可是它們總共有好幾十億，所以或許要花上將近一天的時間。當然，它是全自動的，所以我不會坐在這裡看著，而你們也沒有必要那樣做。

「一旦基因組準備好，分析手續則需要更長的時間。假如您想要完整的報告，那也許得花上幾個星期。這個手續如此昂貴的原因就在這裡，它是個既困難又冗長的工作。等我得到結果後，我會以電話通知您。」說完她便轉身，埋首於面前桌上那台閃閃發光的儀器，彷彿她已經把這家人送走了。

謝頓說：「如果發現任何不尋常的結果，你會不會立刻和我聯絡？我的意思是，如果你在頭一個小時就發現了什麼，可別等分析完畢再通知我，別讓我癡癡地等。」

「頭一個小時有任何發現的機會微乎其微，但我向您保證，謝頓教授，看來若有必要的話，我會馬上和您聯絡。」

瑪妮拉抓起婉達的手臂，得意洋洋地牽著她走出去。芮奇跟在後面，腳步有點拖泥帶水。謝頓又逗留了一會兒，囑咐道：「這件事的重要性超出你的想像，恩德勒斯基醫師。」

恩德勒斯基醫師一面點頭，一面說：「不論是什麼原因，教授，我都會盡我的全力。」

謝頓離去時緊抿著嘴唇。他為何會認為基因組在五分鐘內便能準備好，再花五分鐘看一眼便能得到答案？他自己也不明白。現在，他不得不等上幾個星期，才能知道將會發現什麼結果。

他激動得咬牙切齒。他最新的智慧結晶「第二基地」是否能夠建立起來？或者只是一個永遠可望不可及的幻影？

4-7

哈里．謝頓走進恩德勒斯基醫師的化驗室，臉上掛著緊張兮兮的笑容。他說：「你告訴我要幾個星期，醫師，現在已經過了一個月。」

恩德勒斯基醫師點了點頭。「很抱歉，謝頓教授，但您希望每件事都一絲不苟，我正是試圖那樣做。」

「怎麼樣？」謝頓臉上的焦慮並未消失，「你發現了什麼？」

「一百個左右的缺陷基因。」

「什麼！缺陷基因？你在開玩笑嗎，醫師？」

「我相當認真。有何不可呢？每個基因組至少都有一百個缺陷基因，通常還要多得多。您該知道，其實並不像聽起來那麼糟。」

「不，我不知道，醫師。專家是你，不是我。」

恩德勒斯基醫師嘆了一聲，又在座椅中欠了欠身。「您對遺傳學一無所知，對不對，教授？」

「沒錯，我不懂，一個人不可能什麼都懂。」

「您說得完全正確。我就對您的那個——您管它叫什麼？——那個心理史學一竅不通。」

恩德勒斯基醫師聳了聳肩，又繼續說：「假如您想對我解釋它的任何原理，您將被迫從頭講起，而就算這樣做，我可能也無法瞭解。好了，至於遺傳學……」

「怎麼樣？」

「一個有缺陷的基因通常不代表什麼。沒錯，某些具有缺陷的基因，的確由於缺陷太過嚴重，因而導致一些可怕的疾病。不過，這種情形非常罕見。大多數有缺陷的基因，只是無法絕對精確地工作，就像有點不平衡的輪子。車輛照常能夠行駛，雖然有點顛簸，可是仍然能行駛。」

「婉達屬於這種情形嗎？」

「是的，差不多就是這樣。畢竟，假如所有的基因都完美無缺，我們看來便會全部一模一樣，我們的言行舉止也會全部一模一樣。人和人的差異，就是基因的差異造成的。」

「但是當我們年紀漸漸大了，難道不會愈來愈糟嗎？」

「沒錯。我們年紀愈大，情況就會愈糟。我注意到您一跛一跛地走進來，爲什麼會這樣？」

「有點坐骨神經痛。」謝頓喃喃道。

「您這輩子都是這樣嗎？」

「當然不是。」

「看吧，您有些基因隨著年齡而逐漸惡化，終於使您變跛了。」

「婉達將來又會發生什麼問題呢？」

「我不知道。我無法預測未來，教授，我相信那是您的領域。然而，假如我大膽猜一猜，我會說除了逐漸老化之外，婉達不會發生任何不尋常的變化，至少就遺傳學而言。」

謝頓說：「你確定嗎？」

「您得相信我的話。想要分析婉達的基因組，您便冒著一個危險，那就是發現一些也許最好別知道的事。但是我可以告訴您，根據我的看法，我看不出她會發生什麼可怕的事。」

「那些有缺陷的基因，我們該不該把它們修好？我們修得好嗎？」

「不該。原因之一，那樣做太過昂貴。原因之二，它們再度突變的機會很大。最後一個原因，則是一般人反對這樣做。」

「可是爲什麼呢？」

「因爲他們反對一切的科學。您對這點的瞭解應該不輸任何人，教授。如今的情勢只怕是神祕主義日漸壯大，而在克里昂死後尤其變本加厲。人們不再相信修復基因的科學方法，他們寧願利用加持或各式各樣的咒語來治病。坦白講，我現在想要繼續研究工作都極爲困難，經費來源太少太少了。」

謝頓點了點頭。「其實，我對這種情形瞭解得再透徹不過。心理史學對它有所解釋，但我實在沒想到情況這麼快就變得這麼糟。我對自己的工作太過投入，以致未曾注意周圍這些困境。」他嘆了一聲，「過去三十多年來，我眼看著銀河帝國逐漸四分五裂，現在它則以快得多的速度開始崩潰，我看不出我們怎能及時阻止。」

「您在試圖這樣做嗎？」恩德勒斯基醫師似乎頗有興趣。

「是的，我在設法。」

「祝您吉星高照。至於您的坐骨神經痛，您可知道，五十年前是可以治好的。不過，現在不行了。」

「爲什麼？」

「這個嘛，治療儀器沒了；懂得操作那些儀器的人，通通做別的事去了。醫療水準同樣在走下坡。」

「和其他的一切一起衰落。」謝頓沉思了一會兒，「不過，我們還是回到婉達身上吧。我覺得她是個最不尋常的少女，擁有一個和大多數人不同的大腦。你從她的基因中，看出她的大腦有什麼特殊嗎？」

恩德勒斯基醫師上身靠向椅背。「謝頓教授，您可知道和大腦運作有關的基因究竟有多少？」

「不知道。」

「讓我提醒您一件事，在人體各個層面中，大腦的運作是最錯綜複雜的一環。事實上，根據目前的瞭解，宇宙中再也沒有比人腦更複雜的結構。所以假如我告訴您，在大腦運作中扮演某種角色的基因有好幾千個，您應該不會驚訝才對。」

「幾千個？」

「正是如此。想要一一檢查這些基因，看看有沒有任何特殊的不尋常，簡直就是不可能的事。有關婉達的情形，我會相信您的話：她是個不尋常的女孩，擁有一個不尋常的大腦。可是我在她的基因中，看不出有關那個大腦的任何訊息——當然，除了看出它完全正常。」

「你能不能根據婉達的精神運作基因，找到其他具有類似基因的人，那些具有相同大腦型樣的人？」

「我認爲沒有什麼可能。即使另一個大腦和她的十分相似，兩者的基因還是會有巨大差異，尋找相似性根本沒有用。告訴我，教授，婉達究竟有何特殊之處，會讓您認爲她的大腦如此與眾不同？」

謝頓搖了搖頭。「很抱歉，我不能討論這件事。」

「這樣的話，我絕對肯定我無法幫您找到什麼。您如何發現她的大腦有不尋常之處，如何發現這件不能討論的事？」

「巧合，」謝頓喃喃道：「純粹是巧合。」

「這樣的話，您若想找到其他類似的大腦，也必須藉著巧合才行，沒有別的辦法了。」

沉默在兩人之間徘徊許久，最後謝頓說：「你還能告訴我其他任何事嗎？」

「只怕沒有了，除了我會把帳單寄給您。」

謝頓吃力地站起來，坐骨神經痛令他難以忍受。「好吧，那就謝謝你了，醫師。把帳單寄給我，我會盡快付清。」

哈里．謝頓離開了這位醫師的化驗室，簡直不知道下一步該做什麼。

4-8

就像任何一位知識份子一樣，哈里．謝頓曾經自由地使用帝國圖書館。大多數的時候，他是借助於電腦聯線，但他偶爾也會親自造訪，主要的目的是爲了紓解一下心理史學計畫的壓力。幾年前，自從他定下尋找類似婉達者的計畫後，他便在那裡申請了一間個人研究室，以便隨時查詢館內收藏豐富的資料。他甚至還在鄰區租了一間小公寓，這樣一來，當此地愈來愈繁重的研究工作使他無法返回斯璀璘時，他便能步行來到這座圖書館。

然而，如今，他的計畫進入一個全新的層次，使他想要和拉斯．齊諾見上一面。這將是謝頓首次與他做面對面的接觸。

想要和帝國圖書館的館長安排一次私人會晤，絕對不是一件容易的事。對於館長職位的本質與價值，館長本人自視甚高，因此常常有人說，就連皇帝希望諮詢館長時，也得親自前往該館，等候館長的接見。

然而，謝頓並沒有遇到這種麻煩。齊諾雖然與哈里．謝頓從未謀面，卻對他十分熟悉。「萬分榮幸，首相。」這是他的歡迎詞。

謝頓微微一笑。「我相信您一定知道，我不在那個職位已有十六年之久。」

「這個頭銜的榮耀仍是您的。此外，首相，我們得以擺脫執政團的殘酷統治，您也功不可沒。那個執政團，當年有好幾次，都破壞了本館中立的神聖原則。」

（啊，謝頓心想，這便解釋了他爲何那麼爽快就答應見我。）

「只是謠言罷了。」他高聲道。

「現在，請告訴我，」齊諾一面說，一面忍不住瞥了一眼手腕上的計時帶，「我能爲您做些什麼？」

「館長，」謝頓開始說：「我這次前來，對您提出的要求絕不簡單。我想要的是在館內擁有更大的空間，此外我要您批准我帶一批同僚進來，還要您批准我從事一項長期而繁複的計畫，但這項計畫的重要性無與倫比。」

拉斯．齊諾臉上現出苦惱的表情。「您要求得可眞不少。您能解釋這一切有什麼重要性嗎？」

「可以，帝國正處於土崩瓦解中。」

頓了好長一段時間，然後齊諾說：「我聽說過您在研究心理史學。有人告訴我，說您的新科學有希望能預測未來。您現在說的，就是心理史學的預測嗎？」

「不是。我在心理史學上的研究尚未達到那個境界，還無法信心十足地談論未來。但您並不需要心理史學，也能知道帝國正在瓦解，您自己就能看到許多證據。」

齊諾嘆了一口氣。「我在這兒的工作佔了我全部的時間，謝頓教授。一提到政治和社會問題，我就成了一個孩子。」

「只要您願意，您大可查詢收藏在這座圖書館的各種資料。環顧一下這間辦公室吧，它塞滿了來自銀河帝國各處、各式各樣應有盡有的資料。」

「只怕，我是最跟不上時代的人。」齊諾露出悲傷的笑容，「您該知道一句古老的諺語：鞋匠的孩子沒鞋穿。不過在我看來，帝國似乎已經復興，我們現在又有了一位皇帝。」

「只是名義上如此，館長。在大多數的偏遠星省，皇帝的名字偶爾會儀式性地提上一提，可是他無法左右他們的所做所爲。外圍世界控制著自己的走向，而更重要的是，他們控制著當地的武裝部隊，這些部隊完全不在皇帝掌握中。假使皇帝試圖在內圍世界之外任何角落行使權力，他都注定要失敗。我懷疑頂多再過二十年，某些外圍世界就會宣佈獨立。」

齊諾又嘆了一口氣。「如果您說得對，我們便處於帝國有史以來最糟的時期。可是這一點，和您渴望在本館獲得更多空間、召來更多人員又有什麼關係？」

「如果帝國四分五裂，帝國圖書館或許也難逃這場劫數。」

「喔，一定可以的。」齊諾一本正經地說：「過去也曾有過很糟的年頭，可是人們一向瞭解，川陀上的帝國圖書館乃是人類全體知識的寶庫，一定不可受到侵犯，而將來也會如此。」

「也許不會，您自己說的，執政團曾破壞它的中立。」

「並不嚴重。」

「下次可能就會更嚴重，我們不能允許這個人類全體知識的寶庫被毀。」

「您在此地增加工作人員，怎麼就能防止那種悲劇？」

「的確不能，但我所感興趣的那個計畫卻可以。我想要製做一套偉大的百科全書，其中包含各種豐富的知識，萬一最壞的情況果眞發生，那些知識足以幫助人類重建文明——您可以稱之爲《銀河百科全書》。我們並不需要本館所有的一切，許多資料都過於淺顯。散佈在銀河各處的地方圖書館也可能被毀，縱使它們得以倖免，除了最爲區域性的資料，其他一切仍是藉著電腦聯線取自帝國圖書館。所以說，我打算做的是個全然獨立的東西，並且要以盡可能簡明扼要的形式，收錄人類所需要的各種根本知識。」

「萬一它同樣被毀呢？」

「我希望不會。我的打算是在遙遠的銀河邊緣找一個世界，讓我能把手下的百科全書編者遷到那裡去，讓他們在那裡平靜地工作。然而，在找到那樣一個地方之前，我想讓核心成員在此工作，利用本館的設備，來決定這個計畫需要些什麼。」

齊諾現出痛苦的表情。「我懂了您的意思，謝頓教授，但我不確定是否辦得到。」

「為何不能，館長？」

「因為，身為館長並不代表我就是獨裁君主。我有個相當大的評議會，一種立法機構，請別以為我能輕易通過您的百科全書計畫。」

「我很驚訝。」

「不必驚訝，我不是個很受歡迎的館長。這些年來，評議會在力爭對本館的使用設限，而我一直拒絕。我提供小小一間研究室給您，就令他們火冒三丈了。」

「設限？」

「正是如此。他們的想法是這樣的，無論任何人需要一項資料，都必須和某位圖書館員聯絡，由那位館員替他找來那項資料。評議會不希望人們自由進入本館，親自動手操作電腦。他們說，保養電腦和其他圖館設備的費用愈來愈貴得離譜。」

「但那是不可能的，開放式的帝國圖書館已是上千年的傳統。」

「的確沒錯，但是最近這些年，本館的預算被削減好幾次，我們再也沒有像過去那麼多的經費。想使我們的設備保持一定水準，成了一件非常困難的事。」

謝頓揉了揉下巴。「但如果你們的預算逐漸減少，我想您就得降低薪資，裁減人員——或者，至少不再雇用新人。」

「您說得完全正確。」

「這樣的話，在人力逐年縮減的情況下，您怎麼有辦法攬下新的工作，由您的手下來尋找公眾索求的一切資料？」

「他們的想法是，我們不再蒐集公眾將會索求的一切資料，而僅僅蒐集我們認爲重要的資料。」

「所以說，你們不只廢止了開放式圖書館，同時也廢止了完備式圖書館？」

「只怕就是如此。」

「我無法相信會有圖書館員想這樣做。」

「您不認識吉納洛．麻莫瑞，謝頓教授。」面對謝頓一臉的茫然，齊諾繼續說：「『他是誰？』您一定在納悶。他領導著評議會中希望封閉本館那一派，評議會有愈來愈多的成員倒向他那邊。假使我讓您和您的同事進駐本館，成爲館中一支獨立的隊伍，那麼，有些評議委員原本或許不在麻莫瑞那邊，但誓死反對任何外人控制本館任何角落，他們也許便會決定投他一票。這樣一來，我將被迫辭去館長一職。」

「您看吧，」謝頓突然中氣十足地說：「所有的變故，包括可能關閉本館、對它設限、拒絕蒐集所有的資料，都可以歸咎於預算逐年減少，而這一切的一切，本身就是帝國瓦解的一項徵兆。您不同意嗎？」

「如果您要這麼講，或許也沒錯。」

「那麼讓我去和評議會說說，讓我來解釋未來可能如何，以及我希望怎麼做。說不定我能說服他們，正如我希望已經說服了您。」

齊諾考慮了一會兒。「我願意讓您試一試，但您事先必須知道，您的計畫可能不會成功。」

「我一定得碰碰運氣。請務必做到需要做的一切，並盡快讓我知道在何時和何地能跟評議會碰面。」

謝頓向齊諾告別，懷著不安的心情離去。他告訴這位館長的一切都是真的，而且平淡無奇。至於他需要使用這座圖書館的眞正理由，他則守口如瓶。

部分原因是，他自己也尚未看清楚。

4-9

哈里．謝頓耐心地、悲傷地坐在雨果．阿馬瑞爾的床沿。雨果完全油盡燈枯——他拒絕接受任何醫療，但即使願意接受，他也早已回天乏術。

他只有五十五歲。謝頓自己則已經六十六，但他健康狀況良好，只有坐骨神經的刺痛（或者不管是什麼痛）偶爾使他成了瘸子。

雨果張開眼睛。「你還在這兒，哈里？」

謝頓點了點頭。「我不會離開你。」

「直到我死去？」

「是的。」謝頓突然悲從中來，又說：「你爲什麼要這樣做，雨果？假使你過著正常生活，你還能有二、三十年的壽命。」

雨果淡淡一笑。「正常生活？你的意思是休假？旅遊？享受些微不足道的樂趣？」

「是的，是的。」

「那樣的話，我要不是渴望趕緊回來工作，就是學會虛度光陰，而在你所謂多出來的二、三十年間，我將一事無成。看看你自己。」

「我怎麼樣？」

「你在克里昂御前當了十年首相，那時你做了多少科學研究？」

「我把大約四分之一的時間花在心理史學上。」謝頓柔聲道。

「你誇大了。要是沒有我辛勤工作，心理史學的進展會戛然而止。」

謝頓點了點頭。「你說得對，雨果，這點我很感激。」

「而在此之前和之後，當你至少把一半時間花在行政事務上的時候，是誰在做實際的工作？啊？」

「是你，雨果。」

「一點都沒錯。」他再度闔上眼睛。

謝頓說：「但你總是希望在我之後接掌那些行政事務。」

「不！我想要領導謝頓計畫，是要讓它保持在正軌上前進，但我會把所有的行政業務授權出去。」

雨果的呼吸逐漸變得像是鼾聲，但他隨即驚醒，重新張開眼睛，直勾勾地瞪著謝頓。他說：「在我走了之後，心理史學會怎麼樣？你想過嗎？」

「是的，我想過。我現在就要和你談談這件事，它可能會讓你高興。雨果，我相信心理史學正在醞釀一場革命。」

雨果微微皺起眉頭。「什麼方式？我不喜歡你這種口氣。」

「聽好，那可是你的主意。幾年前，你告訴我應該建立兩個基地。彼此獨立，安全地隔離起來，安排它們成爲第二銀河帝國的種子。你還記得嗎？那是你的主意。」

「心理史學方程式……」

「我知道，是那些方程式建議的。現在我正忙著進行，雨果。我在帝國圖書館設法弄到了一間研究室……」

「帝國圖書館，」雨果眉頭鎖得深了些，「我不喜歡他們，一夥自鳴得意的白癡。」

「那位館長，拉斯．齊諾，可沒有那麼壞，雨果。」

「你見過一個叫吉納洛．麻莫瑞的圖書館員嗎？」

「沒有，但我聽說過他。」

「一個卑賤的人。我們有過一次爭論，他硬說我把什麼東西弄丟了。我根本是冤枉的，所以我非常惱怒，哈里。突然間我像是回到了達爾——達爾文化的一項特色，哈里，就是充滿惡毒的髒話。我用了些在他身上，我說他在妨礙心理史學研究，歷史會把他寫成一個壞蛋，我也不只是說『壞蛋』而已。」雨果孱弱地咯咯笑了幾聲，「我把他罵得啞口無言。」

謝頓突然恍然大悟，明白了麻莫瑞對外人（尤其是對心理史學）的憎恨從何而來——至少明白了一部分，但他什麼也沒有說。

「重點在於，雨果，你想要建立兩個基地，以便如果一個失敗了，另一個還能繼續下去。但我們已經超越了這個設計。」

「哪一方面？」

「你記不記得兩年前，婉達透視你的心靈，看出元光體中某個部分的方程式不對勁？」

「當然記得。」

「好，我們要找一些類似婉達的人。我們將建立一個主要由物理科學家組成的基地，他們會保存人類的知識，會成爲第二帝國的種子。此外還會有個僅由心理史學家組成的第二基地——他們是精神學家，是能觸動心靈的心理史學家——他們能以集體心靈的方式研究心理史學，進展將遠比任何個別心靈更爲迅速。在未來的歲月裡，他們這組人將負責導入微調，你懂了吧。他們將始終隱身幕後，靜觀其變；他們將是第二帝國的守護者。」

「太好了！」雨果虛弱地說：「太好了！你看我選的死期多麼恰當？已經沒有什麼需要我做的了。」

「別大驚小怪，哈里。我太累了，什麼也不能做了。謝謝你……謝謝你……告訴我……」他的聲音愈來愈微弱，「這場革命。這使我很……高興……高興……高……」

「別這樣說，雨果。」

這便是雨果．阿馬瑞爾最後的幾句話。

謝頓伏在床上，淚水燙傷了他的眼睛，然後順著雙頰滾滾而下。

又一個老朋友走了。丹莫刺爾，克里昂，鐸絲，現在則輪到雨果……令他的晚年愈來愈空虛，愈來愈孤獨。

而讓雨果含笑以終的這場革命，卻有可能永遠無法實現。他能否設法獲得帝國圖書館的使用權？他能否找到更多像婉達的人？最重要的是，得花多久時間？

謝頓此時六十六歲。假使他在三十二歲、剛剛抵達川陀之際，便能展開這場革命，那該有多好……

現在或許太遲了。

4-10

吉納洛·麻莫瑞讓他等了很久。這是蓄意的失禮，甚至可說是傲慢，但哈里·謝頓卻保持冷靜。

畢竟，謝頓萬分需要麻莫瑞的幫助。他若對這位圖書館員發怒，只會傷害到他自己。事實上，麻莫瑞會樂於見到一位生氣的謝頓。

因此謝頓按捺住脾氣，耐心地等待，最後麻莫瑞終於走進來。謝頓以前曾見過他，但只是遠遠的一瞥，這是他們兩人首次的單獨會晤。

麻莫瑞身材矮胖，有一張圓臉，以及少許深色的絡腮鬍。他臉上掛著笑容，但謝頓覺得那只是無意義的裝飾。這個笑容使他露出一口黃板牙，而他頭上那頂不可或缺的帽子也具有類似的黃色色調，並且盤繞著一道褐色的線條。

謝頓感到有點噁心。在他的感覺中，自己似乎會很討厭麻莫瑞，即使他毫無理由那樣做。

麻莫瑞並未做任何開場白，直截了當地說：「好啦，教授，我能為你做些什麼？」他望了望牆上的計時片，卻沒有為遲到而道歉。

謝頓說：「我想要請求你，館員閣下，別再反對我留在這座圖書館。」

麻莫瑞兩手一攤。「你在這裡已經待了兩年，你說的是哪門子反對？」

「目前為止，在評議會中，你代表的那一派以及和你志同道合的人，還不能勝過支持館長的票數。但下個月將有另一次會議，而拉斯·齊諾告訴我，他無法確定會有什麼結果。」

麻莫瑞聳了聳肩。「我也無法確定。你的租賃——姑且這麼稱呼——很有可能續約。」

「可是我的需要不只如此而已，麻莫瑞館員，我還希望帶些同事進來。我正在進行的計畫，不是我一個人做得到的，我最終的目的，是準備編纂一套非常特別的百科全書。」

「你的同事愛在哪兒工作，當然就能在哪兒工作，川陀是個很大的世界。」

「我們必須在這座圖書館工作。我是個老人，館員閣下，我沒有多少時間。」

「誰又能制止時間的流逝呢？我認爲評議會不會准許你把同事帶進來。牽一髮而動全身，是嗎，教授？」

（是啊，的確沒錯，謝頓心想，但他什麼也沒說。）

麻莫瑞又說：「我一直無法把你擱在外面，教授，至少目前還不行。但是我想，我能繼續把你的同事擱在外面。」

謝頓瞭解到自己將一無所獲，便將坦白的程度再升一級。他說：「麻莫瑞館員，你對我的憎恨當然不是私怨，你當然瞭解我在從事的工作多麼重要。」

「你的意思是，你的心理史學。得了吧，你在那上面花的時間超過三十年，可是又有什麼成果？」

「那正是重點，現在可能要有成果了。」

「那就讓這個成果誕生在斯璀璘大學，爲何一定要在帝國圖書館？」

「麻莫瑞館員，聽我說。你想要做的是對公衆關閉這座圖書館，你希望粉碎一項悠久的傳統。你狠得下心這樣做嗎？」

「我們需要的不是狠心，而是經費。館長當然曾靠在你的肩頭哭泣，把我們的悲哀告訴了你。預算逐年刪減，薪資降低，必需的保養維護全沒了。我們要怎麼辦？我們不得不減少服務項目，而且當然供不起你和你的同事所需的研究室和設備。」

「這種情況有沒有稟奏陛下？」

「得了吧，教授，你在做夢。你的心理史學不是告訴你，帝國正在逐漸衰落嗎？我聽說有人稱你爲烏鴉嘴謝頓，我相信那是指寓言中一種不吉利的鳥兒。」

「我們的確正在進入一個很糟的時代。」

「而你相信本館偏偏能倖免嗎？教授，這座圖書館如同我的生命，我要它延續下去，但除非我們找到些法子，讓我們逐年縮減的經費能湊合著用，否則它一定無法延續。而你卻來到這裡，指望有個開放式圖書館，讓你自己成爲受益者。辦不到，教授，根本辦不到。」

謝頓抱著一線希望說：「要是我能幫你們找到信用點呢？」

「是嗎，怎麼找？」

「要是我有辦法和陛下說說呢？我擔任過首相，他會接見我，他會聽我陳情。」

「然後你就會從他那裡得到經費？」麻莫瑞哈哈大笑。

「如果我能做到，如果我能增加你們的預算，我可否帶我的同事進來？」

「先把信用點帶來，」麻莫瑞道：「那時我們再說。但我可不認爲你會成功。」

他似乎非常自信。謝頓不禁納悶，帝國圖書館究竟向皇帝請願多麼頻繁，效果又是多麼微弱。而他也懷疑，自己的請願是否會徒勞無功。

4-11

艾吉思大帝十四世其實名不符實。他在即位時選用這個名號，是刻意和二千年前統治帝國的幾位艾吉思大帝攀關係。那些皇帝大多相當能幹，尤其是在位長達四十二年之久的艾吉思六世——他曾以強硬卻不暴虐的手段，將繁榮的帝國治理得井然有序。

假如全相記錄有些可信，艾吉思十四世看來就不像其他任何一位艾吉思大帝。但是，話說回來，根據可靠的消息，艾吉思十四世本人與公開流傳的官方全相像並不太像。

事實上，哈里．謝頓帶著懷舊的惆悵想到，縱使克里昂大帝有百般缺點與弱點，他的帝王風範卻無庸置疑。

艾吉思十四世則不然。謝頓從未眞正見過這位皇帝，而他看過的幾張全相像又極度失眞。皇家全相攝影師知道該怎麼做，而且做得很好，謝頓挖苦地想。

艾吉思十四世身材矮小，擁有一副其貌不揚的面容，稍微鼓脹的雙眼似乎欠缺智慧的光芒。他會有資格坐在皇位上，僅僅因爲他是克里昂的旁系親屬。

然而，他也有值得稱道的一面，那就是他並未試圖扮演一位強勢皇帝。大家都瞭解，他喜歡被稱爲「平民皇帝」。只因爲有皇家規範與禁衛軍大聲疾呼，他才無法走入穹頂，在川陀的人行道上閒逛。傳言又說，他顯然希望能和平民握握手，親耳聽聽他們的怨言。

（値得給他一分，謝頓心想，即使這點永遠無法實現。）

喃喃請安一句，再一鞠躬之後，謝頓開口道：「感謝陛下同意接見我。」

艾吉思十四世的聲音清晰且相當動聽，與他的外表十分不相稱。他說：「一位前首相當然應該有些特權，不過，我必須讚譽自己勇氣可嘉，因爲我有驚人的勇氣同意見你。」

他的話語透著幽默，謝頓突然領悟到一件事：一個看來或許不聰明的人，實際上仍有可能是聰明人。

「勇氣，陛下？」

「啊，當然啦。他們不是叫你烏鴉嘴謝頓嗎？」

「啓稟陛下，幾天前，我才頭一次聽到這種說法。」

「顯然那是針對你的心理史學，它似乎預言了帝國的衰亡。」

「它只是指出這個可能性，陛下……」

「於是，就有人把你和神話中一種不吉利的鳥兒聯想在一起。只是在我看來，你正是一隻不吉利的鳥兒。」

「啓稟陛下，我希望不是。」

「得了，得了，過去的記錄清楚得很。伊圖．丹莫刺爾，克里昂原來的首相，他看好你的研究工作，結果有什麼下場？他被迫離職，自我放逐。克里昂大帝本人看好你的研究工作，結果有什麼下場？他遇刺身亡。軍人執政團看好你的研究工作，結果有什麼下場？他們煙消雲散。據說，連那些九九派也看好你的研究工作，結果，你看，他們同樣被摧毀了。而現在，喔，烏鴉嘴謝頓，你來見我了。我又能指望什麼呢？」

「啊，不會有任何凶險的，陛下。」

「我也這麼想，因為我和剛才提到的那些人都不同，我並不看好你的研究工作。現在告訴我，你來此究竟有什麼目的。」

於是謝頓開始解釋，說籌備那套百科全書的計畫有多麼重要，假如最壞的情況果眞發生，它能夠替人類保存所有的知識。艾吉思十四世一直仔細聆聽，從頭到尾沒有插嘴。

「是啊，是啊，」艾吉思十四世終於開口：「所以說，你的確深信帝國將要衰亡。」

「啓稟陛下，這是個強烈的可能性，拒絕考慮這個可能性將是不智之舉。只要我有辦法，我希望在某種程度上阻止這個結果；即使沒有辦法，我也要減輕它的效應。」

「烏鴉嘴謝頓，如果你繼續在這方面鑽牛角尖，我就會相信帝國眞要衰亡，而且根本無法阻止。」

「不是這樣的，陛下，我只要求准許我繼續工作。」

「喔，這沒問題，但我還不瞭解你希望我怎樣幫你。你爲什麼告訴我關於這套百科全書的種種？」

「因爲我希望在帝國圖書館內工作，陛下，或者更精確地說，我希望其他人能和我一起在那裡工作。」

「我向你保證，我不會從中作梗。」

「那還不夠，陛下，我還要您幫助我。」

「哪一方面呢，前首相？」

「提供經費。必須撥款給那座圖書館，否則它會對公衆關門，並將我趕出去。」

「信用點！」皇帝的聲音中透著驚愕，「你來找我要信用點？」

「是的，陛下。」

艾吉思十四世心慌意亂地站起來，謝頓立刻跟著起身，但艾吉思揮手示意他坐下。

「坐下，別把我當皇帝看待。我並不是皇帝，我原本不想要這份工作，但是他們硬要我接受。我是和皇室最近的親戚，他們就在我耳邊吱吱喳喳，說帝國需要一位皇帝。所以他們擁我出來，這樣對他們有很大的好處。

「信用點！你指望我有信用點！你提到帝國正在瓦解，你認爲它會怎樣瓦解？你心裡想的是叛變？是內戰？還是各處的騷亂？

「都不是！從信用點的角度想想吧。你可瞭解，我無法從帝國半數的星省收到任何稅金？他們仍是帝國的一部分，『皇權萬歲！』，『所有榮耀歸於吾皇！』可是他們什麼稅也不繳，而我又沒有足夠的力量徵收。如果我不能從他們那裡得到信用點，他們其實就不算帝國的一部分，對不對？

「信用點！帝國出現長期財政赤字，數額大得嚇人，沒有什麼費用是我付得出來的。你以爲有足夠的經費維修皇宮御苑嗎？勉強而已。我不得不省著用，不得不讓宮殿腐朽，不得不藉著自然淘汰降低侍從的人數。

「謝頓教授，如果你要信用點，我半點也沒有。我要去哪裡爲那座圖書館找經費？我每年還能設法擠出一點給他們，他們就該感激涕零了。」說完之後，皇帝伸出雙手，手掌向上，彷彿表示帝國國庫空空如也。

哈里．謝頓大吃一驚。「然而，陛下，縱使您欠缺信用點，您仍然擁有皇帝的威望。難道您不能命令該館保留我的研究室，並讓我的同事進駐，幫助我進行極重要的研究工作嗎？」

此時艾吉思十四世重新坐了下來，彷彿一旦話題離開信用點，他就不再處於心慌意亂的狀態。他說：「你該瞭解，根據悠久的傳統，就自治權而言，帝國圖書館獨立於皇權之外。自從艾吉思六世，那位和我同名號的皇帝，」他微微一笑，「試圖控制該館的新聞功能不果之後，它便開始訂定自身的法規。既然偉大的艾吉思六世都失敗了，你認爲我能成功嗎？」

「我不是要求陛下用強，您只要表達一個客氣的意願就好。不用說，只要不牽涉到該館的重要功能，他們會樂意禮遇皇帝，遷就皇帝的旨意。」

「謝頓教授，你對那座圖書館知道得太少。我只要表達一個意願，不論多麼溫和，多麼心虛，都能確定他們一定會怒氣沖沖地反其道而行。對於皇權控制的任何跡象，他們可是非常敏感。」

謝頓說：「那我該怎麼辦？」

「啊，我告訴你該怎麼辦，我剛想到一個法子。我也是公衆的一員，只要我喜歡，我也可以造訪帝國圖書館。它座落於御苑內，因此我的造訪並不會違反規範。所以說，你和我一起去，我們將表現得十分熱絡。我不會對他們做任何要求，但他們若注意到我們手牽手走在一起，那麼說不定他們那個了不起的評議會，有些成員便會覺得對你好點總是好的——但那是我唯一能做的了。」

而深深失望的謝頓，則深深懷疑那樣做有沒有足夠的作用。

4-12

拉斯．齊諾聲音中帶著幾分敬畏說：「我不知道您和皇帝陛下這麼熟絡，謝頓教授。」

「有何不可？就一位皇帝而言，他是非常民主的。而且，他對我在克里昂時代擔任首相的經驗很感興趣。」

「這令我們大家都留下深刻印象，已經好多年沒有皇帝駕臨我們的大廳。一般說來，當皇帝陛下需要圖書館中什麼資料……」

「我可以想像。他下個傳召，便會有人送去給他，這代表對他的禮遇。」

「過去曾有人建議，」齊諾滔滔不絕地說：「爲皇帝在皇宮中裝設一套完整的電腦化設備，直接聯到圖書館系統，這樣他就無需等待。那時還是信用點豐足的年頭，但是，您可知道，結果卻被否決了。」

「是嗎？」

「喔，是的。幾乎整個評議會一致認爲，那將使皇帝和本館有太深的關係，會威脅到我們獨立於政府的地位。」

「而這個評議會，這個甚至不願過分禮遇皇帝的評議會，同意讓我留在館裡嗎？」

「目前這個時候，答案是肯定的。大家普遍有一種感覺，而我也盡全力助長這種感覺，那就是我們若不善待皇帝的私交，增加預算的機會將完全消失，所以……」

「所以信用點，甚至是信用點的模糊影子，比什麼都有份量。」

「只怕就是如此。」

「那我能不能帶我的同事進來？」

齊諾顯得有些尷尬。「只怕不行。我們只看到皇帝陛下和您走在一起，沒有看到您的同事。我很抱歉，教授。」

謝頓聳了聳肩，一股深沉的憂鬱襲上心頭。反正，他也沒有什麼同事能帶進來。過去曾有一段時間，他希望找到其他類似婉達的人，結果他失敗了。他同樣需要經費，才能展開足夠徹底的搜尋，而他同樣沒有任何經費。

4-13

哈里．謝頓走出從母星赫利肯飛來的超空間飛船，首度踏上川陀的土地，已經是三十八年前的事。這些年來，川陀這個世界型都會、銀河帝國的首都，發生了許多可觀的變化。謝頓不禁納悶，是不是一個老人記憶中璀璨的迷霧，讓昔日的川陀在他印象中顯得特別輝煌。或者，也許是由於年少的熱情——一個年輕人來自像赫利肯那樣偏僻的外圍世界，怎能不折服於那些閃閃發亮的尖塔、光芒耀眼的穹頂，以及五彩繽紛、幾乎日夜川流不息的人潮。

如今，謝頓悲傷地想到，即使在大白天，人行道也幾乎空無一人。流浪街頭的兇徒組成許多幫派，控制著城市各個地區，並不時爲爭奪地盤而火併。保安部門已經萎縮，留下來的人都在中央辦公室全力處理各種控訴。當然，在收到緊急訊號時，保安官仍會被派出來，但他們一律在案發之後才抵達現場，甚至不再裝模作樣地保護川陀居民。外出的人得自己承擔風險，而且是極大的風險。

但是哈里．謝頓仍在冒這種險，他每天總會步行一段路程，彷彿在向那些邪惡的力量挑戰。那些力量雖然即將摧毀他所熱愛的帝國，他卻不容許它們摧毀自己。

因此，這時哈里．謝頓正在漫步，步子有點跛，腦子則陷入沉思。

毫無進展，各方面都毫無進展。他一直無法分離出使婉達與眾不同的基因型樣，而做不到這一點，他就無法找到與她類似的人。

自從婉達指出雨果．阿馬瑞爾的元光體中出現瑕疵，這六年來，她透視心靈的能力敏銳了許多倍。此外，婉達在另外一些方面也頗不尋常。彷彿一旦察覺到她的精神能力使她與眾不同，她便決心要瞭解它的奧祕，要駕馭它的力量，要指揮它的功能。這幾年間，十幾歲的她逐漸成熟，過去令謝頓鍾愛異常的那種孩子氣的吃吃笑聲，如今早已聽不到了。然而，由於她決心利用「天賦」幫助他進行研究，他因而更加珍視她。哈里．謝頓已將第二基地的計畫告訴婉達，而她則已立志獻身這項計畫，要和他共同實現這個目標。

不過，謝頓今天情緒十分陰鬱。他逐漸得到一項結論，那就是婉達的精神能力無法對他提供任何幫助。他沒有信用點繼續研究工作——沒有信用點得以尋找類似婉達的人，沒有信用點付給斯璀璘大學心理史學計畫的工作人員，沒有信用點在帝國圖書館中創設那個重要無比的百科全書計畫。

現在該怎麼辦？

他繼續朝帝國圖書館走去。其實搭乘重力計程車會比較好，但他就是要步行，不論是否跛腳，他需要利用這段時間來思考。

他聽到有人喊道：「他在那裡！」可是並未留意。

接著又傳來一聲：「他在那裡！心理史學！」

「心理史學」這幾個字令他不禁抬起頭。

一群年輕人正向他圍過來。

謝頓自然而然背靠牆壁，並舉起手杖。「你們想要什麼？」

他們哈哈大笑。「要信用點，老頭，你有信用點嗎？」

「也許有，但你們為什麼要我的信用點？你們剛才在喊『心理史學！』你們知道我是誰嗎？」

「當然，你就是烏鴉嘴謝頓。」領頭那個年輕人說，他似乎又得意又高興。

「你是個討厭鬼。」另一人叫道。

「如果我不給你們任何信用點，你們會怎麼做？」

「我們會揍你一頓，」領頭那人說：「然後我們自己動手。」

「如果我把信用點通通給你們呢？」

「我們橫豎都會揍你一頓！」眾人一起哈哈大笑。

哈里．謝頓將手杖舉高一點。「別過來，你們都別過來。」

現在他總算把他們數了一遍，總共有八個人。

他覺得有點透不過氣來。很久以前，曾有十個人圍攻他與鐸絲，他倆卻應付自如。當時他只有三十二歲，而鐸絲——鐸絲就是鐸絲。

現在情況完全不同，他開始揮動手杖。

那群小流氓的頭頭說：「嘿，這老頭要攻擊我們，我們要怎麼辦？」

謝頓迅速環顧四周。附近沒有保安官，這是社會衰敗的另一項徵兆。偶爾有一兩個人經過，可是呼救根本沒用。他們都加快步伐，而且繞了很大的彎，沒有人要冒險捲入一場紛爭。

謝頓說：「你們誰先湊近，誰的腦袋先開花。」

「是嗎？」那頭頭快步向前走去，抓住那根手杖。經過短暫的激烈掙扎，謝頓緊握的手杖被搶走了，那頭頭隨手將它丟到一邊。

「現在怎麼樣，老頭？」

謝頓開始退縮，他只能等著挨打了。他們圍在他身邊，每個人都急著落下一兩拳。謝頓則舉起雙臂，試圖擋開他們。他還勉強能施展些角力，假使他面對的只有一兩個人，他或許能閃躲騰挪，避開他們的拳頭，並且伺機反擊。但對付八個人則不行，他當然對付不了八個人。

無論如何，爲了躲避攻擊，他還是試著迅速挪向一側。但由於坐骨神經痛作祟，右腿直不起來。他跌倒在地，明白自己完全一籌莫展了。

然後，他聽見一個洪亮的聲音喊道：「這裡發生什麼事？退下，你們這些兇徒！否則我把你們通通殺掉！」

那頭頭說：「好啊，又來個老頭。」

「沒那麼老。」那人說完，便用手背擊向那頭頭的臉部，把他的臉打得又紅又腫。

謝頓驚叫道：「芮奇，是你。」

芮奇向後揮了揮手。「你別管了，爸。趕快站起來，離開這裡。」

那頭頭一面揉著臉頰，一面說：「我們會要你付出代價。」

「不，你們不會。」芮奇抽出一把達爾製的刀子，刀身又長又亮。接著他又抽出一把，然後用雙手握著雙刀。

謝頓虛弱地說：「還帶著刀啊，芮奇？」

「永遠帶著。」芮奇說：「沒有任何因素能阻止我。」

「我會阻止你。」那頭頭一面說，一面掏出一柄手銃。

說時遲那時快，芮奇手中的一把刀凌空飛出，轉瞬間便插入那頭頭的喉部。那人發出一下響亮的喘息，然後是一陣咯咯聲，接著他便仆倒在地，另外七個人看得目瞪口呆。

芮奇欺近他，說道：「我要收回我的刀。」他從那小流氓的喉部抽出刀來，還在他的襯衣前胸處擦了擦。與此同時，他踩住那人的右手，彎下腰，拾起了他的手銃。

芮奇將手銃丟進身上一個寬大的口袋中。「我不喜歡用手銃，你們這夥廢物，因爲有時我會失手。然而，我用刀從沒失過手，從來沒有！那個人已經死了，現在你們站著的還有七個。你們是打算繼續站著，還是趕緊離去？」

「抓住他！」其中一個小流氓說，於是七個人一齊向前衝。

芮奇退了一步。兩把刀一前一後如閃電般刺出，其中兩個小流氓便煞住腳步，腹部各插了一把刀。

「把我的刀還給我。」芮奇說完，便帶著切割的動作拔出刀來，還不忘擦了擦刀身。

「這兩個還活著，但活不了多久。現在沒躺下的還剩你們五個，你們是要再度發動攻擊，還是要離開這裡？」

他們剛一轉身，芮奇便喊道：「把這些死了的和快死的抬走，我可不要留著。」

他們匆匆忙忙把死傷的同伴擔在肩上，然後夾著尾巴逃之夭夭。

芮奇彎下腰來，撿起謝頓的手杖。「你還能走嗎，爸？」

「不太行，」謝頓說：「我扭傷了一條腿。」

「好吧，那麼上我的車。怎麼搞的，你幹嘛要走路？」

「有何不可？我以前從沒遇到任何事。」

「所以你一直等著遇到點什麼。上我的車吧，我送你回斯璀璘。」

他默默設定好地面車的路徑，然後說：「眞可惜鐸絲不在場，媽可以赤手空拳對付他們，五分鐘內讓八個都變成死人。」

謝頓覺得淚水刺痛了眼瞼。「我知道，芮奇，我知道。你以為我不天天懷念她嗎？」

「真抱歉。」芮奇低聲說。

謝頓問道：「你怎麼曉得我有麻煩？」

「婉達告訴我的。她說會有邪惡的人在路上等著你，還告訴我在哪裡，於是我立刻動身。」

「你不懷疑她清楚自己在說些什麼嗎？」

「一點也不。現在我們對她已有足夠的瞭解，知道她和你的心靈以及你周遭的事物有某種接觸。」

「她可曾告訴你有多少人攻擊我？」

「沒有，她只是說『可不少』。」

「而你就自己一個人來，是嗎，芮奇？」

「我沒時間組織一隊人馬，爸。何況，我一個就夠了。」

「是的，沒錯。謝謝你，芮奇。」

4-14

現在他們回到了斯瓘璘，謝頓將右腿伸在一個跪墊上。

芮奇以憂鬱的眼神望著他。「爸，」他開口道：「從現在起，不准你單獨一人在川陀閒逛。」

謝頓皺起眉頭。「為什麼，就因為一次意外？」

「一次意外就夠了。你再也不能照顧自己，你已經七十歲了，而且在緊急狀況下，你的右腿不聽使喚。何況你還有許多敵人……」

「許多敵人！」

「一點都沒錯，你自己心裡明白。那些街頭鼠輩並不是任意找個對象，並不是隨便找個落單的人打劫。他們大叫『心理史學！』以確定你的身分，而且他們叫你討厭鬼。你以為那是為什麼嗎？」

「我不知道為什麼。」

「那是因為你活在一個完全屬於自己的世界，爸，你不知道川陀發生了什麼變化。你難道以為川陀人不曉得他們的世界正在迅速走下坡嗎？你難道以為他們不曉得你的心理史學多年來都在預測這一點嗎？你難道沒想到，他們有可能因為預言而責怪預言者嗎？如果一切愈來愈糟——事實也正是如此——會有許多人認為你該為此負責。」

「我無法相信這種事。」

「帝國圖書館有一派人想要把你趕出去，你以為是為什麼？他們不想在你被暴民圍攻時，遭到池魚之殃。所以說，你必須懂得自己照顧自己。你不能再單獨外出，我一定得跟著你，或者你一定得有些保鑣。以後必須這樣做才行，爸。」

謝頓顯得極不高興。

芮奇隨即軟化，又說：「但不會太久的，爸，我找到了一個新工作。」

謝頓抬起頭來。「新工作，什麼樣的工作？」

「教書，在一所大學教書。」

「哪一所大學？」

「聖塔尼。」

謝頓雙唇打顫。「聖塔尼！它是位於銀河另一側的一個偏僻世界，距離川陀有九千秒差距之遠。」

「完全正確，那正是我要到那裡去的原因。我這輩子都待在川陀，爸，我已經厭倦了。如今在整個帝國中，沒有任何世界像川陀這樣迅速衰落。它已經變成罪惡的淵藪，沒有人能保護我們。而且這裡經濟疲軟、科技衰退。反之，聖塔尼則是個不錯的世界，仍然欣欣向榮。我要去那裡建立一個新生活，帶著瑪妮拉、婉達和貝莉絲一塊走，我們兩個月後就要動身。」

「你們全都走？」

「還有你，爸，還有你。我們不會把你留在川陀，你要和我們一塊到聖塔尼去。」

謝頓搖了搖頭。「不可能，芮奇，你知道的。」

「為什麼不可能？」

「你知道為什麼。為了謝頓計畫，為了我的心理史學。你是要我放棄畢生的工作嗎？」

「有何不可？它已經放棄你。」

「你瘋了。」

「不，我沒有。你死守著它能怎麼樣？你沒有信用點，你找不到任何財源，川陀上已經沒有人願意支持你。」

「將近四十年的歲月……」

「沒錯，這點我承認。但經營了這麼多年，你終究是失敗了，爸。失敗沒什麼罪過，你曾經這麼努力，你已經獲致這麼多成果，但你遇到的是個逐漸惡化的經濟，是個逐漸衰亡的帝國。正是你多年來所預測的事，最後阻止你繼續前進。所以說……」

「不，我不會停止。不管用什麼方法，我總要繼續下去。」

「我告訴你怎麼辦，爸。如果你眞要那麼固執，那就帶著心理史學一起走，到聖塔尼另起爐灶。那裡也許有足夠的信用點，以及足夠的熱忱支持這項計畫。」

「那些忠心耿耿追隨我的男男女女又怎麼辦？」

「喔，算了吧，爸。他們一個接一個走了，因爲你無法支付他們薪水。要是把餘生耗在這裡，你將會孤苦零丁。喔，走吧，爸。你以爲我喜歡這樣和你說話嗎？那是因爲沒人願意這樣做，因爲沒人有這個膽告訴你，說你已經陷入困境。現在讓我們彼此開誠佈公——當你走在川陀街頭，竟然會只因爲你是哈里．謝頓而遭到攻擊，難道你不認爲應該稍微面對現實了嗎？」

「別管現實不現實，我可不打算離開川陀。」

芮奇搖了搖頭。「我料到你會很固執，爸。你有兩個月的時間改變心意，好好想一想，好嗎？」

4-15

哈里．謝頓已有好長一段時間未曾露出笑容。他仍舊一切如常地主持謝頓計畫：繼續推動心理史學的發展，爲基地擬定方案，此外就是研究元光體。

但是他不再露出笑容。他所做的只是強迫自己投入工作，卻沒有任何成功在望的感覺。反之，他倒是感覺一切皆已瀕臨失敗。

現在，他坐在斯璀璘大學自己的研究室中，婉達突然走了進來。他抬頭望向她，覺得精神爲之一振。婉達一向十分特殊——雖然謝頓無法明確指出他（以及其他人）何時開始以異常認眞的態度接受她的見解：在他的印象中，似乎向來就是如此。她還是小女孩的時候，便以奇妙的方式獲悉

「檸檬水之死」，因而救了他一命。此外在她的童年時期，她始終有辦法知道許多事情。

雖然恩德勒斯基醫師斷定婉達的基因組在各方面完全正常，謝頓仍確信這個孫女擁有遠遠超乎常人的精神力量。此外他同樣確定，在銀河系中，甚至在川陀上，還有其他類似婉達的人存在。假使他能找到他們，找到這些精神異人，他們將對「基地」做出莫大的貢獻。如此的偉業能否成眞，全繫於這位美麗的孫女身上。謝頓凝望著框在研究室門口的她，感到自己彷彿柔腸寸斷。再過幾天，她即將離去。

他怎能承受這種打擊？她是如此美麗的一個女孩——十八歲，一頭長長的金髮，稍嫌寬闊的臉龐時時帶著笑容。即使現在她仍然笑容滿面，謝頓轉念一想：有何不可？她即將前往聖塔尼，投入一個嶄新的生活。

他說：「好啊，婉達，只剩幾天了。」

「不，我可不這麼想，爺爺。」

他定睛望著她。「爲什麼？」

婉達向他湊近，伸出雙臂環抱他。「我不準備去聖塔尼。」

「你父母親改變了心意？」

「不，他們還是要去。」

「而你不去？爲什麼？那你要去哪裡？」

「我要留在這裡，爺爺，陪著你。」她緊緊抱住他，「可憐的爺爺！」

「可是我不懂。爲什麼呢？他們准你這樣做嗎？」

「你是說爸媽，並不盡然。我們爲這件事爭論了好幾個星期，但我已經贏了。有何不可呢，爺爺？他們要去聖塔尼，他們將擁有彼此，而且他們還有小貝莉絲。但我要是也跟他們去，把你留在這裡，你就什麼人也沒有了。我想我狠不下這個心。」

「但你是怎麼讓他們同意的？」

「這個嘛，你該知道——我推他們。」

「那是什麼意思？」

「用我的心靈。我看得到你心裡想些什麼，還有他們想些什麼。這些年來，我看得愈來愈清楚。而且，我能推動他們去做我所希望的事。」

「你怎麼做到的？」

「我也不知道。但一段時間後，他們被推煩了，便願意讓我照自己的意思去做，所以我會留在這裡陪你。」

謝頓抬頭望著她，心中忍不住充滿愛憐。「那太好了，婉達。可是貝莉絲……」

「別擔心貝莉絲，她沒有像我這樣的心靈。」

「你確定嗎？」謝頓咬住下唇。

「相當確定。何況，爸媽也得有個伴。」

謝頓想要高聲歡呼，但他不能公然這樣做，他必須顧到芮奇與瑪妮拉。他們會怎麼想呢？他說：「婉達，你的雙親怎麼辦？你能對他們這麼冷酷無情嗎？」

「我不是冷酷無情，他們瞭解的。他們明白我必須和你在一起。」

「你是如何設法做到的？」

「我推他們，」婉達輕描淡寫地說：「最後他們終於能用我的觀點看待這件事。」

「你做得到這點？」

「那並不容易。」

「而你這樣做是因爲……」謝頓打住了。

婉達說：「當然，是因爲我愛你。還有就是……」

「什麼？」

「我必須學習心理史學，我對它已有不少認識。」

「從哪兒學來的？」

「從你的心靈，從謝頓計畫其他成員的心靈，尤其是從當年的雨果叔叔那裡。但目前爲止，都只是零零星星。我要學眞正的東西，爺爺，我要一個自己的元光體。」她滿面紅光，話說得又快又熱情。「我要詳詳細細研究心理史學。爺爺，你相當老了，而且相當疲倦。我還年輕，而且有衝勁。我要盡可能學習一切，以便將來能繼續……」

謝頓說：「好啊，如果你能這麼做，那實在太好了。但我們再也沒有任何經費，我會盡可能教你，可是，我們什麼也不能做。」

「我們等著瞧，爺爺，我們等著瞧。」

4-16

芮奇、瑪妮拉與小貝莉絲在太空航站等待啓程。超空間飛船正在做升空準備，他們三人的行李已經托運好了。

芮奇說：「爸，跟我們走。」

謝頓搖了搖頭。「我做不到。」

「如果你改變心意，我們家永遠歡迎你。」

「我知道，芮奇。我們相處了將近四十年，這是一段美好的時光，遇到你是鐸絲和我的運氣。」

「幸運的是我。」他的雙眼充滿淚水，「別以為我沒天天想到母親。」

「是啊。」謝頓悲痛地別過頭去。當登船召喚響起時，婉達還在和貝莉絲玩耍。婉達的父母含淚與她做最後的擁抱，便隨眾人走向飛船。芮奇還回過頭來向謝頓揮手，臉上掛著一個扭曲的笑容。

謝頓抬頭揮著手，另一隻手則抱向婉達的雙肩。

她是唯一留下來的了。在他漫長的一生中，他的朋友與他所愛的人一個個離他而去。丹莫刺爾離開了，再也沒有回來；克里昂大帝走了；他摯愛的鐸絲走了；他忠實的朋友雨果·阿馬瑞爾走了。現在，他的獨子芮奇也走了。

他身邊只剩下了婉達。

4-17

哈里·謝頓說：「外面真是美麗，好一個難得的黃昏。既然我們住在穹頂之下，每個黃昏都應該是像這麼美好的天氣。」

婉達淡然地說：「如果總是那麼美麗，爺爺，那我們一定會生厭。每晚有些小小的變化，對我們是好的。」

「對你是好的，因為你還年輕，婉達，你還有很多很多個黃昏。我可不同，我希望多些美好的日子。」

「好啦，爺爺，你還不老。你的右腿情況不錯，你的心靈敏銳如昔，我都知道。」

「的確。繼續說，讓我感覺舒服點。」然後，他帶著不自在的神態說：「我想出去走走，我想離開這間窄小的公寓，散步到帝國圖書館，享受一下這個美好的黃昏。」

「你要到那座圖書館做什麼？」

「此時此刻，什麼也不做。我只是想走走，可是……」

「嗯，可是？」

「我對芮奇承諾過，要是沒有保鑣，我不會在川陀閒逛。」

「芮奇不在這裡。」

「我知道，」謝頓喃喃地說：「但承諾總是承諾。」

「他並沒說該由誰擔任保鑣，對不對？我們去散散步吧，我來當你的保鑣。」

「你？」謝頓咧嘴笑了笑。

「是的，我，我自願提供這項服務。你準備一下，我們這就去走走。」

謝頓被逗樂了。他有一半不想帶手杖出去，因爲他的右腿近來幾乎不痛了。但是，另一方面，他換了一根新手杖，杖頭灌了鉛，比原來那根更沉重、更堅固。倘若他只能有婉達這位保鑣，他認爲最好還是帶著那根新手杖。

在他們抵達某處之前，這趟漫步相當愉快，謝頓萬分高興自己未能抗拒這個誘惑。此時，謝頓卻在憤怒與灰心交雜的情緒中舉起手杖，說道：「看看那裡！」

婉達揚起目光。正如每個黃昏一樣，穹頂正放出光芒，以製造薄暮的氣氛。當然，隨著夜色漸深，它就會逐漸變暗。

然而謝頓所指的，則是穹頂上的一條暗帶。換句話說，有一段燈光消失了。

謝頓說：「我剛到川陀的時候，任何像這種事都是不可思議的。當年隨時有人維護那些燈泡，整個城市都在運作。可是現在，它在所有這些小節上四分五裂，而最令我煩惱的是根本沒人在乎。為什麼見不到向皇宮請願的活動？為什麼沒有義憤塡膺的集會？就好像川陀人民指望著這座城市逐漸瓦解，然後又遷怒到我身上，因爲我指出這正是如今在發生的事。」

婉達輕聲道：「爺爺，我們後面有兩個人。」

這個時候，他們已經走進因穹頂燈光故障而形成的陰影。謝頓問道：「他們只是路過嗎？」

「不，」婉達並未望向他們，她不必那麼做。「他們在跟蹤你。」

「你能阻止他們嗎？推走他們？」

「我在嘗試，但對方有兩個人，而且他們很堅決。這就像——就像在推一堵牆。」

「他們在我後面多遠？」

「大約三公尺。」

「逐漸接近？」

「是的，爺爺。」

「等他們來到我身後一公尺，就趕緊告訴我。」他握著手杖的手開始往下滑，最後握住手杖的尖端，讓灌鉛的那頭自由搖擺。

「來了，爺爺！」婉達悄聲道。

謝頓立即轉身，並揮動他的手杖。杖頭重重落在其中一人的肩膀，那人發出一聲尖叫，倒在人行道上拚命翻滾。

謝頓說：「另外那傢伙呢？」

「他跑掉了。」

謝頓低頭望著地上那個人，並用一隻腳踩住他的胸部。「搜他全身的口袋，婉達。一定有人付他一筆信用點，我要找出他的信用檔案，說不定我能認出他們是哪一路的。」他又若有所思地說：「我本來想打他的頭。」

「那會要他的命，爺爺。」

謝頓點了點頭。「那正是我想要做的。實在要不得，所幸我沒打中。」

一個刺耳的聲音突然響起：「這是怎麼回事？」接著，一個穿著制服的人滿頭大汗地跑過來。「你，把那根手杖給我！」

「保安官。」謝頓和氣地喚道。

「你有話可以待會兒再對我說，我們得先幫這個可憐人召救護車。」

「可憐人！」謝頓氣呼呼地說：「他正準備攻擊我，我的行動是自衛。」

「我看到整個經過，」那名保安官說：「這人並未伸出一根指頭碰你。你突然轉過身來，毫無來由就給他一棍。那不是自衛，那是蓄意傷害。」

「保安官，我告訴你……」

「什麼也別告訴我，有話可以在法庭講。」

婉達以甜美輕柔的聲音說：「保安官，只要你能聽我們說幾句……」

那保安官說：「你快回家去，小姐。」

婉達站了起來。「我絕不會那麼做，保安官。我祖父去哪裡，我就跟去哪裡。」在她閃爍的目光下，保安官喃喃道：「好吧，那就一塊走。」

4-18

謝頓暴跳如雷。「我這一輩子，還從來沒有被拘留過。幾個月前，有八個人襲擊我，在我兒子的幫助下，我才有辦法打退他們，可是那個時候，附近看得見一個保安官嗎？有人前來助我一臂之力嗎？沒有。這次，我有備而來，我把一個準備襲擊我的人打趴了。附近看得見一個保安官嗎？不但看得見，她還將我逮捕。一旁還有路人圍觀，他們樂得看到一個老頭因蓄意傷害罪被帶走。我們活在一個什麼樣的世界？」

謝頓的律師西夫．諾夫可嘆了一口氣，再以平靜的口吻說：「一個敗壞的世界。但是不用擔心，你不會有事的，我會把你保釋出來。然後，你終將回到這裡，在你的同儕所組成的陪審團前接受審判。而最重的刑罰——最重不過的——也只是法官申斥你幾句而已。你的年紀和你的名望……」

「別提我的什麼名望。」謝頓仍在氣頭上，「我是個心理史學家，而如今這個年頭，心理史學可是骯髒的字眼，他們會樂於見到我坐牢。」

「不，他們不會。」諾夫可說：「也許有些偏激人士對你懷恨在心，但我絕不會讓這種人進入陪審團。」

婉達說：「我們真的得讓我祖父經歷這一切嗎？他已不再年輕。我們能不能光是去見治安官，而省去一場陪審團審判？」

律師轉向她。「可以做得到，假如你瘋了，或許可以這樣做。治安官都是大權在握而毫無耐心的人，他們寧可隨便判個一年徒刑，也不願意聽被告的陳述。沒有人會想去見治安官。」

「我想我們應該去。」婉達道。

謝頓說：「好啦，婉達，我想我們該聽西夫……」但他剛說到這裡，便覺得腹部一陣強烈的激盪，那是婉達在「推」他。於是謝頓改口道：「好吧，如果你堅持。」

「她不能堅持，」律師說：「我不會允許這種事。」

婉達說：「我祖父是你的委託人，如果他要某件事照他的意思做，你就得那樣做。」

「我可以拒絕他的委託。」

「好啊，那麼請便。」婉達以尖銳的口氣說：「我們會單獨面對治安官。」

諾夫可想了一想。「那麼，好吧，既然你執意這麼固執。我擔任哈里的法律代表好多年了，我想我不能在這個時候遺棄他。但是我要警告你，他被判入獄的機會十之八九，到時候我得費九牛二虎之力尋求赦免——假使我辦得到的話。」

「我可不怕。」婉達說。

謝頓咬著嘴唇，此時律師又轉向他。「你怎麼說？你願意讓你的孫女作主嗎？」

謝頓想了一下，然後大大出乎老律師的意料之外，他答道：「願意，我願意。」

4-19

當謝頓進行陳述時，治安官沒好氣地望著他。

治安官說：「你怎麼會認爲你打倒的那個人有攻擊你的意圖？他打你了嗎？他威脅你了嗎？他有沒有以任何方式令你感到身處險境？」

「我孫女察覺到他向我迫近，而且相當確定他打算攻擊我。」

「不用說，老先生，這點絕對不夠。在我宣判之前，你還有任何事能告訴我嗎？」

「好吧，慢著，」謝頓忿忿不平地說：「別那麼快就宣判。幾個星期前，我遭到八個人襲擊，結果我兒子幫我打退他們。所以說，您看，我有理由認爲可能再度受到襲擊。」

治安官隨手翻了翻文件。「遭到八個人襲擊，你報案了嗎？」

「當時附近沒有保安官，一個也沒有。」

「答非所問，你報案了嗎？」

「沒有，大人。」

「爲什麼？」

「原因之一，我怕捲入冗長的法律程序。既然我們把八個人趕走了，自身又安然無事，再找其他麻煩似乎毫無意義。」

「就你和你兒子，你們怎麼有辦法抵擋八個人？」

謝頓遲疑了一下。「我兒子如今在聖塔尼，不在川陀管轄範圍。所以我能告訴您，他帶著兩把達爾長刀，而且他是用刀的行家。那天他殺了其中一人，並且重傷另外兩個，其他人便帶著死傷的同伴跑了。」

「但你並沒有爲那次的死傷報案備查？」

「沒有，大人，理由和剛才說的一樣，而且我們是自衛傷人。然而，如果您能查出那三名死傷者，您就有了我們遭到攻擊的證據。」

治安官說：「追查一死兩傷、三個無名無姓的川陀人？你曉不曉得光是刀傷身亡的，川陀上每天便能發現超過兩千具屍首？這種事除非立即接到報案，否則我們一籌莫展。你曾經遭到襲擊的這項陳述，完全不足以採信。現在我們必須做的，是審理今天這個事件。有人替它報了案，還有一名保安官做證。

「所以說，讓我們單單考慮目前這個狀況。你爲何認定那個人準備攻擊你？只因爲你剛好路過？因爲你似乎年老而無力抵抗？因爲你像是可能攜帶大筆信用點？你究竟是怎麼想的？」

「我想，治安官，是因爲我的身分。」

治安官看了看面前的文件。「你是哈里．謝頓，一名教授和學者。這點爲何會讓你特別成爲襲擊的對象？」

「因爲我的觀點。」

「你的觀點。嗯……」治安官草率地翻了翻幾份文件。突然間他停止了動作，抬起頭來凝視著謝頓。「慢著──哈里．謝頓。」他臉上浮現出熟識的神情，「你就是那個研究心理史學的，對不對？」

「是的，治安官。」

「很抱歉，我對它毫無認識。我只知道它叫這個名字，以及你到處發表預言，說些帝國末日即將來臨之類的話。」

「並不盡然，治安官。但我的觀點已經變得不受歡迎，因爲事實逐漸證明它們都是眞的。我相信正是由於這個緣故，因此有人想要襲擊我，更有可能是受雇襲擊我。」

治安官瞪了謝頓一會兒，然後叫來逮捕謝頓的那名保安官。「你有沒有查過受傷那人的身分？他有沒有前科？」

女保安官清了清喉嚨。「有的，大人。他被逮捕過好幾次，罪名是襲擊和鬧事。」

「喔，那麼他是累犯了？這位教授有沒有前科呢？」

「沒有，大人。」

「所以這件案子，是一位無辜的老人擊退一個有前科的鬧事黨。而你卻逮捕了這位無辜的老人，是不是這樣？」

保安官啞口無言。

治安官說：「你可以走了，教授。」

「謝謝您，大人。我能拿回我的手杖嗎？」

治安官對保安官彈了一下手指，後者便將手杖交給了謝頓。

「可是要記住一件事，教授。」治安官說：「倘若你再要用那根手杖，最好絕對確定你能證明那是自衛行爲。否則……」

「是的，大人。」哈里．謝頓離開了治安官的審判廳，他的體重大半倚在手杖上，但他的頭抬得很高。

4-20

婉達哭得極凄苦，她的臉蛋沾滿淚水，雙眼通紅，雙頰也腫了起來。哈里．謝頓高高站在她身旁，輕拍著她的背，不知如何安慰她才好。

「爺爺，我是個悲慘的輸家。我以爲我能推動他人——只要他們不介意被推動太多，像爸媽那樣，我就推得動，可是即使那樣，也得花好長一段時間。我甚至設計出一種評量系統，分成十個等級，可以說是個『心靈推力計』。只不過我太高估自己了，我假定自己是十級，或者至少是九級。可是現在我才明白，我頂多只有七級。」

婉達已經停止哭泣，謝頓輕撫著她的手，她偶爾還是會抽噎一下。「通常……通常……我都沒問題。如果我全神貫注，就能聽見人們的思想，還能任意推動他們。可是那些籬頭黨！我確實聽得見他們，但我怎麼也沒辦法把他們推走。」

「我認為你做得非常好，婉達。」

「我沒有。我曾有個幻……幻想，我以為當別人來到你身後，只要我用力一推，便能讓他們飛走。這樣我就可以當你的保鑣，而那正是我自告奮勇當你的保……保鑣的原因。不料我辦不到，那兩個傢伙走過來，我卻一點辦法也沒有。」

「可是你真有辦法啊。你令第一個人遲疑不決，讓我有機會轉身擊倒他。」

「不，不。那和我一點關係也沒有，我能做的只是警告你，其他都是你自己做的。」

「第二個人則跑了。」

「因為你擊倒了頭一個，那和我一點關係也沒有。」她突然流下挫折的淚水，「還有那個治安官。我堅持要見治安官，因為我以為自己能推動他，讓他立刻放你走。」

「他的確放我走了，而且幾乎是立刻釋放。」

「不。他惡狠狠地對你公事公辦，直到發覺你是誰，他才恍然大悟，那和我一點關係也沒有。我處處碰壁，差點為你惹了大麻煩。」

「不，我拒絕相信這點，婉達。若說你的推力不如你所希望的那麼有效，那只是因為你身處緊急狀況，令你身不由己。可是，婉達，聽著——我想到一個主意。」

婉達聽出他聲音中的興奮之情，馬上抬起頭來。「什麼樣的主意，爺爺？」

「這個嘛，事情是這樣的，婉達，你或許瞭解我必須籌得信用點。若是沒有經費，心理史學簡直無法繼續下去。經過這麼多年的辛苦，倘若一切成為泡影，我可經不起這種打擊。」

「我也經不起。可是我們怎樣才能籌得信用點呢？」

「這個嘛，我準備再次求見皇帝陛下。我已經見過他一次，他是個好人，我很喜歡他，可是他並非富可敵國。然而，如果我帶你跟我一起去，如果你推他一下，輕輕推一下，說不定他就會從哪裡找到財源，好讓我再撐一陣子，直到我能想到別的辦法。」

「你眞認爲這樣行得通嗎，爺爺？」

「沒有你絕不行，可是有了你，也許就可以。來吧，難道不值得試試嗎？」

婉達微微一笑。「你知道的，爺爺，你要我做什麼我都肯。何況，那是我們唯一的希望。」

4-21

求見皇帝陛下並不困難。當艾吉思迎接哈里．謝頓時，他的雙眼閃爍著光芒。「嗨，老友，」他說：「你是要給我帶來壞運嗎？」

「我希望不是。」謝頓說。

艾吉思解開穿在身上的精緻披風，一面發出一下疲倦的哼聲，一面將它丟到房間的一角，並說：「你，給我躺在那裡。」

他望向謝頓，搖了搖頭。「我恨那玩意，它像原罪一樣沉重，像地獄之火一樣燙人。當我像雕像般筆直地站著，接受胡言亂語的疲勞轟炸時，我總是得穿著它。簡直可惡透頂！克里昂生來如此，而且他有帝王氣派，我卻不是也沒有。我只是不幸生爲他的第三個表弟，所以有資格當皇帝。我很樂意以非常低的價錢把它賣掉，你想不想當皇帝啊，哈里？」

「不，不，我不會做那個夢，所以您別抱太大希望。」謝頓哈哈大笑。

「可是你得告訴我，今天跟你來的這位美麗非凡的少女是誰？」

婉達面紅耳赤，皇帝則和藹地說：「你絕不能被我說得臉紅，親愛的。皇帝所擁有的少數特權之一，就是口無遮攔的權利。沒有人能反對或提出異議，他們只能連呼『陛下』。然而，我不要從你口中聽到任何『陛下』，我痛恨這兩個字。叫我艾吉思，雖然那也不是我眞正的名字。它是我的帝號，而我不得不習慣它。所以……告訴我近況如何，哈里。我們上次見面後，你又經歷了些什麼事？」

謝頓簡單地說：「我兩度受到攻擊。」

皇帝似乎不確定這是不是一句笑話。他說：「兩度？眞的嗎？」

當謝頓敘述遭到襲擊的經過時，皇帝的臉沉了下來。「我想，那八個人脅迫你的時候，附近沒有任何保安官吧。」

「一個也沒有。」

皇帝從座椅中站起來，並對兩人做個手勢，示意他們繼續坐著。他開始來回踱步，彷彿試圖驅除若干怒氣。然後，他又轉身面對謝頓。

「幾千年來，」他開口道：「不論何時發生這類事件，人們都會說：『我們何不去向皇帝訴願？』或是『皇帝為何不做點什麼？』最後，皇帝的確能做點什麼，也的確做了點什麼，即使並非總是明智之舉。可是我……哈里，我沒有權力，完全沒有權力。

「喔，是啊，是有個所謂的公共安全委員會，但他們較關心的似乎只是我的安全，而不是公共安全。今天我們能見面都算是奇蹟，因為你絕不受委員會的歡迎。

「我對任何事都束手無策。你可知道，自從執政團垮台，復辟——哈！復辟了皇權後，皇帝的地位發生了什麼變化？」

「我想我知道。」

「我敢打賭你不知道——不全知道。現在我們有民主了，你曉得民主是什麼嗎？」

「當然。」

艾吉思皺起眉頭。「我敢打賭你認爲它是件好事。」

「我認爲它可以是件好事。」

「好，你搞錯了。不是那麼回事，它把帝國完全顚覆了。

「假設我要命令更多保安官站到川陀街頭去，在過去的年頭，我只要抽出一張御用祕書爲我準備的公文紙，在上面龍飛鳳舞地簽個名，便會出現更多的保安官。

「現在我卻不能做這種事，我得把它送交立法院。當我提出一項建議後，七千五百位男女委員隨即變成咯咯叫的一大群鵝。首要的問題是，經費從哪裡來？你多找比如說一萬名保安官，就不能不多付一萬份薪水。此外，即使你同意這種事，又要由誰挑選新的保安官？由誰控制他們？

「立法委員彼此叫囂，爭論，怒喝，然後逐漸平息，最後則是——一事無成。哈里，你提到穹頂燈光故障，我甚至連修理燈泡這點小事都做不到。那要花費多少？由誰負責？喔，燈泡總是會修好的，但很容易拖上幾個月。這，就是民主。」

哈里．謝頓說：「我還記得，克里昂大帝始終在抱怨不能做自己希望做的事。」

「克里昂大帝，」艾吉思不耐煩地說：「曾擁有兩位一流的首相，丹莫刺爾和你自己，你們兩人努力不使克里昂做任何傻事。而我則有七千五百位首相，他們通通從頭傻到尾。不過，哈里，你來找我，當然不是向我抱怨受到攻擊這樁事。」

「沒錯，不是的。我是爲了更糟許多倍的事而來，陛下——艾吉思——我需要信用點。」

皇帝瞪著他。「我和你講了那麼多，你還提出這種要求，哈里？我沒有信用點——喔，沒錯，我當然有信用點維持這個局面，但是爲了得到這筆錢，我得面對我的七千五百位立法委員。假如你認爲我能去找他們，對他們說：『我要些信用點給我的朋友哈里．謝頓。』假如你認爲我能在兩年內，得到我所要的四分之一，那你就是瘋了。絕不會有這種事。」

他聳了聳肩，再以較溫和的口吻說：「別誤會我，哈里。假使我有辦法，我很願意幫助你。尤其是看在你孫女的份上，我特別願意幫助你。看著她就令我有一種感覺，彷彿你要多少信用點我都該給你，可是根本辦不到。」

謝頓說：「艾吉思，倘若我得不到經費，心理史學將永無翻身之日——在努力了將近四十年之後。」

「努力了將近四十年，什麼成果也沒有，所以又何必操心呢？」

「艾吉思，」謝頓說：「如今我再也不能做什麼了。我之所以受到襲擊，正因爲我是心理史學家，人們將我視爲毀滅的預言者。」

皇帝點了點頭。「你就是噩運，烏鴉嘴謝頓，我早就告訴過你。」

謝頓淒惶地站起來。「那麼，我告退了。」

婉達也已起身，站在謝頓旁邊，定睛望著這位皇帝，她的頭剛好與祖父的肩膀同高。

正當謝頓轉身離去時，皇帝又說：「慢著，慢著。我背誦過一首小詩：

『時難年荒兮，

大地蕭條；

朱門肉臭兮，

路有餓殍。』」

「那是什麼意思？」垂頭喪氣的謝頓問道。

「它的意思是說，帝國雖然一步步走向衰落和分裂，但某些人仍然可能愈來愈有錢。何不去找那些富有的企業家試試呢？他們沒有立法委員，只要他們願意，隨手就能簽一張信用點券給你。」

謝頓望著皇帝說：「我會試試看。」

4-22

「賓綴斯先生，」哈里．謝頓一面說，一面伸出手與對方握了握，「我眞高興能見到您。您同意見我，令我感激不盡。」

「何必見外呢？」泰瑞普．賓綴斯高興地說：「我對您很熟悉，或者應該說，我久仰大名。」

「十分榮幸。那麼，我猜您聽說過心理史學。」

「喔，是啊，哪個聰明人沒聽說過呢？不過，我對它的內容當然一竅不通。跟您來的這位小姐是什麼人？」

「是我的孫女，婉達。」

「一位非常漂亮的少女。」他露出微笑，「不知道怎麼回事，我覺得我會任她揑弄。」

婉達說：「我想您太誇張了，閣下。」

「不，眞的。好啦，快請坐，告訴我有什麼是我能效勞的。」他坐回辦公桌後面，並做了一個大方的手勢，示意他們坐在兩把過度柔軟且覆著精美錦緞的椅子上。就像那張華麗的辦公桌、那組堂皇的雕門（收到訪客光臨的訊號後，它們便無聲地滑開），以及偌大辦公室中亮晶晶的黑曜石地板，辦公桌正前方的那兩把椅子也是最精緻的上品。不過，雖然四周都是華麗堂皇的陳設，賓綴斯本身卻不然。乍看之下，誰也不會以爲這個瘦小而熱誠的人，就是川陀的首要金融掮客之一。

「我們到這兒來，閣下，是遵照皇帝陛下的建議。」

「皇帝？」

「是的，他無法幫助我們，但他想到像您這樣的人或許有辦法。問題當然是信用點。」

賓綴斯立刻拉下臉。「信用點？」他說：「我不懂。」

「這個嘛，」謝頓說：「將近四十年來，心理史學一向由政府資助。然而，時代不同了，帝國已不再是昔日的帝國。」

「是的，這我知道。」

「皇帝陛下欠缺資助我們的信用點，而縱使有足夠的信用點，他也無法讓立法院通過這筆預算。因此，他推薦我來見幾位實業家，一來他們還有信用點，二來他們隨手就能簽一張信用點券。」

經過略長的停頓後，賓綴斯終於說：「只怕皇帝對商場的情況一無所知。你要多少信用點？」

「賓綴斯先生，我們是在討論一項龐大的計畫，我需要好幾百萬。」

「好幾百萬！」

「是的，閣下。」

賓綴斯皺起眉頭。「我們是在討論一項貸款嗎？你指望何時能夠償還？」

「這個嘛，賓綴斯先生，老實說，我從未指望能夠償還，我是希望獲得一筆贈與。」

「即使我想給你這筆信用點，我也愛莫能助。告訴你一件事，由於某種奇怪的理由，我還非常想這麼做。皇帝有他的立法院，我則需要面對我的董事會成員。沒有董事會的批准，我就不能做那樣的贈與，而他們是絕不會答應的。」

「爲何不會？貴公司極爲富有，幾百萬對你們來說不算什麼。」

「這話很受用，」賓綴斯說：「可是只怕此時此刻，本公司正處於走下坡的階段。雖不至於爲我們帶來嚴重困擾，卻也足以使我們不快樂。如果說帝國處於衰敗狀態，那麼其中各個部分同樣都在衰敗。我們現在沒有能力捐出幾百萬，我實在很抱歉。」

謝頓默默坐在那裡。賓綴斯似乎悶悶不樂，最後他搖了搖頭，說道：「聽著，謝頓教授，我眞的很想幫助你，尤其是看在你身邊那位小姐份上，問題是我根本無能爲力。然而，我們並不是川陀上唯一的公司。試試別家吧，教授，你在別處也許會有較好的運氣。」

「好吧，」謝頓一面說，一面吃力地站起來，「我們會試試看。」

4-23

婉達眼中充滿淚水，但那些淚水代表的並非悲傷，而是激憤。

「爺爺，」她說：「我不懂，我就是不懂。我們拜訪了四家公司，一家比一家對我們更無禮，更兇惡，最後一家乾脆把我們踢出來。從此以後，就再也沒有人讓我們進門了。」

「這並不奇怪，婉達。」謝頓柔聲道：「我們見賓綴斯的時候，他還不知道我們是爲了什麼。他原本十分友善，等到我要求幾百萬信用點的贈與，他隨即變得不友善了許多。我猜我們的目的已經四下流傳，才讓我們受到的待遇愈來愈不友善，到了現在，他們根本不接見我們了。他們何必那麼做呢？他們不準備給我們所需的信用點，又何必和我們浪費時間呢？」

婉達的憤怒轉向自己。「而我做了什麼？我只是坐在那裡，什麼也沒做。」

「我可不會那麼說，」謝頓道：「賓綴斯的確受到了你的影響。我覺得他眞想要給我那些信用點，而這主要是你的緣故。當時你一直在推他，達到了某種效果。」

「根本不夠。而且，他在乎的只是我長得漂亮。」

「不是漂亮。」謝頓喃喃道：「是美麗，非常美麗。」

「現在我們怎麼辦呢，爺爺？」婉達問道：「花了這麼多年的心血，心理史學卻要垮了。」

「在我想來，」謝頓說：「就某方面而言，這是無可避免的事。近四十年來，我一直在預測帝國的崩潰，現在既然預言成眞，心理史學自然跟著一塊崩潰。」

「但是心理史學會拯救帝國，至少會拯救一部分。」

「我知道它會，但我無法強求。」

「你準備就這麼讓它垮掉？」

謝頓搖了搖頭。「我會試圖避免，但我必須承認，我不知道該怎麼做。」

婉達說：「我要好好鍛鍊。一定有什麼方法，能使我的推力增強，讓我更容易驅使他人做出我要他們做的事情。」

「我希望你能設法做到。」

「你又準備做什麼呢，爺爺？」

「我嘛，沒什麼。兩天前，我在去見圖書館長的半途中，在館裡遇見三個年輕人，他們正在爭論心理史學的問題。基於某種原因，其中一人令我印象非常深刻。我力勸他來找我，而他同意了。我們約在今天下午，在我的研究室見面。」

「你準備要他爲你工作？」

「我當然希望——如果我有足夠的信用點支付他。但和他談談總沒有害處，畢竟，我有什麼好輸的呢？」

4-24

川陀標準時間下午四點整，那年輕人走了進來。謝頓微微一笑，他喜愛準時的人。他將雙手按在書桌上，準備起身迎接，但那年輕人說：「請別客氣，教授，我知道您有一條腿不方便，您不必站起來。」

謝頓說：「謝謝你，年輕人。然而，這並不表示你不能坐下，請坐吧。」

年輕人脫下外套，坐了下來。

謝頓說：「你一定得原諒我……當我們不期而遇，訂下這個約會的時候，我竟然忘了問你的名字，你叫……？」

「史鐵亭．帕佛。」年輕人答道。

「啊，帕佛！帕佛！這個姓氏聽來挺熟。」

「應該的，教授，我祖父常常自誇說認識您。」

「你祖父當然就是久瑞米斯．帕佛。我還記得，他比我年輕兩歲。我試圖讓他加入我的心理史學計畫，但是他拒絕了。他說，他不可能學得會足夠的數學。太可惜了！對了，久瑞米斯好嗎？」

史鐵亭．帕佛神情嚴肅地說：「只怕久瑞米斯去了老年人總要去的地方，他過世了。」

謝頓心頭一凜。比他自己還年輕兩歲，卻過世了。多年的老友，竟然失聯到這種程度，以致老友去世時，他根本一無所知。

謝頓呆坐了一會兒，最後終於喃喃道：「十分遺憾。」

年輕人聳了聳肩。「他一生過得很好。」

「而你呢，年輕人，你在哪裡受的教育？」

「朗岡諾大學。」

謝頓皺起眉頭。「朗岡諾？我若說錯了立刻糾正我，但它不在川陀上，對不對？」

「是的，我當初是想嘗試另一個世界。川陀上每一所大學，您無疑非常清楚，全都過分擁擠，我想找個能讓我安靜讀書的地方。」

「你讀的是什麼？」

「沒什麼不得了的。我主修歷史，不是那種找得到好工作的學問。」

（又是一凜，這次甚至更嚴重——鐸絲．凡納比里就是歷史學家。）

謝頓說：「但你又回到了川陀，爲什麼呢？」

「爲了工作，爲了信用點。」

「當個歷史學家？」

帕佛哈哈大笑。「門都沒有。我負責操作一個拖拉和牽引的裝置，不算個專業工作。」

謝頓帶著嫉妒的眼神望著帕佛。帕佛穿著一件單薄的襯衫，突顯出雙臂與胸膛的輪廓。他的肌肉結實，謝頓自己從來沒有那麼結實的肌肉。

謝頓說：「我推測你在大學的時候，曾是拳擊隊的一員。」

「誰，我？從來沒有，我是個角力士。」

「角力士！」謝頓雀躍三丈，「你是從赫利肯來的？」

帕佛帶著些許不屑說：「優秀的角力士不一定都來自赫利肯。」

沒錯，謝頓心想，可是一流高手都是出自那裡。

然而，他什麼也沒說。

不過，他倒是說了些別的。「好，當初你祖父不願加入我，那你自己呢？」

「心理史學？」

「我頭一次遇見你的時候，聽到你和兩個人聊天，在我聽來，你似乎對心理史學說得頭頭是道。所以說，你願意加入我嗎？」

「我說過了，教授，我已經有一份工作。」

「拖拉和牽引，得了吧，得了吧。」

「待遇很好。」

「信用點並不是一切。」

「也差不多。反之，您無法付我多高的薪水，我相當確定您短缺信用點。」

「你爲何這樣說？」

「我想，可以說是我猜的。但我說錯了嗎？」

謝頓緊緊抿起嘴唇，然後又說：「不，你沒說錯，我無法付你多高的薪水。很抱歉，我想這代表我們簡短的會晤到此爲止。」

「慢著，慢著，慢著。」帕佛舉起雙手，「沒這麼快，拜託，我們還在談論心理史學。假如我爲您工作，就能學習心理史學，對嗎？」

「當然。」

「這樣的話，信用點畢竟不是一切。我和您打個交道，您盡可能把心理史學都教給我，然後量力付我一份薪水，我總有辦法活得下去。怎麼樣？」

「好極了。」謝頓歡喜地說：「聽來太好了。此外，還有另一件事。」

「哦？」

「是的。最近幾個星期，我遭到兩次攻擊。第一次有我兒子趕來保護我，但他現在到聖塔尼去了。第二次我動用我的鉛頭手杖，它的確管用，但我卻被拖到一位治安官面前，被控以蓄意傷害……」

「爲什麼有人攻擊您？」帕佛插嘴問道。

「我不受歡迎。多年以來，我勸導世人留心帝國的衰亡，如今預言即將成眞，我因此成了衆矢之的。」

「我懂了。那麼，這些又和您剛才提到的另一件事有什麼關係？」

「我要你當我的保鑣。你既年輕又強壯，而最重要的是，你是個角力士。你正是我需要的人。」

「我想這點好商量。」帕佛帶著微笑說。

4-25

「看那裡，史鐵亭。」謝頓說。現在是黃昏時分，兩人正在斯璀璘附近的川陀住宅區閒逛。這位長輩指著人行道旁堆滿的垃圾，其中包括各式各樣的廢物，都是路過的地面車以及沒公德心的行人拋下的。「過去那些年頭，」謝頓繼續說：「你絕對看不到像這樣的破爛。保安官隨時警戒，都市養護人員爲一切公共場所提供全天候服務。不過，最重要的是，根本沒有人會想到用這種方式傾倒垃圾。川陀是我們的家園，我們以它爲傲。如今，」謝頓悲傷地、無奈地搖了搖頭，又嘆了一口氣。「它成了……」他突然打住。

「喂，你這年輕人！」謝頓對一個髒兮兮的少年吼道。那少年剛剛和他們打了個照面，正向反方向走去，他大口嚼著一團剛丟進嘴裡的美食，卻看也沒看就將包裝紙扔到地上。「把它撿起來，丟到適當的地方。」少年繃著臉望過來時，謝頓如此訓誡他。

「你自己撿起來。」男孩咆哮道，然後轉身離去。

「這是社會崩潰的另一個徵兆，正如你的心理史學所預測的，謝頓教授。」帕佛說。

「是啊，史鐵亭。環顧我們四周，帝國到處都在一點一滴瓦解。事實上，它早已粉碎，如今已經沒有回頭的機會。冷漠、腐化和貪婪，都做出一己的貢獻來摧毀這個盛極一時的帝國。取而代之的會是什麼呢？為什麼……」

說到這裡謝頓忽然住口，只顧瞪著帕佛的臉。這位晚輩似乎正在凝神傾聽，卻不是在聽謝頓的聲音。他的頭偏向一側，臉上露出飄忽的表情。彷佛帕佛正在盡最大的努力，試圖聆聽只有他一個人聽得到的聲音。

他突然間回過神來，惶急地四下張望一番，便一把抓住謝頓的手臂。「哈里，快，我們必須離開，他們就要來了……」這時，迅速接近的尖銳腳步聲打破了黃昏的寧靜。謝頓與帕佛繞來繞去，但是太遲了，一幫匪徒已經來到他們面前。然而，這回哈里·謝頓已有準備，他立刻揮動手杖，在帕佛與自己周圍劃出一大條弧線。看到這種情形，那三名匪徒（兩個男孩與一個女孩，都是十幾歲的小無賴）不禁哈哈大笑。

「所以說，你不準備讓我們輕易得手，對不對，老頭？」那個看來像是頭目的男孩嗤之以鼻，「哈，我和我的哥兒們，只要兩秒鐘就能把你擺平。我們要……」轉瞬之間，那名頭目倒地不起，腹部要害正中一記角力踢腿。兩個還站著的小無賴立刻身形一矮，擺出準備攻擊的姿勢。但帕佛的動作比他們更快，於是，兩人幾乎還不知道怎麼回事，便也雙雙趴到地上。

然後一切就結束了，幾乎像出現時一樣快。謝頓避到一旁，大半重量倚在手杖上，想到剛才的千鈞一髮便忍不住發抖。帕佛則一面微微喘息，一面四下眺望。在夜色漸深的穹頂之下，那三名匪徒昏倒在無人的人行道上。

「走吧，我們趕緊離開這裡！」帕佛再度催促，只不過這一次，他們要躲的並不是什麼匪徒。

「史鐵亭，我們不能離開。」謝頓抗議道，同時指了指三名不省人事的籬頭黨。「他們其實只不過是孩子，他們也許奄奄一息，我們怎能這樣一走了之？這樣做有違人道，不折不扣，而我多年來努力保護的對象正是人類。」為了強調這一點，謝頓用手杖猛擊地面，雙眼還射出深信不疑的光芒。

「胡說。」帕佛反駁道：「眞正不人道的，是籬頭黨劫掠你這種無辜市民的方式。你以為他們會顧慮你嗎？他們只會在你的肚子上插一刀，以便偷掉你的最後一個信用點，跑開時還不忘再踢你一腳！他們很快就會甦醒，然後逃到別處去舔他們的傷口。或者有人會發現他們，而向中央辦公室報案。

「可是，哈里，你必須為自己著想。發生上次那件事情後，你若是再扯上另一件傷害案，就有失去一切的危險。拜託，哈里，我們非跑不可！」說到這裡，帕佛抓住謝頓的手臂，謝頓則在回望了最後一眼之後，便任由帕佛拉著自己離去。

當謝頓與帕佛迅疾的腳步聲漸行漸遠之際，一個躲在幾棵樹後面的身形冒了出來。這個雙眼冒火的少年一面獨自咯咯大笑，一面喃喃道：「你眞是個好人，教會了我什麼是對錯是非，教授。」說完，他隨即拔腿飛奔，前去召喚保安官。

4-26

「秩序！我需要秩序！」帖貞．帕普堅．李赫法官怒吼道。今天這場為烏鴉嘴謝頓教授，以及他的年輕助理史鐵亭．帕佛所舉辦的公開聽證會，在川陀民衆間引起極大的轟動。這個人曾經預言帝國的衰亡與文明的沒落；他也曾勸勉他人，應當回顧由謙恭與秩序所構成的黃金時代。如今，根據某位目擊者的說法，在沒有明顯挑釁的情況下，他卻下令痛毆三個年輕的川陀人。啊，這必定是一場精采的聽證會，而且毫無疑問，將導致一場甚至更精采的審判。

女法官按下席位上某個凹板內的開關，一個響亮的鑼聲隨即響徹擁擠的法庭。「我需要秩序，」她對安靜下來的群眾重複了一遍，「假如有必要，法庭會清場。這是唯一的警告，不會重複第二遍。」

身穿深紅色長袍的法官顯得儀表堂堂。李赫法官來自外圍世界利斯坦納，她的肌膚帶點青藍的色調，當她煩惱時膚色便會加深，當她眞正發怒時，則會變得接近紫色。據說，雖然擔任法官多年，即使擁有最佳司法頭腦的名聲，儘管身爲最受尊崇的帝國法律詮釋者之一，李赫對於自己多彩的外表——艷麗紅袍襯托出稍帶青綠色的皮膚——總有那麼一點自負。

縱然如此，對於違犯帝國法律的人，李赫的嚴厲則是出了名的。堅定不移地擁護民法的法官已所剩無幾，而李赫便是其中之一。

「我久仰大名，謝頓教授，亦曾耳聞你提出的毀滅即將來臨的學說。關於你最近的另一件案子，就是你被控用鉛頭手杖擊打他人的那件，我也和聆審該案的治安官談過。在那個案件中，你同樣自稱是被害人。我相信，你的推論源自先前一個未曾報案的事件，據你所稱，那次你和你兒子遭到八個小流氓襲擊。你有辦法讓那位我所敬重的同仁相信你是自衛，謝頓教授，雖然有一位目擊者做出相反的證詞。而這一次，教授，你得提出可信許多的辯解才行。」

對謝頓與帕佛提出控訴的三個小流氓，這時正坐在原告席上竊笑。與當天傍晚比較起來，今天他們的裝扮很不一樣。兩個少年穿著清潔而寬鬆的單件服，那名少女則身著帶有波浪皺褶的上衣。總而言之，倘若不太仔細地看（或聽）他們，誰都會以爲他們代表了充滿希望的川陀新生代。

這時，謝頓的律師西夫．諾夫可（他同時也代表帕佛）走向發言台。「庭上，我的當事人乃是川陀社會正直誠實的一員，他是擁有星際聲譽的前首相，他是皇帝陛下艾吉思十四世的熟識。若說謝頓教授攻擊幾位無辜的年輕人，他可能得到什麼利益呢？他一向最積極提倡刺激川陀青年的創造力，他的心理史學計畫雇用了衆多志願學生，他還是斯瑞璘大學中受人敬愛的一位教授。

「此外——」諾夫可在此頓了一頓，以目光掃瞄這間擠滿人的法庭，彷佛在說：你們等著吧，聽到這句話，你們便會羞愧得無地自容，因爲你們竟然懷疑我的當事人在做不實的陳述。「謝頓教授和舉世聞名的帝國圖書館有正式合作關係，擁有這項殊榮的個人少之又少。他獲准無限制地使用該館的設備，以便籌備他所謂的《銀河百科全書》，那是名符其實的帝國文明讚歌。

「我請問諸位，這樣一個人，我們怎能對他進行這種質問？」

諾夫可誇張地揮手向謝頓指去，後者與史鐵亭．帕佛坐在被告席上，看來無疑十分不自在。聽到這些很不習慣的讚美，謝頓漲紅了雙頰（畢竟最近幾年，他的名字總是冷嘲熱諷的對象，從未與詞藻華麗的頌讚連在一起），他的右手按在那根忠實手杖的雕花手把處，此時還在微微顫抖。

李赫法官低頭凝視謝頓，顯然對於剛才那番話無動於衷。「的確，究竟有何利益，律師。我一直拿同樣的問題問我自己，過去幾天我徹夜難眠，絞盡腦汁在想一個說得通的理由。像謝頓教授這樣聲譽卓著的人，自己又是批評『社會秩序崩潰』最力的人之一，他爲什麼無緣無故犯下蓄意傷害罪？

「後來我漸漸想通了。說不定是這樣的，由於沒有人相信他的話，謝頓教授在飽受挫折之餘，覺得他必須對所有的世界證明，他所預測的劫數與噩運確實即將來臨。畢竟，此人畢生的志業就是預言帝國的衰亡，而他眞正能指出的，卻只有穹頂上幾個燒壞的燈泡、公共運輸偶爾的故障、某些部門的預算刪減——都沒有什麼大不了的。可是一次攻擊，甚或兩三次，啊，那就另當別論了。」

李赫靠回椅背，雙手合在身前，臉上露出一副滿足的表情。謝頓藉著桌子的支撐，慢慢站了起來。他極其吃力地走向發言台，揮手要他的律師走開，然後循著法官無情的目光一路走去。

「庭上，請允許我說幾句話爲自己辯護。」

「當然可以，謝頓教授。這畢竟不是審判，只是一場聽證會，目的就是要公開和本案有關的一切申述、事實以及說法，然後方能決定是否要進一步舉行審判。我只不過發表了一個理論，我最想聽的就是你自己怎麼說。」

謝頓清了清喉嚨，開口道：「我將一生奉獻給帝國，我忠實侍奉每一位皇帝。我的心理史學這門科學，其實並非預報毀滅的信使，而是意圖作爲一種復興機制。有了它，不論文明的走向如何，我們皆能有所準備。倘若正如我所相信的，帝國將繼續崩潰，心理史學便會幫助我們保存未來文明的基石，讓我們能在優良的固有基礎上，重建一個更新更好的文明。我愛我們所有的世界、我們的同胞、我們的帝國，我哪有必要做出那些日漸削弱國勢的不法行徑？

「我不能再說什麼了，你必須相信我。我，一個獻身智識、方程式和科學的人，我所說的都是我的肺腑之言。」謝頓轉過身去，緩緩走回帕佛旁邊的座位。在就坐之前，他的目光尋找到婉達，她坐在旁聽席上，露出無力的笑容，並對他眨了眨眼睛。

「不論是不是肺腑之言，謝頓教授，我都需要長久的思考才能做出決定。我們已經聽過原告的陳述，我們也聽過了你和帕佛先生的陳述，現在我還需要另一方的證詞。我希望聽聽萊耳．納瓦斯怎麼說，在這個事件中，他的身分是目擊者。」

納瓦斯走向發言台之際，謝頓與帕佛驚惶地互望了一眼。他正是那場打鬥發生前，謝頓所訓誡的那個男孩。

李赫開始問這個少年。「能否請你描述一下，納瓦斯先生，當天晚上你所目擊的確切經過？」

「這個嘛，」納瓦斯一面開始說，一面以慍怒的目光凝視著謝頓，「我正在路上走著，想著我自個兒的心事，忽然看到這兩個傢伙——」他轉過身去，指向謝頓與帕佛。「在人行道另一邊，向我這個方向走來。然後，我又看到那三個孩子。」他又伸手指了指，這回是指向坐在原告席的三位。「這兩個傢伙走在三個孩子後頭，不過他們沒看到我，原因是我在人行道另一邊，而且，他們的注意力都放在被害人身上。然後，轟！就像這樣，那老傢伙用他的拐杖向他們揮去，然後不太老的那個跳到他們面前，用腳踢他們。在你還沒弄清怎麼回事的時候，他們已經全部倒在地上。然後老傢伙和他的同伴，他們就這麼走了，我簡直不敢相信。」

「你說謊！」謝頓爆發出來，「年輕人，你是在拿我們的性命開玩笑！」納瓦斯卻只是漠然回瞪著謝頓。

「法官，」謝頓懇求道：「您看不出他是在說謊嗎？我記得這個人，在我們遭到攻擊前沒多久，我曾責罵他亂丟垃圾。我還對史鐵亭指出這是另一個例證，證明我們的社會崩潰，公德心淪喪，以及……」

「夠了，謝頓教授。」法官命令道：「你再像這樣發作一次，我就把你逐出這間法庭。好，納瓦斯先生，」她轉頭面向證人，「在你剛才敘述的一連串事件發生之際，你自己在做什麼？」

「我，啊，我躲了起來，躲在幾棵樹後頭。我怕要是給他們看到，他們會追我，所以我躲了起來。等到他們走了，嗯，我就跑去召來保安官。」

納瓦斯已經開始出汗，並將一根手指塞進束緊的單件服領子裡。惴惴不安的他站在隆起的發言台上，不停地將重心在兩腳之間挪移。他察覺到眾人的目光都集中在自己身上，令他感到很不自在；他試著避免望向旁聽的群眾，但他每次這麼做，便發覺自己被坐在第一排一位美麗金髮少女沉穩的目光所吸引。彷彿她正在問他一個問題，並動念驅使他開口，逼他說出答案。

「納瓦斯先生，對於謝頓教授的陳述，他和帕佛先生在那場打鬥前曾見過你，而且教授和你交談過，你有什麼話要說？」

「這個，啊，不對，你知道的，就像我所說的……我正在路上走著，而……」此時納瓦斯望向謝頓的位置，謝頓則悲傷地望著這個少年，彷彿瞭解到自己已一敗塗地。可是謝頓的同伴——史鐵亭．帕佛——卻以嚴厲的目光瞪著納瓦斯。納瓦斯突然聽到一句：講實話！令他嚇了一跳，吃了一驚。那句話好像是帕佛說的，但帕佛一直未曾張嘴。然後，在一陣錯愕中，納瓦斯猛然將頭轉向金髮少女的方向，覺得自己也聽到她在說：講實話！但她的嘴唇同樣一動不動。

「納瓦斯先生，納瓦斯先生。」法官的聲音闖入少年紊亂的思緒，「納瓦斯先生，假如謝頓教授和帕佛先生從你對面走來，走在三名原告後面，你怎麼會先注意到謝頓和帕佛？你在陳述中是這麼說的，對不對？」

納瓦斯狂亂地環視法庭。他似乎無法逃避那些目光，每雙眼睛都在對他喊道：講實話！於是，萊耳．納瓦斯望著哈里．謝頓，只說了一句：「很抱歉。」然後，出乎法庭內每個人意料之外，這個十四歲的男孩開始哭泣。

4-27

這是可愛的一天，既不太熱也不太冷，既不太亮也不太陰。縱使維護街道的預算幾年前便已告罄，帝國圖書館門前台階旁幾棵稀疏的多年生植物，仍爲這個早晨增添幾許愉悅的氣氛。（這座圖書館是一棟風格古典的建築，門前雄偉的階梯在整個帝國境內數一數二，僅次於皇宮正門前那道階梯。然而，大多數前往該館的人，卻喜歡經由滑軌進入。）對於這一天，謝頓抱著很高的期望。

自從他與史鐵亭．帕佛所捲入的那件蓄意傷害案撤銷後，哈里．謝頓覺得一切像是重新來過。雖然這段經歷十分痛苦，它的轟動卻爲謝頓的主張做了最佳宣傳。帖貞．帕普堅．李赫即使不是川陀最具影響力的法官，也公認爲是其中之一。在萊耳．納瓦斯做出情緒化證詞的次日，她曾以相當大的嗓門發表自己的意見。

「我們來到了『文明社會』這樣的一個十字路口，」這位法官在席位上慷慨激昂地說：「像哈里．謝頓教授這種地位的人，僅僅因爲他的身分，以及他所代表的主張，就得忍受自己同胞的羞辱、謾罵和謊言，這眞是帝國歷史上黑暗的一天。我承認，起初我自己也受到欺騙。『爲了企圖證明他的預測，』我在心中推想，『謝頓教授爲何不會訴諸這樣的奸計？』可是，當我恍然大悟時，我發覺自己錯得不可饒恕。」說到這裡，法官皺起眉頭，她的頸部與雙頰開始泛起暗青色。「因爲我誤將謝頓教授的動機想成源自這個新社會，其中，誠實、高尚與善意很可能惹來殺身之禍；一個人僅僅爲了生存，似乎就必須訴諸欺詐與奸計。

「我們和我們安身立命的原則已經迷失了多遠？這次我們很幸運，川陀的同胞們。我們都應該深深感激哈里．謝頓教授，他讓我們看到了我們眞正的自我。讓我們把他的事例謹記在心，並且痛下決心，時時警戒人性中那些卑劣的力量。」

那場聽證會結束後，皇帝送給謝頓一個表達祝賀的全相光碟。其中，他表達了衷心的希望：謝頓現在也許會找到經費來支持他的計畫。

當謝頓沿著入口滑軌緩緩滑升時，他思量著心理史學計畫目前的狀況。他的好友——前任圖書館長拉斯．齊諾——已經退休。而在他任內，齊諾一向極爲支持謝頓與他的工作。然而有七、八成的時候，齊諾都被圖書館評議會縛住雙手。可是，他曾經對謝頓保證，那位和藹可親的新任館長垂瑪．阿卡尼歐，是個和他自己一樣思想進步的人，而且受到評議會中許多派別的歡迎。

「哈里，我的好友，」齊諾在離開川陀、回到他的故鄉世界溫柯瑞之前曾說：「阿卡尼歐是個好人，具有深厚的智慧和開放的心胸。我確定，他會盡他所能來幫助你和你的計畫。我將有關你和百科全書的整個資料檔案都留給了他；對於它所代表的無比貢獻，我知道他會和我一樣興奮。保重，我的好友，我會時時念著你。」

因此，今天哈里·謝頓將與新任館長做首度的正式會晤。拉斯·齊諾留給他的保證令他精神振奮，他期待著與對方分享他對謝頓計畫以及百科全書的未來規劃。

謝頓剛走進館長的辦公室，垂瑪·阿卡尼歐便站了起來。他已經表現出是此地的主人——齊諾原本在房間各個角落塞滿全相光碟，以及來自川陀各區的三維期刊，而代表帝國各個世界、在半空中不停旋轉的幻影星球，則排成令人眼花撩亂的陣列。現在，阿卡尼歐已將齊諾堆積如山的資料與影像全清乾淨。一個大型全相螢幕如今佔了一幅牆的大半面積，根據謝頓的推測，阿卡尼歐可藉此隨意觀覽任何出版品或廣播視訊。

阿卡尼歐身材矮小而結實，帶著些許心不在焉的神情，那是幼時角膜矯正手術失敗的結果。而這掩藏了他可畏的智慧，以及隨時留意周遭一切動態的警覺。

「稀客，稀客，謝頓教授。請進，請坐。」阿卡尼歐指了指面對辦公桌的一張直背座椅，「您要求這次會面，令我感到相當意外。您可知道，我原本打算一旦安頓好，就要立刻和您聯絡。」

謝頓點了點頭，感到很高興。可見這位新館長足夠重視他，在剛剛上任、忙昏了頭的日子裡，他就打算要找自己了。

「可是，首先，教授，請讓我知道您爲何要見我。然後，我們再來討論我那個極可能較無趣的問題。」

謝頓清了清喉嚨，將上身向前傾。「館長，想必拉斯·齊諾已將我在這裡的工作，以及我籌劃一套《銀河百科全書》的構想告訴您了。拉斯相當熱心，而且十分幫忙，他提供我一間個人研究室，以及無限制使用本館龐大資源的權利。事實上，正是他爲百科全書計畫找到了最終的歸宿，那就是稱爲端點星的一個遙遠外圍世界。

「然而，有一件事卻是拉斯無法提供的。爲了使這個計畫如期執行，我的一批同事也必須在本館擁有研究室，以及無限制使用設備的權利。在我們展開百科全書的實際編纂工作之前，光是蒐集有待複製並轉送端點星的各種資料，本身就是一項龐大的工程。

「拉斯在圖書館評議會的人緣不好，這點您必定很清楚。然而，您卻人緣極佳。所以我想請問您，館長，您能否設法讓我的同事獲得自己人的特權，好讓我們展開重要無比的工作？」

謝頓就此打住，差點喘不過氣來。他確信，這番昨晚在心中溫習了一遍又一遍的說詞，一定能夠達到預期效果。現在，他充滿信心地等待阿卡尼歐的回應。

「謝頓教授。」阿卡尼歐一開口，謝頓滿懷期望的笑容便消失了。這位館長的聲音中，透著謝頓未曾料到的冷峻。「我所敬重的前任館長曾對我說明——巨細靡遺地說明——你在本館所進行的工作。他對你的研究相當熱衷，念念不忘要讓你的同事加入你的行列。至於我自己，謝頓教授，」聽到阿卡尼歐頓了頓，謝頓猛然抬起頭來。「最初，我準備找評議委員開一次特別會議，以便提議爲你以及你的百科全書編者提供一大間辦公室。不過，謝頓教授，現在一切都改變了。」

「改變了！可是爲什麼呢？」

「謝頓教授，在剛剛落幕的一件轟動無比的蓄意傷害案中，你是主要的被告。」

「但是我無罪開釋。」謝頓插嘴道：「這件案子甚至沒有正式起訴。」

「縱然如此，教授，你最近頻頻出現在大眾面前，使你有了一個不容否認的——我該怎麼說呢？——一個不太好的名聲。喔，是啊，你受到的指控全被撤銷。可是爲了無罪開釋，你的大名、你的過去、你的信仰，以及你的工作，通通攤在世人眼前，讓人一覽無遺。即使一位思想進步而公正的法官宣稱你人格無瑕，可是上百萬，甚至上百億普通公民所看到的，卻不是一個爲了保存文明的光榮而奮鬥的心理史學先鋒，而是一個高喊偉大強盛的帝國即將面臨劫數和噩運的瘋子。

「你，由於你所從事的這項工作，你正在威脅帝國的根本。我不是指無名無姓、面目模糊、龐大的、整塊的帝國。不，我指的是帝國的心臟和靈魂——它的人民。當你告訴他們帝國正在沒落，你等於是說他們正在沒落。而這一點，我親愛的教授，一般公民是無法面對的。

「謝頓，不論你喜不喜歡，你都已經成爲嘲笑的對象，成爲冷嘲熱諷的主題，成爲衆人的笑柄。」

「對不起，館長，但是多年來，在某些圈子裡，我一直都是個笑柄。」

「沒錯，但只是在某些圈子裡。可是最近這個事件，以及它在公衆間所造成的轟動，令你不只在川陀人盡皆知，而且在各個世界都惡名昭彰。所以，教授，假如，讓你擁有一間研究室，我們，帝國圖書館，等於默認你的研究工作，那麼，同理，我們，這座圖書館，也會成爲衆多世界的笑柄。因此，不論我個人多麼相信你的理論和你的百科全書，身爲帝國圖書館的館長，我必須先爲這座圖書館著想。

「所以說，謝頓教授，我必須拒絕你引進其他同事的要求。」

哈里．謝頓彷彿被打了一拳，在座椅上猛然向後一仰。

「此外，」阿卡尼歐繼續說：「我必須通知你，你在本館的一切特權將被暫時吊銷兩週，立即生效。評議會已準備召開特別會議，謝頓教授。至於是否決定終止和你的合作關係，我們會在兩週後告知你。」

說到這裡，阿卡尼歐總算住口。他將雙掌按在光潔無瑕的辦公桌上，借力站了起來。「目前爲止，就是這樣了，謝頓教授。」

哈里．謝頓同樣站了起來，不過起身的動作並不像垂瑪．阿卡尼歐那麼俐落，那麼迅速。

「我可否獲准向評議會陳情？」謝頓問道。「如果我能對他們解釋心理史學和百科全書無比的重要性，說不定……」

「只怕不行，教授。」阿卡尼歐柔聲道，這時謝頓才算隱約瞥見拉斯．齊諾所說的那個好人。可是來得急去得快，阿卡尼歐剛把謝頓送到門口，那位冰冷的官僚又回來了。

當正門滑開時，阿卡尼歐說：「兩週後，謝頓教授，到時再見。」謝頓鑽進了等在外面的貼地滑車，那組門便重新關上。

現在我要怎麼辦？謝頓絕望地自問。我的工作就此結束了嗎？

4-28

「親愛的婉達，是什麼讓你如此全神貫注？」謝頓一面問，一面走進他的孫女位於斯璀璘大學的研究室。這間研究室原本屬於傑出的數學家雨果．阿馬瑞爾所有，他的去世曾對心理史學計畫造成重大打擊。幸好近幾年來，婉達逐漸接替雨果的角色，開始對元光體做進一步的改良與調整。

「啊，我在研究三三A二D一七節的一條方程式。看，我把這一節重新校準了。」她指了指懸浮在她面前、呈現一片光輝的紫色區域。「把『標準商』考慮在內……有了！不出我所料，我這麼想。」她退後幾步，揉了揉眼睛。

「這是什麼，婉達？」謝頓湊近以便研究那條方程式，「啊，看來像是端點星方程式，不過……婉達，這是端點星方程式的逆轉，對不對？」

「是的，爺爺。知道嗎，端點星方程式中的參數本來不太對勁。看——」婉達碰了碰某個凹陷壁板上的開關，室內另一側便出現鮮紅的一片。謝頓與婉達走過去，開始檢視這片區域。「你看現在一切多麼契合，爺爺？我花了好幾星期才做到的。」

「你怎麼做到的？」謝頓問道，心中則在讚嘆這條方程式的理路、邏輯與優美。

「最初，我只集中研究這一部分，把其他部分都遮起來。爲了使端點星運作，就該對端點星下工夫——很有道理，對不對？但是後來我才瞭解，我不能只在元光體系統中引進這條方程式，就指望它能順利融入其中，彷彿什麼都沒有發生過。安置一樣東西，便意味著重置別處的另一樣東西；一個重量需要另一個重量來平衡。」

「我想，你提到的這個概念，就是古人所謂的『陰陽』。」

「是的，差不多。嗯，陰陽。所以，你看，我發覺若想讓端點星上的『陰』十全十美，就必須找出相對的『陽』。而我做到了，它就在那裡。」她又回到那片紫色區域，它藏在元光體球面的另一個角落。「只要我調整這裡的參數，端點星方程式也會就位。一片圓融！」婉達看來得意洋洋，彷彿她解決了帝國所有的問題。

「太妙了，婉達，待會兒你一定要告訴我，你認爲它對謝頓計畫的一切意義。可是現在，你必須跟我到全相螢幕那邊。幾分鐘前，我收到一道來自聖塔尼的緊急電訊，你父親要我們立刻和他聯絡。」

婉達的笑容隨即斂去。最近聖塔尼發生戰鬥的消息令她十分震驚——帝國的預算削減案付諸實施後，外圍世界的居民受害最深。從此，他們與較爲富庶、較多人口的內圍世界交流受到限制，愈來愈難用他們世界上的產品換取亟需的進口貨物。出入聖塔尼的帝國超空間飛船少之又少，使得這個遙遠的世界感到孤立於帝國之外。因此在這顆行星各處，爆發了眾多零星的叛亂。

「爺爺，我希望一切平安無事。」婉達說，她的聲音透露了她的恐懼。

「別擔心，親愛的。無論如何，既然芮奇有辦法和我們通訊，他們就一定安全。」

來到謝頓的研究室之後，他與婉達站在已啓動的全相螢幕前。謝頓在螢幕一側的鍵板上敲下一組數碼，接下來幾秒鐘，他們耐心等待著接通跨銀河的聯繫。然後，那幅螢幕似乎開始緩緩向牆內退縮，彷彿成爲一個隧道的入口。而從這個隧道裡面，逐漸出現一個結實健壯的熟悉人形。這個影像起初模糊不清，但隨著聯繫變得較爲敏銳，那人的外貌也愈來愈清晰。等到謝頓與婉達能看清芮奇濃密的八字鬍之際，這個人形忽然活了起來。

「爸！婉達！」芮奇的三維全相像開了口，它是從聖塔尼一路投影到川陀的。「聽好，我沒有太多時間。」他畏縮了一下，彷彿被巨大的噪音嚇一大跳。「這裡的情況變得很糟。政府已經垮台，由一個臨時政黨接管。一切都亂成一團，你們應該想像得到。我剛把瑪妮拉和貝莉絲送上一艘飛往安納克里昂的超空間飛船，我告訴她們，到了那裡再和你們聯絡，那艘飛船的名字是**桃源七號**。

「你該看看瑪妮拉，爸。由於不得不走，她瘋得像什麼似的。我唯一能說服她離開的理由，是指出那樣做是爲了貝莉絲。

「爸，婉達，我知道你們在想什麼。如果我走得了，我當然會跟她們一塊走，可是艙位不夠。你們應該看看光是把她們送上飛船，我就得花多大力氣。」芮奇突然露出一個歪嘴的笑容，那是謝頓與婉達最喜歡見到的。然後他繼續說：「此外，既然我在這裡，我就必須保衛這所大學。我們或許是帝國大學體系的一環，但我們這裡是個學習和建設的地方，不是供人破壞的。我告訴你們，要是哪個昏了頭的聖塔尼叛軍接近我們……」

「芮奇，」謝頓插嘴道：「情況有多糟？你們接近開戰了嗎？」

「爸，你有危險嗎？」婉達問。

他們等了幾秒鐘，好讓訊號在銀河中跨越九千秒差距，再送到芮奇面前。

「我……我……我聽不太清楚你們說什麼。」那全相像答道：「有些戰鬥正在進行，說實在的，還眞有幾分刺激。」芮奇一面說，一面又歪嘴笑了笑，「所以我現在要結束通話了。記住，查出飛往安納克里昂的**桃源七號**下落如何。一旦我有辦法，我會立刻再聯絡你們。記住，我……」傳輸就此中斷，那個全相像迅速消失。全相螢幕隧道隨即崩潰，謝頓與婉達只好瞪著一幅空洞的牆壁。

「爺爺，」婉達說：「你想他正要說什麼？」

「我沒有概念，親愛的。但有件事我能確定，那就是你父親能照顧他自己。我眞同情那些接近你爸的叛軍，他們將正中一記角力踢腿！來吧，我們繼續討論那條方程式，幾小時後，我們再來查詢**桃源七號**。」

「司令，你對那艘飛船的下落毫無概念嗎？」哈里．謝頓又在進行跨銀河的通話，但這回對象是駐守安納克里昂的皇家艦隊司令。在這次通訊中，謝頓使用的是顯像螢幕，它的逼眞度比全相螢幕差得多，但操作也簡單得多。

「我告訴您，教授，我們並沒有那艘飛船請求進入安納克里昂大氣層的記錄。當然，和聖塔尼的通訊已經中斷好幾小時，而一週以來，最好的情況也只是時好時壞。有可能那艘飛船試圖以聖塔尼頻道和我們聯絡，結果無法接通，但我不太相信這種事。

「更可能的情況，是**桃源七號**改變了目的地。說不定是伏銳格，或是薩瑞普。您試過那兩個世界嗎，教授？」

「沒有，」謝頓疲倦地說：「但如果飛船的目的地是安納克里昂，我看不出它有飛到別處的理由。司令，我非得找到那艘飛船不可。」

「當然啦，」司令大膽假設道：「**桃源七號**也許沒能過關。我的意思是，沒能安全逃離。現在有許多戰鬥正在進行，那些叛軍可不在乎炸掉的是誰。他們只是瞄準他們的雷射，假裝他們轟掉的就是艾吉思大帝。我告訴您，在外緣這裡，遊戲規則可是完全不同，教授。」

「我的兒媳和孫女在那艘飛船上，司令。」謝頓以緊張的聲音說。

「喔，我很遺憾，教授。」司令有點不好意思，「一旦我聽到任何消息，我會立刻和您聯絡。」

謝頓垂頭喪氣地關掉顯像螢幕的開關。我多麼疲倦啊，他想。不過，他又對自己說，我並不驚訝——將近四十年來，我一直知道這種事遲早會發生。

謝頓獨自咯咯苦笑幾聲。說不定那位司令以為嚇著了謝頓，令他對「外緣」的生動詳情留下深刻印象。其實，謝頓對外緣瞭若指掌。既然外緣已經開始分裂，那麼就像脫了線的織品一樣，終將從外緣一路鬆解到核心：川陀。

這時謝頓察覺到一陣輕柔的嗡嗡聲，那是叫門的訊號。「誰？」

「爺爺，」婉達一面說，一面走進研究室，「我害怕。」

「為什麼，親愛的？」謝頓關切地問道。他還不想告訴她，自己從安納克里昂司令那裡聽到些什麼，或說沒聽到些什麼。

「通常，雖然他們在那麼遠的地方，我還是感覺得到爸媽和貝莉絲。感覺他們在這裡——」她指了指自己的頭部，「還有這裡——」她又將手擺在心口。「可是現在，今天，我卻感覺不到他們。感覺變弱許多，彷彿他們逐漸消失，就像穹頂的那些燈泡。我要阻止這件事，我要把他們拉回來，可是我辦不到。」

「婉達，我認爲這是由於那場叛亂，使你擔心你的親人，才會產生這種結果，我眞這麼想。你也知道，帝國隨時隨地會發生暴動，就像小規模的火山爆發，好讓蒸汽排出來。好啦，你該知道，芮奇、瑪妮拉或貝莉絲發生任何意外的機會微乎其微。你爸明天就可能傳來電訊，告訴我們一切平安；你媽和貝莉絲隨時可能降落安納克里昂，享受一個短暫的假期。我們兩個才値得同情，我們困在這裡，深陷在工作中！所以說，甜心，去睡覺吧，想些美好的事。我向你保證，到了明天，在晴朗的穹頂之下，一切看來都會好得多。」

「好吧，爺爺。」聽婉達的口氣，她並未完全被說服。「可是明天，如果明天我們還得不到消息，我們就得……就得……」

「婉達，除了等待，我們還能做什麼呢？」謝頓柔聲問道。

婉達轉身離去，她心頭的重擔呈現在她歪斜的肩頭上。謝頓目送她走遠後，終於讓自己的憂慮浮現出來。

自從芮奇傳回全相像，至今已經三天了。自始至終，沒有任何消息。而今天，安納克里昂的艦隊司令，竟然否認聽過一艘番號**桃源七號**的飛船。

早先，謝頓曾試圖與位於聖塔尼的芮奇通話，可是所有的通訊波束都斷了。彷彿聖塔尼——以及**桃源七號**——已經雙雙脫離帝國，就像從花朵脫落的兩片花瓣。

謝頓知道現在必須怎麼做。帝國或許在走下坡，可是尙未跌落谷底。它的力量若是使用得當，仍然具有駭人的威力。於是，謝頓向艾吉思大帝十四世送出一道緊急電訊。

4-29

「天大的驚喜，我的好友哈里！」艾吉思的面容透過全相螢幕衝著謝頓微笑，「我很高興你和我聯絡，雖然你通常都要求更正式的覲見。說吧，你勾起了我的好奇心。為何如此緊急？」

「陛下，」謝頓開口道：「我兒子芮奇，還有他的妻子和女兒都住在聖塔尼。」

「啊，聖塔尼。」皇帝的笑容隨即斂去，「一夥誤入歧途的無恥之徒，要是我……」

「陛下，拜託。」謝頓打斷皇帝的話，這種大逆不道的行徑，令皇帝與他自己都大吃一驚。「我兒子想盡辦法，把瑪妮拉和貝莉絲送上一艘飛往安納克里昂的超空間飛船**桃源七號**。然而，他自己不得不留下來。那是三天前的事，結果那艘飛船沒有在安納克里昂著陸，而我兒子似乎也失蹤了。我送到聖塔尼的電訊得不到回音，現在通訊波束也斷了。

「拜託，陛下，您能幫助我嗎？」

「哈里，你也知道，聖塔尼和川陀間的正式聯繫通通切斷了。然而，我在聖塔尼某些地區仍有些影響力。也就是說，仍有些忠於我的人還沒給搜出來。雖然我無法和那個世界上任何同志直接接觸，我至少能將收到的報告都和你分享。當然，那些都是高度機密，但是念在你的情況以及我們的交情，我將准許你接觸那些或許對你有用的資料。

「我正在等另一份急件，一小時內會到。你若是有興趣，等它送來後我會再和你聯絡。與此同時，我會叫一名助理細查過去這三天來自聖塔尼的通訊，搜尋任何與芮奇．謝頓、瑪妮拉．謝頓或貝莉絲．謝頓有關的記錄。」

「謝謝您，陛下，我誠心誠意感謝您。」當皇帝的影像從全相螢幕淡出時，哈里．謝頓連忙垂下頭來。

六十分鐘後，哈里．謝頓仍坐在書桌前，等待著皇帝的消息。過去這一個鐘頭，是他一生中最難熬的經歷之一，僅次於鐸絲被毀之後的數個小時。

擊敗謝頓的是那個未知數。他一生都在處理已知數——不但知曉目前，還能預測未來。而現在，他最珍愛的三個人卻完全下落不明。

全相螢幕發出輕柔的嗡嗡聲，謝頓按下一個開關，艾吉思便出現了。

「哈里。」皇帝開口道。聽到他聲音中透著柔緩的悲傷，謝頓就知道這次通訊帶來了壞消息。

「我兒子……」謝頓說。

「是的，」皇帝答道：「芮奇遇害了。那是今天稍早的事，他死於聖塔尼大學所遭到的一場轟炸。我的情報來源告訴我，芮奇明知對方即將發動攻擊，但他拒絕離開他的崗位。你可知道，好些叛軍都是學生，芮奇覺得他們要是知道他仍在那裡，就絕不會……可是仇恨戰勝了一切理智。

「那所大學，你也知道，是一所帝國大學。叛軍覺得必須摧毀冠上帝國的一切，他們才能重新建設。這些傻瓜！爲什麼……」說到這裡艾吉思住了口，彷彿突然察覺謝頓對聖塔尼大學或是那些叛軍的計畫都毫不關心，至少現在絕不關心。

「哈里，若能讓你覺得好過一點，記住你兒子是爲了保衛知識而捐軀的。芮奇戰死並不是爲了帝國，而是爲了整個人類。」

謝頓抬起頭來，雙眼盈滿淚水。他虛弱地說：「瑪妮拉和小貝莉絲呢？她們怎麼樣？您有沒有找到**桃源七號**？」

「那項搜尋沒有得到任何結果，哈里。**桃源七號**的確離開了聖塔尼，正如你聽說的那樣，但它似乎已經失蹤。它也許是被叛軍劫持了，也許是做了緊急改道——此時此刻，我們就是毫無概念。」

謝頓點了點頭。「謝謝您，艾吉思。雖然您給我帶來噩耗，但至少您帶來了。生死未卜還要更糟，您是我眞正的朋友。」

「好了，我的朋友，」皇帝說：「現在我要讓你一個人靜一靜，擁抱一下你的回憶。」皇帝的影像從螢幕中逐漸消失，哈里．謝頓則將雙臂疊在書桌上，伏下頭來，開始哭泣。

4-30

婉達．謝頓調整了一下單件服的腰帶，將它稍微拉緊一點。她在位於斯瓏璘的心理史學大樓外闢了一個小花園，此時她拿著一把小鏟子，正在對付剛發芽的雜草。一般說來，婉達大部分時間都待在研究室，利用她的元光體進行研究工作。從其中精確的統計性美感，她找到了一份安慰；在這個變得如此瘋狂的帝國中，那些不變的方程式總是能使人感到心安。但是，每當她對父親、母親與小妹妹的懷念變得難以承受，每當研究工作也無法使她暫時忘卻最近的慘痛打擊，婉達總會來到這裡，扒梳著經過改造的土壤。彷彿養活幾株植物，便能在某一方面、某個微小的程度上減輕她的痛苦。

自從一個月前，她的父親過世，而瑪妮拉與貝莉絲雙雙失蹤之後，原本一向苗條的婉達，更是一路消瘦下來。若是幾個月前，哈里．謝頓會爲心愛的孫女失去胃口而操心不已，可是如今，他自己深陷於悲痛中，似乎也就未曾留意。

哈里．謝頓與婉達．謝頓都有了深刻的轉變，心理史學計畫所剩無幾的人員也不例外。老謝頓似乎已經放棄了，現在，他大多時間都泡在斯瓏璘日光浴館，坐在一張扶手椅上，藉著頭頂明亮的燈泡取暖，望著外面的校園景致。計畫成員偶爾會告訴婉達，說謝頓的保鑣，一位名叫史鐵亭．帕佛的人，會苦口婆心地勸他到穹頂之下散散步，或是試著引他討論謝頓計畫未來的方向。

婉達則更加努力研究元光體中那些奇妙的方程式，以此作為一種逃避。她能夠感覺到，她的祖父一生竭盡心力所創造的未來，如今終於逐漸成形，而他是對的：百科全書編者必須在端點星扎根，他們將是基地的種子。

至於三三A二D一七節，從那裡面，婉達能夠看到謝頓所指的第二基地，或曰祕密基地。可是怎麼做呢？沒有謝頓的積極投入，婉達對於如何進行摸不著頭緒。而家庭破碎所帶來的悲痛，對她的傷害又是那麼深，使她幾乎沒有力氣找出答案。

謝頓計畫本身的成員，那五十來個留下來的死忠者，則盡可能繼續他們的工作。他們大多是百科全書編者，負責追查他們需要複製與編目的原始資料，為將來遷移端點星預做準備。但唯有獲得帝國圖書館的完全使用權，他們才能著手實際的工作。此時此刻，他們僅僅憑藉著信心繼續苦撐。謝頓教授已失去了他在那座圖書館中的個人研究室，所以其他成員獲得特權的機會更是微乎其微。

謝頓計畫的其餘成員（不算百科全書編者）則是歷史分析員與數學家。歷史學家負責詮釋過去與當今的人類活動以及事件，然後將他們的發現交給數學家，後者再將這些成果代入偉大的心理史學方程式。這是個既冗長又費心費力的工作。

不少計畫成員已經離去，因為回報少之又少——心理史學家成了川陀上許多新笑話的題材，有限的經費又迫使謝頓採取大幅減薪的措施。但是過去，哈里．謝頓經常不斷出現在眾人面前，他所帶來的信心克服了困難的工作環境。事實上，那些堅守崗位的計畫成員，每個人之所以這樣做，純粹都是出於對謝頓教授的尊敬與忠心。

現在，婉達．謝頓淒苦地想道，他們還有什麼理由留下來呢？一陣微風將她的一綹金髮吹到眼前，她漫不經心地把它撥開，繼續她的除草工作。

「謝頓小姐，我能佔用你一點時間嗎？」婉達轉身抬頭望去，那是個年輕人（她判斷他才二十出頭），站在她身邊的碎石子小徑上。她立刻感知他是個強壯且聰明過人的人，她的祖父做了一個精明的選擇。

婉達站起來，開始與他交談。「我認得你，你是我祖父的保鑣，對不對？史鐵亭·帕佛，是嗎？」

「是的，完全正確，謝頓小姐。」帕佛的雙頰微微泛紅，彷彿很高興這麼漂亮的女孩竟然留意到他。「謝頓小姐，我希望和你談談令祖父。我非常擔心他，我們必須做點什麼。」

「做什麼呢，帕佛先生？我摸不著頭緒。自從我父親——」她吃力地嚥了一下口水，彷彿難以說出口。「——過世，而我母親和妹妹失蹤後，我唯一能做的，只是每天早上拉他起床。而且告訴你一句實話，這個變故也深深影響了我。你該瞭解，對不對？」她望向他的雙眼，便明白他的確瞭解。

「謝頓小姐，」帕佛輕聲道：「對於你痛失親人，我感到萬分遺憾。可是你和謝頓教授還活著，你們的心理史學研究必須繼續下去。教授似乎已經放棄，我是希望也許你——我們——能夠做點什麼，好給他一點新希望。你該知道，就是一個撐下去的理由。」

*啊，帕佛先生，婉達想道，也許爺爺是對的，我懷疑是否真有任何撐下去的理由。*但她卻說：「很抱歉，帕佛先生，我想不出什麼辦法。」她用小鏟子指了指地面，「現在，你也看得出來，我必須繼續對付這些討厭的雜草。」

「我並不認爲令祖父的想法是對的。我認爲確實有個撐下去的理由，我們必須把它找出來。」

這番話重重打在她的心頭。他怎麼知道她剛才在想什麼？除非……「你能透視心靈，對不對？」婉達問完，便屏住氣息，彷彿害怕聽到帕佛的回答。

「是的，我有這個能力。」年輕人答道：「我想，我一直都可以。至少，我不記得有什麼時候不能。有一半的時間，我甚至不會意識到這件事。我就是知道人們在想什麼，或是想過什麼。

「有些時候，」感到婉達散發出瞭解的訊息，給了他很大鼓勵，於是他繼續說：「我會接收到來自他人的靈光，不過總是在人群中，我找不到究竟是誰發出的。但我知道周遭還有其他像我——像我們這樣的人。」

婉達興奮地抓住帕佛的手，她的園藝工具早已丟到地上。「你可知道，無論是對爺爺，或是對心理史學，這可能代表什麼意義嗎？我們單獨一人只能發揮有限的威力，但我們兩人聯手……」婉達邁步走向心理史學大樓，留下帕佛站在碎石子小徑上。在將要走到入口時，她停下腳步，轉過身來。*來吧，帕佛先生，我們一定要告訴我祖父，*婉達閉著嘴巴說。*是的，我想我們應該這麼做，*帕佛一面向她走去，一面以同樣的方式回答。

4-31

「你的意思是，婉達，我尋遍川陀，想找個具有你那種能力的人，結果這幾個月來，他一直在我們身邊，而我們始終不知道？」哈里．謝頓簡直不敢置信。當婉達與帕佛將他搖醒，帶來這個驚人消息時，他正在日光浴館裡打盹。

「是的，爺爺。想想看，我從來沒機會遇見史鐵亭。你和他在一起的時候，主要都不是在心理史學大樓，而我大部分的時間，都關在自己的研究室，利用元光體在進行研究。我們什麼時候會碰面呢？事實上，我們的確曾經交會過一次，產生的結果則重要無比。」

「是什麼時候？」謝頓一面問，一面搜尋著自己的記憶。

「你上次的聽證會，李赫法官主持的那次。」婉達立刻答道。「還記得那個目擊者嗎？他發誓說你和史鐵亭曾經攻擊那三個箍頭黨。還記得他是如何崩潰，說出了實情，連他自己似乎也不知道怎麼回事嗎？史鐵亭和我把眞相拼湊了出來，當時我們都在推萊耳．納瓦斯，都在逼他說實話。在他原先的申述中，他說得非常斬釘截鐵；我不信我們單獨一人推得動他。可是兩人聯手——」她偷偷地、羞羞地瞥了一眼站在老遠的帕佛，「我們的力量就很嚇人！」

哈里．謝頓將這一切聽了進去，然後彷彿想要開口。可是婉達繼續說：「事實上，我們計畫今天下午來測試我們的精神能力，單獨的和聯合的。根據我們目前發現的一點點，史鐵亭的力量似乎比我稍微弱些，在我的評量標度上也許是五級。可是他的五級，和我的七級結合，就得到十二級！想想看，爺爺，多嚇人！」

「你看不出來嗎，教授？」帕佛高聲道：「婉達和我就是你在尋找的突破。我們能幫助你說服所有的世界，讓大家都相信心理史學的效力；我們能幫助你找到其他像我們這樣的人；我們能幫助你讓心理史學重新出發。」

哈里．謝頓抬頭凝視著站在面前的兩個年輕人，他們的臉龐燃燒著青春、活力與熱情，他體會到這令他老懷大慰。畢竟，或許尙未一敗塗地。本來，他的兒子死了，他的兒媳與孫女失蹤了，他從未想到會撐得過這個悲慘的打擊，但是現在，他能看到芮奇活在婉達體內。而且現在他也知道，基地的未來寄託在婉達與帕佛身上。

「是啊，是啊。」謝頓猛力點著頭，「你們兩個，扶我起來。我必須回到我的研究室，計畫我們下一步的行動。」

4-32

「謝頓教授，進來吧。」垂瑪．阿卡尼歐館長以冰冷的口氣說。於是哈里．謝頓，以及同行的婉達與帕佛，走進了堂皇的館長辦公室。

「謝謝您，館長。」謝頓在一張椅子上坐下來，正好隔著寬大的辦公桌面對阿卡尼歐。「請容我介紹我的孫女婉達，還有我的朋友史鐵亭．帕佛。婉達是心理史學計畫中最有價值的成員之一，她的專長領域是數學。至於史鐵亭嘛，史鐵亭即將成為一流的一般心理史學家——我的意思是，在他擔任我的保鑣工作之餘。」謝頓親切地咯咯笑了幾聲。

「是的，很好，一切都很好，教授。」阿卡尼歐隨口應道，謝頓的好心情令他困惑不已。他原本預料這位教授是來搖尾乞憐，乞求圖書館再賞他一次特權。

「但我不瞭解你想見我是為了什麼。我假定你明白我們的堅定立場：一個在眾人眼中極不受歡迎的人物，我們不能准許本館與他合作。畢竟，我們是一個公眾圖書館，我們必須將公眾的好惡放在心上。」阿卡尼歐上身靠向椅背——現在，或許搖尾乞憐會開始了。

「我明白自己始終無法動搖您。然而，我想，如果您聽聽謝頓計畫的兩位年輕成員——兩位明日的心理史學家怎麼說，或許您將對謝頓計畫——尤其是那套百科全書——在我們的未來將扮演多重要的角色，會有比較深入的印象。請務必聽完婉達和史鐵亭的一番話。」

阿卡尼歐以冷漠的目光望了望謝頓身邊的兩個年輕人。「很好。」說完，他刻意瞄了一眼牆上的計時片。「五分鐘，不能再多，我有個圖書館要照顧。」

「館長，」婉達開始說：「想必我祖父一定對您解釋過，想要保存我們的文化，心理史學是最重要的一項工具。沒錯，是保存！」看到阿卡尼歐聽到那兩個字便張大眼睛，她特別重複了一遍。

「人們過分強調帝國的毀滅，這樣一來，便忽略了心理史學的眞正價值。因爲，既然藉著心理史學，我們得以預測文明必將沒落，同理就能設法保存這個文明。那正是《銀河百科全書》的目的，那也正是我們需要您，以及您這座偉大的圖書館襄助的原因。」

阿卡尼歐忍不住露出笑容。這位小姐擁有無可否認的魅力，她是那麼認眞，那麼能言善道。他凝望著坐在自己面前的她，她的金髮向後紮成相當雅致的學者髮型，卻無法隱藏她迷人的容貌，反倒更加襯托她的美麗。而且，她說的話愈聽愈有道理。也許婉達·謝頓是對的，也許他一直從錯誤的角度看這個問題。假如重點眞是『保存』，而不是『毀滅』……

「館長，」史鐵亭·帕佛開口道：「這座偉大的圖書館屹立了數千年，或許甚至比皇宮更能代表帝國龐大的實力。因爲，皇宮中僅僅住著帝國的領導者，這座圖書館則典藏了帝國所有的一切知識、文化與歷史，它的價值不可勝數。

「難道不該爲這個偉大的知識寶庫準備一篇讚辭嗎？《銀河百科全書》就是這樣的一篇讚辭，它是此間所有知識的浩大摘要。想想看！」

突然間，阿卡尼歐似乎徹底想通了。他怎能讓評議會（尤其是那個不安好心的吉納洛·麻莫瑞）說服他取消謝頓的特權？拉斯·齊諾過去一直全心全意支持謝頓的百科全書，而自己一向多麼尊重他的判斷。

他再瞥了一眼面前這三個人，他們正在等待他的決定。倘若面前的兩位青年，就是謝頓手下那些人的模範，那麼評議會將發現，謝頓計畫的成員實在沒有什麼好挑剔的。

阿卡尼歐站了起來，走到辦公室另一頭，他的眉頭深鎖，彷彿鎖住他的思緒。他從一張桌子上抓起一個乳白色水晶球，拿在手中掂了又掂。

「川陀，」阿卡尼歐意味深長地說：「帝國的中樞，整個銀河的核心。當你想到這一點，總會覺得相當不可思議。或許，我們對謝頓教授太快妄下斷語。現在，既然您的計畫，這個《銀河百科全書》，以這種方式呈現在我眼前，」他對婉達與帕佛很快點了點頭，「使我瞭解到，准許您繼續在這裡工作，當然還有批准您的一批同事加入，會是一件多麼重要的事。」

謝頓露出感激的笑容，緊緊捏住婉達的手。

「我支持這件事，不只是爲了給帝國的光榮錦上添花。」阿卡尼歐繼續說，顯然對這個構想（以及他自己的聲音）逐漸熱衷。「您大有名氣，謝頓教授。不論人們認爲您是個狂人或天才，反正人人似乎都有自己的看法。能有一位像您這麼有地位的學者與帝國圖書館合作，唯一的結果就是增加我們的聲望，讓大家都知道我們是進行最高學術研究的城堡。啊，我們可以借您的光，來籌募亟需的經費，以更新我們的蒐藏，增添我們的人手，好讓我們的門能對公衆開放得更久……

「至於《銀河百科全書》本身的展望——多麼不朽的一個計畫！這樣一個大工程，立意爲我們的文明光輝聚焦——突顯我們光榮的歷史、我們燦爛的成就、我們輝煌的文化——試想當公衆獲悉帝國圖書館有幸參與，將會出現什麼反應。再想想我自己，垂瑪．阿卡尼歐館長，負責一手推動這個偉大的計畫……」阿卡尼歐專心凝視著那個水晶球，神遊在自己的幻想中。

「好的，謝頓教授。」阿卡尼歐將心神拉回此時此地，「您和您的同事將獲准擁有自己人的完全特權，以及一大間辦公室供你們使用。」他將水晶球放回桌上，在長袍帶起的一陣沙沙聲中走回辦公桌。

「當然，可能需要花點工夫說服評議會。但我有信心能應付他們，一切交給我就行了。」

謝頓、婉達與帕佛得意洋洋地相互對望，嘴角都掛著淺淺的笑容。垂瑪．阿卡尼歐作勢表示他們可以走了，三人便隨即告辭，留下館長坐在座椅中，夢想著在他的主持下，這座圖書館將獲得的光榮與聲譽。

「不可思議。」他們三人躲進地面車後，謝頓這樣說。「你們該看看他上次見我的那副嘴臉，他說我『正在威脅帝國的根本』或諸如此類的話。而今天，僅僅和你們兩個談了幾分鐘……」

「這並不太難，爺爺。」婉達按下一個開關，將地面車開到路上。等到自動推進系統接管後，她便仰靠在椅背上。至於目的地的座標，婉達早已預先鍵入控制盤。「他是個自負感極強的人，我們唯一需要做的，只是誇大百科全書的正面影響，接下來他的自我便自行運作。」

「婉達和我一走進去，他就成了囊中物。」坐在後座的帕佛說：「我們兩人一起推他，簡直就像探囊取物。」帕佛將手向前伸，深情地捏著婉達的肩膀。她則微微一笑，抬手輕拍他的手背。

「我必須盡快知會百科全書編者。」謝頓說：「雖然只剩三十二位，但他們都是優秀且敬業的工作人員。我要趕緊把他們安置在帝國圖書館，然後還要處理另一個難題——信用點。說不定和帝國圖書館的這項合作，正好足以說服衆人捐獻經費。讓我想想，我要再去拜訪泰瑞普．賓綴斯，而且會帶你倆一起去。他當初對我頗有好感，至少最初如此。可是現在，他有辦法拒絕我們嗎？」

地面車終於在位於斯瓏璘的心理史學大樓外停下來。車廂側板隨即滑開，但謝頓並沒有立刻下車。他轉過頭來，面對著婉達。

「婉達，看看你和史鐵亭在阿卡尼歐身上做到了什麼。我確信你們兩人聯手，也能從幾位慈善家身上擠出些信用點。

「我知道你多麼不情願離開你心愛的元光體，但這些造訪能給你倆一個練習的機會，能磨練你們的技巧，能讓你們知道自己做得到什麼。」

「好吧，爺爺，雖然我很確定，既然你已獲得帝國圖書館的批准，你將發覺你的要求不會再有多大阻力。」

「還有另一個原因，使我認爲你們兩人一起出去轉轉非常重要。史鐵亭，我相信你說過，之前有幾次，你曾經『感到』另一個像你這樣的心靈，卻沒辦法辨認出來。」

「是的，」帕佛答道：「我曾經感到些靈光，但每次我都在人群中。而且，二十四年來，我記得這種靈光只出現過四、五次。」

「可是，史鐵亭，」謝頓的聲音低沉而熾烈，「理論上來說，每個靈光都代表另一個像你和婉達這樣的人——另一個精神異人。婉達從未感到這種靈光，因為坦白講，她這一生都關在象牙塔裡。而她置身群眾那少數幾次，附近一定沒有其他的精神異人。

「這也是你們兩人該走出去的原因，或許還是最重要的一個原因——有沒有我跟著都一樣。我們必須找到其他的精神異人。光是你們兩個，就強大到足以推動一個人；你們一大群人聯手，大家一起推，將有搖撼一個帝國的力量！」

說到這裡，哈里．謝頓將雙腿旋轉半圈，走出了地面車。當婉達與帕佛望著他跛著腳走向通往心理史學大樓的小徑時，他們僅僅模糊地察覺到，謝頓剛在他們年輕的肩頭擱下千斤重擔。

4-33

現在是下午三點左右，川陀的太陽反射在這顆偉大行星的金屬表皮上。哈里．謝頓站在斯璀璘大學觀景天台的邊緣，抬起手遮住眼睛，試圖遮蔽耀眼的強光。除了幾次皇宮之行，他已有多年未曾出過穹頂。就某方面而言，皇宮之行並不算數，那時仍舊深陷御苑的重圍中。

謝頓不再一定得有伴才會到處走走。首要的原因，是帕佛大部分時間都和婉達在一起，或是鑽研元光體，或是專注於精神力學的研究，否則就是出外尋找類似他們的人。但是謝頓倘若有意，仍然能找到其他年輕人——某個大學生或謝頓計畫的成員，來充當他的保鑣。

然而，謝頓知道自己不再需要保鑣。由於聽證會轟動一時，以及他與帝國圖書館重新建立合作關係，使得公共安全委員會對謝頓產生強烈的關注。謝頓曉得時時有人跟蹤他；過去幾個月來，他好幾次瞥見如影隨形的跟蹤者。他也絕不懷疑家裡與研究室都藏有監聽裝置，不過每當進行敏感的通訊，他總會啓動一個雜訊場。

謝頓不確定那個委員會對他的看法如何，或許他們自己也尚未確定。但無論他們是否相信他是個先知或狂人，他們已將隨時掌握他的行蹤當成份內工作。而這就意味著，在委員會改變態度之前，謝頓始終安全無虞。

一陣微風吹動謝頓罩在單件服上的深藍色披風，並攪亂他頭上所剩無幾的稀疏白髮。他透過欄杆向下望去，那張一望無際、毫無縫隙的鋼毯盡收眼底。謝頓知道，在這張鋼毯底下，一個極其複雜的世界正在隆隆運作。假使穹頂是透明的，他就能看到有地面車在疾駛，有重力計程車在繁複的隧道網絡中風馳電掣，而來自或前往帝國各個世界的超空間飛船，則正在裝卸著穀物、化學藥品與珠寶。

在這個閃亮的金屬罩子底下，四百億人在此安居樂業，人生的喜怒哀樂、生老病死盡在其中。這個人類一切成就的縮影，是他深深喜愛的一幅圖像。令他心如刀割的是，他知道不出幾個世紀，如今展現眼前的一切便將成爲廢墟。這個偉大的穹頂將出現百孔千瘡，甚至整個掀去，而下面將是一片荒涼。一個盛極一時的文明中樞，最後竟會落得如此下場。他悲傷地搖了搖頭，因爲他明白，他沒有任何辦法能阻止這個悲劇。可是，正如謝頓預見了殘敗的穹頂，他也同樣瞭解，從這個被最後幾場戰爭剝光的土地上，將會冒出新生的幼苗，而在一個嶄新的帝國裡，川陀終將再度成爲重要的一員。謝頓計畫早已安排好了。

天台周圍環繞著一圈長椅，謝頓選了一張坐下來。這趟路程花的力氣多了點，此時他的右腿疼痛地悸動著。但只要能再度凝望川陀，感受周遭露天的空氣，並且看看頭頂浩瀚的天空，受這點罪也是值得的。

謝頓萬分思念地想到婉達。現在他根本很少見到這個孫女，而有機會見到她時，史鐵亭·帕佛則一律在場。自從婉達與帕佛相遇後，這三個月來，他們似乎形影不離。婉達向謝頓保證，這種經常性接觸對謝頓計畫是有必要的，但是謝頓覺得，他們所做的已超過對工作的投入。

他憶起了自己與鐸絲初遇之際，那些無法掩飾的跡象。比如說，兩個年輕人互相凝望時，其熱烈程度已不是知性的激勵所能解釋，而必須考慮到感性的動機。

此外，由於他們的異稟，婉達與帕佛帶給彼此的自在感，似乎是其他人望塵莫及的。事實上，謝頓已經發現，沒有他人在場的時候，婉達與帕佛甚至不再互相交談；他們的精神能力已經足夠進步，不需要再藉著語言來溝通。

謝頓計畫的其他成員尚未知曉婉達與帕佛的獨特天賦。謝頓始終覺得最好讓這些精神異人默默工作，至少，在他們的角色尚未獲得堅實定位之前，不可以讓他們曝光。實際上，這項『子計畫』本身已有堅實的定位，但僅僅在謝頓心中。等到再拼出一點輪廓之後，他會對婉達與帕佛透露這項子計畫，而總有一天，出於必要，他還會告訴其他一兩個人。

謝頓緩緩地、僵硬地站起來。一小時後他得回到斯璀璘，和婉達與帕佛碰面。他們給他留了口信，說要帶來一個大驚喜。謝頓希望，那會是這個拼圖的另外一塊。在轉身走回反重力升降機前，他最後一次放眼望向川陀，微微一笑，輕輕說了一聲：「基地。」

4-34

哈里・謝頓走進他的研究室，發現婉達與帕佛已經到了，正圍坐在房間另一端的會議桌旁。正如兩人通常獨處時一樣，室內完全寂靜無聲。

然後，謝頓突然停下腳步，注意到還有一個陌生人和他們坐在一塊。多奇怪啊——通常有他人在場之際，基於禮貌，婉達與帕佛會恢復正常的交談，但這三個人卻沒有一個開口。

謝頓打量著這個陌生人。他有一副古怪的外表，大約三十五歲，看來像是用功過度而患了近視。若非他的下顎有幾許堅毅的稜角，謝頓認爲他很可能被人視爲無能之輩，但那顯然會是大錯特錯。此人臉上同時透出毅力與和氣，謝頓判斷那是一張值得信賴的臉孔。

「祖父。」婉達一面說，一面從椅子中盈盈起身。謝頓望著他的孫女，心頭一陣刺痛。自從她失去家人，幾個月以來，她改變了那麼多。以前她總是叫他「爺爺」，如今則改成較正式的「祖父」。過去她似乎常常忍不住咧嘴笑或吃吃笑，最近則透著安詳的目光，僅僅偶爾點綴一個喜氣的笑容。可是，不變的是她仍舊美麗如昔，而也唯有她驚人的智力，才能令她的美貌相形見絀。

「婉達，帕佛。」謝頓說完，親了一下前者的面頰，又拍了拍後者的肩膀。

「你好，」謝頓轉向那位陌生人，他早已站起來。「我是哈里・謝頓。」

「見到您是我莫大的榮幸，教授。」那人答道：「我叫玻爾・艾魯雲。」艾魯雲向謝頓伸出一隻手，那是古老的，因此也是最正式的問候禮。

「玻爾是一位心理學家，哈里，」帕佛說：「而且對你的工作極爲著迷。」

「更重要的是，祖父，」婉達說：「玻爾是我們的一員。」

「你們的一員？」謝頓以探詢的目光輪流望向他們三人，「你的意思是……？」謝頓的眼睛亮了起來。

「是的，祖父。昨天史鐵亭和我走在艾瑞區，我們是照你的建議，出去轉轉，探訪其他的同類。突然之間，轟！就出現了。

「我們立刻認出那個思想型樣，開始四下尋找，試圖建立聯繫。」帕佛把故事接下去，「我們當時在一個商業區，接近太空航站，所以人行道上擠滿了購物者、觀光客和外星行商。原本似乎毫無希望，但後來婉達乾脆站住，發出『來這裡』的訊號，玻爾便從人群中出現了。他就這麼向我們走來，並發出『什麼事？』的訊號。」

「不可思議。」謝頓對他的孫女露出微笑，「艾魯雲博士——是博士沒錯吧？你對這一切有什麼看法？」

「這個嘛，」這位心理學家若有所思地說：「我很高興。我總感到就是有點不同，現在我知道爲什麼了。假如我能對您有任何幫助，啊——」這位心理學家低下頭來，彷彿突然察覺到太冒失了。「我的意思是，婉達和史鐵亭都說，我也許能在某方面對您的心理史學計畫做出貢獻。教授，再也沒有讓我更高興的事了。」

「是的，是的，相當正確，艾魯雲博士。事實上，你若是願意加入我，我想你或許能對本計畫做出極大的貢獻。當然，不論你現在做些什麼，你都必須放棄，不論是教書或行醫。你做得到嗎？」

「啊，教授，當然可以。我也許需要點幫助，來說服我的妻子……」說到這裡他輕笑了幾聲，又羞怯地輪流瞥向在場其他三人。「但我似乎就是有辦法做到。」

「那就這麼說定了，」謝頓輕快地說：「你將加入心理史學計畫。我向你保證，艾魯雲博士，這個決定不會令你後悔。」

「婉達，史鐵亭，」玻爾・艾魯雲離去後，謝頓說：「這是個開心無比的突破。你們認爲多快能找到更多的精神異人？」

「祖父，我們花了一個多月才發現玻爾，我們無法預測找到其他同類的頻率。

「告訴你一句實話，這個『出去轉轉』的辦法佔用了我們研究元光體的時間，而且令我們分心。現在我既然有史鐵亭可以『交談』，語言溝通就有些太刺耳、太吵鬧了。」

謝頓的笑容隨即消失。他一直害怕這種事，婉達與帕佛將他們的精神力學技巧鍛鍊得愈好，他們對「日常生活」的耐力就愈降低。這很有道理，他們的精神異能使他們與眾不同。

「婉達，史鐵亭，我想現在大概是時候了，我該進一步告訴你們雨果・阿馬瑞爾多年前的構想，以及我根據這個構想而設想的子計畫。直到今天，我才準備著手精心規劃，因爲直到此時此刻，一切才通通各就各位。

「你們已經知道，雨果當初覺得我們必須建立兩個基地，互相作爲後備。這是個傑出的構想，我多麼希望雨果活得夠長，能夠親眼見到它的實現。」在此謝頓暫時打住，遺憾地嘆了一聲。

「但我離題了。六年前，當我確定婉達具有精神異能，或說觸動心靈的能力時，我就想到不但應該建立兩個基地，而且兩者應該具有相異的本質。其中之一由物理科學家組成——百科全書編者正是即將登陸端點星的先鋒部隊。另一個的成員則是眞正的心理史學家——精神學家，也就是你們。所以我才這麼急著要你們找到其他同類。

「不過，最後我要強調的是：第二基地必須保密。它的力量將根植於它的隱密，以及它無所不在、無所不能的精神感應力。

「知道嗎，幾年前，當我顯然需要找個保鑣的時候，我就領悟到，第二基地必須作爲第一基地的保鑣，一個強大的、沉默的、祕密的保鑣。

「心理史學並非絕對正確無誤，然而，它的預測極有可能成眞。第一基地，尤其是在它的襁褓期，將會有許多敵人，就像我今天這樣。

「婉達，你和帕佛則是第二基地的先鋒，是端點星那個基地的守護者。」

「可是該怎麼做呢，祖父？」婉達追問：「我們只有兩個人──好吧，三個，如果你把玻爾也算在內。想要守護整個基地，我們將需要……」

「幾百人？幾千人？需要多少就找多少，孫女。你做得到，你也知道該怎麼做。

「剛才，講到如何發現艾魯雲博士的時候，史鐵亭說你乾脆站住，對你感到的那股精神發出訊號，他就向你們走過來。你還不懂嗎？在此之前，我一直驅策你們走出去，尋找其他像你們的人。但是對你們而言，這樣做有困難，幾乎是苦差事。現在我想通了，爲了形成第二基地的核心，你和史鐵亭必須隱居起來。你們要從隱居處，再把無形的網撒向茫茫人海。」

「祖父，你在說些什麼？」婉達悄聲問道。此時她已離開座位，跪在謝頓的座椅旁。「你要我離開你嗎？」

「不，婉達。」謝頓答道，聲音中注滿感情。「我不想要你離開，但這是唯一的辦法，你與史鐵亭必須和川陀的芸芸衆生隔離開來。隨著你們的精神力量逐漸增強，你們會慢慢吸引其他同類，於是沉默而祕密的基地便會形成。

「我們將保持聯絡，當然只是偶爾。而且，我們每人都會有個元光體。你看得出我說的都是實情，而且有絕對的必要，是嗎？」

「是的，我看得出來，祖父。」婉達說：「更重要的是，我感覺到了它的精妙。放心吧，我們不會讓你失望。」

「我知道你們不會，親愛的。」謝頓疲倦地說。

他怎能這樣做，怎能把他心愛的孫女送走？她是他與一段最快樂的歲月，以及與鐸絲、與雨果、與芮奇的最後一線聯繫。在整個銀河中，她是謝頓家族碩果僅存的一員。

「我會萬分想念你，婉達。」謝頓說著，一道眼淚就落在滿是細碎皺紋的臉頰上。

「可是，祖父，」站在帕佛身邊、準備離去的婉達說：「我們要到哪裡去？第二基地到底在哪裡？」

謝頓抬起頭來，說道：「元光體已經告訴你了，婉達。」

婉達茫然望向謝頓，同時搜尋著自己的記憶。

謝頓伸出手去，抓住孫女的手。

「接觸我的心靈，婉達，它就在那裡。」

婉達進入謝頓的心靈之後，立刻張大眼睛。

「我懂了。」婉達悄聲對謝頓說。

三三A二D一七節：群星的盡頭。

第五篇：尾聲

我是哈里・謝頓，克里昂大帝一世御前首相、川陀大學斯瓏璘分校心理史學系榮退教授、心理史學研究計畫主持人、《銀河百科全書》執行主編、基地的締造者。

我知道，這些頭銜都相當動聽。在我八十一年的生命中，我做了很多事，如今我累了。回顧這一生，我常自問是否能夠——應該——做些不同的事。比如說，我是不是太過關切心理史學的壯闊遠景，因而相較之下，與我的生命交會的人與事有時似乎相形見絀？

或許我忽略了在某些地方做些小小的、次要的調整，這些調整絕對不會危及人類的未來，卻有可能大大改進我心愛之人的命運。雨果、芮奇……我更忍不住自問……當初我有沒有什麼辦法，能拯救我所摯愛的鐸絲？

上個月，我完成了「危機全相講話」的錄製。我的助手蓋爾・多尼克已將它帶到端點星，親自安裝於謝頓穹窿。他將確定穹窿會密封起來，並會留下適當的指示，好在各次危機發生時，讓穹窿有機會重新開啓。

當然，那時我已經死了。

大約五十年後，在首度危機期間，當他們，那些未來的「基地人」看到我的時候（更精確地說，是我的全相像），他們會怎麼想呢？他們會對我評頭論足，說我看來多麼蒼老，或者我的聲音多麼微弱，或禁錮在輪椅上的我顯得多麼渺小嗎？他們會瞭解——體會——我留給他們的訊息嗎？啊，算了，臆測這些實在沒有意義。正如古人所云：骰子已經擲下。

昨天我接到蓋爾的訊息。端點星上一切順利，玻爾．艾魯雲與每位計畫成員的「放逐」生涯都欣欣向榮。我本來不該竊喜，但每當想起兩年前，凌吉．陳決定將謝頓計畫流放到端點星之際，那個傲慢的白癡臉上自滿的表情，我就會忍不住咯咯笑出聲來。雖然最後的結果，是表面上以一紙皇帝特許狀執行這次放逐（『一所國立科學機構，以及神聖威嚴的皇帝陛下直轄的領域』——這位主任委員要我們滾出川陀，離他愈遠愈好，但他絕不甘心放棄完全的控制權），不過，一想到其實是拉斯．齊諾與我選擇端點星當作基地的家，我仍會一個人樂上半天。

提到凌吉．陳這個人，我最大的遺憾是我們未能拯救艾吉思。那位皇帝是個好人，是個高貴的領導者，即使他只是名義上的皇帝。他所犯的錯誤是相信自己的頭銜，而公共安全委員會則無法容忍獨立皇權的萌芽。

我常納悶他們如何處置了艾吉思。他是被放逐到某個遙遠的外圍世界，還是像克里昂一樣遇刺了？

今天坐在皇位上的男孩是個標準的傀儡皇帝。他聽從凌吉．陳附在他耳邊所說的每一個字，並幻想自己是個新生代政治家。對他而言，皇宮以及帝王生活的錦衣玉食，只是一場夢幻般遊戲中的大玩具。

我現在要做些什麼呢？自從蓋爾終於離去，加入端點星的陣容，我變得完全孑然一身。偶爾我會有婉達的消息，群星盡頭的工作繼續按步就班進行。過去十年間，她與史鐵亭網羅了數十名精神異人，他們的力量持續壯大。正是這支群星盡頭的分遣隊——我的祕密基地——影響了凌吉．陳，令他決定將百科全書編者送到端點星。

我很想念婉達。上次我見到她，與她默默對坐，抓著她的小手，已是多年前的事。在婉達離去後，即使當初是我要她走的，我仍以爲自己會心碎得活不下去。這件事，或許是我一生中最困難的一項決定。雖然我從未告訴她，但我差點決定讓她留下來。可是為了基地的成功，婉達與史鐵亭必須前往群星的盡頭。這是心理史學所注定的，所以話說回來，它或許並非眞正是我的決定。

我仍舊每天來到這裡，來到心理史學大樓中的研究室。我還記得這座建築日夜客滿的那些歲月。有時我會覺得，彷彿此地仍充滿人聲，發自那些與我久違的家人、學生、同事。然而，每間研究室都空盪寂靜，只有走廊上迴響著我的輪椅所發出的呼呼聲。

我想我應該撤出這座大樓，將它還給大學當局，用來安置另一個系所。不過要捨棄這個地方實在很難，有那麼多的回憶……

現在我所剩的只有這個，我的元光體。它是心理史學得以計算的工具，我的計畫中每條方程式都能藉此分析，一切都在這個不可思議的黑色小立方體中。此時我坐在這裡，這個看似簡單的工具就握在我的掌心。我好希望能將它展示給機．丹尼爾．奧利瓦……

但我現在孤獨一人，我只需要按下開關，調暗研究室的照明。當我靠回輪椅，元光體啓動了，那些方程式在我周圍散開，形成一個三維光團。在普通人眼中，這個七彩漩渦只是一堆雜亂的圖形與數字，然而對我——還有雨果、婉達、蓋爾而言——這就是心理史學，活生生的心理史學。

在我的面前，我的四周，我見到的都是人類的未來。三萬年潛在的混亂局面，壓縮成短短一個仟年……

那一片，一天天愈來愈明亮的，就是端點星方程式。而那裡，扭曲得無法復原的，則是川陀的圖像。但我能夠看見……是的，柔和的光芒，一道穩定的希望之光……群星的盡頭！

這——這——就是我的終身志業。我的過去，人類的未來。基地！這麼美麗，這麼生動，無比的……

鐸絲！

哈里．謝頓：……銀河紀元一二〇六九年（基地紀元元年）逝於斯瑺璘大學他自己的研究室內，遺體仆倒在書桌上。顯然謝頓於生命中最後一刻，仍在從事心理史學方程式的研究；在他手中，緊握著啓動了的元光體……

根據謝頓的遺囑，這個儀器後來送交他的同事蓋爾．多尼克，後者不久之前移居端點星……

謝頓的遺體被拋入太空，這也是根據他的遺囑行事。在川陀舉行的官方追悼會相當簡單，出席者卻份外踴躍。值得注意的是，謝頓的老友、前首相伊圖．丹莫刺爾亦曾出席。克里昂大帝一世在位期間，在九九派陰謀平息之後，丹莫刺爾隨即神秘失蹤，從此無人再見過他。謝頓的追悼會結束後，公共安全委員會曾試圖追查丹莫刺爾的行蹤，多日努力的結果是一無所獲……

婉達．謝頓，哈里．謝頓的孫女，則未出席這項儀式。傳言她由於傷心欲絕，拒絕在任何公開場合露面。直到今天，她後來的下落仍是個謎……

有人認爲哈里．謝頓雖死猶生，因爲在離世之際，他所創造的未來正展現在他的四周……

——《銀河百科全書》

（全書完）

中英名詞對照表

〔A〕
achaotic equations 非混沌方程組｛杜撰名詞｝
achaotism 非混沌法｛杜撰名詞｝
Agis VI 艾吉思六世｛銀河帝國皇帝｝
Agis XIV 艾吉思十四世｛銀河帝國皇帝｝
Andromeda 仙女座星系
Anemoria sector 安納摩瑞亞區｛川陀的一區｝
annex 別館
Arcadia VII 桃源七號｛超空間飛船｝
assault and battery 蓄意傷害（罪）
auto-propel 自動推進系統

〔B〕
Baldy 禿子｛史鐵亭的朋友｝
Bellis Seldon 貝莉絲・謝頓｛謝頓的二孫女｝
big bang 大霹靂｛宇宙學名詞｝
biophysicist 生物物理學家
birthday celebration 慶生會
Bloody Emperor 血腥皇帝馬諾威爾｛銀河帝國皇帝｝
Board member 評議委員、董事會成員
brain pattern 大腦型樣｛杜撰名詞｝
Breakaway 脫韁者
businesswoman 上班女郎

〔C〕
center of the Galaxy 銀河中心
Central Newspost 中央新聞站
central office 中央辦公室
Chief Commissioner 主任委員
Chief Gardener 園丁長
Chief Librarian（圖書）館長
Chief 首領
Cinda Monay 欣妲・蒙內｛謝頓計畫成員｝
Civ Novker 西夫・諾夫可｛謝頓的律師｝
civil service 內政部
coke-icer 椰子霜｛杜撰名詞｝
Colonel Hender Elar 韓德・厄拉爾上校｛田納爾將軍的副官｝
communication beam 通訊波束
communication wire 通話線
computer console 電腦操作台
computerization 電腦化設備
computerized cloudiness 電腦化雲量｛杜撰名詞｝
computerized gene analyzer 電腦化基因分析儀
Corporal Quinber 昆柏下士｛久瑞南衛隊成員｝
coverall 連身服
credit file 信用檔案
credit voucher 信用點券
Crisis hologram 危機全相講話

〔D〕
day period 日間週期
deduction machine 推理機

defective gene 缺陷基因
democrat 民主人士
denigration 詆毀（罪）
deoxyribonucleic acid 去氧核糖核酸｛生物化學名詞｝
department head 系主任
desperance 喪氣散｛杜撰藥名｝
director（計畫）主持人
disinfectant 消毒藥水｛醫學名詞｝
Dome's Edge Hotel 穹緣旅館

〔E〕
egotism 自我誇張｛心理學名詞｝
Electro-Clarification Laboratory 電子闡析實驗室
Electro-Clarifier 電子闡析器｛杜撰名詞｝
elevated shoes 增高鞋
Emperor Agis XIV 艾吉思大帝十四世
Encyclopedist 百科全書編者
Ery sector 艾瑞區｛川陀的一區｝

〔F〕
Fifty Worlds 五十外世界｛杜撰名詞｝
Finangelos 芬南格羅斯｛謝頓的學生｝
flash 靈光
Florina Incident 弗羅倫納事件
Foundationer 基地人
fuel line 燃料管線｛機械名詞｝
full expansion 全額擴展｛杜撰名詞｝

〔G〕
G. D. 坎・丁｛納馬提的簡稱｝
Galactic black hole 銀河黑洞｛天文學名詞｝
Galactograph 銀河輿圖｛杜撰名詞｝
Galaxy simulation 銀河擬像｛杜撰名詞｝
Gambol Deen Namarti 坎伯爾・丁恩・納馬提｛久瑞南的副手｝
Gardener First-Class 一品園丁
General Dugal Tennar 杜戈・田納爾將軍｛軍政府首腦｝
genetic pattern 基因型樣
genetics 遺傳學
Gennaro Mummery 吉納洛・麻莫瑞｛帝國圖書館館員｝
genome 基因組｛生物學名詞｝
Getorin 葛托潤｛度假世界｝
Gleb Andorin 葛列布・安多閏｛衛荷貴族｝
gliderail 滑軌
Global Congress 星球議會
Globalism 星球主義
Globalist party 星球黨
Globalist 星球黨人
goon 打手
gravicab 重力計程車｛杜撰名詞｝
gravitic repulsion elevator 反重力升降機｛杜撰名詞｝
greti 狻｛杜撰動物名｝
guardsman 衛士

〔H〕
habitable planet 可住人行星
hauler 牽引機｛機械名詞｝
head 首腦｛軍政府領導者｝
Historical psychoanalysis 歷史心理分析
holo-disc 全相光碟｛杜撰名詞｝
holographic fantasy 全相奇幻節目｛杜撰名詞｝
holographics 全相像集｛杜撰名詞｝

holoscreen 全相螢幕｛杜撰名詞｝
holotape 全相影帶｛杜撰名詞｝
holovision image 全相影像
Hook Nose 鷹勾鼻｛史鐵亭的朋友｝
hyperconnection 超波聯繫｛杜撰名詞｝
hyperspatial contact 超空間接觸｛杜撰名詞｝

〔I〕
icing 糖霜
Imperial call 聖召
Imperial complex 皇宮建築群
Imperial ground-car 皇家地面車
Imperial holographer 皇家全相攝影師
Imperial House=Imperial family 皇室
Imperial order 聖命
Imperial Palace grounds=Palace grounds=Imperial grounds
（皇宮）御苑
Imperial Secretary 御用祕書
Imperial staff 御前幕僚
Imperial tennis 皇家網球｛杜撰名詞｝
Imperial University 帝國大學
implosion 內爆｛物理學名詞｝
infrastructure 基礎公共設施｛工程名詞｝
Inner World 內圍世界｛杜撰名詞｝
intensifier 增強器｛電機名詞｝
intersector hotel 區際旅館
intragalactic 跨銀河（的）

〔J〕
Jo-Jo 九九｛久瑞南的別名｝
Joramis Palver 久瑞米斯・帕佛｛史鐵亭的祖父｝
Joranum Guard 久瑞南衛隊
Joranumite 九九派
Joranumite Conspiracy 九九派陰謀
junta 執政團｛政治名詞｝

〔K〕
Kaspal Kaspalov 卡斯帕・卡斯帕洛夫｛久瑞南的老部下｝
key controls 主控器
Kingdom of Trantor 川陀王國
kitchen service 外賣

〔L〕
lamec 瘸駄｛杜撰動物名｝
Langano University 朗岡諾大學
Las Zenow 拉斯・齊諾｛帝國圖書館館長｝
Laskin Joranum 拉斯金・久瑞南｛野心政客｝
laughtrack 笑聲軌帶｛杜撰名詞｝
Law Codes of Aburamis 亞布拉米斯法典
law of conservation of personal problems 人事問題守恆律｛杜撰名詞｝
laying on the hands 加持｛宗教名詞｝
legislator 立法委員
Legislature 立法院
lemonade death 檸檬水之死
Library Board（圖書館）評議會
lingering effect 殘存效應
lore 圈內文化
Lystena 利斯坦納｛外圍世界之一｝

〔M〕
magistrate 治安官
Malcomber 莫康博｛御苑園丁長｝

Mandanov sector 曼達諾夫區｛川陀的一區｝
Mandell Gruber 曼德爾・葛魯柏｛御苑一品園丁｝
Manella Dubanqua 瑪妮拉・杜邦夸｛芮奇的妻子｝
manual control 手動控制｛機械名詞｝
mechanical man=mechanical human being 人形機器
mental pushing power gauge 心靈推力計｛杜撰名詞｝
mentalic 精神異人、精神異能
mentalist 精神學家
metabolic anomaly 代謝異常｛醫學名詞｝
Mian Endelecki 蜜安・恩德勒斯基｛女生物物理學家｝
microadjustment 微調（手術）｛杜撰名詞｝
microchip 微晶片｛電子學名詞｝
microprojector 微投影機｛杜撰名詞｝
military government 軍政府
military junta 軍人執政團｛政治名詞｝
military rascal 軍頭
Millimaru 千丸｛川陀的一區｝
minimalism 極簡主義
minimality 極簡法則
Ministry of Population 人口部
moka 咖啡
Morovian family 莫洛夫家族｛川陀王國的王室｝
Mr. Nameless 無名氏先生
Mr. Nice Guy 好好先生
mugger 箍頸黨
mugging 箍頸
multidimensional simulation 多維模擬
multimind 集體心靈
municipal maintenance crew 都市養護人員
mutual exclusivity 互斥性｛數學名詞｝
Mycogenian drop 麥曲生甘露
Mycogenian taste bud 麥曲生味蕾

〔N〕

Nemesis 復仇女神｛杜撰恆星名｝
nerve center 神經中樞｛醫學名詞｝
nerve cord 神經索｛醫學名詞｝
news source 新聞站
news-searching mode 新聞蒐集模式
night period 夜間週期
Nishaya 尼沙亞｛久瑞南自稱的故鄉世界｝

〔O〕

observation deck 觀景天台
old lady 老媽
old man 老爸、老子
outcropping 露頭｛地質學名詞，指露出地表的岩層或礦脈｝

〔P〕

parachaotic math 仲混沌數學｛杜撰名詞｝
Plan 子計畫
Planchet 普朗什｛芮奇的化名｝
planet-molding 行星塑造
planetary service 行星設施
poll tax 人頭稅
populist 民望份子
Prime Radiant sphere 元光體球面｛杜撰名詞｝
Professor Emeritus 榮退教授
professorial shoulder patch 教授肩章
programmer 程式鍵｛杜撰名詞｝

Project complex 謝頓計畫建築群
Project（謝頓）計畫
Psychohistorical Equation 心理史學方程式
Psychohistory Building 心理史學大樓
Psychohistory Project 心理史學計畫
purine 嘌呤｛生物化學名詞｝
pyrimidine 嘧啶｛生物化學名詞｝

〔R〕
radiational physics 輻射物理
Raven Seldon 烏鴉嘴謝頓
recessed panel 凹板
recessed wall panel=recessed wallstrip 凹陷壁板
Red Cheeks 紅面頰｛即史鐵亭｝
reference number 識別號碼
reference tile 識別瓷卡｛杜撰名詞｝
renormalize 重歸一｛物理學術語，動詞｝
Rial Nevas 萊耳・納瓦斯｛川陀的不良少年｝

〔S〕
Salvanian gecko 沙爾凡守宮｛杜撰動物名｝
Sander Nee 桑德・尼｛久瑞南衛隊成員｝
Sarip 薩瑞普｛外圍世界之一｝
sciatica 坐骨神經痛｛醫學名詞｝
scrambler field 擾亂場｛杜撰名詞｝
scraping 刮片
sealed communication line 密封通訊線路｛杜撰名詞｝
Sector Council 區議會
sector equality 各區平等
sector hall 區政廳
security establishment 保安部門
security keypad 保全鍵板｛杜撰名詞｝
security officer 保安官、安全警衛
semichaotic technique 半混沌技術
Senior Mathematician 資深數學家
sharpness 銳度｛物理學名詞｝
sideburn 側腮鬚
Sisyphus 薛西弗斯｛希臘神話的人物｝
skitter（貼地）滑車｛杜撰名詞｝
Small Palace 偏殿
Smoodgie 史慕吉｛芮奇的童年玩伴｝
social dynamics 社會動力學
solarium 日光浴館
sounding board 共鳴板｛物理學名詞｝
standard quotient 標準商｛杜撰數學名詞｝
Star's End 群星（的）盡頭
static field 雜訊場
Stettin Palver 史鐵亭・帕佛｛謝頓的年輕助理｝

〔T〕
T.S.T.=Trantorian Standard Time 川陀標準時間
Tamwile Linn 泰姆外爾・林恩｛謝頓計畫成員｝
Tapper Savand 泰柏・沙萬德｛御苑設計者｝
tax system 稅制
Tejan Popjens Lih 帖貞・帕普堅・李赫｛女法官｝
Terep Bindris 泰瑞普・賓綴斯｛川陀財閥｝
Terminus equation 端點星方程式
terraforming 大地改造
Third Assistant Chamberlain in charge of Grass and Leaves 掌理草木的第三助理總管｛諷刺性官位｝

thought pattern 思想型樣
thundercloud 雷雨雲｛氣象學名詞｝
Tiger Woman 虎女｛鐸絲的綽號｝
time-strip=timestrip 計時片｛杜撰名詞｝
TrantorVision 川陀全視
trestle 架台｛機械名詞｝
tricomputer 三用電腦｛杜撰名詞｝
tridijournal 三維期刊｛杜撰名詞｝
Tryma Acarnio 垂瑪・阿卡尼歐｛帝國圖書館館長｝
Twist-kick 角力踢腿
Twister 角力士
Twisting 角力

〔U〕
unisuit 單件服
University Field=Field（大學）運動場
University grounds（大學）校園
unmanned probe 無人探測器｛航太名詞｝
unstable equilibrium 不穩平衡｛物理學名詞｝

〔V〕
Venn 文恩｛傳說中的伐木工｝
vibrorazor 振動式刮鬍刀｛杜撰名詞｝
visiglobe 幻影星球｛杜撰名詞｝
visiscreen 顯像螢幕
Voreg 伏銳格｛外圍世界之一｝

〔W〕
Wanda Seldon 婉達・謝頓｛謝頓的大孫女｝
weather control 氣象控制局
Wencory 溫柯瑞｛齊諾的故鄉世界｝
West Mandanov University 西曼達諾夫大學
Wyan Dynasty 衛荷皇朝

〔Y〕
yin and yang 陰陽
Your Honor 庭上｛對法官的尊稱｝

【附錄】

艾西莫夫傳奇

葉李華

以撒．艾西莫夫（Isaac Asimov, 1920-1992）是科幻文壇的超級大師，也是舉世聞名的全能通俗作家。他與克拉克（Arthur Clarke, 1917-2008）及海萊因（Robert Heinlein, 1907-1988）鼎足而立，同爲廿世紀最頂尖的西方科幻小說家。除此之外，在許多讀者心目中，他還是一位永恆的科學推廣者、理性主義的代言人，以及未來世界的哲學家。

＊　＊　＊

艾西莫夫是家中長子，一九二〇年一月二日生於白俄羅斯的彼得維奇（Petrovichi），三歲時隨父母移民美國，定居紐約市。雖然父母都是猶太人，他卻始終不能算是猶太教徒，後來更成爲徹底的無神論者。

艾西莫夫聰明絕頂、博學強記，未滿十六歲便完成高中學業，十九歲畢業於哥倫比亞大學，二十一歲獲得哥大化學碩士學位。但由於攻讀博士期間投筆從戎四年，直到一九四八年才獲得哥大化學博士學位。次年他成爲波士頓大學醫學院生化科講師，並於一九五五年升任副教授。可是三年後由於太過熱衷寫作，他不得不辭去教職，成爲一位專業作家，但爭取到保留副教授頭銜，並於一九七九年晉升爲教授。

艾西莫夫與科幻結緣甚早，九歲時在父親開的雜貨店發現科幻雜誌，便迷上這種獨具一格的文體，進而立志要成爲科幻作家。年方十九，他寫的第三篇科幻小說〈灶神星受困記〉（Marooned off Vesta）便首次印成鉛字，刊登於著名的科幻雜誌《驚異故事》（Amazing Stories）。一九四一年，也就是他拿到碩士學位那年，在美國科幻教父坎柏（John W. Campbell Jr, 1910-1971）的啓發與鼓勵下，他寫出自己的成名作〈夜歸〉（Nightfall），發表於坎柏主編的《震撼科幻小說》（Astounding Science-Fiction），立時在科幻圈聲名大噪，成爲美國科幻界的明日之星。他經營一生的兩大科幻系列「機器人」與「基地」都開始得很早，第一篇機器人故事〈小機〉（Robbie）是一九三九年五月的作品，而「基地」系列的首篇則完成於一九四一年九月初。

除了科幻之外，艾西莫夫也寫過幾本推理小說，不過非文學類作品寫得更多。他一生撰寫加上編纂的書籍近五百本，甚至逝世後還陸續有新書出版，難能可貴的是始終質量並重（不過毋庸諱言，有些文章與短篇曾重複收錄）。他之所以如此多產，除了天分過人、過目不忘之外，更因爲他熱愛寫作，將寫作視爲快樂的泉源、生命中最重要的一件事。他是個非常勤奮的作家，每天除了吃喝拉撒，以及必要的社交活動，可以從早寫到晚；就連住院時，只要病情稍一穩定，也會趕緊在病床上拿起筆來。他不喜歡旅行，也沒有其他嗜好，最大的樂趣就是窩在家中寫個不停。

一九四〇與五〇年代，艾西莫夫的作品以科幻爲主，科幻代表作泰半在這段時期完成，例如

「基地」三部曲、「銀河帝國」三部曲，以及「機器人」系列的《我，機器人》、《鋼穴》與《裸陽》。一九五七年十月，前蘇聯發射世界第一枚人造衛星「旅伴一號」（Sputnik 1），美國上上下下大感震撼，艾西莫夫遂決心致力科學知識的推廣。因此在一九六〇與七〇年代，他的寫作重心轉移到各類科普文章及書籍，從天文、數學、物理、化學、地球科學到生命科學，幾乎涵蓋自然科學所有的領域。其中最具代表性的，或許是下面這本數度增修、數度更名的科學百科全書：

《智者的科學指南》The Intelligent Man's Guide to Science（1960）

《智者的科學新指南》The New Intelligent Man's Guide to Science（1965）

《艾西莫夫科學指南》Asimov's Guide to Science（1972）

《艾西莫夫科學新指南》Asimov's New Guide to Science（1984）

許多人都會寫科普文章，卻鮮有能像艾西莫夫寫得那麼平易近人、風趣幽默而又不拖泥帶水。在美國乃至整個英語世界，「艾氏科普」在科學推廣上一向扮演著重要的角色。長久以來，艾西莫夫一直是科學界與一般人之間的橋樑——生硬深奧的科學理論從這頭走過去，深入淺出的科普知識從另一頭走出來。

艾西莫夫博學多聞，一生不曾放過任何寫作題材。據說有史以來，只有他這位作家寫遍「杜威十進分類法」：〇〇〇「總類」、一〇〇「哲學類」、二〇〇「宗教類」、三〇〇「社會科學類」、四〇〇「語文」、五〇〇「自然科學類」、六〇〇「科技」、七〇〇「藝術」、八〇〇「文學」、九〇〇「地理」。無論上天下海、古往今來的任何主題，他都一律下筆萬言、洋洋灑灑。自有人類以來，從來沒有第二個人，曾就這麼多題材寫過這麼多本書。後世子孫將很難相信，在「前網路時代」（prenet era），地球上出現過這樣一位血肉之軀的百科全書。

博古通今的艾西莫夫寫起文章總是旁徵博引，以宏觀的角度做全面性觀照。他最喜歡根據歷史發展的脈絡，指出人類未來的正確走向。而在艾西莫夫眼中，理性是人類最基本也是最後的憑藉，人類的進步史就是一部理性發達史。因此任何反理性的言論，都是他口誅筆伐的對象；任何反智的人物，從高級神棍到低級政客，都逃不過他尖酸卻不刻薄的修理。

艾西莫夫雖然未曾標榜自己是未來學家，卻對各個層面的未來都極爲關切。大至未來的太空殖民，小至未來可能的收藏品，都是他津津樂道的題目。他的科技預言一向經得起時間考驗，令人懷疑他簡直是個自由穿梭時光的旅人。例如他在一九八〇年寫過一篇〈全球化電腦圖書館〉，我們只要讀上幾段，便會赫然發現主題正是十五年後的「全球資訊網」。而他在發表於一九八八年的〈化學工程的未來〉這篇文章中，則已經討論到當今最熱門的生物科技。

＊　＊　＊

艾西莫夫著作適身，但不論他自己或是全世界的讀者，衷心摯愛的仍是他的科幻小說。身爲科幻作家的他，生前曾贏得五次雨果獎與三次星雲獎，兩者皆是科幻界的最高榮譽。

一九六三年雨果獎：《奇幻與科幻雜誌》（Magazine of Fantasy and Science Fiction）上的科學專欄榮獲特別獎

一九六六年雨果獎：「基地系列」榮獲歷年最佳系列小說獎

一九七二年星雲獎：《諸神自身》榮獲最佳長篇小說獎

一九七三年雨果獎：《諸神自身》榮獲最佳長篇小說獎

一九七七年星雲獎：〈雙百人〉（The Bicentennial Man）榮獲最佳中篇小說獎

一九七七年雨果獎：〈雙百人〉榮獲最佳中篇小說獎

一九八三年雨果獎：《基地邊緣》榮獲最佳長篇小說獎

一九八七年星雲獎：因終身成就榮獲科幻大師獎（嚴格說來並非屬於星雲獎，而是與星雲獎共同頒贈的獨立獎項）

除了科幻創作，他也寫科幻評論、編纂過百餘本科幻選集，並協助出版科幻刊物。以他的大名爲號召的《艾西莫夫科幻雜誌》（Isaac Asimov's Science Fiction Magazine），是美國當今數一數二的科幻文學重鎮。

艾西莫夫晚年健康甚差，到最後根本寫不了長篇小說。聰明的出版商遂突發奇想，建議他選出最心愛的科幻中短篇當作骨架，與另一位美國科幻名家席維伯格（Robert Silverberg, 1935-）協力，擴充成有血有肉的長篇科幻小說。艾氏非常喜歡這個構想，於是不久之後，他的三篇最愛〈夜歸〉（1941）、〈醜小孩〉（The Ugly Little Boy, 1958）與〈雙百人〉（1976），先後脫胎換骨爲三本精采萬分的科幻長篇《夜幕低垂》、《醜小孩》與《正子人》。好在有這樣的合作，艾西莫夫的科幻創作方能延續到生命的盡頭，而這正是他自己最大的心願——他生前常說最希望能死於任上，在打字機前嚥下最後一口氣。

【點滴拾遺】

☆名嘴：艾西莫夫很早就到處「現身說法」，但一向不準備講稿，總是以即席演講贏得滿堂喝采。

☆婚姻：艾西莫夫結過兩次婚，顯然第二次婚姻較為美滿。他的第二任妻子珍娜（Janet Asimov）本是一位精神科醫師，在夫婿大力協助下，退休後成為一名相當成功的作家。

☆懼高症：艾西莫夫筆下的人物經常遨遊太空，他本人卻患有懼高症，一九四六年後便從未搭過飛機。

☆短篇最愛：其實艾西莫夫自己最滿意的科幻短篇是〈最後的問題〉（The Last Question, 1956），他笑說自己只用了短短數千字，便涵蓋宇宙兆年的演化史。或許由於這篇小說稍嫌深奧，因此始終未曾改寫成長篇。

☆死於任上：艾西莫夫曾將這個心願寫在〈速度的故事〉（Speed）一文中。這篇短文是他為《艾西莫夫科幻雜誌》撰寫的最後一篇「編者的話」，刊登於該雜誌一九九二年六月號。

【網站資料】

艾西莫夫首頁：http://www.asimovonline.com/

艾西莫夫FAQ：http://www.asimovonline.com/asimov_FAQ.html

艾西莫夫著作目錄（依類別）：http://www.asimovonline.com/oldsite/asimov_catalogue.html

艾西莫夫著作目錄（依時序）：http://www.asimovonline.com/oldsite/asimov_titles.html

【譯者簡介】

葉李華

一九六二年生，台灣大學電機系畢業，加州大學柏克萊分校理論物理博士，致力推廣中文科幻與通俗科學二十餘年，相關著作與譯作數十冊。自一九九〇年起，即透過各種管道譯介、導讀及講授艾西莫夫作品，被譽爲「艾西莫夫在中文世界的代言人」。

國家圖書館出版品預行編目資料

基地締造者／以撒・艾西莫夫（Isaac Asimov）著；葉李華譯 .-- 初版 .-- 台北市：奇幻基地出版；家庭傳媒城邦分公司發行；2006（民 95）
面：　公分 .--（謎幻之城：12）
ISBN 978-986-7131-10-2（平裝）

874.57　　94023904

ISBN　978-986-7131-10-2
EAN　4717702114602
Printed in Taiwan.

城邦讀書花園
www.cite.com.tw

謎幻之城 012C

基地締造者（艾西莫夫百年誕辰紀念典藏精裝版）

原著書名／Forward the Foundation
作　　者／以撒・艾西莫夫（Isaac Asimov）
譯　　者／葉李華
責任編輯／張世國

發 行 人／何飛鵬
總 編 輯／王雪莉
業務經理／李振東
行銷企劃／陳姿億
資深版權專員／許儀盈
版權行政暨數位業務專員／陳玉鈴
法律顧問／元禾法律事務所　王子文律師
出版／奇幻基地出版
城邦文化事業股份有限公司
台北市 104 民生東路二段 141 號 8 樓
電話：(02)25007008　傳眞：(02)25027676
網址：www.ffoundation.com.tw
e-mail：ffoundation@cite.com.tw
發行／英屬蓋曼群島商家庭傳媒股份有限公司城邦分公司
台北市 104 民生東路二段 141 號 11 樓
書虫客服服務專線：(02)25007718・(02)25007719
24 小時傳眞服務：(02)25170999・(02)25001991
服務時間：週一至週五 09:30-12:00・13:30-17:00
郵撥帳號：19863813　戶名：書虫股份有限公司
讀者服務信箱 E-mail：service@readingclub.com.tw
歡迎光臨城邦讀書花園　網址：www.cite.com.tw
香港發行所／城邦（香港）出版集團有限公司
香港灣仔駱克道 193 號東超商業中心 1 樓
電話：(852) 2508-6231 傳眞：(852) 2578-9337
馬新發行所／城邦（馬新）出版集團
【Cite(M)Sdn. Bhd.(458372U)】
11, Jalan 30D/146, Desa Tasik,
Sungai Besi, 57000 Kuala Lumpur, Malaysia.
電話：(603) 90578822　傳眞：(603) 90576622

封面設計／宇陞工作室
排　　版／極翔企業有限公司
印　　刷／高典印刷有限公司
■ 2011 年（民 100）10 月 4 日初版一刷
■ 2021 年（民 110）12 月 6 日二版 12 刷

售價／ 500 元

廣　告　回　函
北區郵政管理登記證
台北廣字第000791號
郵資已付，免貼郵票

104台北市民生東路二段141號11樓

英屬蓋曼群島商家庭傳媒股份有限公司城邦分公司 收

請沿虛線對摺，謝謝

每個人都有一本奇幻文學的啟蒙書

奇幻基地官網：http://www.ffoundation.com.tw
奇幻基地粉絲團：http://www.facebook.com/ffoundation

書號：1HS012C　　**書名：基地締造者**（艾西莫夫百年誕辰紀念典藏精裝版）

奇幻基地 20 週年 ・ 幻魂不滅，淬鍊傳奇

集點好禮瘋狂送，開書即有獎！購書禮金、6 個月免費新書大放送！

活動期間，購買奇幻基地作品，剪下回函卡右下角點數，集滿兩點以上，寄回本公司即可兌換獎品&參加抽獎！

參加辦法與集點兌換說明：

活動時間：2021 年 3 月起至 2021 年 12 月 1 日（以郵戳為憑）

抽獎日：2021 年 5 月 31 日、2021 年 12 月 31 日，共抽兩次

奇幻基地 2021 年 3 月至 2021 年 12 月出版之新書，每本書回函卡右下角都有一點活動點數，剪下新書點數集滿兩點，黏貼並寄回活動回函，即可參加抽獎！單張回函集滿五點，還可以另外免費兌換「奇幻龍」書檔乙個！

【集點處】（點數與回函卡皆影印無效）

1	2	3	4	5
6	7	8	9	10

活動獎項說明：

★ **「基地締造者獎 ・ 給未來的讀者」抽獎禮**：中獎後 6 個月每月提供免費當月新書一本。（共 6 個名額，兩次抽獎日各抽 3 名）

★ **「無垠書城・戰隊嚴選」抽獎禮**：中獎後獲得戰隊嚴選覆面書一本，隨書附贈編輯手寫信一份。（共 10 個名額，兩次抽獎日各抽 5 名）

★ **「燦軍之魂 ・ 資深山迷獎」抽獎禮**：布蘭登・山德森「無垠祕典限量精裝布紋燙金筆記本」。
抽獎資格：集滿兩點，並挑戰「山迷究極問答」活動，全對者即有抽獎資格（共 10 個名額，兩次抽獎日各抽 5 名），若有公開或抄襲答案者視同放棄抽獎資格，活動詳情請見奇幻基地 FB 及 IG 公告！

特別說明：

1. 請以正楷書寫回函卡資料，若字跡潦草無法辨識，視同棄權。
2. 活動贈品限寄台澎金馬。

當您同意報名本活動時，您同意【奇幻基地】（城邦文化事業股份有限公司）及城邦媒體出版集團（包括英屬蓋曼群島商家庭傳媒股份有限公司城邦分公司、書虫股份有限公司、墨刻出版股份有限公司、城邦原創股份有限公司），於營運期間及地區內，為提供訂購、行銷、客戶管理或其他合於營業登記項目或章程所定業務需要之目的，以電郵、傳真、電話、簡訊或其他通知公告方式利用您所提供之資料（資料類別 C001、C011 等各項類別相關資料）。利用對象亦可能包括相關服務的協力機構。如您有依個資法第三條或其他需要協助之處，得致電本公司（(02) 2500-7718）。

個人資料：

姓名：＿＿＿＿＿＿＿＿ 性別：□男 □女

地址：＿＿＿＿＿＿＿＿＿＿＿＿ Email：＿＿＿＿＿＿＿＿

想對奇幻基地說的話或是建議：＿＿＿＿＿＿＿＿＿＿＿＿＿＿＿＿

FB 粉絲團

戰隊 IG 日常

奇幻基地 20 週年慶・城邦讀書花園 2021/12/31 前樂享獨家獻禮！
立即掃描 QRCODE 可享 50 元購書金、250 元折價券、6 折購書優惠！
注意事項與活動詳情請見：https://www.cite.com.tw/z/L2U48/

讀書花園

請剪下右側點數，貼於集點處，集滿兩點即可參加抽獎